作者·木几
繪者·天之火
裏台北外送
nEat
U-bike

目次

11月18日　如果吸血鬼半夜肚子餓

如果要我用一個詞來形容自己，那大概會是「可惜」吧。

二十二歲，大學剛畢業，讀的是台灣大學，只不過是人類學系。我想我長得算是漂亮，但身邊的男生要不是有女朋友了，不然就是同性戀。家境小康，卻也沒多餘的錢讓我出國念書。興趣是看動畫，對流行音樂一竅不通。沒有高遠的志向，也沒有出類拔萃的才能，只要生活安穩，我就心滿意足了。

比上不足，比下有餘，大概就是這個樣子吧。

雖然頂著名校光環，但實在一事無成。在台灣成長的人們，總是對台大這個第一學府有著許多奇怪的誤解。例如說，台大生各個都是天才，剛畢業就年薪百萬。例如說，台大的人都是生活白痴，只會考試不會做事。例如說，台大有十一個學院，領域豐富多樣，啊，這大概是最常見的誤會了。事實上，只要在這裡讀過書的學生都知道，台大只有三個學院。

醫學院，電資學院，以及管院。

剩下的，都隸屬於公館大公園附屬大學。在大公園中，遊憩的民眾比學生還有發言權。如果覺得這說法太誇張了，請上網搜尋人文大樓。大學四年間，我被迫在相距一點五公里的水源校區與本校區之間來回趕課，只因有人抗議文學院的新大樓會破壞校門天際線景觀。

拜此所賜，身為一個台大人類學系畢業的女高材生，我在這間擁擠的大學學到的唯一一件對人生有所幫助的技能，或許就是單手騎腳踏車了。所以，畢業後會成為食品物流個人承攬業者（簡稱 UrbanEats 外送員），也是件無可奈何的事吧。

只是發揮所長。

一邊騎著北市府設立的 YouBike 共享單車，我一邊看著左手手機上的小地圖，尋找取貨的商家。現在是凌晨一點五十二分，東區寬廣的人行道上空無一人，與白天迥然不同的街景，讓人有種走入異界的錯覺。

如果可以，我真不想在這個時間出來工作。不過 UrbanEats 新開的夜貓子服務有外送加給，再加上新手獎勵，聽說好好幹的話，一個月也有機會賺進十萬元。這可比文學院的平均薪資多了三倍有餘。我真是幸運，剛出社會就能找到待遇如此優渥的工作。反正，就讀人類學系，我早已習慣通宵達旦。

至少熬夜騎腳踏車比熬夜研究尼安德塔人有前途多了。

手機螢幕上顯示的取貨商家叫做「德古拉酒吧」，客戶點的是一杯血腥瑪麗。像這樣的調酒也有外送嗎？雖然有點懷疑，不過我使命必達。酒吧位在東區的小巷子裡。雖然市中心的主要幹道兩側，都是美輪美奐的商業大樓與億萬豪宅，轉進小巷，卻都是一些老舊的公寓矮房，只有一樓裝修成了精品店面。

從地圖來看，這家酒吧也是這樣的小店，但是找了好久，就是沒有找到招牌。後來看著地址，一棟一棟數門牌，才在一戶像是一般住家的門前停下腳踏車。我有些不安地按響門鈴，心想在這樣的深夜，若是普通人家，該怎麼賠不是。沒想到等了半分鐘，卻是一個穿著全套醫師袍的幹練女性出來應門。她一臉公事公辦的表情看著我。

「德古拉酒吧，妳是 UrbanEats？」

「是的。」

「先進來吧。餐點幾分鐘後可以出貨。」

我跟著她走進房間。房中很寬敞，沒什麼東西，四面牆都漆成了白色。房間中央有張桌子……不，不是桌子，那是手術床。一旁的檯子上，手術工具一應俱全。這大概是所謂的特色酒吧吧。

她沒有再理我，逕自坐到手術床上，然後拿起台架上的針筒，熟練地將針頭插進自己的左手臂內側，墊上棉片，貼上膠布，固定針頭，鮮紅色的血液隨著管線緩緩流進一旁的血袋裡。血袋下方，一台搖盪器勤奮地作業著，顯示器標示著剩餘重量。現在還需要兩百毫升。

「????」

「嗯?」她歪了歪頭。

「????」

「出什麼問題了嗎?」她說。「訂單是一杯血腥瑪麗沒錯吧?」

「血腥瑪麗不是調酒的名字嗎?」

「瑪麗是我的名字。」

「喔。」

她沒再解釋，這話題似乎已經沒什麼好說了。血袋搖盪器的嗡嗡聲填滿了空間，我感覺自己似乎問了個蠢問題，於是我轉頭，看著計重器上的數字。數字慢慢往下掉，倒數著時間。過了好一會兒，她又若無其事地開口。

「第一次跑深夜?」

「嗯。」

「那妳知道這是給誰的嗎?」

「客戶訂單上面寫莉莉安。」

「她是傳說中的吸血鬼，殺人不眨眼的那種。」

「這樣啊。」

「她已經三百多歲了，消化不太好，對品質很堅持。她要求血液離開身體，要在十分鐘內送達。」

「她的訂單沒有備註這個。」我想到我停在外頭的 YouBike，今天借到的車不好騎，變速器壞了，我是上路以後才發現的。

「如果我是妳，我會把血袋扔到水溝裡，假裝沒這回事。就算賠錢，也不要拿不新鮮的血給她。不過我不是妳，所以工作加油。」

她停下機器，拔掉管線，將暗紅色的血袋裝進紅白相間的半透明塑膠袋裡，然後遞給我。就像早餐店阿姨將厚蛋吐司遞給我那樣的動作。「跟妳確認訂單。兩百五十毫升的血，總共兩千五百元。塑膠袋一塊錢。」

我接過塑膠袋，誠摯地道了謝，隨即離開這棟公寓。我將血袋放進 UrbanEats 專用的保溫箱，跨上 YouBike，為了自己的小命，以及兩千五百零一塊錢，往東區的夜色疾駛而去。

十二分鐘後，我按響了東區高級酒店最頂樓總統套房的門鈴。

呃、不，雖然是對方指定的，這是一個 UrbanEats 外送員進得來的地方嗎？

「嗨嗨！」門被打開了，站在門後的是一個活潑開朗的小女孩。目測大概才十一、二歲年紀，她留著一頭微捲金髮，穿著紅黑色調的哥特蘿莉服裝，儼然就是從動畫作品走出來的吸血鬼樣貌。瑪麗說她已經三百歲了，但她看起來實在沒什麼成年人的穩重與威嚴。

「您好，您要的餐點。」我從保溫箱中取出血包，血還是溫的，讓人感覺有點噁心。

莉莉安開心地接過血包，撕開塑膠包裝，就在我面前喝了起來。

然後吐了我滿臉。

「這什麼啊！不是已經酸掉了嗎！」

「我才遲到兩分鐘。」我不滿地抹抹臉。「而且特殊需求要寫進備註欄才算數。」

「妳好大膽，竟敢拿過期的血給我喝。妳知道我是誰嗎？妳知道上一個這麼幹的人現在怎麼了嗎？」

「她怎麼了？」

我想起我可能正在跟一個殺人不眨眼的吸血鬼講話。我吞了口口水，有些緊張地後退。她雙手插腰，嚴肅地瞪著我。

「被我客訴了。」

「……」

「妳要怎麼賠償我！如果妳不好好補償，展示點誠意，我也會客訴妳。我會讓妳丟掉工作，我說到做到！」

「……」

「妳還有什麼話想說？」

「不、如果只是客訴的話那倒是沒關係……我還以為妳會……呃，沒什麼。」

她遲疑了一下，不明白我在說什麼。接著她瞪大眼睛，忽然一隻手越過我的腰際，砰地把門關了起來。如果她長高一點，這姿勢會比較像壁咚。不過她的臉只到我的胸口，所以她抬起頭，憤怒地仰視我。

毫無威脅性。

「啊！我懂了，妳把我當笨蛋吧。」她說。「妳這個物種歧視者，妳以為吸血鬼都是野蠻人嗎？在這個自由民主的世界，妳怎麼還覺得我們會用以前的方法做事。」

「抱歉，我太沒禮貌了。」

「無禮的人類，就算妳道歉也來不及了。我要把妳PO到爆料公社上。」

「真的很對不起。」我放低姿態，不過從高度上來說，還是俯瞰著她。「我大學剛畢業而已，這是我的第一份工作，還不太習慣。我沒有機車，只能騎 YouBike，所以才會遲到。」

「咦？」她後退一步，傾頭看著我，柔軟的髮絲在肩上晃動。「妳大半夜的還騎 YouBike 送餐嗎？」

我聳聳肩。「半夜有額外加給。」

「為什麼不騎機車？」

「我沒錢。買機車是我的短期夢想。」

「好吧。」她噘起嘴，似乎她的道德信念讓她沒辦法譴責一個半夜還得騎公共自行車送餐的窮苦社會新鮮人。她來回踱步一會兒，抬起頭。「但因為妳耽誤時間，讓血酸掉了是不爭的事實，這部分妳還是得賠償我。看妳要還我兩千五百塊，或者讓我吸妳的血。」

很有道理。

我掙扎了一下。「吸血會痛嗎？」

「聽說跟抽大麻一樣痛苦。」

「我選吸血。」

「那麼來，站在這裡。」她引著我進入奢華的房間，把我拉到餐廳的小桌邊，然後自己站在椅子上，這才搆到我的肩膀。

「我只吸兩百五十毫升，不會影響健康的……」她頓了頓說。「最多五百毫升，如果妳的血很好喝的話。」

「瑪麗只給妳兩百五十毫升的血，如果多了會加錢嗎？」

「喔，妳們人類真是小氣。」她輕輕拉開我一邊衣服，然後往我的脖子咬了上去——聲音遠去……

森林裡的墓園、燃燒的小鎮、劃過天際的流星、雲海與日出……恍惚。

當我再次回復心神，莉莉安已經露出一臉回味的表情，拿著蕾絲手帕在一旁擦嘴巴。

「結束了？」

「暫時就這樣。」

我動動痠疼的肩膀，忽然有點疲憊。

「我剛剛看到……一些東西？」

「啊，我有還妳一些血，免得妳騎車頭暈。我真好心。」

「妳吸了多少。」

「兩百五。」

我狐疑地看著她，她偷偷移開視線。「……四百九十九。」

我還想追問，她卻搶先開口了。「話說回來，妳的血真好喝。」

「這樣的讚美讓人有點不知所措。」

「不要做外送員了。以後妳就當我的存糧……血包……我是說，受雇員工吧。妳以後就住這裡，我養妳！」

我張開嘴，一時間卻不知該做何反應，只好假裝環顧四周。總統套房的裝潢精緻典雅，水晶吊燈散發炫目的光芒，在雕花的實木家具上流動，落地窗外，燦爛如星海的台北夜景向遠方延伸。我想，就算我做外送員一輩子，大概也沒辦法住進這樣的房間。頂層玩家美麗的生活方式，跟我這樣的平凡人無緣。機會以後可不會再有了……我低下頭，看著莉莉安滿是期待的雙眼，還是搖了搖頭。

「不了，那感覺像是在出賣肉體。」

「哪個工作不是在出賣身體？」她冷哼一聲。「而且深夜外送有一半都是八大的單，妳才沒資格說。」

「我不是那個意思。」

「沒關係，等妳改變主意，歡迎隨時來找我。我們一定能度過一段愉快的時光。這是我的line。」

我接過她可愛風格印刷的名片，現代的吸血鬼跟我想的有點落差。或許真如她所說，我被刻板印象給制約了。「妳中文說得真好，妳是什麼時候來台灣的？」

「我是土生土長的台灣人。大概從清朝開始吧。」

「……抱歉，因為妳的頭髮是金色的，我還以為——」

「喔這個啊。」她捲了捲自己的頭髮，開心地說。「我是英國混血，不過原本是黑髮的。前幾天看了一部動畫，裡頭的吸血鬼是金色頭髮，覺得很可愛就染了。真好呢，以前走到哪都被追殺，現在這個年代，吸血鬼反而還是萌點了。」

「現在是自由的時代。」

「妳看起來倒是不怎麼自由。」

「我沒錢。」

「人類可真是墮落了。」她感嘆，然後把超額吸血的兩千四百八十九塊給了我。

離開吸血鬼的巢穴，我接到下一筆訂單。

這次是很普通的麥當勞外送，送到與捷運站有段距離的地方。我一邊回想剛才的奇幻旅程，一邊小心地騎著腳踏車。吸血的後遺症似乎還沒恢復過來，我發現自己有些恍神，視野邊緣時不時模糊。還好凌晨的車不多，只有幾輛計程車、清潔車，以及 YouBike 運送車在路上奔馳。

剛才沒有答應莉莉安，真的沒關係嗎？先不提收入問題，能跟吸血鬼這樣的傳說生物搭上線，或許是一生難得一次的機會。如果是我的人類學教授，肯定已經興奮到在講台上跳舞了。

如果接受莉莉安的邀請，我也會成為一個特別的人嗎？

涼爽的微風吹在臉上，有點微醺的感覺。一邊騎著腳踏車，我想像那樣的光景，小聲哼起了歌。夜晚的台北很明亮，但那靜謐的光與白天截然不同。深邃的夜空點綴些許星子，整齊排列的路燈安定柔和，住家的燈都熄了，只剩一些大樓裝飾燈、廣告招牌燈、與商品櫥窗燈還亮著。

離捷運站越遠，周圍的房子就更加老舊。牆上掛滿電線與突出的冷氣機，住家門口擺放著便宜盆栽，不是很細心照料，卻比美輪美奐的新式大樓多了幾分生活感。這裡許多住宅都是前人留下來，但周遭成為精華區以後，卻沒有閒錢翻新了。我在其中一間矮房停下腳踏車，按響門鈴。

門開了，我露出營業用笑容，語氣開朗地打招呼。

「您好，我是UrbanEats，您點的——」或許是剛下腳踏車時改變了姿勢，又或許是吸血鬼偷偷吸了太多血，我忽然有點暈眩。因此踉蹌了一下，微微低下頭。

「嘿！」

唰——有什麼從我頭頂揮過，帶起一陣勁風。

我抬起頭，那是一名長相清秀的少女，最多不過十七歲。她綁著公主頭，身穿道士服，肩上披著羊毛披肩。單看氣質的話，就像哪個古典人家的千金小姐，但她的手上拿著一把鋒利的日本武士刀。剛才在我頭上揮過的，大概就是這個危險的東西。

「——麥當勞大麥克經典套餐送到了。」腦袋一片空白，我還是敬業地把話說完。

少女雙手持刀，似乎對沒砍中我感到十分不悅。她瞪著我說：「妳這個可憎的魔鬼！真是的，以上帝之名，我一定會想辦法消滅妳！」

雖然是說著威脅的話語，但她的聲音輕輕柔柔的，整體而言就像我那體貼的妹妹在裝生氣，反而有點可愛。不過，道士服、武士刀、搭配驅魔電影台詞，在台北的街頭，這風格的混搭還是讓我有點嚇到。我後退一步，以盡可能不刺激她的動作展示保溫箱裡的麥當勞紙袋。

「妳認錯人了，我只是個UrbanEats合作的食品物流個人承攬業者。」

「才不是呢。妳們明明只是便宜的受雇勞工，但是問題可不在那裡。」她重新握好武士刀，刀尖直直指著我。「妳身上有吸血鬼的味道，快點說實話，妳跟莉莉安是什麼關係？」

「莉莉安？」

「那個傳說中的吸血鬼！我們驅魔獵人這一百年來一直都在追她。」

「我剛剛送貨給她。但食物餿掉了，我只好讓她吸血。」

「咦？」她眨眨眼睛，愣了半晌。「妳剛剛才被吸血？」

「嗯。」

「妳真的只是一個外送員？」

「嗯。」

「……哇！啊啊，對、對不起——」她突然捧著武士刀，雙手合十，朝我連番道歉。「我不知道是這樣。真的很對不起！我真是太衝動了。請不要報警，拜託。」武士刀在半空中揮呀揮地，還是很可怕。我連忙擺擺手，要她別在意。她鬆了口氣，俐落地收刀入鞘。

「可是莉莉安現在在哪裡呢？」她說。

「抱歉。」我尷尬地笑了笑。「客戶資料都是個人隱私，不能隨便透露。」

「這樣喔，好吧，那也沒有辦法。」她再次深深低下頭。「不管怎樣，我剛才真是太沒有禮貌了。」

「不會，記得在單子上幫我點五顆星。」

她拿出手機，為我的服務態度打分數，一邊好奇地打量著我。

「……五顆星，嗯，這樣就好了……妳是騎 YouBike 來的嗎？」

「我大學剛畢業，還沒錢買機車。」

「真是好辛苦喔。妳讀什麼大學呢？」

「台大。」

「台大！」她驚呼出聲。「那麼怎麼會來做這個？」

「我是人類學系畢業的。」

「喔。」

我把餐點交給她，卻又一陣暈眩，險些站立不穩。她連忙扶住我，我感激地抓住她的手臂，整個人倚靠在她身上。「抱歉，剛才被吸了不少血。」

她點點頭。「真的，味道好濃喔。再差一點妳就要變成吸血鬼了，我猜，她至少喝了妳一公升的血。」

「有什麼味道嗎？」我抬起肩膀聞了聞。

「不用這麼擔心啦。一般人是聞不到的，那比較像是靈能量的味道。」

「會臭嗎？」

「咦？這個……雖然不想承認，不過吸血鬼大部分都很有魅力喔，就像是花朵要吸引蝴蝶那樣。妳有沒有看過《暮光之城》？」

「我比較喜歡《夜訪吸血鬼》。」

「有品味耶。」她拉著我進到屋中，擔心地說。「我們先休息一下吧，這樣子騎單車真是太危險了。」

放下刀子以後，她看起來相當親切。五官柔和，聲音溫暖含笑，就像喜歡照顧人的可愛少女。果然第一印象是不準確的。我跟著她走進屋中，她住的地方很小，雜物很多，到處都是垃圾與食物，讓我想起大學時代在外獨居的那些女同學，或者公園中的流浪野貓。

她一邊清出可以坐的位置，一邊說。「妳身上有好多吸血鬼的血，至少有一成了喔。已經算是半吸血鬼了，其實如果不是這個樣子，妳可能早就在路邊暈倒了！」

「半吸血鬼會怎樣？」我在沙發上坐下，接過她遞來的溫水。

「如果再被多吸一點的話，也許會死掉，或者變成殭屍。不過妳現在的程度應該沒關係，只會讓妳有夜視能力、身體更強健、回復速度比較快。然後眼睛有一點點畏光。」

「聽起來很適合深夜外送員。」

「我覺得妳還是買一台機車比較好，真的。」

我小口小口地啜飲溫開水，有些好奇地環顧周遭。這裡的擺飾同樣風格混雜，牆上掛著十字架與桃木劍，櫃子裡有巫毒娃娃與道教符籙，上面還壓著一台古董留聲機。書櫃放滿宗教典籍，在聖經與老子想爾注之間，是一本塞拉菲尼抄本。仔細一看，她的道士袍是用拉鍊拉上的。

「妳說妳是驅魔獵人嗎？」

看到我疑惑的眼神，她自豪地點點頭。「是的喔，我當驅魔獵人已經一百年了！從我受洗的那天開始，就一直在追殺莉莉安，可是她跑得真的好快喔。」

「為什麼是道士袍？」

「咦？這樣穿不好看嗎？」

她穿的不是那種齋醮科儀用的法衣，而是青藍素色的得羅。配上清麗的容顏，整體而言，有種素雅古樸的潔淨感。

「很適合妳。」我由衷說，想了一下才發現不對。「等等，一百年？」

「對吧，看不出來吧。其實我已經一百三十幾歲了呢，承蒙上主祝福。」

「神是真的存在嗎？」我脫口而出。

「我也不清楚耶。」她困擾地笑了笑。「那個只是客套話啦。」

「那妳怎麼能活這麼久？」

「我是先吃了長生不老藥，才成為驅魔獵人的。而且我每天都會敷面膜，嗚……那筆開銷真是不小呢。」

「。」

「話說回來。」她把武士刀小心地收進櫃子裡。「妳真的好厲害。在那麼突然的情況下，還可以躲過那一刀。」

「那只是運氣好……等一下，妳剛才是真的打算砍我的頭嗎？」

「啊哈哈，這把刀對普通人沒有效果啦。應該。」她摸摸自己的耳朵，眼神飄向一邊。「先不要說這個了，妳想不想要來做驅魔獵人？跟吸血鬼或者殭屍打打架，應該會比送UrbanEats還有趣一些吧。」

「不了，我還想活久一點。」

「其實也沒有那麼危險啦，真的。現在大部分的鬼怪人都很好，像是我正在追的吸血鬼，她也很久沒殺過人了。現在是一個自由民主的社會，大家都要學著互相尊重。也許可以賺別人的血汗錢，但不可以未經同意吸別人的血。」

我腦中浮現莉莉安的樣子。「那妳們為什麼還要打架？」

「應該算是一種傳統。」她收回空杯子。「那麼，妳願意跟我一起修行嗎？現在拜師的話，每個月只要兩萬元，還附贈半顆我家祖傳的長生丹藥喔！」

「……」

「怎、怎樣啦……住在東區生活開銷很可怕嘛。但這裡是靈脈匯聚點，又離捷運特別近，我也沒有辦法……」

「我沒錢。」我老實說。「而且如果妳很缺錢，幹麼不直接拿那個長生不老藥去賣？」

「這個是講求緣分的。我姥姥說，隨便拿去賣的話，最後只會讓有錢人都長生不老。這樣長遠而言，大家都會比較窮。」

「長遠而言，我們都死了。」我引用了凱因斯的話，但她顯然聽不懂這個梗。於是我輕咳兩聲，站起身來。

「謝謝妳的招待，我得接下個單了。」

「沒關係，如果妳哪天考慮轉職了，還是歡迎妳隨時過來。剛才的提議會一直有效。」她一邊說，一邊送我到門口。我揹起保溫箱，轉了轉肩膀，確定自己真的沒問題。

「半顆長生不老藥也會有效果嗎？」

「只能持續兩百八十天。」

「好微妙。」

「我是說真的，我一直很想要一個可愛的小師妹。」她停下腳步想了想，讓我先在門口等一下，接著回頭從抽屜翻出一瓶雪山礦泉水。她把水倒進馬克杯裡，不知從哪裡弄來一張黃色符紙，燒成灰以後灑進杯中攪拌，再用漏斗把符水裝回寶特瓶中。

「妳有很強的吸引靈異的體質，夜晚還好漫長呢，我想這瓶聖水一定會有幫助的。」

「聖水。」

「比較具有中國特色的聖水。」她補充。

「謝謝妳，我會善用它的。」我向她揮揮手，把寶特瓶丟進 YouBike 置物籃，轉身離開這個清貧但好心的驅魔師家中。

這張單子絕對有問題。

我把還活蹦亂跳的那隻雞塞進保溫箱，一邊平靜地想著。

雞會掉毛嗎？會不會留下什麼細菌？UrbanEats 的保溫箱都是外送員自己準備的，一個一千元。如果那隻雞把箱子弄壞，我可就虧大了。

載著這隻雞，我繼續在東區街頭騎腳踏車。隨著夜越深，人與車也越來越少。這很好，因為腳踏車在台北沒人權，在車道會被按喇叭，在人行道又會被翻白眼，哪裡都不能安心。可是現在，這裡就我一個人，兩旁的車道、漆黑的大樓、幾何式交纏的高架橋，全都以一種使人暈眩的斜率交會在前方。在寬廣路面的透視中心，幾乎有種莊嚴的美感。

雞咕咕地叫了。

說真的，到底是誰會在大半夜買一隻活生生的雞呢？訂單的姓名欄只填了「厄夜魔女」四個字。如果是幾個小時前的我，大概只會當成有人在鬧外送員。

穿過最後一個路口，我在一家古舊的教堂前停下腳踏車。看著眼前這棟奇異的建築，我揉揉眼睛，確認門牌，然後再揉揉眼睛。我完全不知道東區的精華地帶在這裡有間教堂。哥德式的尖塔、彩繪玻璃窗、蹲踞屋簷的石像，彷彿隨時會有蝙蝠從洞開的大門裡飛出來。教堂裡漆黑一片，空氣中隱隱迴盪管風琴的聲音，旁邊有一座小墓園，墓碑前擺了鮮花。

浮誇。

我架起 YouBike 的腳架，提起保溫箱往教堂門口走去。保溫箱裡的雞顯得很不安，我能感覺牠拍翅的震動，我想這一定是你能在 UrbanEats 裡找到最新鮮的食物了。我走上教堂前的台階，往裡頭張望。

「有人嗎？」

或許是吸血鬼給我的夜視能力，教堂中雖然很暗，但我看得還算清楚。教堂中擺放著一排排木製長椅，上頭坐滿了人，全都穿著整齊西裝，低頭在黑暗中抄寫著什麼。紙筆摩擦的沙沙聲搔得人心慌。

「那個，你好，我是 UrbanEats，來送厄夜魔女點的雞。」

我維持著專業態度把那羞恥至極的名字講了出來，不過還是沒有人回應我，大家都很專心工作。我真討厭這些奧客。

「那個……雞……」我把雞從保溫箱抓出來，牠不住地拍翅掙扎，發出吵雜的聲響，人影們才終於有了反應。他們抬起頭，放下紙筆，緩慢地站起身，然後以一種僵硬、不協調的方式向我走來。黑暗中我看不清他們的臉，直到第一個人走到門邊，踏進月光照射的範圍。

那是一具乾枯的人形。

頭髮都掉光了，皮膚黏在骨頭上。關節僵硬，面色發青，眼窩中沒有眼睛，取而代之的是一團幽幽鬼火。沒剩幾顆牙的嘴中發出啊啊的聲音，隱隱能聞到一股腐朽的氣味。

就像刻板印象中的殭屍那樣。

我連忙後退，跑下門前階梯，從YouBike車籃中拿出驅魔獵人給我的寶特瓶裝聖水，轉開瓶蓋，用力往殭屍身上潑去。一陣燒焦的臭味傳來，為首的殭屍摀著臉在地上打滾，其他殭屍則猶豫地退後。我看準時機，一個箭步上前，用力拉上教堂的雙扇大門。確認關緊了以後，才靠著門鬆了一口氣。

「小妹妹。」一個成熟的嗓音在耳邊響起。是人！我高興地轉過頭——

刷。

一把塑膠掃把擦過耳際，在教堂大門上敲出空洞回響。月光之前，一個高䠷的女性身影撐著掃把柄，低頭微笑地看著我。

掃、掃把咚!?

「妳、妳好？」

「請問妳在對我家員工做什麼呢？」她約莫三十歲上下，語調輕快，彷彿閒話家常，但我本能地感受到危險。俐落的中短髮搔著我的鼻尖，很香，胸部很大。

「我、我是UrbanEats外送員，送餐到這裡卻發現那個教堂裡有殭……等等、員工？」

「哦。」她看著我手中的保溫箱（雞已經跑掉了），露出無可奈何的表情。「這樣啊，我大概明白了。我以為能接那種單子的都是圈內人。」

「妳就是厄夜魔女嗎？」

「不是，我叫林水月。那個只是我手下的殭屍寫來鬧外送員的。」

「……」

「進來吧。」她懶懶地說。「我拿錢給妳。」

我跟她走進了教堂。

殭屍們都回到了位子上，繼續抄寫書籍。剛才被我潑了聖水的殭屍也已經恢復過來了，坐在地上休息。我朝他深深一鞠躬道歉，他卻只是朝我擺擺手表示沒關係。真是個好人，不，一具好屍體。

「對了，雞跑掉了。」我說。

「沒差，我回來的時候剛好看到，順手抓回來了。」林水月從手提袋裡掏出了雞。那個手提袋看起來裝不下一隻雞。

「只是有些好奇，妳買一隻活雞做什麼呢？」

「感恩節大餐。」

「呃，那……這裡又是怎麼回事？」我比了比坐在地上的殭屍們。

「妳說小張嗎？」她有些煩躁地揮揮手。「他才剛被聖主會的假修女砍掉腦袋，還沒恢復過來，妳又拿聖水潑他。這下可好，我得多付勞工保險跟加班費了。」

「我真的不是故意的。」我快步跟上。「但我指的是這些殭屍。」

「喔，妳問這個啊……妳聽過莉莉安嗎？一個吸血鬼？」

「我知道，我剛剛才送餐給她。」

「這些是被她吸了太多血以後回不去的那種。因為沒地方可待，我就收留了他們。」

「莉莉安……」

雖然盡力隱藏，但或許我的語氣還是透露了不贊同。林水月撥了撥頭髮。「不是她的問題，這算是他們自願的。」

「自願？」

「畢竟當殭屍比當人輕鬆多了。雖然也要勞動一輩子……他們前幾天才罷工，要我把工時改為一天四小時。」

「一天四小時！」

「之前是六……六小時來著。」一旁的殭屍，小張，突然用沙啞的聲音插話。嚇了我一大跳，原來他會說話。「但一天、一天幹六小時，我們可吃、吃不消。只有螞蟻跟人類……這樣的白痴生物，才能忍受這麼長時間的無、無意義勞動。」

「嘿，放尊重點。」林水月說。「小妹也是人類。」

小張愣了一下，尷尬地笑了。他笑的時候下巴會掉下來，講話時也得不斷調整。「抱歉，我剛才以為妳、妳是吸血鬼。」

「沒關係。」我說。「我剛剛也以為你是沒有智商的那種殭屍。」

「小張是工會的會長。」林水月說。「我真不該讓殭屍讀資本論的。我活了四百年，以前收留殭屍可是穩賺不賠，我還沒在人事成本上花過那麼多錢。」

「妳、妳們也該有個工會。」小張對我說。「像妳這樣的年輕女、女孩，在深夜還要騎腳踏車送餐，實在太辛苦了。」

「我們算是個人業者，跟UrbanEats只是承攬而非雇傭關係。」我說。

「妳要不要一起當殭屍？不用煩惱活著的麻煩事，那可幸、幸福多了。我活著的時候，老在自怨、自艾。死了才覺得，真是浪費時間。」

「不用了。」我搖搖頭，隨意地想像了一下變成殭屍後的人生。「我大概滿喜歡煩惱活著的麻煩事，還有自怨自艾的感覺，讓我從不同角度欣賞人生。」

「就像觀賞悲劇？」

「就像在看黑色喜劇。」

小張開心地笑了，而這次他的下巴真的掉下來了。他手忙腳亂地把下巴裝回去，動動嘴巴，發出喀啦喀啦的聲音，口齒忽然清晰了。「不錯，我看好妳。哪天妳不想活了，歡迎隨時來找我。跟著我，保妳吃香喝辣。」

「謝謝你。」

這是我第一天上工，就接到了三次轉職邀請，不過我確定就這個選項我是不會考慮的。畢竟我喜歡我的頭髮，而且殭屍的味道不太好聞。

「好了別煩她了。」林水月將現金塞到我手裡。「夜還很長，工作加油，你們兩個都是。」

「今天真是特別的一天。一天之內，我就看到了吸血鬼、驅魔師、殭屍跟魔女。」我點好錢，收進小包中，一邊感嘆。

「這些我都常看到。」林水月說。「但一個女台大生在凌晨三點騎共享單車送UrbanEats，這我倒是第一次見。」

「妳怎麼知道我讀台大。」

「因為妳看起來有點生活白痴。」

她把我推出教堂門，視線越過腐朽的木製圍欄，看向燦爛卻寧靜的城市風景，深深呼出一口氣。「啊……時代還真是進步了，再過不久，不管是 UrbanEats 還是殭屍，大概都要被人工智慧取代了吧。」

「我覺得我早就被時代拋下了。」

「我三百年前也這麼覺得。每個人都有辛苦的地方呢。」

「是呢。」我說。

她揮揮手，關上了門。我一個恍神，回過頭來，教堂卻已消失不見。

整齊的街道就算沒有行人，也靜靜地佇立在這裡，彷彿永遠也不會改變。在微涼的空氣中，我有些發暈。想著今天經歷的種種，想著我的煩惱，想著那些超越人類的物種們的煩惱，忽然有點釋懷了。

傳說的吸血鬼煩惱著找不到人買血，永生的驅魔獵人煩惱著錢不夠用，而不死的魔女則煩惱她的殭屍員工太有勞工意識。連這些獨立於時間之外的存在都在煩惱著這樣雞毛蒜皮的小事，像我這樣的凡人不管有再多煩惱，也不必苛責自己吧。就算不特別，一輩子只能騎著 YouBike 送 UrbanEats，那又怎樣呢？這世上有多少人能在一天內看到吸血鬼、驅魔師、殭屍，以及魔女？

就像……放開雙手騎單車吧。只要繼續前進，就能保持平衡，這是危險駕駛的小小祕訣。

我心滿意足地跨上腳踏車，打開手機。打算有始有終，腳踏車實地的，把這份工作做好做滿。

手機跳出了最新的一筆訂單：一群住在東區徹夜狂歡的年輕人點了就在他們正樓下的速食分享餐，還特地用備註欄位炫耀。

「是呢。」我在心中喃喃重複著。

最少最少，做為一個黑色喜劇演員，我應該是成功的。

（因為開始工作的關係，來嘗試記帳）

（UrbanEats 工資每個禮拜一結算）

（每天飲食固定支出兩百元，不准多，少了當零用錢）

目標：機車（55,000 NTD）

2019 年 11 月 18 日			
	收入（NTD）	支出（NTD）	累計（NTD）
存款			1236
固定支出		200	1036
YouBike 租用費		195	841
鮮血（499 毫升）	2489		3330
			合計：3330　NTD

11月25日　九又四之三下水道

從那之後過了一個禮拜。我的戶頭進帳了一萬台幣。

照這勢頭，剛畢業起薪就能達到平均薪資，下禮拜的同學會也可以好好炫耀一番了。感謝YouBike，感謝懶惰的台北人。因為天氣越來越冷，我用這一萬元買了一件卡其色的長風衣。我本來該把錢存起來買機車的，不過那件風衣需要我。於是在這個美好的星期二，我穿著新買的長風衣，在將近凌晨一點的大安區街頭騎YouBike，向夜色炫耀我的穿衣品味。

唉。

這次的訂單又是麥當勞。在這樣的深夜，突然肚子餓的話我也只能想到麥當勞。我已經連續三個午夜餐都吃麥當勞了，這是做夜班的一大劣勢。不過為了四萬塊的月薪，以及我的長風衣，我還忍得下去。

揹著UrbanEats的專用保溫箱，送一整晚的餐，就算有半吸血鬼的身體，也難免腰酸背痛。我輪流用左右手操縱握把，讓背部稍微能夠挺直（YouBike比一般腳踏車還重，這是考驗技術的時候），偶然抬頭，看見了天空中的滿月。

今天早上剛下過雨，那個時候我還在睡覺。現在的空氣非常清澈，明月高掛在空中，圓得很不自然。微微發藍的月光渲染雲朵，看上去有些虛幻不實。一時興起，我盯著月亮猛瞧，尋找月兔的形狀以及阿里斯塔克斯撞擊坑，結果一個人影從天而降。

金色的中捲髮，深紅色的歌德蘿莉服，小小的蝙蝠翅膀，襯著藍灰的月，傳說中的吸血鬼莉莉安，輕輕巧巧地降落在我的腳踏車前方。

「江曉萍！曉萍曉萍曉萍！」

她一落地，就快樂地朝我奔來，念著從訂單上看到的名字，彷彿認識很久的朋友。不過這只是我們第二次見面，我甚至還沒加她的 line。

我停下腳踏車。「妳怎麼在這裡？」

「剛剛被吸血鬼獵人追殺，遠遠地聞到妳的味道，就過來找妳了。」

「……會臭嗎？」

「還滿香的。妳看過《暮光之城》嗎？」

「有。」

「那真是有史以來最棒的吸血鬼小說！它還是初版封面的時候，我就在追了，跟那些換了皮才喜歡的人可不一樣！不過這也怪尖端出版社。妳是看電影還是書？」

「只看了一集電影……但我不懂愛德華幹麼讀這麼多次高中，我讀一次就受不了了。」

「那不是羅曼史小說的重點啊！等妳到他那個年紀就會懂了。而且精彩的還在後面啊！總之，味道大概就像書裡寫的那樣。」

「我會找時間看看的。」

「我現在好餓，可以給我喝點血嗎？」

「不要。」

她鼓起雙頰，似乎沒想過會被拒絕。「妳真奇怪，那些大老闆可都付高價讓我吸血，而我現在還要付錢給妳呢。」

「說真的，他們幹麼不直接去吸大麻。」

「如果有得選，誰想要違法呢。」

「我還有工作，晚點再說吧，我們可以用 line 聯絡。」我看了看時間，已經有點遲了。用腳踏車送餐，時間總是很緊迫。

「妳要送去哪裡啊？」莉莉安從衣服刻意裁出的開口，伸出兩隻明顯不符合空氣動力學的小翅膀，敷衍地拍了拍，在人行道上飄了起來，似乎打算跟我一起走。

「而且妳根本沒加我 line。」

「做人要聽得懂暗示。」

「這還不簡單，妳手機給我。」她伸出手，態度強硬。雖然那個玩笑並不是這麼溫和的意思，我也只好交出手機。她熟練地操作介面，幫我加了她好友。然後笑瞇瞇地把手機還給我。

我沒理她，打開 UrbanEats 的介面，再次確認訂單地圖，就騎上腳踏車了。一開始我慢慢地騎，但她輕鬆跟了上來，所以我照正常速度前進。

「說到底，妳幹麼做 UrbanEats 啊？」她說。

「薪水很高啊。」

「如果妳真的在乎那個，就讓我吸血了。」

她說的有道理。我遲了一下才回答：

「我是台大人類學畢業的。」

「咦？真的嗎，好厲害！」

「我的朋友要不早早修了教育學程，不然都去做行政或業務了——當然這也很好。但是都花了這麼多時間，最後還是走一條一樣的路，那感覺就像是……」

「浪費了？」

「困住了。」

在某個小池塘裡，一輩子做著瑣碎的事。
然後被這座城市一口吃掉。
「喔……」她想了想：「妳想做些特別的事，所以才選深夜UrbanEats？」她看起來有點小開心。如果我回答是，她一定會說，那讓吸血鬼吸血明明更特別。可惜不是。
「我只是在拖延時間。」
「啊。」莉莉安若有所思地點點頭。
幾個晚歸的路人經過我們身邊，她們詫異地看著飄在空中的莉莉安，但很快又事不關己地撇過頭，繼續聊著剛才那場KTV聯誼。我好愛台北。
「我的血真的很好喝嗎？」聽不到她們的聲音以後，我才又說。
「我再也喝不下其他人的血了！」莉莉安馬上回答。「尤其是那些腦滿腸肥的大叔們。我想讓嘴裡繼續保持妳的味道，這個禮拜已經拒絕了十幾件委託，至少損失了二十萬，客戶都開始有戒斷症狀了！妳有發現最近大麻的價格上漲了嗎？」
「沒有。」
「這就是為什麼我會被那個吸血鬼獵人追殺了。」她嘆了一口氣。「這根本是遷怒。」
「說起來，那天送血給妳之後，我也遇到了一個吸血鬼獵人。」
「啊，我知道！是小蝶對吧，那個中國特色的假修女，她上次用武士刀砍我的時候還有提到妳。其實我覺得她還滿喜歡我的，明明就很想跟我做朋友，就像小男生欺負喜歡的女生那樣吧。」
「她只比妳小兩百歲。」
「有些人不管活再久都一個樣。」她輕哼一聲，拍拍翅膀，在我頭頂游泳般伸展身子，動作優雅愜意。我抬起頭，正好看到綴滿了蕾絲與綢緞、繁複華美的歌德蘿莉連身裙裝，以及底下的貓咪圖樣兒童底褲。

我低下頭，專心騎車。

「我真的好餓。」莉莉安說。

「妳怎麼不找那個喜歡欺負妳的驅魔獵人。」

「聖職的血喝了會肚子痛。拜託啦，一點就好，一點！」

「妳上次說五百毫升，結果吸了一千，還沒付錢。」

「妳們人類就是壽命太短，才會這麼升升計較。」

「捐血中心要我兩個月才能捐兩百五。妳這麼吸我會死的。」

「妳不讓我吸血，我也會死的！我已經對妳上癮了。」

雖然是吸血鬼，雖然是三百歲的老太婆，被這樣可愛的小女孩做出如此告白，還是令人怦然心動。不過我必須堅守原則。

「不行絕對不行，我可不想變成殭屍。」

「請正名食屍鬼。而且殭屍很好，妳這是人類中心主義發言！」

「我確定這個詞不是這樣用的。」

「我會很小心，我會小心不要吸超過太多。」

「真是令人安心的保證。」我稍微放慢車速。「吸血鬼可以多久不吸血？」

「一個半月。」

「一個半月？」

「在那之後我會陷入永遠的長眠，在教堂地下室的棺材裡。但妳不會這麼狠心的，對不對。」

「誰叫妳要挑食。」

「妳沒吃過自己，才會這樣說。」

她嘛起嘴來，樣子就像任性的小孩，讓我不禁露出苦笑。雖然嘴上說著嫌棄的話，但在這樣寂靜寒冷的深夜、空無一人的寬廣街道，有她作伴，其實很好。如果她願意陪我到最後，讓她（在針筒的小心控制下）喝個一百毫升的血，或許也不是問題吧。

「啊。」我忽然停下腳踏車。

「噢。」煞車不及的莉莉安整張臉撞在我的背上，她困惑地揉著鼻子，發出悶住的聲音。

「幹麼啦。」

「到了。」

我比對手機。

「就是這裡，九號四樓之三。」

「妳的送餐地點嗎？」

「沒錯。」

「我以為妳剛剛只是想甩開我在亂騎。」

「我表現得這麼明顯嗎？」

「妳傷透了我的心。」

「別在意，我只是喜歡欺負有好感的小女生。」

這是一棟四層樓高的小公寓，這附近的房子似乎都是這樣。這些小公寓在改建的時候，擴增了戶數，原先的門牌不夠用了，所以切成好幾份來賣。我尋找電鈴，九號，四樓，沒有錯，四樓之一……四樓之二。不過我找了好久，卻沒看到四樓之三。

「怎麼了？」莉莉安說。

「沒有這個地址……」我檢查手機，打開地圖。

「門牌、信箱、電鈴、Google map 都沒有。」

「可能人家比較孤僻。所以才會在半夜用 UrbanEats 叫麥當勞。」她事不關己地在空中倒立，裙子都落下來了。「打電話看看？」

我按下訂單上的電話按鈕，響了好久，也沒有人接。真是讓人苦惱，雖然就算沒人領餐，系統也會從信用卡扣款，不會讓我吃虧。但手上這袋大麥克就不知道該怎麼辦了。我已經連續吃了好幾天麥當勞，實在不想自己處理它。

「如果沒有人來領，妳要不要幫我吃掉？」

「我現在只喝妳的血。如果薯條可以沾著妳的血吃，我就吃。」

「妳好可怕。」

公司規定如果沒人領餐，要打至少兩通電話，原地等十分鐘，然後才能離開。我按下計時按鈕，開始倒數時間。我送餐已經一個禮拜了，這是我第一次被客戶放生。

莉莉安忽然坐在我的肩膀上，就像騎馬那樣。她的身體很輕，很柔軟。她彎下腰，倒垂著頭看我，一副看好戲的樣子。「我剛剛飛上去幫妳看了一下，這棟房子真的只有三戶。哈哈，妳被騙了！」

隨著她的嘲弄，柔軟的金髮搔過我鼻尖，帶著一股梔子花香。我抓住她晃動的雙腳，有點遷怒地抬眼看她。「哪個人這麼無聊，要在深夜騙人？」

「妳瞪我也沒用。我只負責笑。」
「妳明明三百多歲了，怎麼還這麼幼稚。」
「我的大腦還是充滿可塑性的小孩子啊！這可是我引以為傲的生活態度。妳見過哪個活到這歲數的人，還能像我一樣青春活力？」
「從沒見過。」我承認。
總之，莉莉安證實了這棟房子根本沒有第四戶，換句話說，要嘛地址寫錯了，要嘛這真的是惡作劇。不管怎樣，我還是得再打一通電話，響至少十秒鐘，才符合公司規定。
我再次操作手機，這次就不期待回應了。熟悉又使人煩躁的嘟嘟聲鑽進耳朵，不過，這次還有另一道更微弱的音樂，從不知何處的下方傳來。我把話筒從耳邊移開，仔細聆聽。是搖滾天團五月天的〈夜訪吸血鬼〉。
我跟莉莉安對看一眼，她聳聳肩。「或許他在地下室，收不到訊號？」
「或許他需要幫助。」
「或許妳該仔細看看備註，我聽說有人就是不喜歡接外送員電話。」
我看了一下備註，沒想到上面真的寫了東西，我剛剛都沒注意到。一般而言，我都會仔細看過訂單，所以這滿奇怪的。備註上面只寫了一行字——
請送到下水道裡。
我把莉莉安從肩膀上趕下來，四下張望，在九號公寓門前，還真有一個人孔蓋。我又打了通電話，彎下身，把耳朵靠過去聽，聲音確實是從裡面傳來的。我有不好的預感。
莉莉安顯得很愉快。「我認識一些住在下水道的尼安德塔人，雖然他們又髒又臭，一點都不文明，血也不好喝。但他們肚子不餓的時候，還是很友善的。」

「請停止妳的智人中心主義發言。」

「那是妳沒吃過他們，才會這麼說。」

身為人類系學生，我應該可以說出更多關於尼安德塔人的俏皮話，但想到我只看過尼安德塔人的骨頭，而莉莉安還喝過他們的血，就覺得我真是白讀了四年大學。我轉過身，重新面對人孔蓋。

到底該怎麼辦呢？人孔蓋很重，如果沒有特殊的工具，憑我這樣的書呆子，是不可能打開的。我左看右看，附近卻沒有能夠撬開兩百公斤人孔蓋的東西。如果真的是住在下水道的尼安德塔人，他們肯定天生神力。

「莉莉安。」逼不得已，我只好向傳說中的吸血鬼尋求幫助。

「可以幫我打開人孔蓋嗎？」

「妳會讓我吸血嗎？」

「不會。」

「喔，沒關係，莉莉安是好朋友，莉莉安幫助朋友不求回報。」

她伸出兩根手指頭，捏住人孔蓋的凹槽，輕輕鬆鬆地把人孔蓋水平舉了起來，隨手放到一旁。我踮起腳尖，往裡頭看。下水道深不見底，傳來陣陣陰風與惡臭。我真不想下去。

「莉莉安，妳會陪我嗎？」

「我才不要，這件洋裝很貴的。大概是妳一整個月的薪水。」

「說的也是。」

我脫下長風衣，掛在 YouBike 上。從保溫箱拿出裝有麥當勞大麥克的紙袋，我嘆了一口氣，認命地轉過身，踩著ㄇ型鋼條排列成的梯子，往城市的陰暗角落緩緩下降。

下水道一片漆黑。

失去了視覺，其他感官反而更加敏銳。腐敗泥土的氣味充滿鼻尖，手中的鋼條黏黏滑滑的，規律的水滴聲讓人心情緊張。如果我乖乖待在上面，等十分鐘一到馬上走人，還可以賺到一份大麥克餐。我幹麼這麼敬業呢。

雙腳終於踩到地面了，腳下濕滑濕滑的。我從牛仔褲後面的口袋拿出手機，打開手電筒功能。下水道比想像中還要寬廣，但是空無一人。

「有人在嗎？」我輕聲喊道。回音陣陣，聽著自己的聲音，反而讓人有點恐慌。我強作鎮定，檢查手機，勉強還有訊號。於是我再次撥通號碼。

夜訪吸血鬼的鈴聲響起，主唱清澈又飽含張力的嗓音，在惡臭的下水道中顯得有些不合時宜。我轉過頭，正要尋找聲音的來源，不祥的水聲忽然從水道深處，由遠而近傳來。

我愣了一下，憑著直覺後退一步，一張血盆大口出現在我剛才站立的地方。雪白的牙齒反射森冷的手機燈，飛濺的水花中，紅色的眼睛木然地凝視我。覆滿鱗片的軀體在臉前回身，隨著巨大的聲響落回水裡，我才終於看清那是什麼。

一隻巨大的白色鱷魚。

一九三五年二月十日，紐約一群年輕人在哈林河的下水道抓到了一隻鱷魚，「被沖下馬桶的寵物鱷魚」都市傳說不脛而走，甚至讓建設公司組織了一支部隊掃蕩下水道，這則傳說也流傳到了台灣。我想起我曾經聽過這樣的故事，但它一點幫助也沒有。

鱷魚潛回水裡，消失無蹤。我驚慌地用手機燈掃射水面，但在黑暗中什麼都看不清楚。

「呃、莉莉安？」我遲疑地喊了一聲，但沒有得到回應。我感到身後有動靜，於是慌忙地轉身，連連後退，但那裡什麼也沒有。

我朝梯子跑去，還來不及伸手，就看見鱷魚爬出水面，擋在我與出口之間。那是我見過最大的鱷魚，身體因為適應下水道而呈現白色，眼睛是血般的紅。牠張大了嘴巴，發出恐怖的吼聲，我後退一步，手機卻不小心掉在地上。在閃爍晃動的光線中，牠向我撲來。

「莉莉安！」我尖叫。

時間無止境地膨脹。鱷魚的利齒、腐肉的氣息、冰涼的水花，全都清晰地刺痛神經。過往的畫面浮現眼前，那是某堂人類學課，一個緊張兮兮的同學站在台前，指著白底黑字的投影片，分析下水道鱷魚這則都市傳說的神話原型與象徵隱喻。做為死前跑馬燈來說，還真是無聊到可悲的片段。

啊啊，早知道就讓莉莉安多吸一點血了。

下一個瞬間，巨大的白鱷被撕成兩半。鮮血飛濺，肉片四散，金與紅的身影降落血與肉的旋風之中。傳說中的吸血鬼眨眼間踩死了下水道的傳說鱷魚，彷彿貓咪踩死壁虎。

「哇！妳沒事吧！」莉莉安抬起頭，驚慌地看向我，臉上還沾著爬蟲類血液。

我愣愣地看著她，過了好久才回過神來，眼淚幾乎要奪眶而出。「我以為我死定了。可以摸摸我的頭嗎？」

「不用謝我，我只是覺得像妳這麼好的食材，給鱷魚吃掉真是太浪費了。」她嘴上說著冷漠的話，但聲音裡的擔心藏不住。她猶豫了一會兒才走過來，摸了摸我的頭。

被一個外表只有十二歲的小女孩摸頭安慰，實在有點羞恥。不過一想到她的年紀其實都可以做我的曾曾曾曾曾曾曾祖母了，忽然間有種無與倫比的安心感。她身上有媽媽的味道。

「妳是不是在想很沒禮貌的事。」

「妳的洋裝，最後還是弄髒了。」

她低下頭，看著自己昂貴的哥德蘿莉塔服裝，在衣服的皺褶上，垂掛著幾條鱷魚的腸子與內臟，有點像是聖誕樹裝飾。

「反正這款式也已經過氣一百多年了。」她脫下連身裙，隨手丟進水道中，讓它隨著水流漂走。現在，她赤身裸體站在我面前，身上只有一件貓咪圖樣的底褲，而且沒穿胸罩。

我稍稍移開視線。「妳知道哥德蘿莉塔跟哥德風完全是兩回事吧？」

「喔，閉嘴，我在給妳台階下。」

我們無言地看著連身裙與鱷魚肉塊在水道上越漂越遠。雖然剛剛才差點被吃掉，但現在我倒有些同情那隻鱷魚了。因為人類任性的需要而誕生，被飼養在籠子裡，卻在長成不符合期待的樣子後，隨意地丟棄，沖下馬桶，流落不見天日、哪裡也不存在的都市狹縫。

原先飼養牠的人，到底打算把牠養成什麼樣子呢？

在這個暗無天日的地方，牠終於能夠做自己了嗎？

肉塊消失在下水道的黑暗中，然後我突然注意到，在一旁的走道上，有個白色透明的人影正看著我。人影發現我注意到他，指了指地上某樣東西，略帶歉意地微微一鞠躬，從腳開始變得透明，最後消失無蹤。

「……那是啥？」

「只是一個幽靈，下水道裡很常見啦。他剛剛好像想對妳說什麼？」

我們走近一看，才發現剛才幽靈指的地方，有一具屍體。

屍體穿戴著管線工人的服裝與工具，已經腐爛了，不知道怎麼會死在這裡，但右腳有鱷魚的咬痕。我畢竟是人類系學生，在修體質人類學的時候，死人骨頭也沒少看過，區區一兩具屍體還嚇不到……不，抱歉，我騙人的，我怕死了。

「為、為什麼這裡會有屍體，他是被鱷魚咬死的嗎？」

「大概是沼氣中毒吧。妳沒發現嗎，這裡根本是毒氣室。要不是我上禮拜多喝了妳五百毫升的血，妳早就昏倒了。」

「喔，謝了……但怎麼會沒人發現他？」

「我就說會在半夜叫 UrbanEats 的都是邊緣人。」

事情很清楚了。就是那個幽靈訂了 UrbanEats，想讓我發現他的屍體。我試著再打了一次電話，但這次卻沒聽到鈴聲。或許他的手機老早就沒電了，天知道他死了幾年了，還在用夜訪吸血鬼那麼老的歌。

「他差點就把我害死。」我忿忿不平地說。

「誰叫妳那麼沒有危機意識，才老是遇到這種事。一般人接到吸血鬼的訂單，不是都會棄掉的嗎？」她雙手插腰，幸災樂禍地說教。

「沒有啊，兩千五很貴耶。今天也是因為妳在上面，我才敢下來的。」

「啊、喔……嗯……」莉莉安撇過頭，看著地上的屍體。「總、總之，平常會接到這種單的，應該都是圈內人。」

上次遇到的那個魔女，好像也提過這件事。而且人都死了，幽靈也鞠躬道歉了，想生氣也氣不起來。我嘆了一口氣，不再糾結。

在幽靈道歉之前，他似乎有用手指著什麼。我一開始以為是屍體，不過方向不太一樣。我朝記憶中的位置看去，才發現地上有一個錢包。

我撿起錢包，裡面還有兩、三百塊。雖然都被水浸濕了，但外觀還算完整。我從裡面抽出一百三十塊錢，找給他三塊錢，然後將一直緊抓在手上的大麥克套餐放在旁邊。「您的餐點送到了。」我雙手合十拜了拜，才轉身跟著莉莉安爬出下水道。

這附近沒有監視器。我打了通報警電話，說人孔蓋被打開了，底下傳來（鱷魚的）血腥味和有毒的沼氣味，後續應該就沒我們的事了。希望那個工人大叔可以好好入土為安。

莉莉安還是裸體狀態。看著總覺得有點冷，不過更重要的是，要是被人看到我在十二月的冬天夜晚，跟裸體的小學女生走在一起，大概會進警局吧。所以我脫下我的長風衣遞給她。

她驚訝地看著我，不確定地接過風衣。「妳真是奇怪，竟然擔心一個吸血鬼？」她猶豫了一會兒，穿上風衣，稍微拉緊了些，然後淺淺地笑了。她小聲地說。「謝謝。很溫暖。」

雖然我不是在擔心她著涼，不全是這樣，但她的笑容實在很可愛。我含糊地應了聲。

「喔，嗯……我送妳回家吧，等妳到家了再還我。」

「妳不送餐了嗎？」

我看了看手機，關掉 UrbanEats 的應用程式。經過剛剛的事，我已經失去繼續送餐的心情了，今天就這樣吧。看著不知為何心情愉快的莉莉安（她似乎很喜歡那件長風衣，還趁我不注意的時候偷偷嗅聞），我遲疑地開口。

「妳是真的很想喝我的血嗎？」

對於這個問題，她沉默了一會兒，輕輕抓著風衣衣角。「吸血鬼比較適合在晚上出門。」

「對耶，最近的小說都不太在意這個設定了。」

「但這個時間正常人都睡了。能遇到的也只有吸血鬼獵人，跟 UrbanEats 外送員了。」

「還有殭屍、還有魔女。」

「如果我說，我只是想找妳聊天，妳會陪我嗎？」

「喔……」突然的告白讓我一瞬間詞窮，但為什麼不呢，反正我也很閒。「我知道忠孝敦化站旁邊有一家無酒單酒吧。我挺喜歡的，要不要一起去坐坐？」

「那裡有血腥瑪麗嗎？」

「喔，當然。」

(莉莉安把錢包放在洋裝口袋，丟在下水道了。

下次見到她記得要酒錢)

(不過她到底是怎麼進酒吧的？)

目標：機車(55,000 NTD)

2019 年 11 月 25 日			
	收入（NTD）	支出（NTD）	累計（NTD）
存款			1575
UrbanEats 工資	11140		12715
YouBike 租用費		85	12630
固定支出		200	12430
戰壕式風衣		8550	3880
血腥瑪麗*2		700	3180
			合計：3180 NTD

11月27日 吉爾伯特—莫斯提勒釣魚法

現在是凌晨三點。

雖然時間還有點早，我在西門這一帶送完最後一道餐點，也準備回家休息了。

這個時間還沒有捷運與公車，我像往常一樣，打算騎 YouBike 回到位在景美的家。從西門到景美，可以沿著淡水河與新店溪的河濱公園，一路暢通無阻。這段路騎起來很舒服，離水很近，城市燈火倒映在水面上，有種油畫般的質感。沿途種滿美麗的花草，每個彎道都是新的風景。但在結束一天的工作後，還要騎一小時的車回家，光想就有點累人。

如果可以，我也想住在台北的市中心。市中心的夜生活豐富，凌晨訂單也比較多。但房租實在太貴，所以我只能當個長不大的孩子，跟親愛的父母與妹妹，一起住在景美這樣的鄉下地方。

把家當旅館，媽媽總是這麼說。

回去的時候，他們都還在睡覺吧。明明住在同一個屋簷下，卻感覺好久沒見到面了。

這樣也好，或許。

風沿著河面颳來，有些冷，還好我新買的長風衣好看又實用。莉莉安隔了一天才把它還給我，不過她特地送去乾洗店洗燙過，幫我省下五百塊錢。

我一手壓著貝雷帽，感受微風吹拂臉上，在無人的車道上，這樣的時間很愜意。路燈整齊延伸，彷彿沒有盡頭，隨意地欣賞風景，任憑腦海天馬行空。河堤就像一道結界，將冷漠的都市擋在外頭，只留下綠意盎然的水岸公園。在這一刻，我除了保持平衡，暫且不用煩惱其他事情。

我放鬆踏板，讓風與慣性帶著我向前滑行，齒輪與鏈條沙沙摩擦，給人一種前進的安心感。右手邊是賞鳥公園，幾隻野狗趴在地上，抬起頭慵懶地看了我一眼，便又繼續睡覺。通過華江橋底下，再往前一小段路，轉過淡水河與新店溪的接口，我騎上一座小橋。

小橋橫跨抽水站的水道，視野開闊，風景優美，如果是傍晚的話，常有釣客聚集在橋下。我原以為現在不會有人的，但台北的夜生活顯然豐富得超過我的想像。凌晨三點半，有個人影坐在橋口的堤岸邊，悠閒地垂釣。

好奇心讓我放慢了車速，才發現這個身影有點眼熟。她綁著公主頭，穿著繡有十字架的道士袍，外頭卻罩著學生運動外套，兩件風格迥異的服裝搭在一起，卻意外地不難看。手握釣竿，認真地盯著水面的樣子，甚至有些清新脫俗，就像從仙俠小說走出來的修道者。雖然我有點臉盲，但這麼有特色的人，我大概是不會認錯的。

我停下腳踏車。

「莊、語蝶……小姐？」我回想訂單上的姓名，猶豫地開口。

聽到我的聲音，具有中國特色的驅魔獵人抬起頭，驚訝地看著我。「啊！曉萍小姐。妳好，這真的好巧喔。」

「妳在釣魚？」

「這個……說起來有點難為情，但是我的伙食費好像又快要用光了。」

「這裡釣到的魚能吃嗎？」

她嘆了一口氣。「稍微會有一點點土味，我也沒有本錢挑剔了。至少這一百年來，還沒有吃壞肚子過。」她的聲音悅耳，面容活潑可愛，很容易讓人忘記她的年齡。「只是一個人在這裡釣魚，還真的有一點寂寞呢。」她抬起頭，向我投來愉快的視線。

「好晚了耶，妳還在送餐嗎？」

「剛結束，正要回家。」我應該要走了，畢竟我跟她只是一面之緣的關係，打個招呼也就算了，但我今天特別想在睡前能有人聊聊。於是我停下腳踏車，她隨即露出歡迎的表情，往旁邊挪了一點，讓出空間給我坐。

「我前天又遇到莉莉安了。」我說。

「妳這麼容易遇到這些事。」她露出擔憂的神情。「還在晚上送UrbanEats，感覺好危險喔。」

「應該沒關係，YouBike 有自己的保險。」

她側頭想了想。「這樣說起來，上次有幫到妳的忙嗎？那瓶聖水。」

「我潑殭屍用光了。」

「唔——我原本希望妳用在更危險的東西上的。像是被沖到馬桶裡的寵物鱷魚，或者……雖然不會有什麼效果，妳也可以拿去潑莉莉安，她的表情會很有趣喔。」

「她說妳其實很想跟她做朋友。」

「誰不想呢，真的，她這麼富有，又這麼大方。可是驅魔獵人跟吸血鬼，註定永遠是敵人。」

我遲疑了很久，才說：「她經常會跟被她吸血的人做朋友嗎？」

「不常。」她側眼看了看我，揮竿拋出釣餌。「妳這樣是很特別的。」

「我的血大概真的很好喝吧。」

「吸血鬼品嘗的，不只是血而已。」

我不知道她指的是什麼，只好換個話題：「她是靠吸血賺這麼多的嗎？」

「這個……很久很久以前——其實也不算太久啦，好像是五十年前吧。她被一個算命仙騙了，在東區買了一堆好便宜的土地。那個時候東區還是一大片爛水田，這麼長的一根竹子都碰不到底。」她張開雙手比劃了一陣，接著仰起頭，嘆了一口氣。「那段時間我每次遇到，都會笑話她。」

我們沒有說話，兩人靜靜地看著水面，看著浮標上下浮動。它忽然下沉了一點，莊語蝶連忙拉起釣竿，但魚鉤上什麼也沒有。

她重新裝上一隻扭動的魚餌，再次將魚鉤拋進水裡，發出自嘲的笑聲。

「上次她跟我說比特幣很有前景的時候，我又笑了她一次。」

「下次她又給妳什麼發財建議，可以偷偷告訴我嗎？」

「我記得她好像說過，人工智慧和物聯網，會帶起下一波的經濟革命。」

「真是真知灼見。」

莊語蝶再次拉起釣竿，這次魚鉤上掛著一條活蹦亂跳的魚。她將魚從鉤子上卸下來，看了看，皺起眉頭。「這隻還太小了。」

「妳不吃牠嗎？」

「我只可以帶一隻回家。」說完，她把魚拋回水裡，重新換上魚餌。

「有時候。」我說。「我覺得我也總是在關鍵時刻選錯。像是大學選了人類學系。如果我當初聽妹妹的話，不執著台大，讀個有用點的科系，那現在也不用做 UrbanEats 了。」

「我還是覺得妳在炫耀耶。」

「我只是不知道我是不是在浪費時間。」我抱著雙腿，盯著河面的浮標。「我只是不想變成一個無聊的人。」

「人生嘛。」年長的驅魔獵人嘆了一口氣，想裝出老成的樣子，但不是很成功。「總是得做出選擇的。就像……釣魚一樣。妳看我這裡，我帶來的小冰箱只能裝下一隻魚，我想帶最大的回去，可是又不能騎驢找馬，害死一堆魚，最後我還是只能憑感覺做決定。不管未來的魚會不會更大，如果現在的就夠好了，那就放進冰箱裡吧。」

「妳應該先估算自己這個晚上的預期成果數。如果妳一個晚上可以釣N隻魚，那就先放走前面的N除以自然數2.71828隻魚。記住其中最大的，只要釣到更大的，就收工回家，否則拿最後一隻走。這樣一來期望值會最大，這是最佳停止問題的吉爾伯特-莫斯提勒策略。」

「其實我只是想建議妳跟隨感覺，然後開心點吃魚。妳們這些台大生真的好討人厭。」

她停頓了一下又說。

「而且妳不是主修人類學系的嗎？」

「人類學也要修統計啊……我可以試著用李維史托分析吸血鬼的血液交換，如果這樣比較像個正統的人類系學生。」

「我其實聽不太懂妳在說什麼，不過妳這樣說好像也是耶。」

我們盯著河面，又沉默了一會兒。

「妳那個……寂什麼寞的策略，真的可以讓我釣到最大的魚？」

「只是期望值而已……至少數學上是這樣。」

「我想想看喔……我十分鐘可以釣一條，我只打算釣一個小時的，剛剛那是第一條。妳剛才說，數學上我應該怎麼做比較好呢？」

「妳一個小時可以釣6條，6除以2•7，差不多是兩條……」

我思考著期望值到底是多少，我猜應該有四成，但是心算從來不是我的強項。最後我只是聳聳肩。

「總之，妳再釣一條看看吧。」

第二條魚很快就上鉤了，比剛才那條更大一些。我不常釣魚，所以也說不上來是什麼品種。不過要我猜的話，大概是吳郭魚吧，因為這裡的水好髒。驅魔獵人把魚從鉤子上拿下來。

「哇——哇。這條魚好大，十隻裡面只會有一隻喔。我們真的要把牠放掉嗎？」

「呃、對，記住牠的大小，然後把牠放掉。之後只要釣到更大的就帶回家。不過我剛剛說的都是期望值，如果妳覺得這隻已經夠了……」

「沒關係啦，反正也滿好玩的。」

她把魚拋回了水裡。

這讓我有點擔心，萬一這個策略沒有成功，那不是害她白白放跑了一條大魚？我戰戰兢兢地盯著浮標看，祈禱著數學之神的垂憐。

「對了、對了，曉萍小姐，我聽說妳上次遇到林水月魔女了？」莊語蝶說。

「妳也認識她嗎？」

「不太認識。」她轉過頭，盯著水面。「但是她很有名喔，台北許多人都知道她。我是聽她手下的殭屍說的，那個殭屍後來逃進河裡了，說不定我們會釣到他。」

「為什麼我最近這麼容易遇到這些事呢？」

「唔……可能的原因有好多。不過依妳的狀況，我猜還是心情問題吧。」

「心情？」

「想要逃避現實的人，總是比較容易遇到不現實的東西。」

「我又沒有逃避現實。」

浮標晃動了一下，莊語蝶釣起一個東西。但不是魚，只是一隻裝滿水的破舊靴子。她不在意地聳聳肩，說淡水河裡偶爾就是會釣到這種的。

「還有就是妳沒有偏見。一般人聽到吸血鬼，不是都會先逃跑嗎。」

「人類學訓練我先放下批判，才能與對方做朋友。」

「真是一門好學問。」她再次甩竿。「話說回來，下次如果又見到莉莉安，幫我提醒她一下：最近有一些中國來的道士，一直想要抓她。」

「為什麼？」

「我也不是很清楚耶。不過我打聽到的原因大概有三個：一個說，因為莉莉安的力量太強了，而且沒有人知道她在想什麼，中國的戰略部署都被打亂了。另一個說，他們的獨裁領導人得了不治之症，需要莉莉安的心臟才能治癒。不過比較官方的說法是……吸血鬼侵犯了民族國家的血緣神聖性，違反唯物主義的基本原則，更與全體人民的利益不一致，因此必須納入管制，之類的。」

「他們幹麼不直接說吸血是邪惡的行為？」

「也許那樣太武斷。」

浮標又晃動了一下，莊語蝶一扯釣竿，又釣起一個東西。但不是魚，只是另一隻裝滿水的破舊靴子。跟剛才那隻正好成一對，一左一右。

「我還以為這是漫畫才會出現的橋段呢。」她無奈地把纏住的釣魚線解開，把靴子丟到一旁，重新拋餌。現在時間是凌晨三點四十五分，第一個十分鐘，驅魔獵人沒有釣到魚。

「莊小姐也看漫畫嗎？」

「可以叫我語蝶就好了。」她捲著釣魚線，讓浮標回到路燈的光線下。「其實就像妳一樣，我有時候也會忍不住懷疑，我做驅魔獵人這行是不是做錯了呢。這個……其實……我一直有在寫小說。」

「小說？」

「唔，這樣好害羞喔，不過那是我的興趣。清朝跟日本那時候很流行，我一開始寫得比較文言文，滿多人喜歡的，可是新舊文學論戰之後就沒有人看了。最近在莉莉安的推薦下，我迷上了輕小說，我寫了一些，想要投稿，可是台灣的市場好小，現在又什麼都要本土要素，我卻偏偏喜歡西方奇幻。」

「像是哈利波特嗎？」

「像是魔戒。」

「我也喜歡西方奇幻跟輕小說，如果有機會請務必讓我拜讀。」

「謝謝妳，真的。我覺得我們的品味一定很合得來。」

當然，這只是客套話，她不想給我看，而我不想看。跟莉莉安不一樣，我們都是聽得懂暗示的成熟社會人。

「不過……」我說：「我做 UrbanEats 以後見過這麼多妖魔鬼怪。像是吸血鬼、殭屍、魔女、下水道鱷魚……但好像都是西方文化的，這又是為什麼？」

「因為這裡是台北嘛。」語蝶漫不經心地說。

雖然好像什麼都沒解釋到，但似乎又可以理解。在台北這樣的都市叢林，搞不好連魔神仔都會迷路。或許台灣的妖怪受不了現代化都市，都搬去遙遠的南方鄉下了吧。像是新北市。

「啊——又上鉤了。」語蝶說。

這次的魚感覺更大了，而且移動得很厲害，絕對不是靴子。新店溪裡有這麼大的魚嗎？語蝶再次站起身，卻在拉扯中差點失去平衡。我連忙繞到她身後，抱著她的腰，跟她一步一步往後退。魚線一點一點收回，露出釣魚線上的彩色太空豆、然後是浮標、鉛皮座，最後獵物終於浮上水面——

是一隻粉紅色海豚。

一時間，三雙眼睛彼此對看。

「呃……」我率先打破沉默。「這應該是中華白海豚，也就是俗稱的媽祖魚。一級保育類，碰到就三十萬。」

「中華白海豚、中華白海豚可以游到這麼內陸的地方嗎!?」

語蝶完全驚慌了，不知道該拿她怎麼辦。但反正不是我釣到的，所以我事不關己地回答她：「我知道在十五年前，曾經有幾隻海豚游到大稻埕那邊，生活了二十幾天，後來死了。這應該是妳能在淡水河裡釣到最大的東西了。」

「我、我不知道怎麼煮海豚。」

「妳打算怎麼解開她的鉤子？」

「唔……我好想就這樣扯斷釣魚線，然後假裝不知道喔。妳會說出去嗎？如果被罰錢，我真的得賣房子了。」

正當我們苦惱時，粉紅色的海豚卻自己放開了魚鉤，開心地晃了兩圈，朝我們噴水。原來她根本沒被鉤住，只是想跟我們玩。我把靴子拋給她，她優雅地躍起，把靴子頂回岸邊，然後落回水裡，濺起大片水花。

這真是難得一見的光景，我拿出手機，拍了張照，上傳臉書。這大概是我近半年來發過最有話題性的文章，只可惜沒有人會在這個時間點刷臉書。海豚朝我拍拍手，發出愉快的呼氣聲，然後才轉身游去。

「我們……是不是還是報個警比較好呀？」語蝶說。

「說的也是。」我把剛剛拍到的可愛粉紅海豚照片上傳報案App，這件事明天一定會上新聞。

「唉，結果我的魚還是沒有著落。」

「至少她很大隻，證明了我的數學算式有用。」

「妳最好是啦。」

「要不要來猜猜看呢。」

「猜什麼？」

「現在我有一雙靴子跟一隻海豚，接下來還會釣到什麼？」

「吳郭魚吧。」

「妳真是好沒有夢想的女人喔。」語蝶再次拋線。「這裡冬天可是能釣到烏魚的。」

雖然是個一百多歲的老婆婆，但跟她講話，就像跟同齡的損友講話那種感覺，很舒服自在。或許因為我們一樣可惜吧。

坐在水泥平台上，河水輕輕拍打堤岸，不遠處有隻魚躍出水面，白色的腹部反射月光，咚一聲又落回河裡。萬板大橋就在我們斜上方，筆直地向前延伸，在對岸散開成好幾條車道，與環河快速道路交纏在一起。層層疊疊的路燈底下，偶爾有車燈規律地劃過，彷彿銀河中的流星。

另一隻魚躍起，打散水中的燈影。這兩隻魚都比語蝶剛才釣到的小很多，如果她沒聽我的建議，也許早就能回家吃大魚了。

「不過……」我不經意地說：「不管怎麼選，還是會希望……至少家人願意跟我好好討論就好了。」

「妳的家人不支持妳嗎？」

「與其說不支持……」我想到這幾天，媽媽冷漠的話語。「如果不照著她的想法走，就會乾脆地撒手不管。」

語蝶理解地點點頭，她沉吟了一會兒。「其實，我也不是自願吃下仙丹的。」

「咦？」

「母親騙我說那個是糖果。等我發現的時候，已經是這個樣子了。」

「……她大概也覺得自己是為妳好吧。」

「才不是呢。」語蝶揮揮手，表情參雜埋怨：「媽媽很愛我。可是會讓我長生不老，只是因為寂寞吧。」她嘆了一口氣。「我常常也會想，如果在那之前，她願意好好跟我談一談，那就好了。」

這煩惱實在有些超現實，我除了靜靜聽著，似乎也沒其他可說的。但不知道為什麼，感覺好像好一點了。

我拿出手機，點開家庭群組。凌晨三點，當然沒有新訊息。只好把手機又收回口袋裡。

「啊——這次也是大傢伙呢！」河水冒泡，浮標激烈晃動。語蝶趕忙握緊釣竿，向側邊一扯，勾實了獵物。

她把重心放在後方，緩緩站起身，施力、鬆線、再施力。那個「東西」感覺起來沒有海豚那麼有力，但也相當大了——這次我學乖了，反正八成不會是魚，所以我用東西代稱它。

重複著收線與放線的動作，就這麼纏鬥了兩分鐘，那東西也終於累了。語蝶抓緊時機，向上一扯，終於把它釣出水面，我們才看清它的廬山真面目。

我的直覺對了一半，那確實不是魚，但也不像是個東西。怎麼說呢，如果一個東西根本沒辦法被描述，又該用什麼詞彙描述它？

無以名狀。

硬要說的話，就是一團不斷流動、發著微光的紫黑色原生質腫泡，嵌著滿滿的綠色眼睛以及短小觸手。它的形體不斷改變，眼睛在表面分解又重組，不知名的動物臟器形成又消失。正當我以為自己掌握了它的形狀，它馬上變成另一個我認不得的東西。一股難聞的惡臭瀰漫在淡水河上，它張開剛剛形塑而成的血盆大口，發出難以識別的喉音。

「泰克利——利！」

……

好吧，這個倒真的很……詭異。

「這又是什麼？」我說。

「這是一隻修格斯啦。」

「啥？」

「修格斯呀。妳沒有看過克蘇魯神話嗎？」

「淡水河裡住著這樣的東西？」

「畢竟是淡水河嘛。不過這隻還只是幼仔，成熟的話可能會比一台火車還要大呢。這可是很難得見到的喔，修格斯不常繁衍後代。一般來說它們是無害的。」

「為什麼妳可以比看到白海豚還要淡定。」

「咦？可是修格斯又不是保育類。」

合理。我用手機拍下修格斯的照片，上傳臉書，可惜依舊沒有人看。「這可以吃嗎？」

「妳瘋了嗎？它好噁心欸。」

「那妳打算拿它怎麼辦？」

語蝶沒有回答我。她猶豫了一會兒，然後從口袋中掏出一枚綁著符咒的方孔銅錢，彈向修格斯，修格斯瞬間起火燃燒。火焰是彷彿瘀青的紫黑色，一股焦臭味傳來，聞起有點像燒塑膠。夜晚平靜的淡水河上，怪物不停尖叫扭動，但仍然阻止不了火舌蔓延。火焰漸漸減弱，隨著一陣風吹散成點點火星，修格斯也消失不見了。

我看向語蝶，她有些為難地揉揉耳朵。「有不少宗教團體喜歡買修格斯當寵物，但是那樣好像還是不太好。」

「妳剛剛是不是考慮了一下？」

「哪有。」

我滑開手機。「時間也差不多了，下一隻大概就是最後了吧？」

「嗯——」她打了個哈欠。「釣完這隻以後，不管結果怎麼樣，我都要回家睡覺了。妳覺得這次會釣到什麼？」

「旅途的終點。」

「好啦，妳太憤世嫉俗了，不適合裝文青。」

魚鉤整個被修格斯吃掉了。語蝶熟練地換了鉤子與浮標，重新裝上餌食，才又拋進河中。浮標規律地浮浮沉沉，我緊張地盯著水面，如果這次還是沒釣到正常的東西，那語蝶就被我害得沒東西吃了。

時間一分一秒的過去，我想就算河裡有魚，大概也都被修格斯趕跑了。外來種真是討厭，更別說外星球來的。天空已經隱隱泛著微光，我開始有些累了。

浮標動了，這次倒很正常，就像是一隻普通大小的吳郭魚。浮標先是輕微顫動，接著彷彿被什麼拖著走一般，在水面快速游移。「來了！」我說。語蝶轉動手腕，勾住獵物，毫無懸念地將一條魚輕鬆拉起。

是的，這次真的是魚了。

但還是跟想像中有點不太一樣。

那是一隻長相奇特的魚。圓筒狀的身體，扁平的面部，不斷鼓動的腹腔與過小的魚鰭，整體形狀就像日本的太鼓，根本不是能在水裡游泳的樣子。我沒看過也沒聽過這樣子的魚。

「哇！釣到好東西了！」語蝶興奮地說。

「這是什麼？」

「這是淡水河特有的魚，叫做鳴魚，或者音樂魚，現在已經很少看到了。以前有個賣烏龍茶的外國人，他寫的遊記裡面就有相關記載。」

「妳懂好多。」

「我只是活得比較久而已啦。」她靦腆地笑了。「有時候我也會想，如果我把我知道的台灣，都寫進小說裡，會不會收到更多的關注呢？現在好像就流行這個。」

「那為什麼不呢？」

「我就比較喜歡西方奇幻嘛。」

我不知道該說什麼，而且音樂魚還在魚鉤上掙扎，所以我轉移了話題。「為什麼叫音樂魚？」

「牠們會唱歌，歌聲像是打鼓。」
「好吃嗎？」
「超好吃的，真的。」一邊說著，語蝶伸手抓住音樂魚，嘗試把牠從魚鉤上卸下。音樂魚的腹部一鼓一鼓的，彷彿在示威。現在看來，牠有點像是稜角比較分明的河豚，這讓我比較能說服自己，這確實是會在水中出現的東西。
「牠什麼時候會唱歌？」
「至少得回到水裡面。」她把魚鉤取下來。「牠在陸地上沒辦法唱歌，就像我們也沒辦法在水裡面講話。」
她打開放在腳邊的小冰箱，神情愉快地就要把音樂魚塞進去，卻在最後一刻停住了動作。她側轉過頭，盯著我看。
「妳是不是很想聽聽牠唱歌呀？」
「……有一點吧。」
語蝶想了一下，抿抿嘴唇，沒等我反應過來，就把音樂魚拋回河裡。我沒想到她會這麼做，就好像我逼她放棄了晚餐一樣。但事已至此，我也只好心懷感激地拿出手機，準備好錄影。
回到水裡的音樂魚，先是驚慌地游了兩圈，慢慢冷靜下來，才浮出水面看著我們，鼓起身體像是在威嚇。接著——
「咚滋大滋咚滋大滋咚滋歐咿噗咚咚咚。」
B、Beatbox？？
秀完一曲節奏口技，音樂魚隨即下潛，消失無蹤。那個身體構造到底是怎麼游這麼快的？

我將最後錄到的片段上傳臉書，並不期待有人看到。但沒想到這次馬上跳出了新通知：莉莉安 對妳的影片傳達了心情(拇指)。

有朋友的感覺真好。

我收起手機。「說實話，我原本以為牠的聲音會比較像陣頭鼓那樣子。」

「本來是那樣的，不過時代變了好多。」

「但是妳的晚餐怎麼辦？」

「咦？真是的，妳誤會了啦。這個不是我的晚餐，是給貓咪的。」

「妳有養貓？」

「這個，說來話長——過幾天貓咪使魔工會，要帶領狗狗使魔工會上街遊行。因為那些狗狗實在太忠心耿耿了！完全不會為自己爭取工作權益。我被邀請參加籌劃會議，本來是想帶一條魚當見面禮的，現在沒了。所以妳說得對，我還是要花自己的晚餐錢去買貓罐頭。」

「都怪我，推薦妳什麼笨數學公式。」

「沒關係。這讓我們學到寶貴的一課。」她收好釣具，轉身看我，豎起一根手指。

「生活沒有公式。妳的人生跟釣魚還是不一樣的，至少有這樣一點不一樣——不管妳對現在的生活多麼不滿意，妳總是可以回頭來找我拜師學藝。」

「原來我們剛才做的是這麼心靈雞湯寓意的事嗎？」

「不知道耶，我只是想推銷我的長生不老藥。妳願意借我一點早餐錢嗎，我們一起去吃些什麼吧？」

「……算了吧，我請客。」我說。「走吧。不過這時間大概只有永和豆漿了。」

「我想這附近只有永和豆漿大王。」

「那不是同一家嗎？」
「不是啦。」

（小技巧：用兩張卡輪流，每三十分鐘借一次車，車資會少很多）

（不過尖峰時間這樣做很沒品，除非存款低於一千元不然禁止）

目標：機車（55,000 NTD）

2019 年 11 月 27 日			
	收入（NTD）	支出（NTD）	累計（NTD）
存款			2480
YouBike 租用費		80	2400
固定支出		200	2200
燒餅豬排蛋加豆漿*2		100	2100
			合計：2100 NTD

11月28日　感恩節麻油雞

我被警察找上了。

下午五點，我帶著晚上工作要用的 UrbanEats 保溫箱，忐忑不安地來到位在大安區的警察局。電話裡只表示要找我了解案情，但具體沒說太多。看這地點，我猜大概與那個下水道工人的屍體脫不了關係。

這不是我第一次進警局。大一剛開學的第二個月，我心愛的腳踏車在學校被偷了。當時跑了兩家警局，都說不是他們管的。來回跑了幾趟，羅斯福路的警察才不情不願地用摩托車載我繞了台大一圈，問我有沒有看到我的腳踏車，我當然說沒看到，他說那也沒辦法，就打發我回家了。

所以我一直不喜歡警察。

總之，如果被發現我擅自拿了死人錢包裡的錢，感覺會很麻煩，我必須想個天衣無縫的藉口。我在腦中複習著早就準備好的說詞：我只是碰巧路過的 UrbanEats 外送員，偶然看到人孔蓋開著而且飄出異味，於是就報了警，其他什麼也不知道。我想警察應該不會為難我才對。

「說吧，那隻鱷魚是怎麼回事？」

「我、我什麼都不知道。」

「那為什麼屍體旁邊會有大麥克？」

「……」

可惡，我真的忘記這個了。

沒事的，我在心中對自己說。那裡沒有監視器，只要裝傻到底，他們也拿我沒辦法，畢竟我也真的什麼都沒做。於是我裝作毫不在意的樣子，說了一個小小的善意謊言。

「我當時沒看到客戶，把麥當勞放在地上就走了。或許是同樣偶然路過的吸血鬼幫我拿下去的吧。」

「沒看到客戶，就可以隨便丟棄食物嗎！」負責審訊的年輕女警奮力一拍桌，嚇得我縮起肩膀。「台北就是你們這些沒水準的送餐員，才會這麼髒亂。」

「我覺得那應該怪客戶……」

「妳的客戶是個死人！」她從座位上起身，雙手撐著桌子，身體往前傾，由上往下看著我。「不要跟我廢話，我知道妳一定知道什麼。不然來驗指紋啊，我敢肯定梯子上一定有妳的指紋。」

肯定真的有。

正當我深感困擾之際，門被打開了，一個看起來清新爽朗，頭髮染成茶色的帥哥警察走了進來。剛才還凶巴巴的女警馬上站直了身體，用與剛才截然不同的語調喊了一聲。「學長。」

被稱作學長的警察友善地朝我點點頭，轉身對一旁的女警說。「驗屍報告出來了，這案子沒什麼懸念，就是個意外。不要嚇到人家了。」

「但是那個大麥克──」

「不要緊的，剩下我來處理。妳先出去吧。」

女警雖心有不甘，還是只能轉身離開，臨走前還惡狠狠地瞪了我一眼，完全就把我當成嫌疑犯了。突如其來的發展讓我有些措手不及，但我電影看多了，很快就明白，這一定就是常見的黑臉白臉。接下來，他會為同事的態度道歉，然後拐彎抹角地繼續套我話。

「剛才真是抱歉，我的同事太激動了。」

看吧。我沒有回答，而且我這才想起來他們沒對我說米蘭達宣言。難得被警察審訊，卻沒聽到米蘭達宣言，我覺得有點可惜。

「那麼，這裡沒有別人。我就開門見山地說了。」

來了。

我坐直身子，嚴正以待，決心不讓他抓到任何把柄。男警沉默片刻，彷彿在醞釀氛圍。他雙手靠在桌上，手指交握抵著下巴，饒富興味地看著我。直到我受不了他的視線，撇過頭去，他才終於開口。

在凝結的空氣裡，他一字一句地說。

「妳也是『看得見的人吧』。」

「……啥？」

「不瞞妳說，其實我從小就有陰陽眼。以前還跳過還願性質的藝陣，對這些事有一定了解。」

「呃、抱歉……我不、不——」

「沒關係的，我都明白。不想說的話，就不要說。那個下水道現場我看過了，真是驚人的靈能量。我不知道妳是何方高人，但感謝妳清除了地下蛟龍的危害。我為大安區的所有居民，向妳致上最誠摯的謝意。如果以後有任何需要幫忙的地方，又不適合找正規警察，請直接聯絡我。我姓王，這是我的名片。」

他一連串地說了一大段，我根本找不到插嘴的地方。只好默默收下他的名片。他站起身來。

「好，那就不耽誤高人您的時間了。在這文件上簽個名，就可以離開了。」
我本來想說什麼，但還是算了。簽完名，他友善地拍了拍我的肩膀，帶我走出偵訊室。就在我以為都結束了的時候，他卻忽然又說：
「對了小姐，您聽過吸血鬼的事嗎？」
我僵直在原地。「沒、沒有？」
「最近有些傳聞，沉寂已久的吸血鬼又開始活躍，甚至驚動了中國的道長。」他嚴肅地說：「總之，您自己也要小心。」
「喔、謝……謝謝。」
真是虛驚一場。
看來真的沒我的事了，我走到外頭的大廳，卻發現有個眼熟的人坐在椅子上。那是事業有成的厄夜魔女，林水月小姐。
她穿著整齊英挺的西式套裝：襯著蕾絲的白襯衫、剪裁合身的毛呢外套與硬質深色長褲。頭髮是俐落的中短髮，臉上畫著清雅淡妝，一副高階女主管的模樣。這讓她手上的紅色塑膠掃把顯得格格不入。
「啊，妳好，魔女小姐。」我低頭打了招呼，她原本在使用手機，這才發現我的存在。
「呦，外送員小妹。妳的腳踏車被偷了嗎？」
「我現在都騎 YouBike。妳怎麼在這裡。」
「我洗錢被抓到。」
「呃、那個……」
「小張不見了，我來叫警察幫忙。」

「不見了？」

「是啊，妳也知道嘛，殭屍的大腦有時候不是那麼完整。偶爾會忘東忘西的。他前兩天才掉進淡水河裡，弄丟了兩隻靴子。」

「喔……喔。警察幫得上忙嗎？」

「喔，一點也不。」

正說話間，一個有點年紀的警察走了過來。她皺著眉盯著文件，客氣中帶點不耐煩。「林水月小姐，我們再三確認過了。妳要找的那個人十年前就死了。」

「廢話，他當然死了。他是殭屍啊！」

「抱歉，尋找走失的殭屍，這不在我們的業務範圍。」

「嘖，浪費人民納稅錢的傢伙。」林水月忿忿地站起身，手握掃把，一副奧客模樣。「算了。小妹，跟我走，我們自己去找。」

「哈？」

但她只是抓住我的手臂，強勢地拉著我往外走。警察們都很高興她終於離開，沒人攔她，也沒人救我。一直走到警局外頭，她才鬆開我的手，跨上紅色塑膠掃把。

「妳是UrbanEats 送餐員對吧？對台北的路很熟悉吧？」

「不，我都看Google 地圖。」

「那個準嗎？算了不重要，快上來。」

震懾於她的氣勢，我腦袋空白地坐上掃把。

下一個瞬間，我們騰空而起。

「嗚哇嗚哇啊啊啊！」

我死死抓著林水月的腰，深怕掉下去。低頭一看，短短五秒之間，我們已經飛得比二十層的公寓大廈還高了。強勁的風吹得我臉頰都變形了。

「坐穩點啊，這樣很難騎耶。妳不是會騎腳踏車？就跟那個一樣啦。」

「腳踏車才沒有這麼七百二十度的加速度！」

「別抱怨了，幫我看一下這地址在哪。」她伸出手，手上憑空冒出一張黃色便條紙，上面寫著一行地址。我鼓起勇氣才讓一隻手放開她的腰，伸手接過。

那是一個在永和的地址，難怪她要找人指路了，我在中永和就算看著Google地圖都找不到路。昨天閒聊的時候，語蝶還跟我說，中永和的道路規劃其實是一道軍用八卦陣防線，不知道是不是在開玩笑。

我瞇起眼睛，朝下方看去。先找到新店溪與淡水河的交接點，往上游找，左岸突出的地方就是永和。「那裡。」我說。「往我們左後方飛。」

林水月毫無預警地迴旋，幾乎把我甩下去。我緊抓著她，連尖叫的餘力都沒有。好在接下來都是直線，掃帚也逐漸平穩。強風從我耳邊呼嘯而過，我睜開眼睛，世界一瞬間平靜。

在我們右前方，是逐漸西沉的夕陽。火紅、橘紅、橙黃的色彩暈染了天空，幾縷被風吹散的雲朵圍繞天際，彷彿晚風殘留的足印。兩隻野雁在我們身邊振翅飛翔，忽然間向下俯衝，消失不見。在我們腳底下，城市閃閃發光。摩天大樓的玻璃帷幕、橋梁的斜張纜索、淡水河面與道路上行走的車子，全都流轉著夕陽餘暉。道路層層交疊，路燈在這一刻盡數亮起，像是礦脈中流動的黃金。

我被眼底的景色懾服，久久不能動彈。我忽然想起莉莉安，也許這就是她平常所見的風景，我好像離天空又更近了一點。過了很久，我才想起應該繼續查地址了。我戰戰兢兢地鬆開另一隻手，努力保持平衡，卻發現沒有那麼困難。飛行掃帚的運作方式跟想像中不一樣，浮力似乎是均勻分散在全身。好險，如果只有掃帚在支撐全部重量，屁股一定痛死。

我從牛仔褲後面口袋拿出手機，將地址輸入Google，改成衛星模式。從跟衛星一樣的角度看著台北，感覺真奇怪，不過地址倒是很好找。

「那棟房子，就是有著大象溜滑梯的公園旁邊那個。」我稍微前傾，伸手指著前方，在風中大聲喊道。

「很好！」林水月忽然向下俯衝，失重的感受席捲全身。我驚叫一聲，連忙緊緊抱住她，整張臉貼在她的背上。一瞬間，我們從遼闊的天空墜入擁擠的巷道間，原先呼嘯的風聲也改變了音質，變得緊湊又破碎。我們不停地左彎右拐，在房屋間到處亂鑽，好幾次我都以為要撞到霓虹招牌了，林水月卻又驚險地閃過。最後我索性閉上眼睛，縮著肩膀躲在她背後，再也不管了。不知過了多久，掃把似乎停了下來，但我還是不敢看。

「喂，妳抱太緊了。」

直到林水月這麼說，我才抬起頭。我們降落在一條小巷裡，小巷兩旁是五層樓高的步登公寓，垂掛著管線與陳舊的廣告看板。台北到處是這樣的景觀。道路盡頭有座小公園，公園裡只有兩個坐在石椅上下棋的老爺爺，他們抬頭看了我們一眼，見怪不怪地又繼續在棋盤上指揮調度。

「這是哪？」

「失去理智的殭屍經常會返回生前熟悉的地點。這是小張以前的家，至少他的員工資料是這麼寫的。就是這兒的一樓。」

我鬆開緊抱著她的手，有點僵硬地爬下掃把。林水月一旋身，俐落地翻身落地。她一隻手撐著掃把柄，另一隻手憑空變出香菸與打火機，湊近嘴邊，啪地一聲點燃。

很奇怪地，她的香菸沒有菸草味，而是一種清新的，悠遠的，準確來說的話——我腦中不知怎麼的浮現了這樣的詞——是冬日晚霞的味道。她深深吸了一口菸，吐出一艘煙帆船。

「好了，去按門鈴。」

「為什麼是我？」

「妳做 UrbanEats 的吧，這個妳比較熟練。」

我認命地走上前，按了幾次門鈴，但沒有人出來應門。正當我不知道該怎麼辦的時候，一旁下棋的老爺爺走上前來。

「妳們來找老張嗎？」

一開始，我以為他說的老張，就是我知道的那個小張。後來我才想到，大概他們整個家族的人都叫老張。我不確定他指的是誰，只好點點頭。

「是的。」

「那妳來晚了啊，他們夫妻倆……半年前都過世了啊。」

「咦？」

「唉，說來也挺難過的。夫妻倆都是好人，兒子卻年紀輕輕就沒了。賣麻油雞賣一輩子，身體不行以後，店裡沒人接手。現在轉給一個遠房親戚，也不知道幹什麼去了。」

「啊……喔……那爺爺你知道他們的麻油雞店在哪裡嗎？」

爺爺說了一個地址，不過說完之後反而有點懷疑，問我跟老夫妻到底是什麼關係。「我是送 UrbanEats 的啦。」我這麼說完，爺爺了然於心地點點頭，就回去繼續下棋了。

小張老家開的麻油雞店就在附近，但走過去還是有一段距離。林水月顯然不想浪費時間，單腳跨上掃把，示意我上來。我嘆了一口氣，再次坐上塑膠掃把。

這次我習慣多了。雖然還是好幾次忍不住尖叫，但至少眼睛可以張開了。在一段比較平穩的飛行中，我在林水月耳邊問。「為什麼是塑膠掃把？我是說，沒有冒犯的意思，但竹掃把感覺跟魔女比較合。」

「刻板印象。」她哼了一聲，嘴裡還叼著那根菸。「而且我不是魔女，是女巫。魔女是小張亂寫的。我完全不會用手機，都是他在幫我設定，他不見了我會很麻煩。」

她停頓片刻，從鼻子吐出一口菸，蒼白的冬日晚霞融入黃昏暮氣間。

「塑膠掃把比較方便攜帶，況且我經常要跑業務，帶著竹掃把走進金融大樓，太顯眼了。」

帶塑膠掃把其實一樣顯眼。

這句話我很禮貌地沒有說出口。

我們在一家葡式蛋塔店門口降落。附近排隊的路人，都在低頭滑手機，沒有人注意到我們。

「就是這裡嗎？」我翻下掃把，雖然動作流暢許多，但踩到地面的時候，腳還是有點軟。我大概沒有自己以為的那麼勇敢。

「看來我們來晚了。」林水月不悅地皺眉。「這裡應該不是麻油雞店吧？」

「小張也不在這。」我左顧右盼。「妳知道他還可能會去哪嗎？」

「我不過問員工私事。會成為殭屍的都或多或少有些苦衷，生前的事在我們這行算是禁忌。」

「這樣啊……」

「沒辦法了。」她隨手彈掉菸蒂，我才正要皺眉，卻發現香菸在落地前便消散無蹤。她提著掃把，信步走到店門口，用掃把柄敲了敲櫃檯。

「喂，叫你們店長出來。」然後語氣平緩地這麼說。

「……」

這個人似乎沒有我第一印象以為的那麼精明。

一陣手忙腳亂後，店員將店長請了出來。店長一開始也有些緊張，雞同鴨講了一段時間以後，才發現原來她只是要問前任屋主的事。因為也沒什麼客人，而水月小姐又是位美人，他便愉快地與我們攀談了起來。

喔，找她們有什麼事嗎？我是她的姪子，她過世後店就給我了。但這年頭賣麻油雞實在沒什麼賺頭，又累味道又刺激，就改成葡式蛋塔店了。妳們是舅媽的常客嗎？真是抱歉，現在已經沒在做了。以前在這一帶很有名呢，不少人都說麻油雞不是我們家就吃不下去。雖然我也覺得有點可惜，不過……（聳肩）。啊，我想起來了，店裡還有之前舅媽留下的食譜，如果妳有興趣的話，抄一份走也沒關係，反正已經不是什麼商業機密了。喏，就是這個，拍張照就可以了吧。什麼，墓地位置？小姐妳問這個做什麼？唔……抱歉，這個大概不能告訴妳……話說妳跟舅媽是什麼關係？妳真的是以前的熟客嗎？什麼，UrbanEats？等等妳們太奇怪了，我……咦？喂！怎麼就跑掉——哇靠那是什麼？飛起來了!?……

無功而返，在不遠處的公園重新降落。林水月摸摸鼻子。「真是可惜。」

「還有其他辦法嗎？」我說。

「唔，不知道能不能拿到老夫妻的照片。只要有影像，我就能用魔法追蹤。」

我滑了滑手機。「那家店以前好像還滿有名的，Google 地圖上的商家資訊還留著不少照片，都有拍到臉。」

「谷……什麼？算了，反正有就對了？給我看看。」

我選了一張看起來最清楚的，將手機遞給林水月。

「現代科技真噁心……啊，這張可以用。」她在照片上比畫了幾下，嘴裡念念有詞。一縷青煙忽然從照片中升起，旋轉兩圈，然後飄向空中。她把手機遞還給我，提起掃把。「快，追上去！」

我們再度翱翔於天際，因為青煙飄得很慢，我們只能跟在後面慢慢飛。太陽已經完全沉沒，才短短半個小時，台北又是完全不同的景致。每棟樓都點著燈，從方方正正的窗戶透出來。但每盞燈的顏色、溫度都不一樣，有些比較白，有些較為昏黃，被水藍色的窗簾遮擋一半，有些在紗窗的掩映下略顯灰暗。所有這些燈全嵌在同一棟樓上，所有這些樓都駐立在台北的街頭。從天空往下看，就像是俯瞰星空。我抱著林水月，靜靜地看這個熟悉的城市。

「說起來。」林水月突然說。「妳為什麼要騎 YouBike 送餐？」

「因為我買不起機車。」

「我的意思是，為什麼不買台腳踏車？YouBike 騎一整天，也不便宜吧？」

「只要記得每四小時還一次車就還好。」我沉默了一會兒。「而且我不喜歡擁有東西的感覺。」

「喔。」

她沒再追問，我也沒繼續說。我們降落在新北市中和東部的郊區。緊鄰著新店溪，有一座小山丘。整片山坡都開發成了公墓，倒是很像殭屍會出沒的地點。

直到爬下掃把，我才發現，原來林水月召喚的那一小團青煙其實是鬼火。在夜晚的墓園中亮起的青綠色火光，幽幽地有點可怕。鬼火緩緩往前飄盪，我們跟在後頭，用手機燈照亮前路。墓園裡很安靜，彷彿不在台北。

我突然想到前天跟莉莉安在下水道的遭遇。如果幽靈是真的存在的，那麼居住在這裡的人，現在都在哪裡呢？跟在靈骨塔住相比，是更舒適或者更擁擠？他們也會叫UrbanEats嗎？

我們來到了一個突出的小崖邊，崖邊有兩座小墳墓，墳墓前站著一個穿著整齊西裝、戴著小圓禮帽的男士身影。青綠的鬼火飄過去，在墳墓上頭懸停了一會兒，唰地消失不見。人影轉過頭，是小張。

「老闆。」他壓低帽簷，不想讓我們看到他的表情。

似乎也沒想到竟然真的能在這裡找到人，林水月呆愣片刻才回答：

「你昨天沒來上班。」

「我爸媽去年死了，我前天才知道這事。」小張的語氣很平靜，聲音和緩，幾乎有些溫柔。

「我比他們先過去十年，這也沒轍。其實，我小時候超討厭吃麻油雞的，每次下課去找爸媽，聞到那個味道都很受不了。感覺超級土啦。」

林水月推了推我，似乎是想要我說點什麼，不過我也不知道該說什麼，所以我們都沒說話。小張繼續說。

「有一次我忘帶午餐，他們殺來學校找我，身上都是麻油雞的味道，同學都聞到了。我覺得很丟臉，叫他們別再來。從那以後我就不怎麼在他們面前吃麻油雞。」

他吸了吸鼻子，結果鼻子掉了下來。他撿起來，用手帕擦乾淨，才裝回臉上。

「但是每年感恩節，他們都會做麻油雞給我吃。我跟他們說搞錯啦，感恩節吃啥麻油雞，應該是火雞，還是烤的。可是他們只會做麻油雞，西式的料理，他們不懂，西方的節日，他們也不懂。所以他們還是弄麻油雞給我吃，所以每年感恩節我都會吃到麻油雞。」

他抬起頭，就著月光，我終於看清楚他的臉。他的雙頰凹陷，皮膚黏在骨頭上，眼窩空洞洞的，取而代之的是一團飄浮的白色火光。他沒有眼淚可以流。

「昨天感恩節，我像去年，像前年跟大前年那樣，偷偷去他們開了好幾十年、還會再開幾十年的麻油雞店買麻油雞來吃。但那裡已經變成蛋塔店了。」

忽然間，一種難以描述的感覺，一股沉重的氣氛，以小張為中心，漣漪般向外擴散。周遭的顏色變得黯淡，影子似乎偷偷遠離我們，在不經意間轉動到物體背面。

「我還來不及說，說其實，說他們的麻油雞其實很好吃。」草木枯萎，石製金爐龜裂，地上的冥紙捲曲發皺，然後起火燃燒。空氣中瀰漫著灰燼的氣息。「那是我唯一還記得的味道。」他說。「如果忘記了，我一定也要忘記自己了。」

林水月舉起一隻手，所有異象消失無蹤，就跟來時一樣突然。「你失態了。」她淡淡地說。她看著小張一會兒，然後聳聳肩。

「今天晚上十一點，記得準時來上班。」

說完便轉身離開。

我愣在原地，不知該如何是好。但我跟小張也只是一面之緣，沒什麼能安慰他的，只好朝他欠欠身，快步跟上林水月，讓悲傷的殭屍獨自低垂著頭，留在無光的墓園中徘徊。

林水月沒有騎上掃把，她乖乖地沿著山路走。我們默默地走下山，我想著小張，想到了我的家人。從我做 UrbanEats 開始，媽媽就一直在跟我冷戰。她總說我不夠努力，或許也真是如此。

我讓她失望了嗎？

認真活著，到底是什麼樣子呢？

我下意識地拿出手機，點開家庭群組，卻沒有新訊息。我跟在林水月後頭走著，她似乎也在思考什麼，一直沒有說話。直到走到山腳，重新回到熱鬧的中和市區，她才從夜色中夾出兩支香菸。

「要吸嗎？」

「我不抽菸。」

「這不是菸，是冬日晚霞。我騎掃把的時候順手摘下來的。」

因為不是每天都可以吸一口冬日晚霞，我欣然接受。很難形容那吸起來的感覺，冰涼的、悠遠的、寧靜的，帶點清脆的鋼琴單音……我覺得比尼古丁還毒，但應該沒有莉莉安吸一次血那麼上癮。不過吸完冬日晚霞，頭腦似乎更清醒了。

所以我大膽地說：「妳剛剛那樣講，不會太冷漠了嗎？」

「我待在那裡，只會刺激他而已啊。每個殭屍都會經歷這種事，獲得新生命，移居裏台北，跟常識世界離太遠，那就沒有瓜葛了。但他們又總想要回去。」

「他是為什麼變成殭屍啊？」

「談論員工生前的事，是我們這行的禁忌……不過，小張他是跳樓死的。十年前不是有那個什麼金融海嘯嗎？那段時間他買了房子，卻被朋友騙錢。欠了好多債，不想連累家人，就從十樓屋頂跳下來，結果壓到一台法拉利。還剩一口氣的時候，剛好被莉莉安發現。莉莉安跟他做了交易，小張讓她吸光所有的血，莉莉安就清還他所有債務，包括那輛被他壓壞的車。」

她沉默片刻。「其實昨天小張失蹤的時候，我就想過可能會是這樣，但我一直以來都不會處理這種事情。」

「所以妳才硬把我拉來嗎？」

「妳看起來明明像個常識人，結果跟我一樣沒用。我就知道會做深夜 UrbanEats 的都是反社會份子。」

她彈掉菸蒂，菸蒂再次消失無蹤。我也學她這麼做，不過我的菸蒂沒有消失，只是普通地掉在地上，變成垃圾，讓我有點尷尬。

「殭屍總是這樣。」林水月說。「因為跟生前的時代太接近，常常忘記自己已經死了，老是離不開家。」

我腦中浮現小張的樣子，又浮現把他變成殭屍的那個人。莉莉安也有家人嗎？如果我答應讓她吸血，是不是也會遇到一樣的事？

我說：「像妳這樣……活了這麼久的人，也會想念以前的家嗎？」

「對有些人，家是她出生的地方。」她抬起頭，望向五光十色的台北街道。「對另一些人，家是子女出生的地方。我的鄉愁不在那裡。話說回來，妳會做飯嗎？」

「咦……會是會啦……」

「可以再幫我一個忙嗎？妳剛才抽的那支菸，平常的話，一支要一萬塊。但是請不要有壓力。」

我真該把剩下的菸也抽完的。

我們騎上掃帚，往東區飛去。這次我已經完全習慣了，可以放心享受沿途的風景。途中我們似乎經過了一道薄膜，清清涼涼的，再睜開眼時，世界似乎變得不太一樣。但要說哪裡不一樣，又說不出來。奇異的感覺又出現了，眼前的台北到處都是魔法，既古老又生意盎然。

「這裡是台北的側面。」林水月主動解釋。我在她身後輕輕點頭，假裝我有聽懂。

我們在一棟別墅前降落。別墅有三層樓高，斜斜的屋頂與閣樓呈現歐式風情，門口有一個小庭院，開滿了深藍色的玫瑰。附近的花叢中，不知為何有隻雞在走動，我認出牠就是我上次送去教堂的雞。在東區買這樣的房子，一定很貴。我跟著林水月穿過庭院，走進大廳，還來不及讚嘆典雅的室內裝潢，她就急著下了第一道指示。

「去附近的超市買需要的東西。雞肉不用買了。啊，記得走右邊那扇門出去。」

我轉頭查看，才發現剛才進來的入口，是道雙扇式的大門。我照著林水月的指示，從右邊那扇門板走了出去，一瞬間便明白自己回到了台北的正面。回頭看，卻只看到普通的單扇門。

在超市採購完，我循原路回到林水月的家，接著便一直在她寬敞、但幾乎沒有使用過的廚房忙進忙出。根據葡式蛋塔店拿到的食譜，這道麻油雞費時五個小時。若要趕在小張上班前完成，這幾乎就是極限了，不能犯任何一點錯。

還好，我平常就有做菜的習慣。雖然我其實比較喜歡吃外面買的垃圾食物，但聽說做菜能增加我的女性魅力，就纏著爸爸教我做了。我做得並不差，結果第一個吃到我手作料理的異性，竟然是個死人。真是浪費時間。

準備食材，準備鍋具，捲起袖子，戴上頭巾。生薑切片，小火煸炒。放入雞肉，大火翻炒。倒米酒、調味料、燉煮、悶煮。麻油的香氣、酒味與肉味瀰漫在廚房中，讓人食指大動。這份食譜很繁瑣，有許多需要注意的細節，與一般家庭的做法差異很大。我們照著食譜，仔細料理，不遺漏任何步驟。

終於，在晚上十一點的前十五分鐘，我們完成了張家的祖傳麻油雞，裝在可密封的小鐵鍋中。我把小鐵鍋塞進我的 UrbanEats 保溫箱，離開別墅，在附近的站點借了一台 YouBike，騎上熟悉的東區街道。

今天也是好天氣。微風涼爽，夜色沉靜。路上的車還很多，我不時要停下來等紅綠燈。小張會喜歡這個驚喜嗎？按照食譜做的，應該不會差太多吧。水月姊擅自把紅標米酒換成純米大吟釀，真的不會影響口感嗎。想著這些不著邊際的事，我不緊不慢地在街上騎著，一邊確認手機的地圖。時間還很充裕，沒有像演電影那樣，直到最後一刻才能迎來圓滿大結局。這只是另一段普通的日常插曲。

十點五十五分，我打開教堂大門。掃視一圈，找到了小張的位子。

「UrbanEats 外送。」我說。

小張愣了一下，驚訝地回頭看我。我拉開保溫箱拉鍊，打開鍋蓋，香味飄散出來。他靜靜地站起身，但殭屍臉上的肌肉太少，教堂裡又太陰暗，我看不懂他的表情。他鬼火般的眼睛閃爍了一下，壓低帽簷，向我走來。外頭的街燈從大門灑落，穿過漫天飛舞的微塵，在空中劃出一道梯形的軌跡。他一直走到門口，從傾斜的陰影中現身，在台北清徹的燈火下，我才終於看見了他的微笑。

隔天，我決定放自己一天假。早上爸爸媽媽都在上班，我醒來的時候家裡已經沒人了。我穿著寬鬆的連帽衫與棉質短褲，打開獨立樂團的歌曲清單，從後陽台拿來紅色塑膠掃把，開始打掃家裡。

我一邊哼歌，一邊掃地，很快掃完了書房與餐廳。不過當我掃到客廳時，從喇叭傳來的音樂忽然抓住了我的心，於是我恍神了一下，分心聽音樂，撐著掃把柄隨興搖擺。下一個瞬間，我握著掃把飛上半空，頭狠狠地撞在天花板上，又重重摔落地面。

我大字型仰躺在地上，紅色塑膠掃把喀啷一聲掉在旁邊。我忍痛轉頭，愣愣地看著掃把，輕輕嘆了一口氣。雖然我真的應該存錢買機車了，但這禮拜的薪水，還是先拿來買台戴森吸塵器好了。

（她竟然沒給我採買錢！）

目標：戴森吸塵器（11,000 NTD）

2019 年 11 月 28 日			
	收入（NTD）	支出（NTD）	累計（NTD）
存款			2100
YouBike 租用費		10	2090
固定支出		200	1890
飛行時弄丟（大概）		50	1840
老生薑		40	1800
			合計：1800　　NTD

12月15日　貓咪大遊行

從開始做 UrbanEats 以後，也過了一個月。

比較令人煩惱的，是我最近騎 YouBike 騎一騎就會離地。昨天甚至連人帶車飄上五層樓的高空，我驚恐地猛踩踏板，才又緩緩降回地上。當我把這個情形告訴小張，他只是「喔老天，妳該重新找回腳踏實地的感覺了。」這麼建議。

不過，這也不全是壞事。我漸漸抓到訣竅了，偶爾還可以在夜色掩映下，偷偷闖紅燈，或者飛越樓梯、圍牆與水溝抄捷徑。如果有天我能飛得像水月姊那麼好，肯定能讓我的 UrbanEats 業績更上一層樓，月薪六萬也不再是夢。

爭取資本主義施捨般的分紅，為自己成為一個更好用的工具而沾沾自喜。當我還是大學生時，總為這樣的大人感到可悲。就像五歲小孩，因為拿到幼稚園老師賜予的好寶寶章而歡欣鼓舞一樣。

但現在我已經長大了，我願意付出一切來交換好寶寶章。

「今天真是好久不見呢。」小風說。

今天是星期天，這裡是台大側門的一家平價火鍋店。因為交通方便，價格便宜，味道也不錯，我跟朋友經常約在這裡。當所有人吃完自己的小火鍋，就移到店內深處的沙發區，喝飲料吃冰淇淋。無論坐多久，店家都不會趕人，非常良心。

這次聚會的四個人都是人類學系的女生，她們都是我的知心好友。事實上，我也就只有這幾個好朋友了。我們四個人碰在一起，最喜歡做的事，就是互相傷害。酒足飯飽，小風於是開了第一槍。

「那麼，畢業也兩個多月了，各位現在都在哪裡高就呢？」

一聽到這個話題，夏夏隨即崩潰。「我們不要聊這個好不好，我不要了，不要再提了。嗚嗚嗚藍兒安慰我！」

藍兒抱著夏夏，輕輕揉著她的頭髮，朝我們露出苦笑。她講話的聲音很輕很柔，我們要靠近一些才聽得到。「我嗎？這個……我畢業以後被親戚介紹，去做了保險業務。可是我不太會說話，又不想麻煩朋友們，所以總是拉不到保險單。現在還是只有基礎的兩萬五千塊錢。」

說完，她像是想起了什麼歪了歪頭，柔軟的髮絲在耳邊輕輕搖蕩。

「我有個長得很漂亮的女生同事，她也拉不到保單，不過有個溫柔的客戶願意包養她。一個月只要見面六次，就可以賺到四萬塊，說實話有點羨慕呢！」

我不知道她是不是在開玩笑，於是好心提醒她：「四萬太低了，妳的話應該可以喊到六萬。」

「真的嗎？」藍兒嚇了一跳，兩手掩住嘴的表情十分可愛。她看起來在認真考慮，但接著猛力搖搖頭，看向小風。「那妳呢？小風妳在做什麼呢？」

「我在外商公司工作。做行政。」小風嘆了一口氣。「事情很忙，報帳很煩，而且理工男很臭。才做一個月，就想辭職了。」然後她又若無其事地補了一句。「不過薪水有四萬二。」

「哇，好高！」藍兒小聲驚呼，夏夏則不悅地撇過頭。只有我無動於衷。

「好了，剩妳了。」小風說。「連畢業典禮都蹺掉的囂張學霸曉萍小姐。妳現在在幹麼？」

「我啊。」我停頓片刻，做出難為情的樣子，等待所有注意力集中在我身上。「我……算是在創業吧。」我舉起茶杯，以精準計算的角度遮掩表情，輕啜一口紅茶。「是跟物流相關的……

啊，這樣說吧，我做的是食品物流業，在整個大供應鏈底下，只是一個小小的個人承攬業者。才剛開始營業而已，還不是很穩定。不過這個月的預計營收……」我放下茶杯，發出喀啦一聲輕響。花點時間品味雀巢檸檬紅茶殘留舌尖的甜美芳香，然後緩緩開口。

「月收五萬五。」

我真的很享受她們注視我的眼神。

不過，就算面對最親近的朋友，我也始終不甘願把UrbanEats三個字說出口（雖然最後還是說了，還被夏夏揍了一拳。藍兒倒是很支持：「妳有這麼好的騎腳踏車技術，不做UrbanEats，那就太可惜了。」）並不是對這職業有什麼偏見，但那就像自己畫的好寶寶章一樣，誰也騙不了。

我現在到底在做什麼呢？……畢業兩個月，每到夜深人靜，腦中總會浮現這個問題。看著手中沉重的保溫箱，我嘆了一口氣。別想了，還是先買到那台機車，等新手獎勵期結束，剩下的以後再考慮吧。

還有工作要做呢。

我按響眼前的門鈴，拍拍雙頰，撿回服務業標準配備、但員工須自備的愉快好心情——13到17度的嘴角上揚，控制在52%的雙眼間距。親切、自然、全心全意。

門打開了，門後是正在熬夜苦讀的高三女生。這裡是自由廣場附近，鄰近我的母校。我看了一眼掛在牆上的深綠色制服，沒有說什麼，收了錢，送了餐，就像個外送員一樣地離開了。

在等訂單的空檔，我把YouBike停進附近站點的車架，然後就坐在旁邊的長椅上滑手機。凌晨一點的現在，社交平台沒什麼新東西，但我還是一直往下滑著，茫然地想著什麼時候能到底。直到一個優雅的黑色身影，突然跳到一旁的機車坐墊上。

那是一隻黑貓。她端坐在椅墊上，睜著明亮的綠色眼睛看著我。一隻尾巴在底下晃呀晃的，像是不太精確的鐘擺。沒想到能在這麼近的距離被野貓親近，心情幾乎都要好起來了。

「唉，真好呢，小黑咪。」我撐起身子，對著坐墊上的小黑貓伸出手。

「真想像妳這樣無憂無慮的，什麼也不用煩惱。」

「喔，親愛的，妳一定不知道我們平常有多少事要忙。」貓咪說。

「呃、什麼？」我的手停在半空中。

貓咪慵懶地抬起頭，炫耀似地朝我晃晃尾巴。她的聲音很柔和，有種低沉的共鳴，像是絲絹。一隻貓有著這樣的美聲，真是讓人羨慕。「貓的壽命比較短，所以生活步調更快。妳一定沒有認真想過這件事，對吧。沒關係，我明白，人類就是這樣。」

「我……抱歉，我不知道妳會說話。」

她白了我一眼。她翻白眼的動作很特別，利用了爬蟲類祖先殘留的瞬膜構造。「人類中心主義。」她說。

「但妳說的是中文啊！」

「這是在配合妳呀。我猜妳不會說拉丁語或台式喵咪語吧？」

很有道理。我有點慚愧，被體貼了還一副自以為是的樣子。我想起小時候總是嫌棄本省人的奶奶為了跟我聊天，而努力說著台灣華語的樣子：「我只是有點嚇到，因為從來沒有貓咪跟我說中文。」

「誰讓人類總是用逗小孩的語氣跟貓說話呢。將心比心，孩子，那樣誰也不會想理妳。請問妳就是江曉萍，江小姐嗎？」

「妳怎麼知道我的名字？」

「我聽驅魔獵人語蝶小姐提起過妳。她說妳是個常識人，所以有什麼事都可以找妳幫忙。剛才經過這附近，遠遠地聞到半吸血鬼的味道，就循著走過來了。」

「……會臭嗎？」

「每個物種喜歡的味道都不盡相同。不過人類的鼻子比較退化，我想妳可以不用擔心。」真是尷尬。

「還有一件事。」黑貓移動前腳，在坐墊上伸懶腰，她的腳踝以下是白色的，像是穿著襪子，非常特別。「我不叫小黑咪。」她說。

重新自我介紹，她說其他貓咪都稱呼她為木天蓼夫人。她是黃昏魔女的使魔，今天是為了非泛智人哺乳類使魔職業工會的事情來到這裡。順帶一提，木天蓼就是台式喵咪語中大麻的意思。

「妳跟語蝶是怎麼認識的呢？」我說。

「可愛的人，我偶爾會雇用她，請她處理不太好讓使魔出面的事情。她要求的待遇不高，辦事能力很不錯，在使魔間也小有名氣。所以今天……不知道妳有沒有聽說，我們今天有一場遊行。」

「好像聽過，跟狗狗一起辦的那個？」我想起跟語蝶一起釣魚時，她似乎提過這件事。

「沒錯。這不是我們第一次聯合遊行，不過上次完全失敗了。」木天蓼夫人恨恨地說。「那些忠犬一見到主人，就興奮地撲上去又舔又抱，訴求跟策略全都拋在腦後。妳真該看看魔女協會幹事那得意的表情。」

「……我也認識一個魔女，叫做林水月。」

「難得的好魔女，她的殭屍一天只要工作四個小時。真希望我們的工會也能這麼團結。」
「如果跟狗狗一起遊行這麼困難，妳們為什麼還要聯手？」
「指出這是個跨物種的普遍問題有其必要性。」木天蓼夫人嚴肅地說：「我們經歷的是系統性的剝削、無能，以及文化帝國主義，再怎麼樣也不能把狗狗落下了。」她舉起前腳，磨磨鼻子。「而且狗狗們都太老實了，如果放著不管，感覺會一步步把自己賣掉。實在讓人放心不下。」
「妳真好心。」我聽完肅然起敬，這是一隻讀過政治學，富有同理心，而且務實的貓。我那些人類系的朋友們一定會喜歡她。
「這就是我來找妳的原因，曉萍小姐。狗狗們渴望人類的認同。為了引進新的人類觀點，使魔工會想聘請妳擔任親善大使，向普通人宣傳我們的理念。」
「為什麼找我？」
「因為我認識的其他人類腦袋都有問題。」
「唔，讓我考慮一下……」
雖然我很想幫忙，但每週結算的 UrbanEats 會根據趟數提高獎金。休息一天，損失的不只是當天所得，更可能是整個獎金級距。況且，我也不想沒事得罪魔女，感覺很可怕。不過……
貓咪職業工會的親善大使。
比起無聊的行政作業，或者連雇傭關係都沒有的 UrbanEats，聽起來更像是個值得一提、有意義的工作吧。
「時薪一千元。」木天蓼夫人接著說。

「我一直很關心動物權益。謝謝妳給我這個機會。我不會讓妳失望的。」我伸出手，她則伸出肉肉的小前掌。我們輕輕握手，嚴肅地達成了協議。

就這樣，凌晨一點半，我騎著新借的 YouBike，讓木天蓼夫人坐在前置物籃裡，往台北府城的東門、凱達格蘭大道起點的景福門而去。

遊行預計在兩點半時，從東門開始，沿著東南方的信義路走到大安森林公園，往北轉到建國花市，再向西走仁愛路，繞一個三角形回到東門。雖然路程看起來很短，但狗狗們很難控制，要在天亮前結束，這已經是極限了。

「為什麼是往那個方向？如果要遊行，不是應該走凱道嗎？」我邊騎著腳踏車，邊看著手機地圖說。

與貓狗們遊行的方向正相反，凱達格蘭大道在東門圓環的西邊，筆直地通往總統府，既寬廣又富有象徵意義。台北的社會運動經常在那裡進行，前兩個月我被小風抓去參加的同志遊行，最後也是在那裡結束。既然說要來東門，我還以為肯定是走凱道。

「這是個好問題。」木天蓼夫人坐在籃子裡，悠閒地理著毛。「有兩個原因。首先，依據過時的台灣法規，貓咪沒辦法申請路權，而總統府所在的博愛特區管制森嚴。我們可不想在遊行的時候碰上便衣警衛，對吧？因此我們的集合地點也不在東門，而是旁邊的台大醫學院校區。」

「為什麼是台大？」

「校園自治，親愛的，警察跟公權力不好進來。」

「喔，就跟台大總校區被當成大麻集散地一樣？」

「……抱歉，這是個玩笑嗎？」

我遲疑了一下。「嗯，它是。那第二個原因呢？」

「魔女都住在大安區。」

「我開始討厭她們了。」

「所以我們才要互相幫助，否則住在豪華公寓裡的魔女，永遠看不到走在街上的我們。」木天蓼夫人嘆了一口氣，吐出一小塊毛球。「不過，身為貓，還是有很多不方便，所以才邀請妳來。我們需要妳向路人發傳單，介紹使魔的工作境況，讓更多人認識這場遊行。」

「魔女會管普通人的意見嗎？」

「只要讓狗狗知道有人類願意支持，他們就比較容易覺得自己在做的事有意義。唉，大部分的狗，還是把遊行當成嘉年華會。雖然這也沒什麼不好，不過我們更希望事情有所進展，對吧。」

「但是真的沒關係嗎？只是發傳單，就給我那麼多錢。」

「這對我們而言，就值這麼多。不用客氣，人類的錢反正也不好吃。」

如果讓貓咪統治世界，世界一定會和平許多。

一邊聊著天，我們也接近集合地點了。我飛過最後一座分隔島，來到仁愛路上，而遊行正剛開始。

那是相當壯觀的場面。

遠遠地，就能看到近百隻貓狗從台大醫學院的大門蜂擁而出，往一百公尺外的東門圓環走去。有些貓咪身上綁著木板，有些狗狗的尾巴繫著旗子，兩隻鴿子啣著橫幅布條飛過校門，布條上整齊地印著好幾對鳥爪，看起來像是某種文字。

五隻狗狗戴著造型一致的防護頭套，他們牽著彼此的狗鍊，用後腿站著走過校門，藉此批判魔女自以為是的善意，引起現場一陣歡呼。人行道上，一對貓狗合作賣餅乾，狗狗負責拖推車，貓咪負責叫賣，餅乾有雞骨頭跟魚骨頭兩種形狀。隊伍中不只有貓狗，還有幾隻迷你豬、兔子、鸚鵡，甚至一隻銀白色的狐狸（木天蓼夫人說她是台北稻荷神社留下的神使前輩）。所有動物在經過我們身邊時，都會停下來，向車籃裡的木天蓼夫人點頭致意。

就這樣，我糊里糊塗地闖進了貓狗們的大遊行裡。我放慢車速，呆呆地看著這些讓人眼花撩亂的可愛動物們，幾乎忘了我是來工作的。然後我注意到校門口有個人類的影子，正蹲在地上跟貓咪玩。

她身穿道士袍，綁著公主頭，頭上還戴著一圈典雅的花環，正是半個禮拜不見的驅魔獵人莊語蝶。我騎著腳踏車緩緩靠近，才發現原來她不是在逗貓，而是在向她們發傳單。

「那個……走過的，路過的，都請不要錯過喔。這裡是N、N12寵物咖啡店，歡迎大家都來參觀——」她遞出傳單，貓狗們張嘴咬住，頭也不回地往東門走去。語蝶抬起頭，發現了我們。她開心地站起身，朝我們打招呼，聲音一如往常的溫和開朗。

「啊，木天蓼夫人，妳好。曉萍也來了嗎，好開心喔。」

「妳在發寵物咖啡店的傳單嗎？」我伸出手去，想跟她要一張。

「是的，這家店很棒喔。地點很好，只要點一杯罐頭，就可以坐一整天。空間溫暖又舒服，貓砂也換得很勤，還可以帶自己的人類過去，我非常推薦喔！」

「呃、什麼？」我的手停在半空中。

「晚安，語蝶小姐。」木天蓼夫人朝她抖抖耳朵。「感謝妳還特地推薦其他人來。」

「這也沒辦法，不知道為什麼，那些狗狗好像都不太信任我。」

「因為妳上次搶了他們的罐頭啊，親愛的。」

我看向語蝶，她連忙撇開視線。我想每個人都有自己的苦衷，便沒再追問下去。

「我們做一樣的工作嗎？」我說。

「主要就是發傳單。」語蝶把另一疊傳單塞進我懷裡。「寵物咖啡店的工商，我都快要發完了。竟然願意贊助這種遊行，老闆真是個好人。另外的這一疊都是要發給路人的。」

隊伍拉得很長，前頭已經幾乎到東門了，校園內卻還有許多貓狗。我牽著腳踏車，跟語蝶在隊伍後段慢慢走著。更多的貓狗從一旁的馬路、圍牆、樹叢、屋簷等各處加入。白貓、橘貓、三花貓、波斯貓、暹羅貓、短毛貓、沙漠貓、布偶貓、森林貓、折耳貓，以及狗，各種各樣讓人忍不住想尖叫的可愛小動物，在深夜的台北精華區，無人的大馬路上悠閒漫步。

「這些全都是魔女的使魔嗎？」

「沒有那麼多啦。」語蝶說。「大部分都是來幫忙的親戚朋友。」

一隻年輕的貓突然跳到一旁的學校圍欄上，對著遊行隊伍，慷慨激昂地演說。「喵喵，喵喵喵，喵喵喵喵，喵喵！」

貓狗們再次爆出歡呼，支持的聲音此起彼落。我小聲詢問一旁的語蝶。

「他剛剛說了什麼啊？」

語蝶伸出手指，一邊講一邊數著。「這個……他說了貓咪做為使魔的歷史、魔女議會的日漸陳腐、現代社會擴大的貧富差距、使魔工作與自我的勞動異化，以及這次遊行的五點基本訴求……唔，勞動異化是什麼意思啊？」

「是一種資本主義的對象化形式。勞動力與社會關係在理性系統中貶低為可量化商品，最終與自身形成對立……」她一臉茫然地看著我，我於是聳聳肩。

「大概就是妳不知道自己做這份工作幹麼的感覺。」

「咦?不是為了賺錢嗎?」

「說得沒錯。」我拿出手機，錄下這可愛的畫面。這次我學乖了，不再公開上傳，只傳給了莉莉安(『好可愛!在哪裡?在做什麼!』、『中正紀念堂附近，在遊行』、『????』)。上次的修格斯照片害我的臉書帳號被停權，費了好大一番功夫才救回來。

兩隻貓咪爬上校門，合作引爆了拉炮，隨著一聲不至於擾人清夢的小小砲響，幾束彩帶射向天空，在月光下隨風飄揚。彷彿為遊行開幕。

「好吧。」語蝶舉起手，給自己打氣。「我們也差不多要開始工作了。喔!」

跟著貓群，我們走向東門。

或許是沒申請路權，貓咪們沒有走在大馬路上，而是整齊地走在人行道，靠右側走。反觀狗狗，剛開始還算沉得住氣，但還沒到東門，就散進了大街小巷。

木天蓼夫人不知道去哪裡了，語蝶拿出更多傳單，放進我的腳踏車籃子裡:「這些都是等會兒要發的，如果發不完……那大概也沒有關係，總之能發多少算多少吧。」

「但現在是凌晨兩點半耶，我們要發給誰?」

「很輕鬆吧，而且薪水也好高喔!所以我才喜歡幫使魔工作。」

「明明是驅魔獵人。」我壞心眼地說。「為了錢，幫魔女的僕人打工，這樣真的沒關係嗎?」

「我、我才不是為了錢而已。」她嘟起嘴，聲音卻越來越小。「這個是……這個……製造敵人內部的矛盾……」

東門是清朝時留下的城門。為了地區發展，兩側的城牆在日治時代拆掉了，現在只是一個交通圓環上的歷史裝飾品。仁愛路、信義路、中山南路與凱達格蘭大道，好幾條重要道路在此交會，形成一個近百公尺的空曠區域，而東門便是其上唯一的建築物。

綠琉璃屋瓦、雕花的飛簷、朱紅的圓柱，遠遠看去，東門像是一座巨大莊嚴的廟堂，在燈光中巍然聳立。我們沿著圓環邊緣走，宏偉的城門也從側面轉到了正中央。透過敞開的城門口，能直接看到凱達格蘭大道盡頭的總統府，就像被含在城裡的精巧模型。

「真漂亮。」我由衷感嘆。

「真的呢……不過我還是比較喜歡她以前的樣子。」語蝶漫不經心地折著發不出去的傳單玩。「不知道妳有沒有看過，大概五十年前，東門還跟北門一樣，都是紅色的。是紅磚黑瓦的閩南建築。」

「咦？是這樣嗎？」

「是啊。可是對岸開始文化大革命的時候，政府說要整頓市容，就把她拆掉了。重新蓋成北方人喜歡的樣子，還塗上了大大的藍色黨徽。」

「……那還真是可惜。」

「那就是那樣的年代嘛。」她嘆了一口氣，把折好的紙飛機朝著五十公尺遠的城門口扔，紙飛機穩穩地穿了過去，消失在夜色中。「那條路以前還叫做介壽路呢，現在也改成凱達格蘭大道了。」

「妳知道好多！」

我有點慚愧，畢竟凱道旁邊一條街就是我的高中母校，對這附近的史地傳說，我卻一無所知。

「我只是活得比較久一點而已啦。」她害羞地摸摸耳朵。「莉莉安知道得更多。」

紙飛機不知何時飛了回來，落在我的籃子裡。

我們繞著東門圓環走了三分之一圈，來到信義路上。看到筆直的道路被貓狗占滿，我才終於有點遊行的感覺。在這樣的深夜舉辦遊行，媒體與民眾都看不見，這是一場只為魔女而辦的集會。貓咪跟狗狗們又唱又跳，互相追逐，無人的街道上，氣氛非常熱鬧。

這段路右手邊是中正紀念堂，左手邊是學校，不用擔心吵到附近的住戶。狗狗對著路邊的垃圾桶興奮吠叫，貓咪也忍不住爬上了行道樹（有一隻貓下不來，我只好騎 YouBike 上去接他，贏得一陣肉球式掌聲）。在隊伍最前方，兩隻特別高大的哈士奇，一左一右咬著主辦方的布條，上面分別用貓咪腳印、狗狗腳印以及中文，寫著「使魔權益」四個大字。

站在騷動的貓狗中央，我也幾乎被嘉年華會的氣氛感染，覺得自己真是莫名其妙參與進一場盛會，還是在能夠幫忙的位置上！一隻小狗鑽過我的腳邊，用鼻子碰了碰我。

「汪，小姊姊，呼呼，妳就是，呼呼，新來的吉祥物姊姊嗎？」他說話的聲音夾雜著吐舌頭的喘氣聲，說實話有點猥褻。但是狗狗的汗腺散熱效果很差，這也是沒辦法的事。

我想起木天蓼夫人說，狗狗特別想得到人類的認同。

「是啊，你們都這麼認真，為自己爭取權益了，我也想幫上忙。」

「是這樣嗎！小姊姊，呼，妳真好！」小狗開心地猛搖尾巴，鑽過來想要舔我的腳。我躲開了。「謝謝你，小姊姊。掰掰，小姊姊！」小狗對著同伴汪汪叫著，幾隻狗開心地討論著什麼，熱熱鬧鬧地離開了。

「原來我們的工作只是吉祥物嗎？」我轉頭問語蝶。

「時薪有這麼多。就算要我穿布偶裝踏步罡我也不會介意的。」

「不過都沒看到人耶，這些傳單到底該……啊。」話說到一半，我指向隊伍前方。在深夜的大街上，就有個人影蹲在地上逗貓。
那是一個金色頭髮的小女孩。
「小貓咪！啊啊，好可愛，喵喵喵喵，小貓咪喵喵喵。」
小女孩穿著紫羅蘭色的蘿莉塔洋裝，一手支著膝蓋，另一手伸向前方，撫摸躺在地上的貓咪。貓咪在她靈巧的指尖下，呼嚕呼嚕地伸展身體。
「是莉莉安耶。」我認出她，回頭對語蝶說，卻發現語蝶已經不見了。「嗒。」我再次轉回前方，語蝶輕盈地落在莉莉安身後，長袍隨著慣性猛烈翻動。她不知從哪裡抽出一把武士刀，高高舉在頭頂上方。月亮在這時候撥開雲層，白色的光描繪森冷的刀鋒。
「咦？」莉莉安聽到我的聲音轉身，隨即微微一偏頭，金色的髮絲揚起，還來不及落下，就被銀色的長刀斬斷。
「唔哇！」她狼狽地撲倒在地，刀鋒險險擦過耳際。「哇！什麼什麼？」她剛站起身，馬上又雙手抱頭，閃過另一記橫劈。當她終於後跳一步，拉開距離時，那被削斷的髮絲才緩緩落在兩人之間。
語蝶停下追擊，單手插腰。
「終於找到妳了，妳這個可惡的惡魔！」她用刀尖指著莉莉安，神情愉快。「沒想到會在這裡遇見妳！」她在胸前畫出歪歪斜斜的十字。「今天我就要以天父之名，把妳送去西天上！」
她再次舉刀，眼神閃閃發光。
「等等，先停戰，停戰停戰！」莉莉安朝前方伸出雙手，連連後退。
「無須多言，魔鬼！引誘的言詞對我是沒有用的，今天我們一定要分出一個勝負！」

「不行啦，今天是貓咪們的場，我們不能在這裡打起來！」

語蝶聽完愣了一下，轉頭看了看周遭，不過貓咪們都見怪不怪地走過去，沒有理會她們。她停頓了幾秒，好像終於意識到自己的失態，才一臉羞愧地放下刀。「這個……對耶……」她又在原地呆立了好一會兒，才試著以有尊嚴的語調說。「那今天……今天就先放過妳……好了。」她偷偷望向我，我撇過頭去，假裝在欣賞街道風景。

「沒關係。」莉莉安大方地說。「今天我們就是吸貓好朋友。」她伸出手，語蝶不情願地握了握，把武士刀收回了……我不知道她收回了哪裡。然後她轉身，對莉莉安剛才撫摸的貓咪鞠躬道歉。

「先生，請原諒我。我實在太沒禮貌了。」

「沒什麼大不了的，孩子。我偶爾看到逗貓棒的時候也會忍耐不住，我清楚那種感覺。」貓咪翻身站起，跟上了隊伍。

「啊，曉萍也在嗎！」莉莉安在空中嗅了嗅，四下張望，終於注意到我。她啪搭啪搭地朝我跑來：「這裡貓咪太多，我都聞不到妳的味道。我可以——」

「不行。」

「我還什麼都沒說！」她發脾氣似地跺了跺腳。這算是她打招呼的方式，我也習慣了。自從跟她交換了 line，每天都要被煩上那麼一下。雖然她任性的模樣很可愛，但我必須堅守原則：

「晚點再說，我還要工作。來，給妳傳單，這是第一張。」

「真不公平！」她接過傳單：「我出那麼高價，妳都不幫我工作。」

「那種錢我收得也不安心啊……之前也說過了，感覺就像出賣身體。」

「妳明明是人類學畢業的，為什麼被中產階級美德荼毒得這麼深？」

「因為我沒錢。」

「可是我有啊！」她嘛起嘴，賭氣地說：「那不然我們結婚。這樣妳也不用擔心出賣身體的問題了吧！」她想了想，忽然睜大眼睛，好像真的覺得這是個絕妙的主意。「對啊，現在是兩個女生也可以結婚的時代，真是太好了！」

我轉頭問語蝶：「妳剛才的紙飛機飛得真遠，有什麼小祕訣嗎？」

「對吧！這個我可是很拿手呢。要讓摺紙有靈性是需要練習的，不過傳單有很多，我可以在路上教妳。」

「哇，妳們竟然無視我！」

「反正妳只是想喝我的血吧？」

「咦？」

我嘆了一口氣，對語蝶說：「我們明明應該發傳單給普通人，結果遇到的第一個人，竟然不是人。」

「這種事比妳想得還要更常發生啦。」語蝶雙手搭在我的肩膀上，輕輕按摩了幾下，當作小小的鼓勵。

「只是妳沒注意到而已。」

「哈哈，我懂了，這就是那個什麼，行動藝術對吧？」

爽朗的短髮大叔接下傳單。他穿著輕便的慢跑裝，一隻耳朵戴著骨傳導耳機，在這樣的深夜，講話有點大聲。

「我們的訴求是縮短工時、明確區分工作與私事、給予合理的可支配所得……不過，最重要的，還是在決策會議中安排貓與狗的代表，以及對等的尊重與溝通。」我向他介紹。

「動物保護的團體嗎？真不錯、真不錯。在這樣的深夜還弄這個，辛苦啦。看到有理想的年輕人真是讓人開心，不過，妳們到底是從哪裡找來這麼多聽話的貓？」

「其實，是她們雇我來的。」

「雖然不是很懂……總之加油吧。」他開心地拍了拍我的肩膀，把傳單收進口袋，做了個軍人敬禮的手勢，便沿著信義路繼續慢跑了。

我們已經走到大安森林公園附近了，他是我遇到的第十七個人，比預期的還要多出不少。到目前為止，一切都很順利。沒有動保處，沒有來搗亂的路人，狗狗們也還受控制。我想起待會要走的路上有間派出所，就是我上次為了鱸魚屍體被找去的那間。希望不會再遇到什麼麻煩。

一個優雅的黑色身影游過我腳邊。木天蓼夫人用尾巴拍了拍我的腳踝。「親愛的，狀況怎麼樣了？」

「我發了十七張。」

「跟預想的差不多。狗狗們的反應呢？」

「知道有這麼多人類認同這些理念，他們看起來很振奮。不過有幾位狗先生一直跑來問我私人生活的事情，我覺得有點困擾。」

「怪不得。剛才妳被狗圍著，都沒辦法找妳搭話。以狗的標準來說，妳長得很可愛。」

「我不確定這算不算讚美……那以貓的標準呢？」

「狗狗的行為我很抱歉，我會要他們多注意的。」

「……妳不用待在前面沒關係嗎？」
「那是年輕人的事了。我就負責到處走走，跟所有人攀談，加油打氣。」
「貓咪們好像都很信任妳。」
「我的供餐者，黃昏魔女，她是魔女協會的主席。其他貓總覺得我有許多小道消息。妳知道的，當人類跟貓講話的時候，智商會降低，特別容易說溜什麼。」
「魔女協會的主席……」我看著傳單說。「她是個怎麼樣的人？」
「是個好人。只是……不太聽人說話。」木天蓼夫人沉默片刻。「她對我很好，但有的時候，我不覺得她有把我當成一個對等的主體。我們稱這種感受為寵／物化，她跟妳講話，但其實在自言自語。」
「我媽跟我說話的時候，有時候也會這樣。」
「我其實很感謝她。妳大概也注意到了，我的腳是白色的，是一隻白蹄黑貓。在台灣的漢人相信白蹄黑貓會帶來厄運，只要被我跨過的屍體，就會死而復生，變成只怕竹掃把的殭屍。」
「竹掃把？」
「是的，還有畚箕。」她嘆了一口氣。「以前我走到哪裡，都被掃把趕，但黃昏魔女卻願意讓我坐上她的竹掃把。」
我不知道該說些什麼。在她描述中的黃昏魔女，聽起來是個挺溫柔的人，怎麼會走到這個地步呢？或許是我的表情露了餡，木天蓼夫人苦笑了一下。
「就算我向她要求每天多一個罐頭，而她毫不猶豫地隨口答應，根本的問題還是不會解決。我們只會一直是主人與寵物的關係。」

她抬起頭，看著拉得好長的遊行隊伍。她的眼中閃爍著堅毅的光芒，又或者只是貓科動物視網膜後方的脈絡膜層，正發揮反射微光的功能。

「所以我們必須團結起來。就算沒有力量，也要展示自己的意志。唯有這樣，才能讓她們認真以對。我知道，在妳們人類看來，這場遊行或許很兒戲……」

「這是一場真正的遊行。」我由衷地說。

「謝謝妳。」木天蓼夫人用身體磨了磨我的腳跟，我猜這是貓咪表達友誼的方式，所以我也彎下身，搓了搓她的頸背。

語蝶發完另一張傳單，朝我走了過來。她皺著眉頭抱怨。「莉莉安好吵喔，她知道我不能在這裡砍她，就一直跑來煩我。」她側頭想了想，又說：「可是，她的精神是不是不太好？」

「我覺得她活力過頭了。」

「我剛才幾乎要砍到她了耶。她的反應好像變慢了。如果現在讓她遇上那些中國道士，也許真的要吃虧了。」

「她怎麼了？」

「不知道……唔，就像很久沒有吸血那樣？」

「妳發了幾張傳單？」

「已經十張了！」

「我十七張。」我朝她比出勝利的手勢。

語蝶的視線飄向一旁。「莉莉安幫我發了八張，這樣加起來總共有十八張。」

「妳讓敵人幫妳發傳單？」

「這是個讓她安靜的好方法。」

「妳們躲在這裡說什麼啊？」莉莉安飄在空中，揮動小小的翅膀朝我們靠近，手上還抱著一疊傳單。趴在她頭上的貓先生優雅地跳下來，消失在貓群中。「偷偷講我壞話？」

「沒、沒有啊？」

「那妳為什麼不敢看我？」

周遭似乎暗了下來。

語蝶跟莉莉安停止鬥嘴，我困惑地抬頭查看。但路燈沒有變化，天空清朗無雲。難以形容的搔癢感爬上心頭，我輕輕呼出一口氣，霧氣凝結在嘴邊。街道深處的影子彷彿有些躁動不安。

原先吵雜的遊行漸漸安靜了。不安在貓狗間擴散，她們交頭接耳，緊張地四處張望。隊伍放慢了行進速度，屋簷上的貓跳回了人行道上。遠處響起淒冷的鐘聲。

「那是什麼聲音？」我轉頭問語蝶，卻看到她不知從何處拿來一把櫻花色的油紙傘，撐開後招手要我進去。我順從地走到她身邊，但還是說。

「我看過氣象預報，今天不會下雨。」

「這個，只是以防萬一啦——」

大雨傾盆而下。

毫無準備的貓狗們瞬間淋成了落湯雞，尖叫地四處逃散，只剩躲在油紙傘下的我、語蝶、以及木天蓼夫人沒有事。莉莉安愣了一下，悲鳴一聲，想要擠進傘裡，但傘下已經沒有位置了。轉眼間，她一身昂貴的紫羅蘭色洋裝就全都濕透了。她皺著一張臉整理蕾絲緞帶，感覺很可憐。

「曉萍，可以再靠過來一點。」語蝶輕輕攬住我的肩膀，她身上有明星花露水的香味。

「妳怎麼知道會下雨。」

「魔女每次都用一樣的招數。可惜現在大家都好有動保意識，不隨便下青蛙雨了，沒辦法外帶回家。」她微微抬起傘，看著漆黑的夜空，表情有些無奈。「但是前面幾次遊行，她們都沒有直接出手的……這樣好傷人喔。」

木天蓼夫人看起來相當氣憤。「她們以為一場大雨就可以澆熄我們的火焰嗎！太瞧不起人了。我們不會妥協，只會更團結！」

她走出油紙傘下，任憑雨點打在身上，對著夜空，發出尖銳的貓叫。附近的貓聽到她的聲音，也跟著發出叫聲，然後是狗狗的汪汪聲，間雜鴿子的咕咕聲。使魔們大聲地用自己的語言，為自己發聲。

貓狗從騎樓邊、小巷轉角、車子底下探出了頭，紛紛離開屋簷與樹蔭，無視十二月的寒風與傾盆大雨，加入木天蓼夫人的行列。不一會兒，遊行隊伍再次聚集。

冒著大雨，貓狗們喊著口號，一齊向前。

12月15日　遊行途中

「喵喵、喵喵喵。」

『喵喵、喵喵喵。』

「汪、汪汪、汪汪。」

『汪、汪汪、汪汪。』

這場大雨確實使遊行更團結了。貓狗們同聲一氣，對於存心搗亂的魔女感到憤慨。在這樣的雨中，不可能遇到人類，所以我跟語蝶又沒工作了。莉莉安走在我們旁邊，洋裝緊緊貼在身上，模樣很狼狽。

「莉莉安，妳還好嗎？」我躲在安全的油紙傘底下，同情地說。

「我放棄了啦。」她甩著裙襬，開始玩起水來。

遊行隊伍沿著大安森林公園的外圍走著，這裡沒有能夠遮風避雨的地方。雨越下越大，幾乎要看不見馬路對面了。我在途中的站點歸還了腳踏車，肩膀已經淋濕大半。氣溫持續降低，手指幾乎凍僵，貓狗的聲音漸漸小了下去。路上的積水滲進鞋襪，就連行走都變成苦差事。雖然氣勢正旺，但雨繼續下下去，大家都要吃不消了。

語蝶似乎在我耳邊說了些什麼，隨即被雨聲掩蓋。我疑惑地轉頭，她加大音量又說了一次。

「那裡有個人耶！」

她指向道路前方的涼亭。一個穿著筆挺西裝、戴著小圓禮帽的人，就坐在涼亭裡面。也許是被大雨困住了吧，他垂著頭不知道在做什麼，甚至沒有注意到路過的貓狗們。

我跟語蝶互看了一眼，快步往前走去，都想拿到這個業績。結果在涼亭邊，語蝶不知為何停下了腳步，我趁機跳進涼亭中。「先生你好——」我從懷中掏出傳單，正要遞給他，低頭一看，卻是認識的人。

「……小張，你在做什麼？」

小張看了我一眼，露出殭屍特有的皮笑肉不笑表情：「啊，曉萍小姐。妳們走得真快。」他低下頭去：「我這邊就差收尾了。」

他的膝蓋上疊著幾張摺紙，是即將完成的烏龜摺紙，摺得還滿可愛的。幾隻貓狗好奇地圍了上來，莉莉安也飄在空中，趴在我的肩膀上看著。小張仔細地幫烏龜摺好尾巴，完成以後，他又多做了一支小小的紅色塑膠掃把，頭朝上黏在烏龜的右前腳上。最後才用一根細麻繩，把烏龜吊在涼亭屋簷下。

他從口袋拿出打火機，燒起了小烏龜的尾巴。

尾巴像是線香般靜靜燃燒著，冒出一團黑色濃煙。但是烏龜本體似乎沒受影響，小小的掃帚因為氣流左搖右晃的，那模樣就像是在……打掃烏雲。小張合起雙手，叨唸著：「烏雲龜去、烏雲龜去、烏雲龜去。」

火光猛烈竄起，烏龜眨眼間燃燒殆盡，只留下飄盪的煙灰。煙灰被風吹散，雨聲從耳邊消失。

我從涼亭底下探頭往上望，烏雲真的散開了。原本像是天空破了個洞的大雨快速褪去，取而代之的是穿透雲層的月光。月光依序漫過高矮相間的建築，像是明亮的微風吹拂城市。魔法的氣氛也消失無蹤。

我眨眨眼睛，看著天空。還以為整場遊行都要在大雨中度過了，還在暗自鬱悶，沒想到這麼簡單就放晴。一時間貓狗們也面面相覷，不確定發生了什麼。莉莉安張開雙手，開心地說：「哦，雨停了！」

直到這一刻，大家才終於回過神，一起爆出歡呼。愉快的吠叫此起彼落，貓狗們興奮地將涼亭團團包圍，一隻目睹情況的臘腸狗奔向隊伍前頭，報告事情始末。小張調整好帽子，收拾摺紙工具，轉身面對我。

「嗨，曉萍小姐。」他得意地說：「看來我成功啦。」

「那個烏龜是什麼？」

「好像是演藝圈流行的儀式……老闆教我的，我也不懂啦，就類似晴天娃娃那樣吧。」

「好可愛！」莉莉安滴著水，從我肩膀後方伸長脖子，睜大眼睛說：「你的手好巧！」

「莉莉安小姐，好久不見啊。」

「你也好久不見，小月姊姊沒有欺負你吧。」

「老闆很罩我啦。」

「那太好了。」莉莉安愉快地點點頭，說完就去旁邊擰衣服了。她擰衣服的時候全身脫得精光，還把濕透的內褲扔進一旁的垃圾桶。

貓狗們跟莉莉安一樣，急著把自己弄乾。一隻古代牧羊犬甩動身體，天空彷彿又下起了小雨。兩隻黃金獵犬交互捲著抗議布條，擰出好多水來。一隻帶頭的貓咪喵喵叫了幾聲，似乎打算讓隊伍稍作休息。

不過，直到大雨完全停止，語蝶才不情不願地收起油紙傘。她的態度有些奇怪，故意不面向我們這邊。但她少了雨傘的遮擋，小張還是馬上發現了她。「小……」一時間，小張愣在原地，過了好幾秒鐘才後退一步，稍稍低下頭，換上畢恭畢敬的語氣：

「小姐，您也在這裡？」

語蝶抬起頭，快速看了莉莉安一眼，但莉莉安還在擰衣服。她鬆了口氣，不滿地回瞪小張，壓低聲音：「我說過了，請不要那樣叫我。」

「如果早知道小姐您也有來——」

「我說了喔。」

「妳們認識啊？」我說。

「當然啊。」小張說。「畢竟小姐是老闆的——」

下一秒，小張的小腿骨被踢斷了。

他小小驚呼出聲，跌坐在長椅上，整隻腳往奇怪的方向彎曲。語蝶若無其事地從懷中掏出一張傳單，遞給小張。她面帶微笑，語氣親切：「先生您好，我們是使魔職業工會，今天為了工作權益上街遊行。希望您能幫我們說聲加油，好嗎？」

小張似乎還想說什麼，不過最後只是識相地收下傳單。從口袋拿出大綑布膠帶，試著把小腿接回去。

沒過多久，遊行隊伍再次前進。路程已經過了一半，來到第一個轉折處，沿著建國南路往北移動。雖然貓狗們依舊吵鬧，氣氛還是有些不同了，就像大雨的低氣壓沒有完全消失。幹部們或者神情緊張、或者忿忿不平。魔女的大雨確實破壞了某些默契。

木天蓼夫人來找小張打招呼，我才知道原來小張是工會的顧問。黑貓、殭屍、還有驅魔獵人聚在一起，嚴肃地討論起工會內部的事情。我插不上話，只好環顧四周。積水的柏油路拉長了街燈，路上沒有其他人。我想找莉莉安，但是沒找到。

靜靜地跟著隊伍走著，十五分鐘後，我們來到仁愛路上。路旁就是全台灣最昂貴的社區，只是隔著一條斑馬線，連人行道都特別乾淨整齊。噴水池與樹籬隔開了社區空間，訓練有素的門衛站在花崗岩大門前，緊盯貓咪與狗狗的遊行。

她禮貌地向我要了一張傳單。

視線不經意地望向大門裡，細心打理的庭園與宏偉高樓，彷彿另一個世界。我想到了貓咪，想到木天蓼夫人說過的話，還有莉莉安。對魔女來說，使魔到底是什麼呢。像我這樣的普通人，與莉莉安還能有什麼交集？這場大雨，真的只是為了阻撓遊行嗎？如果……隊伍繼續移動，沒事做的我低頭研究傳單，希望不會顯得格格不入。

「曉萍曉萍！」

可是，就在我沉入自己的思緒前，剛剛還不見人影的莉莉安叫住了我。她不知什麼時候換了衣服，輕盈地朝我跑來，一邊大大地揮著手。她的情緒總是用全身的動作表達，就像小孩一樣。

「剛才都沒機會單獨跟妳說話。」她停下腳步，雙手揹在身後，故意露出懷疑的表情抬眼看我。「妳是不是在躲著我？」

剛才遇到她的時候，我被狗狗包圍，後來又下了大雨。「妳想多了。我為什麼要躲著一個飢渴的吸血鬼呢？」

「嘎吼～」她雙手舉到嘴邊，做出張牙舞爪的樣子。

「妳剛剛回去換衣服？」

「對啊。我受不了啦。」她提起裙襬轉了一圈，那是一套和服元素的櫻花色蘿莉塔服裝：

「好看嗎？」
「好看。」
「我、我只是想謝謝妳，傳了貓咪的照片給我，不然我都不知道還有這場遊行！唉，也只有妳還會想到我這個孤苦無依的吸血鬼了。」
「妳都沒有其他同伴嗎？」
她驚訝地眨眨眼。我似乎問了個沒禮貌的問題，正打算收回，她又不在意地擺擺手。「還有一個。」她望向街道盡頭。「他是我轉化的。不過他也很久沒跟我說話了。」
「……」
「不說這個了。」她輕咳一聲。「妳才是呢。像妳這樣的普通人，都在深夜工作，朋友不會很難約嗎？」
「我剛剛才約了一團。」我點開手機，讓她看看晚餐跟小風的合照，順便用火鍋圖餓她。但想到畢業後，我也只剩這幾個人還在聯絡，不禁嘆了一口氣：「不過也沒關係，反正我到哪都是邊緣人。」
「怎麼可能。」她要過手機，似乎對這些日常照片很感興趣。「妳的血這麼好……我是說，妳長得這麼漂亮，人也不錯。」
「因為我憤世嫉俗，又老是嫌麻煩。」
她滑著手機，輕快地笑了：「那我有變成妳的麻煩嗎？」
「最大的那種。」
「好嘛，我注意點。」
「我也沒說討厭。」
她抬起臉：「……喔。」

我不覺得自己有說什麼，但是氣氛不知為何有些微妙。我跟著隊伍往前走，莉莉安卻拉住我的肩膀。

「幹麼？」我回頭看她。

「妳的手機忘了。」她笑得很開心。把手機遞到我面前，卻不是要還我。她的手越過我肩膀上方，身體也朝我靠近，近得能聞到淡淡的梔子花香。我還沒搞清楚她打算做什麼——

喀嚓。

她拍了一張照片。

「我也想跟妳拍照啊。」她無辜地說。

我愣了一下。「吸血鬼能拍照嗎？」

「妳那是哪個年代的設定？」她把手機螢幕貼到我臉前。「回去再傳給我。啊，這張真可愛。」

螢幕上，她笑得很自然，我則表情呆愣。背景是遊行的貓狗，取景還不錯，但她只把自己拍得好看。真是過分。我搶過手機，拉住她的手臂。

「那個不算，再一張。」

話才剛說完，我們的身影卻從螢幕上消失了。

在某些作品中，吸血鬼有著不能照相的傳說。但事情顯然不是這麼回事，因為我連自己的手都快看不到了。我放下手機，才發現我們已經被濃霧包圍。

濃霧，很濃的霧，濃得不自然。城市快速收縮，彷彿被白色的顏料從畫布上抹去。幾步之外的樹籬，也在霧氣中消失無蹤。才一下子，我們就身在空無一物的白色裡。

鐘聲。

遙遠的、空靈的、讓人聯想到傾頹廢墟的鐘聲，在白茫茫的世界中迴盪。貓咪與狗狗停了下來，警戒地抬頭張望。

「咦？怎麼回事。」莉莉安說。

「又來了。」語蝶不知何時來到我們旁邊，困擾地搖搖頭。「這個……大概是讓人迷路的霧，或是差不多的東西。大家要跟緊一點喔，最好咬住前面的尾巴。」

聽到這句話，莉莉安猶豫了一下，然後直接抱住我的手臂。我感覺我們的距離似乎太近了，不過霧真的很濃，所以我沒有甩開她。

語蝶牽起我另一隻手，貓咪與狗狗也圍了上來，緊張地聚在一起。我回頭查看，發現小張已經不見人影。

接下來的遊行路線，就是沿著仁愛路走回東門。沿途沒有轉彎，也沒有岔路，照理說是不可能迷路的。我們一直往前走，卻始終看不到下一個紅綠燈口。回過神來，幾隻貓狗已經落了隊。周遭瀰漫一股壓迫感，霧影朦朧中，彷彿有無數雙眼睛盯著我們。

然後我們走到了死路。

不知何時，我們走進了民宅間的小巷，在錯綜複雜的巷道中打轉。繞了好久，卻又回到原點。不斷有貓狗消失又會合，路標不可信賴，就連手機定位都失靈了。我有種感覺，彷彿馬路與房屋，都在不注意的時候偷偷調換了位置。

語蝶停了下來。「唔……好像沒有前進耶。」

「魔女還真是會些小家子氣的法術。」莉莉安無聊地搖著我的手臂說：「我們幹麼不直接跑出去？」

「不是每個人都像妳跑這麼快的。」

木天蓼夫人擔憂地說：「這樣會沒辦法在預定時間抵達東門。」

「這場霧應該是跟著我們移動的。」語蝶說：「這麼厲害的迷陣，範圍不會太廣。」

「分頭走呢？」我提議。

木天蓼夫人搖搖頭：「那樣就失去遊行的意義了。」

語蝶雙手抱胸，一臉苦惱。「唉，只能這樣了。」她不情不願地說：「莉莉安，妳可以飛到空中去，幫我們指一下路嗎？如果有人在外面看著，陣法的效果應該就會減弱了。」

「咦，哼哼，沒想到驅魔獵人也有求助吸血鬼的——」

「謝謝妳啦。等妳上去了，我們再用手機聯絡。」

「好啦。那曉萍，借我手機。」莉莉安朝我伸出手。「我的手機上次跟衣服一起扔在鱷魚肚子裡了。」

「都過這麼久了，妳還沒買新的嗎？」

「反正之前也只是聯絡找我喝血的人……但現在我只喝妳的！」

她的表情讓我很想拒絕她，不是真的拒絕，只是不想讓她老是稱心如意。或許這就是貓咪被人類逗弄的心情吧。但她畢竟是為了我才弄丟的，我老實地交出手機。

「有什麼害羞的小祕密，不能讓我看到的嗎？」

「通話紀錄清一色是推銷員，感覺很可憐。」

莉莉安接過手機，確認密碼，偷看了通話紀錄，才拍拍翅膀，緩緩飄離地面。「那我上去再打給妳們喔。」

「不過霧這麼濃。」我說：「妳要怎麼知道我們的位置？」

「沒問題，我可以聞著妳的味道找到妳們。」

「手機還我一下，我想報警。」

莉莉安朝我比了個鬼臉。然後消失在濃霧之中。

「她是真的很喜歡妳耶。」語蝶看著莉莉安遠去的方向，突然這麼說。這麼直白的話，讓我有點害羞。我告訴她：「她只是想吸我的血而已。」然後我急著轉移話題，忽然間想到她跟小張的對話，於是我說：「說起來，妳是為什麼成為驅魔獵人啊？」

「其實也不怎麼特別。」她沉默了一會兒，就在我以為她不打算說話的時候，她才再度開口。

「妳聽了或許會很驚訝喔，不過一百多年前，我並不是驅魔獵人，而是一個捉鬼道士。」

「喔，是喔，真想不到。」

「道士這份工作，我們家族從很久以前就開始做了。原本做得好好的，但是日本時代幾場衝突，都跟宗教有關，就比較嚴格管制了。大戰爆發前，還有一次寺廟整理與正廳改善運動，把神像跟牌位通通燒掉了。換成大麻，要我們天天拜大麻。」

「大麻？」

「神宮大麻。那時期真的好艱難呢，道士的力量也越來越弱。」她輕輕嘆了一口氣。「但後來我遇到了莉莉安，母親又是原住民，就跟相熟的親族認識了天主教。那個教會是比較兼容並蓄的那種，不介意我是道士，還邀請我幫忙抓魔鬼，給了我不少收入呢。」

「好難吐槽。」

「那時候奇怪的新興宗教其實很不少。國民政府跑來台灣，本來以為會好過一點的，結果馬上就戒嚴了。雖然也有幾個道教會——啊，妳知道嗎，道教總會就是在妳們高中大禮堂成立的喔！不過那種的，都混不太進去，就做驅魔獵人的打工到現在了。」

「聽起來真辛苦。」

「沒辦法呢。新的取代舊的，強的取代弱的，那個時代就是這樣吧。就連東門這麼堅固的大城門，都沒辦法抵抗，我也只能適應了。」

手機響了，是這季新番的動漫歌曲。語蝶打開擴音，莉莉安輕快的聲音從裡頭傳來。

「OK，休士頓，我們有個麻煩。」

「這、這裡是休士頓，請再說一次。」語蝶配合地說。

「妳們越走越遠了！往曉萍的左邊走，走歪了我再告訴妳們。」

我插嘴說：「妳連我面對的方向都聞得出來？」

「妳好煩啦。我是用回聲定位啦，但那樣講起來感覺很像蝙蝠，很噁心嘛。」

因為她說得很肯定，反而讓我有些不確定了。我小聲問語蝶：「妳覺得回聲定位比較噁心，還是聞味道定位比較噁心？」

「咦？我不清楚耶，應該是回聲定位吧。」

保持著通話，我們帶領貓咪繼續往前。手機斷斷續續傳來莉莉安的指示，讓我們在意想不到的地方拐彎，又在某處折返。在伸手不見五指的霧中，人與貓狗都漸漸沉默。

「不過……」語蝶又說：「從我當上驅魔獵人，我跟母親的關係就一直好差。」

「因為長生不老藥嗎？」我想起她前幾天在河堤邊說過的話。

「應該……不全是那個。我也說不清楚……我猜或許是基督宗教的關係。也許到最後，她還是希望我可以傳宗接代吧。但是結婚這種普通的事情，從我知道自己會長生不老以後，就再也沒想過了。」

「剛剛小張叫妳小姐。」

「因為妳只是普通人，所以我不會踢妳的小腿。」語蝶用手指蓋住手機麥克風，不讓莉莉安聽到。忽隱忽現的城市風景像是沒有變化，但霧似乎淡了一些。

「我們說回剛才的事吧。」

「果然還是回聲定位比較——」

「莉莉安，我覺得她是真的很喜歡妳。真的。她已經很長一段時間，沒有跟她的……受害者，保持這麼長的聯絡了。」

「可是血也不只是血而已。」

「她只是想吸我的血而已。」

「……」

「唔，該怎麼說呢，別看她這個樣子，她其實是個……滿脆弱的人。所以我才想要問妳……妳對她，是怎麼想的呢？」

我不明白她為什麼這麼問，但是她的眼神很認真，而且她剛剛已經說了這麼多，讓我不能亂說話。我猶豫了一會兒，不情不願地說：「她人不錯，相處起來很愉快。是個好朋友。」

但是這段話講完自己都覺得彆扭。為了證明我別有居心，我連忙補上一句：「而且她很有錢。」

「但是……那妳對她的過去，知道些什麼嗎？」

不知道。莉莉安不曾提起，我也沒有問過。不過我明白語蝶的意思了，因為從認識莉莉安那天，這個念頭就一直懸在心裡，像是魚刺卡在喉嚨。我做出不在意的樣子。

「德古拉酒吧的瑪麗說，她以前殺過很多人。」

「這樣啊……」語蝶不置可否。

她沒有繼續解釋。我好幾次想說什麼，但最後都沒說出口。沉默懸在我們之間。然後我們走出了迷霧。

視野忽然明亮，我眨眨眼睛，過了一會兒才看清楚周遭景物。我們已幾乎到終點了，在台大醫學院校區門口，前方不遠處就是東門了。原先還擔心經過警察局時會引起麻煩，看來是剛好跳過了。

貓狗們漸漸歸隊，小張已經在前方等我們了，他輕點帽簷，朝我致意。我抬頭張望，只是想看看濃霧外的天空，正巧看到一個櫻花色的身影從天空墜落。

「曉萍曉萍！」莉莉安沒有減速地撞進我的胸口，讓我差點跌倒。「妳們終於出來了，我做得怎麼樣！」她抓著我的腰，由下往上望著我。

我一時間有些茫然，雙手遲疑地僵在半空。語蝶的聲音還在耳邊迴盪，不過，看著吸血鬼無憂無慮的眼睛，我苦笑著放鬆了肩膀。

反正，我連自己的人生規劃都可以一拖再拖了，像這樣的事，先不管它也沒關係吧。

「做得很好，很好喔。」我揉揉她的頭髮，用哄小孩的語氣說。她配合地瞇起眼睛，像小動物一樣露出舒服的表情。

「那接下來呢？」語蝶說。

「繞東門一圈，然後就是慶功宴了。」木天蓼夫人說。「謝謝妳們，要是沒有妳們的幫忙，還真不知道該怎麼辦呢。」

雖然有一些插曲，但這次遊行似乎很成功。在遊行的最後，貓狗們浩浩蕩蕩，士氣高昂，就這樣往圓環前進。

走出高樓林立的仁愛路，眼前豁然開朗。博愛特區因為安全考量，建築都很低矮。遠遠地，就可以看見總統府與整片夜空，翠綠色的東門聳立在前方，由下而上的光線，在黑暗中格外耀眼。

圓環上一輛車都沒有，沿著開闊的人行道，順時針走著，我忽然也感受到了那種興奮。那是一種屬於集體的成就感，熱切地追求，團結一致、為自己發聲的感覺。繞著曾經代表隔離，現在卻已拆掉城牆的東門，橫越那條曾以老總統為名，現在卻代表多元文化的大馬路。彷彿在這個圓環轉一圈，世界真的能有不同。

已經多久沒有在工作中找到意義感了呢？

不過，就在我們來到凱達格蘭大道上，隊伍正橫越斑馬線時，一隻白鴿忽然降落在前方。她張開口，咕咕咕地說起了口音很重的中文。

「貓！狗！朋友！快逃！捕狗大隊！捕狗大隊！來了！」

12月15日　蛟龍殺手

一瞬間的靜默，然後隊伍亂成一團。

狗狗吠叫著，貓咪也發出威嚇的聲音，各種動物的叫聲此起彼落，陷入熱烈的爭吵。幾隻貓還是說著中文，讓我比較能跟上狀況。

「她們為什麼要這麼做！」、「實在太羞辱人了！」、「我們應該發起無產階級革命！」、「現在回台大還來得及。」、「大家快逃啊！」、「喔，請聽我這邊。親愛的各位，請不要驚慌。我們要保持鎮靜，我們一定要冷靜！」

最後這句話是木天蓼夫人說的。聽到她的話，爭辯中的貓狗安靜了下來。她跳上小張的肩膀，看著底下的使魔群。「現在還不能確定是魔女所為，但她們必定在等著我們驚慌失措，希望我們一哄而散。我們現在更應該團結一致，否則一切的努力都會化為烏有。」

她轉頭問鴿子。「捕狗大隊還有多遠。」

「大概！再！五分鐘！」

一聽到這句話，貓狗又開始騷動。「好快！」、「報案人一定知道遊行路線。」、「我聽說捕狗大隊手段粗暴，根本不知道怎麼抓小動物。」、「那是以前啦，現在換動保處管。大家都很溫柔，還請我吃罐頭。」、「你的睪丸還在，才能這麼平心靜氣。」、「大家快逃啊！」

「各位，請冷靜！」木天蓼夫人說。她端坐在小張的肩膀上，所有視線再次集中到她身上。她等聲音平息，才繼續說。

「親愛的，我明白妳們的憤怒、屈辱以及恐懼。所以想離開的，就走吧，我們的遊行本就該在這裡結束。不過，我會留在這裡。」

貓狗們交頭接耳，卻沒有一隻離開。木天蓼夫人輕輕點頭，她跳下小張的肩膀，跟同伴們站在一起。她在貓狗群中，雖然神情疲憊，尾巴依然驕傲地指向天際。她一邊走一邊演說，聲音抑揚頓挫。

「一直以來，魔女都用自己的方式阻礙我們的團結，我們也一次一次地抗爭，一次一次挺過來了。我們知道，不管怎樣，魔女都需要我們。在某種程度上，我們也信任著她們。

「但人類的政府可不一樣。不管動保法在這幾年改善了多少，都是來自另一個體制的權威。冰冷的法律！對我們的聲音漫不在乎，我們根本毫無勝算。不只魔女需要我們，我們也需要魔女，才能在這個社會生存下去。

「但是這樣一來，難道我們就無計可施了嗎？難道我們就得四散奔逃，躲回魔女幫我們準備好的毛巾小窩，聽她們溫柔地說著『早就告訴妳了』，一邊繼續任她們使喚，再也沒有立場表達自己的意見嗎？

「不！就算是弱者，也有我們能夠做到的反抗。想離開的，這是最後機會了。但我會留在這裡，我要讓魔女看見。我的身體就是我的聲音，我的聲音就是我的意志。如果人類要趕走我，那就讓我被動保處抓走吧。就算最後還是得依靠魔女庇護，我也要在這裡展示我的決心。

「親愛的朋友們，就讓我們在這裡，以沉默反抗吧。」

木天蓼夫人離開隊伍，往凱道方向走了幾步，然後在斑馬線上，沉穩而堅定地，坐了下來。

沉默。

過了一會兒，一隻米格魯緩緩走到木天蓼夫人後方，跟著坐下。然後是兩隻緊張的鸚鵡、一家子高傲的波斯貓……一隻接著一隻，在總統府與東門之間，遼闊的夜空底下，貓狗們在柏油路上齊齊坐下。動也不動的樣子，就像守護聖域的人面獅身獸。

一言以蔽之，她們開始……靜坐抗議？？

我跟語蝶面面相覷，不知道現在什麼狀況。貓咪就算了，我真沒想到狗狗也能這麼安靜。雖然是凌晨時分，我仍擔心有車子經過，只好站在後方權充路障，並祈禱保險費有涵蓋這一塊。深夜的台北車子不多，但都是瘋的。

「現在怎麼辦？」我小聲問語蝶。

「不知道耶。」她也顯得很苦惱：「如果貓咪被抓到收容所去了，工資還能不能……我的意思是說！我們預計會拿工資的，不做些什麼感覺好像不太好。如果貓咪被抓去收容所，那真的會很麻煩的，畢竟普通人都聽不懂貓咪說話。」

「呃，什麼？」

「普通人都聽不懂貓咪說話。所以如果魔女真的不出面的話——」

我打斷她：「那為什麼我聽得懂？」

「咦？」語蝶歪了歪頭：「那個怎麼了嗎？」

「……不，算了，沒什麼。」我回頭看向隊伍，發現小張又不見了。「希望事情能順利解決。」

最後一隻猶豫的哈巴狗也坐了下來。遊行隊伍前所未有的安靜，只能從他們耳朵的抽動看出緊張情緒。空曠的圓環風聲呼嘯，帶來遠處車輛行駛的聲音。其中一道聲音越來越接近，伴隨閃爍的光芒，一輛車鑽出了仁愛路的濃霧。那輛車黑白相間，車頂裝著藍色的警示燈，是每個市民都熟悉的樣式。

來的不是動保處，而是警察。

警車沒有鳴笛，靜靜地繞著東門行駛，來到凱道上。它在貓狗的靜坐隊伍前遲疑了一下，小心翼翼地避開，最後停在斑馬線另一端。一個年輕的員警從車上走了下來。

一看到那個警察，我連忙用傳單遮住臉。警察有著一頭茶色的短髮，身形高挑，笑容清爽。正是一個禮拜前在警局訊問過我的前八家將帥哥警察。真沒想到會在這種情況下遇見他。

帥哥警察關上車門，扶著額頭環顧四周。這麼多貓狗靜靜坐在這裡，對於普通人來說，或許是很超現實的景象吧。他抬頭望向我們，我跟語蝶分別往不同的方向撇開視線。但是警察的目光還是鎖定在我身上，雖然我用傳單遮住了臉，他還是毫不猶豫地朝我走來。

我低頭假裝在看傳單，但他沒有停下腳步。我後退兩步，躲到語蝶後面，沒想到語蝶竟然也跟著後退。警察終於走到我面前了，他站定片刻——

然後朝我深深一鞠躬。

「果然是您，蛟龍殺手閣下。」

我回頭查看，但我後面只有語蝶。語蝶也回頭，但她後面沒有人了。她推了推我的肩膀，我只好轉向警察。

「或許您不記得我了。」他愉快地笑了。「我是上次負責處理那隻鱷魚的王警官。今晚的事，是您引起的吧?東門的靈象就跟上次下水道裡一模一樣，我一眼就認出來了。」他崇拜地看著我。「您剛才還飛在空中是嗎?」

「啊……嗯……」我欲言又止。

「……咦……?」語蝶疑惑地來回看著我們。

「噗哈哈哈哈！」莉莉安爆笑出聲。

「蛟龍殺手閣下。」或許是看我一臉僵硬，警察清了清喉嚨，又補充說。「因為沒有人知道您是誰，那次事件以後，大家都是這麼稱呼您的。」

「大家？」

「噗哈哈哈哈！」莉莉安還在笑。

我瞪了她一眼，不知道該做何反應。很想就這樣騎腳踏車飛走，但腳踏車已經還給台北市政府了，所以我只能站在地上，面對這尷尬的情況。帥哥警察有些疑惑，看著止不住笑的莉莉安，轉頭畢恭畢敬地對我說。

「莫非這兩位……小姐……都是您的朋友？那麼，這些貓狗，也是應您召喚前來的吧？」

「……不是。」我頓了頓，小聲說。「我是被她們雇用的。」

「噗哈哈哈哈！」

語蝶扯扯我的衣服。「曉萍，是妳認識的人嗎？這位先生……」

「是啊。」帥哥警察朝她爽朗一笑，讓她縮了縮身子。「小姐，您也是道士嗎？在這一帶沒見過您呢。」

「這個、可以說是……也可以說不是……」

「我明白了。」他了然於胸地點點頭。「或許您也知道，江小姐曾經在送貨的時候，順手幫我們除掉了地下水道裡的白化鱷魚精。那隻短吻鱷也屬於強大的妖物一類，已經困擾我們很久了，尋常人可沒辦法對付，卻被江小姐毫無還手餘地地消滅掉了。這可是最近圈子裡的熱門話題，大家都很想知道是誰能做到這種事呢。」

「哇，真的嗎？」語蝶敬佩地看著我，我不敢看她，所以轉頭環顧斑馬線上的貓咪。莉莉安還在憋笑，用力捶著肚子，木天蓼夫人則拚命對我使眼色，但我看不太懂。

「那個……」我猶豫地開口。「你怎麼會來這裡？」

「哈哈，既然是蛟龍殺手，告訴您也無妨吧。剛才有人打給動保處，說成群貓狗阻礙了交通。但今晚這區怪事頻傳，又是大雨又是濃霧的。我直覺事情不單純，就用陰陽眼稍微看了一下。沒想到，一看就發現閣下的靈力滿空中張揚。我馬上跟熟識的朋友協調，讓動保處先緩緩，我親自來處理。別看我這樣，在這一帶還是滿有人面的。」

「喔，這樣啊。」

「真沒想到還能再次遇見您，真是太榮幸了！但是您剛剛說，您也是被雇用的……」他摸著下巴，思考了一會兒，然後恍然大悟般敲了下手掌。「莫非這些貓狗，也是位列仙班的神明嗎？就像十八王公跟頭城貓將軍那樣？」

誰!?

「算是吧。」我說。「嗯，你說得對。」

「果然是這樣！我真是有眼不識泰山。還好阻止了動保處，不然可就大大冒犯了。道士小姐也是，想必您也是不得了的得道高人吧，剛才真是失禮了。您好，敝姓王，是這附近派出所的小小員警。我家世代都是做宮廟的，對這方面，算是小有認識。」

「你、你好，我是聖主會的驅魔獵人。」

「原來如……驅魔獵人？」

「嗨嗨！我是吸血鬼唷！」

「警察先生。」我打斷他們感覺會很麻煩的對話。「這邊很快就會結束的，能不能讓我們再占用一下馬路呢？我們會盡量不影響交通的。」

「可以，當然沒問題。天亮以前，你們愛待多久就待多久。我這就去幫各位指揮交通。」

「不、不用了。我們不想這麼高調……就不打擾你工作了。謝謝你。」

「不必這麼客氣，這些都是警察的份內工作，何況我們還欠妳這樣大的人情。那麼我就先回警局了，您有我的電話，若是還有什麼需要協調的，請隨時打給我。我會竭盡所能，讓您們的……繞境活動，可以圓滿落幕。」

他滿懷熱誠地握了握我的手，接過語蝶遞給他的傳單，朝貓狗們恭敬拜了拜，再對莉莉安親切地揮揮手。接著坐上警車，閃著藍燈揚長而去，轉眼消失在濃霧之中。只留下歷史悠久的城門，獨自在台北街頭璀璨生輝。

打發走警察以後，我忽然變成使魔間的風雲人物。

在披著重建的綠色琉璃瓦的東門底下，一群貓狗圍著我，「蛟龍殺手閣下」、「蛟龍殺手閣下」地叫著，就這樣一路簇擁我走向台大。我只能把傳單貼在臉上，希望不要被其他人看到。

我敢肯定，這個綽號今天之內就會傳遍整個台北市的大街小巷。會說話的貓狗顯然是比夏夏還要高效的傳聲筒。

「我之前就聽不少老鼠朋友提過這件事。」一隻卡爾特貓興奮地說。「前幾天有個人把下水道危害許久的大鱷魚除掉了，大家都很開心。沒想到那竟然是妳！」

「其實那是莉莉——等等，卡爾特貓跟老鼠？」

「我有不少親戚都死在那混帳嘴裡。」一隻台灣土狗搖著尾巴，蹭著我的小腿說。「謝謝妳幫我們報仇了。嗷——嗚——！」

「所以說那並不是——」

「仁慈而美麗的巨人啊。」一隻頭頂金色瓶蓋的老鼠，從水溝蓋鑽了出來，向我深深鞠躬。牠身後還跟著近十隻衣著整齊的家鼠，通通一齊跪下。「我是水溝蓋國王，剛才卡爾特貓跟我們說了，就是您替我們解決了那隻地下魔龍吧！我們水溝蓋王國已經找您好幾天了，這下終於有機會親自向您道謝了。」

他招招手，四隻家鼠頂著一張Ａ４硬卡紙，踢著正步走了過來。硬卡紙上用黑色墨水雜亂地印著老鼠腳印。「這是我們的感謝函。我將贈予您垃圾山伯爵的封號，對於您住家附近的同胞也將嚴格管控。若有任何需要我們王國效力的地方，我們定將鼎力相助！此外，尼安德塔人的首領也請我代為致意。」

「呃、我很感激……但殺死鱷魚的其實是——」

一隻緬因貓突然跳到我跟前，朝老鼠張牙舞爪。老鼠們驚聲尖叫，一哄而散，轉眼全逃回了下水道。緬因貓回過神，看了看周遭，然後緩緩站起身，一臉無辜。「對不起，蛟龍殺手閣下，真的很對不起，我沒有忍住……」

我好想回家。

「噗哈哈哈哈。蛟龍殺手閣下，垃圾山伯爵大人，可以幫我簽個名嗎？」莉莉安走在我旁邊，一臉幸災樂禍。

「拜託，莉莉安。」我哀求。「幫我澄清一下，殺死鱷魚的明明是妳。」

「我才不要。吸血鬼莉莉安竟然為了救普通人類跑進下水道裡，傳出去有損名聲。」

她說得有道理，我只好放棄。再次悄悄用傳單遮住臉，我跟上她的腳步。「接下來我們還要幹麼？」

「我聽說小蝶幫貓咪們準備了慶功宴，有好多網球跟滿滿的罐頭。」

「我可以回家了嗎？」

「親愛的，妳可不能走。」木天蓼夫人拍拍我的腳。「妳可是這次遊行的大功臣，我希望妳能留下來。」

「我不喜歡吃貓罐頭。」

「請放心，我們也有準備披薩以及啤酒……唉，希望大家都能好好享受。」

她的聲音有些沮喪。這也難怪，不管貓狗玩得多開心，這次遊行大概都算失敗了。魔女用這麼強硬的手段對付她們，失去的信任也很難找回來了。我安慰她說：「還不能肯定是魔女做的吧？」

「這麼濃的霧，警察還知道位置，這完全講不通。但這是我該煩惱的事了，今天真的很謝謝妳，妳們幾個就安心吃披薩吧。」

既然雇主都這麼說了，我也沒辦法做什麼。我蹲下身，輕輕揉了揉木天蓼夫人的背，在這一刻，她就像一隻普通的黑貓。我想起她曾說過關於黃昏魔女的話，不禁感到有些難過。

隊伍終於來到台大校門。我在路旁的花圃找回遊行前藏起來的保溫箱。現在是凌晨三點半，醫學院大樓已經熄燈了，只有典雅的路燈盡責地發著光。大學讀了四年，這是我第一次來到醫學院校區。不過這個與文學院相距三公里又一百萬年薪的地方，在昏暗的燈光中看起來也很普通。

「到最後，魔女都沒有出現呢。」我喃喃地說。

「上次我們簽了約，遊行時她們不能來現場。這也是張先生幫我們協調的。」木天蓼夫人跟我一起走進校門，若有所思地說：「也許這就是為什麼她們這次手段這麼強硬。」

「遊行結束後呢？」

「就算是魔女，還是會看氣氛的。」

鐘，因為現在是凌晨三點半，學校都沒有人，才會顯得特別大聲……咦？
一陣鐘聲響起，我們嚇了一跳，結果只是學校常用的西敏鐘聲。大概是某棟大樓的下課

咻！

還沒想明白，像是煙火發射的聲音遠遠傳來。我抬頭看去，一顆明亮的火球從建築物後方快速竄出。火球不斷向上攀升，劃出拋物線的軌跡，在空曠的天空達到頂點——

下一瞬間，所有聲音與顏色，全都被白光吞沒。

眼前展開的，是一整片寧靜的黃昏。

溫暖的彩霞將城市塗成剪影，拉長的影子傾斜地灑落。醫學院大樓後方，飽滿的金色天空無限延展，彷彿連時間都放緩了腳步。天邊的雲朵被風吹散，隨著夕陽逐漸下沉的角度燃燒。

然後少女的嗓音從天空墜落。

「小黑咪、小黑咪！對～～不～～起～～啦～～」

背對著彩霞，一個身穿黑色斗篷、頭戴黑色尖帽、除此之外就像普通學生打扮的女孩，騎著竹掃把朝我們俯衝而來。整片黃昏在她身後急速收縮，就像劃過天際的慧星。

「小黑咪～～小黑咪～～！」

她一邊揮手一邊喊，在即將撞上的最後一刻才拉高掃帚，滑過地面。金色的光芒掃過，揚起一片沙塵。當沙塵散去，天空也恢復了原狀，只剩舞動的殘影灼燒視網膜。

「小黑咪～～對不起啦！是媽咪……是我不好啦！我們不要吵架了，我們和好好不好……拜託啦，好不好嘛～～」

少女將掃把隨手一扔，彎下腰就去抱木天蓼夫人。木天蓼夫人看起來就像其他人一樣錯

愣。她豎起尾巴，靈巧地躲開。

「黃、黃昏魔女！妳怎麼會——」

「啊！雪球！」、「阿肥！」、「旺財！你在哪裡！」

大群人影遮蔽了月光，呼喊聲此起彼落。騎掃把的魔女、用芭蕉葉做翅膀的魔女、穿噴射飛行裝的魔女……魔女們紛紛降落，彎身尋找自家使魔。貓狗們全都愣在原地，不明白發生了什麼事。

黃昏魔女說：「我聽說了，我都聽說了。妳們叫來了捕狗大隊對不對。妳們怎麼可以這樣啦，妳們怎麼可以那個樣子啦。我們是請來了雨跟霧沒錯，可是那個是，可是那個應該也沒這麼過分吧！」

「我、我不懂妳在說什麼。」木天蓼夫人再次閃開黃昏魔女的掌心。「動保處不是妳們叫來的嗎？」

黃昏魔女睜大了眼睛。「我們為什麼要那樣？我們才不會那樣！我們怎麼會讓別人抓走我們的貓。喔，小黑咪，我是絕對不會讓其他人抓走妳的。」

「我不是誰的東西。」

「我知道了啦，我真的知道了啦。我、我會聽妳說的，我會給妳薪水，還有自己的時間，還有房間！妳要什麼我都給妳啦。拜託不要再躲著我了啦～～」

她一邊撒嬌，一邊追著木天蓼夫人跑。木天蓼夫人快速地左閃右躲，最後一溜煙鑽進貓狗群裡。黃昏魔女提起裙襬，眼看就要踮起腳尖追過去。一聲狗吠阻止了她。

她驚訝地抬起頭，好像第一次發現自己在哪。「咦？啊！……糟、糟糕了！」她睜大眼睛，不知所措地面對整群遊行隊伍。貓狗們（還有兩個假裝跟貓咪同仇敵愾的魔女）全都沉默地看著她，討她一個說法。

「嗚……」她的視線左右游移，用哀求的表情尋找同伴。但魔女們都急著討好自己的寵物，我跟語蝶又一齊移開了視線。她只好轉回前方，拍拍雙頰，戰戰兢兢地開口：

「那個，總……總而言之就是這樣，我們商量以後，決定同意妳們的要求。我們會跟妳們談的，會盡量滿足妳們的條件……所以那個、可以請妳們……請妳們——」

還沒等她說完，歡呼聲響遍了校園。

使魔們又叫又跳，互相擁抱。鴿子飛上屋簷大便、狗狗們互舔鼻子、幾隻貓滾成了一團。黃昏魔女慌張地試圖控制場面，想多談點條件，但沒有效果。

「小黑咪……」她放棄了，挫折地垂下頭，向自己的寵物尋求安慰，但木天蓼夫人早就趁機跑掉了。「咦？小黑咪？小黑咪妳在哪？啊啊，好過分喔……」

那副樣子實在有些可憐，我走上前向她搭話。「那個……」我指了指校園深處。「她應該是往裡面走了。」

「咦，這樣嗎？」

黃昏魔女抬頭望向我，我才第一次看清她的臉。她看起來跟我差不多大，綁著低雙馬尾，臉上有幾顆痘痘，看起來就像是溫和討喜的鄰家女孩，完全沒辦法跟大權在握的魔女協會主席聯想在一起。我繼續說：「其實我們正要去慶功宴，就在前面的空地。小黑咪是主辦方之一，一定只是先過去了。」

「派對嗎？啊，貓咪派對嗎！我也可以一起去嗎？沒、沒有別的意思！只是想說結束後比較方便跟小黑咪一起回家……」

我望向一旁的語蝶，她不在意地聳聳肩，我說好。

「真的嗎，謝謝妳！」她開心地握住我的手，又不好意思地放開。「那個啊，妳就是曉萍小姐吧？就是妳在幫我照顧小黑咪的，對不對？我從水晶球裡都看到了。哇啊！吸血鬼跟警察都出現的時候，還不知道會變成怎樣呢！……妳能幫我保護她，真的很謝謝妳。」

「其實，是她雇用我來的。」

「不管怎樣，魔女協會都欠妳一個大人情！真的是大大的人情！如果有什麼想要幫忙的，都可以來找我喔。妳有什麼想詛咒的人嗎？」

「沒有……暫時沒有。不過，為什麼說動保處是貓咪叫來的啊？」

「咦，妳不知道嗎？我們剛才弄來那麼大的霧，只有貓咪能報案了吧！唉，她們一定是對我們失望透頂，才會這麼氣憤，寧願去收容所讓人認養，也不想再看到我們了。」

貓咪完全沒這個打算。我只好反問：「那妳們幹麼妨礙她們遊行？」

「啊，果然會像是這樣嗎？我也不想的！可是，她們就這樣沒有準備地上街遊行，人類一定會覺得奇怪，搞不好還會被攻擊！剛才就是有太多不喜歡貓咪的人在路上，我們又沒辦法去現場，所以才弄來大雨跟大霧。」

我沉默地看著她。

「喔……好啦，我承認是有那麼一點點想要惡作劇的心情，真的只有一點點喔！而且我後悔過了。我反省了嘛……」她沮喪地低下頭，看到我手上的傳單，躊躇了一下：「那個，可以給我一張嗎？」

「要我為妳介紹一下嗎？」

「好啊。」

「妳看，貓咪的訴求在這裡……」

遊行隊伍再次移動，不少魔女也身在其中，大獲全勝的使魔似乎不介意一起慶祝。我一邊走一邊向黃昏魔女說明今天遊行的來龍去脈。她認真地聽著，似乎真的想了解貓咪在做什麼。

慶功宴在校園深處，一處寬廣的花園空地上舉行。我很確定醫學院校區容納不下這樣的空地。草坪上已經擺滿山一樣高的罐頭塔、餅乾、桌椅與披薩。走到這裡時，我也差不多說完了。黃昏魔女偷偷看了看腳邊，確認木天蓼夫人不在附近，才難為情地嘆了一口氣。

「好吧，但我還是搞不懂，這有什麼不好的。魔女跟使魔，都這樣過好幾百年了！而且現在網路這麼發達，我們也不會再叫她們看家、送信或者保管眼睛了嘛。」

「保管眼睛？」

「那是古老的原住民法術，還有一些魔女會用。不管怎樣，貓咪的說法太不公平了！我們才沒有把她們當成工具。至少我不是的。不是任何貓咪都可以，不是小黑咪就不行。」她遲疑了一會兒，垂下眼簾：

「可是如果魔女跟使魔……如果我們只是普通的雇主跟員工，這樣的話，妳覺得、她還會願意跟我在一起嗎？」

聽到她的話，不知為何，我想到了莉莉安。我好像稍微能明白木天蓼夫人的意思了。

「一定會的。」我衷心地說。

「謝謝妳。我只是希望，好希望我們能多在一起……」黃昏魔女說。「啊，這段話妳不要跟她說喔，千萬不可以說喔……那個。」她再次指指我手上的傳單。「可以多給我幾張嗎？」

我把剩下的傳單全給了她，請她順便分享給其他魔女。她愉快地接受了這個提議，抱著傳單，逐一發給她的同伴。

於是在遊行的最後，我終於把手上的傳單全部送完了。

從天而降的魔女們，一邊抱著自己的毛小孩，一邊愉快吃披薩，互相聊天聯誼，場面好不熱鬧。面對這預想外的狀況，狗狗們顯得非常開心，貓咪們其實也很開心，但故意表現得很僵硬，還以為沒有人看得出來。

我站在人群邊緣，看著花園中和樂融融的景象，終於有了工作完成的踏實感。木天蓼夫人再次來到我腳邊，跟我一起看著會場，神情複雜。

「讓妳看到難堪的一面了。」

「恭喜妳，遊行的目的達成了。」

「我們要的不只是分配結果的公平，更重要的是參與過程的公平。不過……我本來就不期待能一步到位，至少魔女願意聽了，也不能算失敗吧。」

「黃昏魔女……她真的很喜歡妳。」

「我知道。」她嘆了口氣，吐出另一團毛球。「跟她住在一起真的很幸福，但正因為這樣，正因為我也很喜歡她，才會希望有所改變。如果她始終只把我當成寵物，那我寧願不要。」

「我懂，我也不想隨便讓莉莉安吸血。」

「沒關係，親愛的，事情總是要慢慢來。總有一天，黃昏魔女不會只把我當寵物，而莉莉安小姐不會只把妳當攜帶食物。我知道的，曉萍小姐，我們會有這一天。」

「我不是這個意思……喔，算了。」

我們靜靜地站了一會兒，然後我說。「動保處不是魔女叫的。」

她緩緩點頭。「嗯，不是魔女叫的……」

慶功宴開始了。

對許多不那麼政治化的貓狗而言，遊行不過是另一場嘉年華會，慶功宴更是其中的重頭戲——工會準備的罐頭，可都是最高級品。而這次連原先的敵人都加入，場面又更歡樂了。

狗狗紛紛撿起地上的網球，跟魔女玩起了拋接，貓咪也指揮魔女幫她們開罐頭。我走向空地中央的木桌椅，發現披薩盒已經空了。

「可是那片是我的耶！」語蝶的聲音在不遠處響起。我抬頭張望，看見莉莉安拿著最後一片披薩，而語蝶就在後面追趕她，一邊跑還一邊喊著。「給我站住，我還一片都沒有吃！」

「我也是啊。」莉莉安頭也不回。「誰叫妳動作這麼慢。」

「妳明明那麼有錢，妳回家可以吃好多好好的。我家裡卻只有白吐司！」

「妳不吃飯又不會死。」

「剪刀石頭布。」

「誰理妳。」

「真是的，我受夠了！妳這個惡魔，妳果然是危害人類的惡魔。」語蝶從道袍底下抽出武士刀。「以天父之名，既然貓咪的遊行已經結束，我可不會再手下留情！」

「哇、哇哇哇……等等啦——」莉莉安拿著披薩，沒辦法躲。情急之下，她從口袋掏出一台舊手機，硬生生卸去這一擊。刺耳的金屬交錯聲響起，披薩掉到地上，手機也斷成兩截。

「欸等等，那是我的手機嗎？」

「妳也沒吃到披薩嗎？」小張來到桌子前方，低頭看著空盒子。「抱歉啦，我也沒想到會有這麼多人類參加。」

「你剛剛都去哪啦？」

「都在幫忙準備慶功宴哩。」

「所以罐頭才堆成那樣嗎？」

「曉萍小姐，別笑我啦，這話我都聽第三次了。我是個西洋殭屍，搞不懂台灣習俗。不過，偷偷跟妳說啊，我剛才還處理了一些其他事情……妳知道最近中國來了幾個半官方的道士嗎？」

「好像有聽說……他們想抓莉莉安做藥？」

「就那些渾蛋，他們剛剛也在附近，動保處的電話就是他們打的。」

「咦？」我愣了一下。「是他們叫來了捕狗大隊？」

「捕狗大隊這個詞太汙名化啦，對動保處的大哥大姊不公平。不過是啦，我剛剛就是在監視他們。」

「他們想幹麼？製造混亂，趁機襲擊莉莉安嗎？」

「啊？不不，才不是，我猜這些中國道士只是對連貓咪都可以上街遊行，無法無天的民主台灣看不順眼吧。」

「喔……」

「魔女來了以後，他們就逃了。老闆派我來，也是要防著他們啦。」

「水月姊有養貓嗎？」

「沒啦，從她上一隻……喔，她對貓過敏。」

「這真是很遺憾。」木天蓼夫人跳上了桌子。「她很喜歡貓，我看得出來。」她朝我點頭致意。「親愛的，最後向妳打聲招呼。我得走了。」

「咦？慶功宴還沒結束呢。」

「那些年輕的貓狗大概會約二次會，我這樣的老骨頭還賴在這邊，誰都不會自在。我剛剛跟老鼠們交涉過了，他們願意幫忙收拾殘局，所以妳們不用煩心這個。」
「包括桌子椅子嗎？」
「當然。喔，曉萍小姐，我真高興妳今天願意幫忙。剛見到妳的時候，妳一臉心事重重，我還擔心會不會打擾到妳。不過今天的遊行，沒有妳在，絕對沒辦法這麼順利。」
「我看起來有心事重重嗎？」
「貓咪不太懂人類的表情，不過在我看來，是的。」
「或許是吧。」我垂下視線，忽然很想找人傾吐一下。
「其實我最近一直有點小焦慮。大學剛畢業，還摸不太清楚方向。今天難得跟同學聚了會，就是……該怎麼說呢……」
小張接口：「發現大家都有好頭路了？」
「發現大家都好爛。我一直在想，讀了四年人類學，好不容易畢業，最後我們到底能做什麼？總不能一輩子做外送吧。雖然也不是不行，但是……就是好不甘心。」
我一邊說，一邊想著自己到底想說什麼。好久沒有像這樣跟人聊心裡話了。或許他們都不是人類，我才說得出口吧。
「我明明已經很努力了，我應該值得更好。可是我最引以為傲的部分，到頭來根本沒有人需要……或許就是這樣，我才會去做深夜外送吧。」
我只是一直在逃避。
「那蛟龍殺手呢？」小張開玩笑地說。「至少妳幹過這麼大的事吧。」
「其實那不是我做的。木天蓼夫人，我想早點跟妳坦承的，可是找不到時機。大家把我捧得好高，那卻不是我做的，感覺好有罪惡感。不過……」

我抬起眼，看著前方的空地。一群吸了太多貓薄荷的貓咪仰躺在地上，魔女們用魔法做出燦爛煙火，莉莉安拿著手機殘骸格擋語蝶的武士刀，耀眼的火花照亮花圃。這麼多神奇的人與事，我在做 UrbanEats 以前，可都不認識。如果我走學術，或去大公司做行政、做那些正常的工作，大概也不會經歷這些吧。

「多虧這樣，我稍微有點釋懷了。蛟龍殺手什麼的，完全是個意外，跟我自己一點關係也沒有，但是大家都好感謝我。經歷過這些事，因為這許多人，我體會到了……體會到——」我停下來，想想我到底體會到什麼。看到我詞不達意的樣子，木天蓼夫人好心接話。

「體會到，親愛的，這些都是虛名。不要管別人怎麼看，重要的是自己想做的事，以及那些妳喜歡的人？」

「不是。我體會到了，受人尊敬的感覺真的好爽，心情好多了。」

「喔……喔，是這樣……咦？」

「哈哈，妳太鑽牛角尖啦。」小張說。「像我就很感謝妳，不是因為妳幹的什麼活，而是妳為我做的事。妳上次弄的那鍋麻油雞，味道好極了。但我覺得純米大吟釀還是有點誇張了。」

「你怎麼知道是我做的，不是水月姊？」

「喔，就那隻雞不會動。」

「我、我們也很感謝妳。」木天蓼夫人說。「不管妳做了什麼，或者妳是不是蛟龍殺手，這份情誼都不會減損。妳永遠是貓咪之友。」

「謝了，夫人。」我握起她的手。她前掌的肉球真的很好摸，讓我不想放開。「我也很高興能為妳工作，如果下次還有什麼打工，請一定再找我。」

「一定會的，讓我們保持聯絡。再見，親愛的。」她從背上的小背包中叼出一個信封，裡頭是要給我的薪資，還有一張名片，可愛的貓咪爪印旁是她的電子信箱。「也幫我跟莉莉安小姐道聲謝。」

「我現在不敢接近她們。」

木天蓼夫人微微一笑，她笑起來耳朵會震動，我越來越看得懂了。她跳下桌子，動作輕巧優雅，像是影子一般，消失在冬夜花園的盡頭。黃昏魔女還在草坪中央喝啤酒唱演歌，完全沒有發現自己的使魔已經離開了。我幾乎能想像，當她知道自己被丟下時，那委屈哭訴的樣子。小張摘下帽子，朝我行了個禮，便去向魔女們打招呼了。

學校中，有這麼多貓狗聚集著玩耍，畫面實在讓人融化。不過遊行已經結束了，慶功宴也吃了……好吧，沒吃，但工資拿到以後，似乎沒我其他事了。我揹起 UrbanEats 保溫箱，轉身往校園外走去。

本來打算就這樣離開，可是在我踏出校門時，卻發現已經有個嬌小的身影，在校門口等著我了。

「曉萍曉萍！妳要走了喔？」

莉莉安邊說邊偷看我的臉色，眼神游移了一會兒。突然雙手合十，老實地低下頭。

「對不起喔，我打壞妳的手機了。妳在生氣嗎？」

「喔，沒關係啦。反正資料都在雲端，我也早就想換了。」

「真的？真的不生氣？妳這樣還可以工作嗎？」

「可以用我妹的舊手機，不過今天大概是不行了。」

「那我等一下要請小蝶吃披薩，妳要不要一起來？」

「妳打輸了喔？」
「這是讓她閉嘴的好方法。」
「我也沒吃到披薩。妳也請我，我就去。」
「好哇，那等一下小蝶，她被老鼠雇去搬椅子了。耶咿，可以邊聞著……可以跟妳一起吃披薩，今天有來遊行，真是太好了！」
我放下保溫箱，跟莉莉安一起等著。夜越來越深，下過雨的空氣有些寒冷。遠離熱鬧的會場，街上的安靜讓人好不習慣。突然之間，我好像又變回自己，不是蛟龍殺手，也不需要應付誰，只是一個普通人，站在吸血鬼身邊。
也許是剛才的談話，也許只是街道太安靜，我忽然想多了解她一點。我背靠著牆，問她。
「所以妳是為什麼會來這場遊行啊？」
「我喜歡貓咪呀。」她伸了個懶腰，模樣也像貓咪。「我喜歡那種自由生活的樣子。比起狗，貓咪難搞多了，相處起來才安心。」她停了一下，若有所思地說。「大概就像妳一樣。」
「難搞？」
「安心。」
「不客氣。」
「妳們都沒有偏見。除了小月姊姊跟妳，也只剩貓咪會喜歡我了。」
「但妳總是一見面就跟我要血喝。」
我只想隨口開個玩笑，結果說出來的語調，卻比想像中更刺耳。莉莉安眨眨眼睛，遲疑了一下。「妳在意這個嗎？」
「哪個？」

「那個。」
「沒有啊。」
「我可不只是因為妳的血很好喝，才跟妳當朋友喔。」
她忽然認真又直率地說：「不只是那樣。」
「……我又沒說那怎麼了。」
「這樣啊。」
她閉上嘴，我等了好久，但她只是露出一副若有所指的表情，靜靜看著我。最後我只好催促她：「那不然還有什麼？」
「不知道。」她事不關己地笑了。如果一直追問，感覺好像很在意一樣，我只好看向一旁的街燈，不確定她是不是在耍我。
「吸血鬼……」她停頓片刻，然後又繼續說，有點像在自言自語。「要一直跟時代接軌，找到自己的定位，否則一下就會變老了。因為世界變得好快，但我們都不會變。那些活在過去、手機只用手寫輸入法、每天晚上也只是隨便找人吸血的吸血鬼，最後只會越來越像個死人。」
「那又怎樣？」我快速地說，依然盯著街燈。這幾年為了響應環保，台北把昏黃的鈉素燈都換成LED了，也許我的表情會很明顯。她靜靜說：
「跟妳聊天，讓我覺得自己像個普通人。」
然後我們都沉默了。
大雨洗過的天空近乎透明。空間似乎能一直延伸，遠方的建築整齊地排列，全都熄了燈。街燈在地上畫出分明的影子，我偷偷瞥向莉莉安，她沐浴在蒼白的光線底下，睫毛微微顫抖著，我看不懂她的表情。
然後語蝶的聲音從後方傳來。
「抱歉！啊哇，對不起！妳等很久了嗎？」
「餓死了！再慢一點，我就要吃曉萍了。」
「可是妳明明吃披薩也不會飽的……啊，曉萍也要一起嗎？」
「嗯，食物不是我的餐會，我都願意跟。」
「我懂妳！免費就是有這種魔力……可是莉莉安，都這麼晚了喔，還會有店開著嗎？」
「附近有幾家酒吧，應該都有賣披薩。對了，曉萍也是台大生吧！有什麼口袋名單嗎？」
「我對這一帶不太熟。我是人類學系的。」
「所以？」
「人類系在十年前就跟哲學系一起，被流放到曾經是刑場的水源校區了。」
「欸？為什麼啊？」
「因為文學院的新大樓會破壞校園天際線景觀。」

（莉莉安說她會賠我一台手機）

（她說多少錢都可以，所以我跟她要了 iPhone）

目標：機車（55,000 NTD）

2019 年 12 月 15 日			
	收入（NTD）	支出（NTD）	累計（NTD）
存款			15250
YouBike 租用費		10	15240
固定支出		200	15040
小風聚餐		200	14840
貓咪打工*3hr	3000		17840
			合計：17840 NTD

12月22日　魔法週

畢業三個月，我已經很習慣飛在高空送餐了。這是我在學時從沒想像過的新技能。我不禁覺得，人生真是有著無限可能，只要不特意去做一些不切實際的夢，我也可以做到很多事。

然後教授打了電話過來，提醒我其中一個不切實際的夢。這邊要先介紹一下我的教授，他是個老好先生，很願意花時間在學生身上。雖然在文學院，花在學生身上的時間，有八成都是打水漂，他仍然很有耐心。他特別喜歡我跟小風的組別，給了我們很多機會與指導，而我卻半路逃跑，去做UrbanEats，幫他把時間打水漂。讓我一直很愧疚。

他打來的電話很簡短，先問了我的近況，我跟他說我在做食品物流個人承攬業，他說真是特別的工作，希望我能好好發揮。因為他一定知道我在說什麼，所以我更愧疚了。就在我幾乎想要這麼掛斷電話，找朵雲鑽進去的時候，他透露在寒假結束後，系上會多出一個研究助理的缺，問我有沒有興趣。

在人類學系，繼續做研究，那是一條不歸路。這門學科能應用的地方太少，真的要有所成就，就得讀碩士，然後讀博士，然後是不知道幾年等一個教授的位置，在自然科學主導的學術領域，爭取一星半點的資源。花這麼久時間，如果想反悔，肯定來不及了。所以我跟小風跟夏夏與藍兒，都沒有選擇這條路。

我跟教授說不用，我沒有這樣的想法，一丁點也沒有，而且他慫恿我投給期刊的論文，到現在也還沒有回覆。但或許是收訊不好，或者我停頓太久了，教授好像以為我只是在猶豫。

他親切地安慰我，要我別著急，等寒假開始再給他答案都可以。期刊那邊他也很遺憾，不過我還年輕啊。又閒話家常了幾句，他才掛斷電話。

我看著手機螢幕上的時鐘，忽然覺得真是過了好久。另一筆訂單進來了，我騎上腳踏車，打算飛過這個特別漫長的紅燈——

卻發現我不能飛了。

「咦咦？妳不能飛了？」莉莉安的聲音很大，我只得把手機拿遠點。這個手機是妹妹的舊手機，莉莉安賠給我的新手機還沒到貨。現在是凌晨三點，結果我還是沒辦法飛，猶豫了很久，我才打了電話給她。

「幾個小時前發現的。妳知道這是怎麼了嗎？」

「唔……這個小月姊姊應該會比較清楚……」她意有所指地說。我想也是，水月姊是教會我飛的人，而且她一定樂意幫忙。但我沒有回答。莉莉安沉默了很久，才試探地說：「妳長胖了？」

「有一點。」我承認。「但是我下午跟教授通了電話，就變成這樣了。」

「教授……啊，台大的嗎？」

「對啊，他說我是他最好的學生，希望我能繼續做研究。」

「妳自己說。」她懷疑地哼了哼。「妳等下有空嗎？」

「妳約就很閒。」

「那不然這樣，妳去校門口，我在那裡等妳。」

「妳要來……等等，為什麼是校門口？」

「因為大學自治的關係，練習魔法比較不會有人管。」

「真的？」

「真的真的。」

我不禁笑了出來，忽然覺得安心不少。原本只是想跟她聊聊，沒想到她還要親自來找我，有個可靠的吸血鬼朋友真好。我抬頭看了看。「那妳得等我一下。」

這附近的路我還算熟，就在師大而已。如果可以飛的話，兩分鐘就能到了，但現在我只得乖乖繞遠路。都不知道以前不會飛的時候，日子是怎麼過的。

十分鐘後，我騎著 YouBike 來到台大正門前廣場。右手邊是草木繁盛、幽靜典雅的傅校長墓園，左手邊是車來車往的新生南路，不怎麼起眼的校門，就坐落在這樣矛盾的交界處。

三個月沒見到它，它看起來沒什麼變化，卻也完全不同了。以前的校門可不曾擺出這麼冷漠的姿態。好像我只是另一個無關緊要的路人，隨自己高興進出，還會搶在學生之前買光福利社的牛奶……我就是以這樣的新身分，再次來到這個地方。

我四下張望，尋找莉莉安的身影。校門口人很少，我一下就找到她了。路燈投下琥珀色的光，像是把空間沿著邊界剪下來。在分明的光影底部，金色頭髮的小女孩穿著華美裙裝，端坐在長椅上方。就算只是滑著手機，也自然流露貓一般的優美。她輕蹙眉頭，點了一下螢幕。

『妳到哪裡了啊（ㄏ,ㄏ）』

看著手機上的訊息，我小聲地笑了。說起格格不入，誰能比得過眼前這個三百歲的吸血鬼呢？我踩動踏板，向她騎去。她抽動幾下鼻子，抬頭看到我，立刻跳下長椅，趴搭趴搭地朝我跑來。

「妳好慢喔！」她開心地揮著手。

「妳怎麼會有手機？」
「啊。」她一副糟糕了的表情，把手機藏在身後。「這個是舊的啦。」
「我明明看到最新的 iPhone。」
「妳說不能飛，那到底是怎麼樣啊？」
「妳看。」
我集中精神，讓腳踏車稍稍飄離地面。可是才一下子就撐不住了，重重摔回地上。龍頭不安定地晃了幾下，勉強保持平衡，一對路過的學生情侶嚇了一跳，投來關心的視線。我在莉莉安身旁停下腳踏車：「明明昨天還可以飛到五層樓，現在這樣就是極限了。」
「喔喔。」她繞著我，慢慢轉了一圈，做出若有所思的樣子，最後朝我伸出手。「不然先試試這個。」
我遲疑了一下，握住她的手。她拍拍翅膀，然後我們飛了起來。
「咦……等、等等！」我被她牽著越飛越高。地上的情侶瞪大眼睛，抬頭看著我們，可是我也完全搞不清楚狀況，只能緊張地看著莉莉安。雖然我平常也一直在飛，但像現在這樣，在高空中倚靠別人，感覺心臟都要跳出來了。
「好，先慢慢來。」她不管我的抗議，邊說邊拉著我的手，搖搖晃晃地往前進，就像父母牽著還不會騎車的小孩。我一手抓著她，另一手緊握把手，卻沒有感覺到重量。浮力均勻地分散在我跟腳踏車上，就像水月姊用塑膠掃把載我的時候那樣。
我們的高度大概有五公尺，從上方越過了校門。她走得很慢，習慣以後，我也漸漸放鬆了，開始覺得自己或許真的做得到，然後她放開了手。
「唉？」

「震撼療法！」她一副看好戲的聲音宣告。

有一瞬間，我停在空中看著她，她也看著我，似乎很驚訝真的能成功。緊接著，我向下墜去，地面快速逼近，失重感席捲全身，五公尺的高度不高，我甚至來不及尖叫。

在最後一刻，莉莉安重新接住了我，輕輕地把我放回地面。

「果然不行嗎……」

「妳早就知道沒用嗎。」我喘著氣瞪她。

「要不要再試一次？」

「不要玩食物。」

「好啦。」她扮了個鬼臉。「我大概知道原因了。」

「所以到底怎樣？」我嘆了好長一口氣。「要是不能飛，我會達不到這個禮拜的UrbanEats獎勵目標，到時候收入會少好多。」

「那個啊……」她捲了捲頭髮，有些心不在焉地說。「大概只是心情不好吧。」

「心情不好？」

她點點頭，伸了個懶腰，發出貓咪一樣的呼嚕聲。不知不覺間，我們已經在校園裡了，她抬起腳，往更深處走去。我還是不知道我們來這裡幹麼，只能牽著車跟在她後面。時隔三個月第一次回到學校，竟然是從天而降這麼莫名其妙的方式，節奏都被打亂了。

離開校門，轉個彎就是筆直的椰林大道。五百公尺長的道路兩旁種著高聳的大王椰子樹，像是衛兵般直挺挺地站著。在大道盡頭，聳立著師生們引以為傲的總圖書館。我也曾經在裡面度過數不清的日子。

我快步追上莉莉安。「那等我心情好了，是不是就可以飛了？」

「對啊。」

「那妳不是白跑一趟？」

她停下腳步，有些責備地看著我。「怎麼會！妳心情不好，我當然要來陪妳啊。」

「喔……」我左右看了看，然後踢踢腳踏板，讓它轉到不會絆到腳的位置。「謝謝。」

「還有就是、還有我一直想來今天的小市集看看。」她愉快地補充。「可是吸血鬼自己逛這種地方，感覺很奇怪嘛。」

「啥，小市集？」

「妳不知道嗎？這個禮拜有台大魔法週啊，就在每天的Witching Hour。」

「魔法……週？」她說得一副理所當然的樣子，讓我覺得是不是自己有問題。

「就是學生社團的擺攤啦。」莉莉安親切地解釋。「妳們系上沒辦過嗎？找個禮拜跟學校借攤位，展示活動成果，順便賣些騙錢的小東西。」

「這個我知道，上次人類週賣道教符咒……不對不對，這麼晚了哪可能有什麼市集？而且我從來沒聽過什麼魔法社團。」

她露出微妙的表情。「妳真的是這裡的學生嗎？」

沒等我回應，她在物理實驗室前向右轉，走進通往女子宿舍的小路。這個方向，看來是往鹿鳴堂的攤位，她熟門熟路地就像在學學生。我越來越困惑了，不過仔細一想，台大本來就是大公園，不少社團也開放校外人士參加，就算莉莉安知道一些我不知道的活動，也不是什麼太奇怪的事吧。

我們逐漸深入校區，經過一棟棟宿舍與系館，車輛行駛的聲音也越來越遠。在一段樹木繁茂的小徑之後，我們終於踏進了鹿鳴堂廣場。

不用問，這裡就是魔法週的舉辦地。

廣場上，十幾個紅白相間的攤位帳棚，在道路兩旁整齊排開。帳棚上掛著招牌、燈泡、乾燥花、水晶掛墜，與各種各樣彰顯社團個性的裝飾小物。雖然是半夜三點，整條路上依舊燈火通明，擠滿來逛市集的學生。

以往我看過的「週」，也就兩三頂帳棚，而且通常是不同性質的學生組織，偶然借了同一個禮拜。從來沒看過這麼大型的聯合活動。辦得這麼盛大，我竟然完全沒有聽說過，實在愧為校友。

「好多人啊！」莉莉安興奮地說。

我好奇地檢視帳棚上的招牌，毫不意外，都是沒聽過的社團。周易研究社、卡巴拉社、魔藥學社、光明會台大分會等等。我很確定最後一個不可能正式立案，這顯然是地下社團的聯合活動，真沒想到學校願意出借場地。

「啊，我想看看那個。」莉莉安拉著我來到其中一頂帳棚前，是符文研究社。攤位上擺滿金屬與石頭製品，刻著各種各樣的神祕語言。從最熱門的盧恩字母，到道教的符籙，甚至還有托爾金的精靈語，一旁的架子上放著造型手工餅乾。

「同學來看看嗎？」攤位上的女學生親切地招呼，她指著幾副綴著玻璃珠的金屬線編織品。「這邊幾款避邪項鍊很熱門喔，好看又實用，對基督宗教的敵人特別有效果。」

「對吸血鬼有用嗎？」

「有啊。」

「給我一個……」莉莉安捶了我一下，我改口說：「一個手工餅乾。」

「餅乾裡面有幸運紙條，小心不要吃掉了。」她笑瞇瞇地把餅乾包好給我，這似乎是她們今天第一筆生意。莉莉安看了一輪，沒有喜歡的，就丟下我跑去看魔藥學攤位上的手工曼德拉草香皂了。

我被另一個攤位吸引了注意，反正莉莉安總是找得到我，我自顧自地往前逛去。在市集最深處，就是魔法研究社。魔法研的帳棚看起來很普通，只裝飾著幾個六芒星與神祕符號。不知道主辦這場市集的社團，到底都在做些什麼活動。

來到攤位前方，立起腳踏車腳架，轉頭一看，我就後悔了。坐在攤位上的，根本是我認識的人。黃昏魔女穿著學院風的襯衫西裝，戴著一頂黑色魔女帽，坐在長桌後面，正在研究攤開在桌上的塔羅牌。她抬起頭，看見了我，便愉快地朝我揮手。

「哇、哇！沒想到會在這裡看到妳，蛟龍殺手！」

好幾對驚疑的目光向我刺來，看來這個名字傳得比想像中還要遠。我假裝沒有察覺到這些視線，小聲對她說：「不要這樣叫我啦。」

「喔……那可以叫妳曉萍嗎？曉萍～妳怎麼會來這裡，妳也是大學魔法聯的會員嗎？」

「那是什麼模擬聯合國一樣的組織，聽都沒聽過。」

「喔，那妳是台大的學生？」

「妳也是嗎？」

「我是財金所的。」她驕傲地挺起胸膛。財金是管院，文組在台大唯一的學院，當然值得驕傲。她說：「我是魔法研究社的前社長喔！」

「這是什麼樣的社團啊？」

「研究魔法的。」

「要會魔法才能加入？」

「不用～完全不用！其實我剛進學校的時候，也是什麼都不懂的。原本以為會就這樣讀完財金所，當個精算師，在華爾街賺大錢，庸庸碌碌過一生。自從參加了這個社團，整個人生都改變了呢！」

她熱情地向我介紹，但我只覺得越來越莫名其妙。

「我從來沒聽過這個社團。」

「都是學校上面那些老古板，每次社團聯展都不批准我們的申請。」黃昏魔女輕輕敲著桌子。「他們說我們代代相傳的入社契約不符合善良風俗，還說靈魂不是能拿來抵債的東西。」

「真是跟不上時代。」我同仇敵愾，然後抬頭望向攤位看板。「這裡有賣什麼嗎？」

「我可以幫妳算塔羅牌。」她嘆了一口氣。「本來不是我負責的，我是社團老人，早就不管事了。可是學妹說今年沒招到人，人手很不夠。妳加社團了嗎？我們這邊有多幾份文件——」

「我已經畢業了。」

「塔羅一次一百塊。」

我付了錢。她收攏塔羅牌：「那麼妳要問什麼呢？」

「未來運勢？」

「太籠統了啦。」

「未來一個月的運勢。」

「每次遇到妳這種客人，就覺得我真是在賤賣專業。」她將塔羅牌攤開在黑色的絨布上，順時針洗著牌。「嗯～那先說說妳的近況吧。」

「我剛從人類學系畢業，找不到工作，還被邪惡的吸血鬼盯上。」

「喔。」

她把牌疊好，平放在桌上，讓我切牌。切完牌，她將牌抹成扇形，要我用非慣用手抽三張，正面放在桌上。我在心中默念著巴納姆效應，提醒自己不要因為算太準，不小心簽下奇怪的入社申請單。然後抽出第一張牌。

「……」

「……」

她看著我，我也看著她。過了好一會兒，我才試探地說。「我要抽第二張了嗎？」

「先、先等一下。」她阻止了我，站起來，繞著牌桌，仔細檢視那張牌。這也難怪，雖然我對塔羅牌不熟悉，但我很確定這絕對不常見。

那是一張塔羅牌沒錯，看起來像是小牌，正上方的羅馬數字寫著五，牌上有細緻又豐富、傳統的塔羅牌風繪圖，畫的卻是現代的街景。在高樓與街燈之間，是一輛沒有人騎的腳踏車。

而且是YouBike。

「妳用的是特殊主題塔羅牌嗎？」

「我用的是偉特。」

「偉特沒有這種牌，對吧？」我務實地說。

「當、當然有。」黃昏魔女展現出專業占卜師的從容。「只是比較少抽到而已。」

「每張牌的機率是一樣的。」

「文學院開的統計。」她輕哼一聲，可是額頭上的汗珠出賣了她。她坐回位子上，清了清喉嚨。「YouBike五，正位！」

「所以……？」

「這張牌代表的是過去。五號……這是從穩定邁向衝突的數字，妳看，這個腳踏車歪向一邊，像是轉向又像是要跌倒。這代表妳在人生的轉折點上，雖然有著奔馳的潛力，卻沒有額外的動力。公共自行車以小時計費，妳覺得妳擁有的東西都是借來的，光是占有就要付出代價。或許……速度是關鍵，妳需要維持平衡，也想要去到更遠的地方，就要逼自己騎得更快。妳為此感到著急與焦慮。」

她喘著氣瞪著我，一下子講了好長一串。我幾乎要相信她了，但是塔羅牌沒有這張牌，而且雖然不知道原理，但一定跟冷讀術有關，所以我假裝她沒有說中。她從桌子底下拿出保特瓶，灌了好大一口。「好了，妳快抽下一張，我準備好了。」

「喔……嗯。」

我又抽了一張，原本還想說這次該不會是UrbanEats什麼的吧，結果是一個手握權杖、繫著包袱、在大太陽底下，勇往直前走向懸崖的年輕人。這張牌有名到連我都認得出來，確確實實就是偉特的塔羅牌。黃昏魔女看到這張牌，露出見到老朋友一樣的表情。

「啊～這張我熟……我是說，這張是愚者，這個很有趣喔。妳先抽最後一張，我再一起看。」

她高興得太早了，因為最後一張是一隻中國龍。深黑色的像蛇一樣的身體，在滿月與雷雨雲上遊走，三趾的龍爪彷彿要抓出牌面。我看著魔女，而她瞪著那張牌，好一會兒沒有說話。

「怎麼了？」我催促她。

她小聲說。「不知道……」

「什麼？」

「不知道啦！」

她猛地抬起頭，拍著桌子說。

「我的塔羅牌裡才沒有這樣的牌！」

「啊喔。」

「這是怎樣啦，妳不要亂抽啦，這樣很可怕欸！」

「亦晨學姊？」攤位另一邊的大學女生轉過頭來，疑惑又責備地看著黃昏魔女。黃昏魔女愣了一下，僵硬地把視線移向一邊，怯弱地說。

「啊哈哈，沒有啦，曉萍、曉萍是我的好朋友。我沒有在凶客人喔？」

那個女生狠狠瞪了她，抱歉地朝我笑了笑，又繼續招呼其他客人了。黃昏魔女鬆了一口氣，這個魔女協會的主席似乎很怕學校社團的學妹。我覺得有趣，故意用玩味的聲調說：「亦晨學姊？」

她看了我一眼，放棄地揮揮手。「妳這樣叫我也可以啦。唉，如果小黑咪也在這裡就好了，她一定知道怎麼解這副可怕的牌。可是現在是她的下班時間，我們才剛剛答應她……啊，我想到了！」

她彎下身，在桌子底下的箱子中翻找了一陣，然後拿出一本跟字典一樣厚重的大書。這本書很奇特，皮革封面有細緻的燙金，燙著我看不懂的文字，上面還有一個銅製的雕花大鎖。

「這可是我們社團的寶物，據說是前前前社長留下的社團手冊。如果弄丟了，學妹會把我殺掉的。妳抽到的牌，裡面一定有線索，裡面什麼都有。」她一邊說，一邊拿下頭頂的魔女帽，從裡頭摸出一把鑰匙。「不過每次要讀都要很小心。」她放低音量，將鑰匙插入鎖孔。「尤其在打開的時候，一定要非常謹慎，萬一它的心情不好——」

她打開書本上的鎖，那本書忽然自動翻開，黃昏魔女還在跟我聊天，嚇了一跳。書本劇烈掙扎，力氣比想像中還大，她一不小心放開了手，於是那本書就拍著皮革製的封面——飛了起來。

「咦咦！它什麼時候還學會飛了！」黃昏魔女驚慌大叫，跳起來想抓住那本書。但那本書意外地靈活，像是蝴蝶一樣，一晃就躲過她的手，飛到三公尺高的地方。正在逛市集的人們抬起頭，驚奇地看著會飛的書。

「亦　晨　學　姊。」剛才的大學生轉過頭來，露出甜美的笑容。黃昏魔女身體一僵，下一刻，她像是被獅子追趕的羚羊，單手撐著桌子跳出攤位。

「我、我去抓它。」她朝學妹揮手，就要去追書。但沒跑兩步，又折回來，一把拉住我，往停在旁邊的 YouBike 跑去。「曉萍，快，載我！」

「咦？啊、好的。」我還沒搞清楚狀況，只能照她說的踢開腳架，她站上後輪的防撞桿，雙手壓在我肩上。前方的人群迅速讓開一條路，我騎上腳踏車，踩下踏板，毫無阻礙地往前加速，經過一個又一個攤位與看好戲的人們。

那本書飛得又高又快，我的眼睛緊盯著它，深怕一不小心就會追丟。偶然低頭看路的時候，正好看到在修仙研究社前方，莉莉安將半顆仙桃小饅頭放進嘴裡，茫然地目送我們追著書本離開。

一離開市集的範圍，黃昏魔女……這名字叫起來真是彆扭，我決定以後叫她亦晨學姊——她馬上催我飛起來。書本鑽進行政大樓的迴廊，我也趕緊調轉車頭，在廊道中追它。我試著飛，可是一直不太成功。

「快點快點！」亦晨學姊慌張地說，我實在不想讓她失望。終於在離開迴廊，書本向上攀升的同時，順利拉起了龍頭。一時間，我們都在五公尺的空中，亦晨學姊伸長了手，眼看就要抓到——

可是也就在這時候，本來已經很不穩定的飛行平衡被打亂，我忽然沒辦法控制方向，失速向下墜去。我趕緊剎車，在落地前停住大部分衝力，卻還是跟亦晨學姊一起摔下了車。

砰匡。我們重重跌在地上，腳踏車倒在一邊，車輪轉呀轉的。過了好一會兒，我才摀著側腰，站起身來。還好墜落的速度不快，似乎沒什麼大礙。我看向亦晨學姊。「妳沒事吧？」

亦晨學姊趴在地上，聲音像是被悶住了。「那本書呢？」

「沒看到了。」

「那有事。」她慢慢爬起來，抱著膝蓋。「我死定了。」

「抱歉，都是我沒騎好。」我遲疑了一下，還是忍不住問：「但妳幹麼不騎掃把追它？」

她回我一個哀怨的眼神：「又不是每個人都會飛。」

「我不是這個……呃、等等，但妳之前不是——」

「沒關係啦。是我自己，我太強人所難了！」

她拍了拍黑色的學院風襯裙，坐在一旁的階梯上，我才發現我們已經來到行政廣場前、台大知名景點的傅鐘了。傅鐘是一口掛在鐵架上的小鐘，為了紀念埋在校門旁的傅校長而設立的。我在亦晨學姊旁邊坐下。

「那現在怎麼辦，要回去嗎？」

「我要去旅遊，去小琉球，離這裡越遠越好。」

「那本書真的這麼重要？」

「其實也還好……」她想了想說。「喔，妳說得對，我應該要老實面對了！嗯……不過……

再十分鐘好了。」

她往後倒，躺在石頭階梯上，把魔女帽的尖頂折起來當枕頭。「剛剛在攤位上那個女生，就是現在的社長……她剛入社的時候，明明超級尊敬我的。還有小黑咪也是！可是沒多久，她們就知道我真正的樣子了。我是個什麼都做不好的大笨蛋。」

「換個角度想，這代表妳好親近。」

「有沒有人說過妳安慰人的方式很奇怪？」

「等下如果又看到那本書，我們找莉莉安一起抓，一定一下就抓到了。」

「吸血鬼莉莉安！我是上禮拜才認識她的。原本以為一定是個可怕的人，沒想到這麼親切。」接著她沮喪地搖搖頭。「但是那本書有潔癖，還有種族主義，如果有吸血鬼硬要碰它……它會整本燒掉，以死明志的。」

「喔……」我低頭傳訊息告訴莉莉安我的狀況，但過了好一會兒，她都沒有讀。「至少莉莉安可以帶著妳飛。我今天飛不太起來。」

「咦？妳心情不好嗎？」她坐起身，上下打量我。「我都沒看出來。」

「我自己也不太清楚。好像跟教授突然問我要不要回學校有關。」

或許因為她剛剛才笑我不會安慰人，所以她沉默了很久，左右張望，試著尋找聰明話的靈感。最後她看向頭上那口意義深遠的鐘。

「這個鐘，每個整點都會敲響二十一下。」

結果她安慰人的方法更爛。她才開個頭，我就知道她打算說什麼了，這是每個台大生都知道的事。但她沒在意我微妙的表情，開心地說下去：「因為傅校長曾經說過，一天只有二十一個小時，剩下三小時是用來沉思的！」

她偷眼看我，但其實我一直沒搞清楚這句話是什麼意思，也只能靜靜等著她。她輕咳一聲。

「總之，妳給自己太多壓力了，妳該放慢步調，多給自己一點時間，也許事情就會變好了！」

「我覺得妳用塔羅牌講話比較有根據。而且我聽到的傳說是在這口鐘底下聽完二十一響，期末就會被二一。」

「妳至少也說聽到二十二下就會看到女鬼的那個吧。」她鼓起臉頰。「妳真是很不浪漫耶。」她的觀察很正確，我沒辦法反駁，只好掏掏風衣口袋，拿出一片手工餅乾。「妳要吃嗎？剛剛買的。」

「要。」她搶過餅乾，看了看上面的圖樣。「這個符文對我沒用喔。」

「我原本是要拿來對付莉莉安的。」

「妳們關係這麼好，妳幹麼不讓她吸血。」

「我不想變成吸血鬼。」

她拆開包裝，吃起了餅乾。我坐在傅鐘底下，仰頭看著天空，忽然覺得這些都好不真實。這裡是我待了四年的學校，我卻好像完全不認識她，我不知道傅校長的名言是什麼意思，也不知道今天有個魔法週。

亦晨學姊忽然開始咳嗽，咳出一團爛爛的東西，我才想起那個餅乾裡應該有幸運紙條。她惡狠狠瞪了我一眼，然後攤開紙條。

「The higher we soar the smaller we appear to those who cannot fly……什麼鬼？這東西有好好地使用食用色素嗎？」

「背面還有。」我說。

「我看看喔……今天的幸運物——鏡子。好事發生的地方……咦？」她皺起了眉，然後像是想到什麼，恍然大悟地舒展開來。

「湖心亭！」

「真的要做嗎？」看著面前廣闊的湖水，我緊張地握著腳踏車握把，不知道事情怎麼會走到這步田地。

這裡是台大醉月湖的西南角。醉月湖與傅鐘同為台大十二景之一，地方幽靜，草木繁盛，還有石板鋪成的環湖步道。在湖的中央有一座六角涼亭，涼亭邊緣有道石製階梯，直直沒入水裡，卻沒有能夠通行的橋梁。平常要到湖心亭，都得划船過去。

沒看過騎腳踏車的。

「當然要做！這可是符文加持的幸運紙條，還有吸收日月精華的湖心亭，肯定能成功的！快快，衝啊！」

「我今天飛不太起來喔。」

「就當作復健，至少比在陸地上飛安全多了吧。我相信妳可以的。沒關係啦，如果妳掉下去，我會負起責任，處理那台腳踏車。」

「那我們呢？」

「就游泳上去。」

醉月湖禁止游泳。不少學生在大學四年間會偷偷跳進去，做個紀念。我沒有在醉月湖游過泳，如果真的掉下去，也算是了卻一樁遺憾。不過如果害她也掉進水裡，還是會感覺很抱歉。

但是她自己一點兒也不擔心，更雪上加霜地說：「對了曉萍，妳聽說過醉月湖的傳說嗎？」

「妳說自殺的女學生，還是食人魚？」

「那可不是食人魚。」她認真地說。「千萬不要在滿月之夜下水。」

我看向天空，今天不是滿月。嘆了一口氣，我踩上踏板：「我要騎了喔。」

「好耶！」

我稍微加速，提起車輪，成功飛越環湖步道的矮木欄，來到湖面上。雖然我騎腳踏車飛已經有一段時間了，這是我第一次在水上騎車。平靜的醉月湖像面鏡子，倒映著夜空。車輪稍微擦過湖面，漣漪打散了燈光。我想像以前的學生，在夜裡划船的樣子，感覺心情也平靜下來了。意外地，我一直沒有下墜的跡象，還差幾公尺就要到涼亭上了。

但事情果然沒這麼簡單。

一條魚忽然從月光裡躍出，撞上了腳踏車車輪。我想到亦晨學姊剛才嚇唬我的話，忽然慌了手腳。緊接著，車頭下墜，後輪上揚，我失去了平衡。地心引力沒放過這個機會，牢牢抓住我們，我只能眼睜睜看著水面越來越接近——

然後停在半公尺的前方。

「哇嗚哇啊啊！」一旁有落水聲響起，亦晨學姊頭下腳上地栽進湖中，我卻一點事都沒有。抬頭一看，才發現是莉莉安救了我。她飄浮在半空中，一手攬腰抱著我，另一手提著YouBike腳踏車，滿臉問號地看著我們。

「妳們在幹麼啊？」

被她這樣抱著，感覺有點尷尬，但我動也不敢動。「呃、我們要到涼亭上。」

莉莉安把我和腳踏車放進亭子裡。我轉頭尋找亦晨學姊，她就漂在水面上，撥動雙手立泳。沒想到水性還不錯，不過招牌的魔女帽都濕掉了，軟趴趴地垂在一邊。

她鼓著臉頰，對莉莉安說：「妳怎麼不順便救我啊！」

「誰叫妳上次弄的大雨，害我也淋濕。」莉莉安記仇毫不客氣。

「好吧，唉，好吧。那這樣我們就扯平了。扯平喔！所以妳也來幫我找書。」

「什麼書啊？」

「她把社團珍貴的書放走了。」我耐心解釋。「幸運餅乾說我們可以在這裡找到線索。」

「啥？」

「妳都不看手機。」我責備她。

亦晨學姊游向階梯，終於爬上了涼亭。她擰乾帽子，從帽子深處撈出一個精緻的小銀盆，蹲在階梯邊緣舀了一盆水。她故意不理會莉莉安，自顧自走到涼亭中央的小石桌前，恭恭敬敬地把銀盆放在桌上。

我跟莉莉安都湊上去看。銀盆的水靜止了，像是鏡子一樣映照出涼亭屋頂，但也就這樣。

「現在呢？」我說。

「念出餅乾上的咒語。」

「餅乾上的咒語是什麼？」

「……我忘記了。」亦晨學姊想了想，看向一邊。「……餅乾還滿好吃的。」

莉莉安說了幾個音，然後她突然燒了起來，我目瞪口呆地看著她。亦晨學姊在旁邊開心地說：「啊對對，就是這個，對墮落之人很有效的符文。曉萍妳看，有畫面了！」

我被她拉著轉向銀盆，在火光照耀下，水面的成象模糊跳動，然後漸漸穩定，散發不同的光芒。莉莉安身上的火終於熄了，她拍拍絲毫未損的連身裙，好奇地探頭：「所以這是？」

水面晃動了一下，影像逐漸浮現。那是一個沒開燈的室內，月光從窗外漫射進來，輕柔地包覆一張布面長沙發。那本弄丟的書，就愜意地坐在沙發上，在……翻閱另一本書。

一看到這畫面，亦晨學姊跟莉莉安迅速轉頭。

「怎麼了嗎？」我說。

「它們正在——」但是莉莉安說到一半，嘴巴就被亦晨學姊摀住了。

學姊看著我，臉頰微紅，嚴肅地說：「閱讀，是一件私密的事。」

「喔。」

「但這裡是哪裡啊？」莉莉安甩開亦晨學姊的手說。

「不知道耶。」亦晨學姊瞇起眼睛，稍微遮住互相翻閱的兩本書，給它們一點隱私。接著手指滑過水面，像是操作智慧型手機那樣放大房間的細節。這個房間看著有點眼熟，我忽然發現我認得這裡，這是我以前下課經常會待的地方。

「是圖書館。」

台大總圖書館位在校園中心，聳立在椰林大道的盡頭，前方還有一片翠綠草坪。越過草坪，首先映入眼簾的，會是正面高聳的山牆、挑高四層樓的大拱窗、向兩側展開的迴廊以及突出的鐘塔。充滿巴洛克式的建築元素，看上去宏偉又穩重。

我們三個人站在圖書館前方。現在是閉館時間，除了綠色的逃生指示燈以外，館內一片漆黑。亦晨學姊的帽子還溼答答的，不斷滴著水，她環抱自己的身體：「現在說我怕黑還來得及嗎？」

「就在一樓而已，沒什麼恐怖的。」我把腳踏車停在拱門下方，謹慎地上了鎖。

「五樓的特藏組。」她說。「那裡面有些古老的書……」她顫抖了一下，不知道是因為害怕，還是因為在十二月的醉月湖游了兩趟。「總之，能在一樓解決，那是最好不過了！」

「不用擔心啦。」莉莉安手上提著我的UrbanEats保溫箱，剛剛逛市集的時候我藏在長椅下了。「就照計畫，一看到那本書，我就把它關進箱子裡。」

「千萬、千萬不要傷到它喔。那本書年紀很大了……喔，它剛剛還在讀其他書，不知道又會多出什麼內容來。」

她嘆了一口氣，然後深深呼吸，下定決心似地摘下魔女帽。她從帽子裡拿出一根竹筷，對著圖書館大門，揮一下，彈一下，輕輕點了點門把，於是門鎖自己打開了。我們魚貫走了進去，關上門，也將聲音關在外面。

圖書館本來就是個安靜的地方，但我從來沒在半夜一點進來這裡。原先熟悉的擺設，在黑暗中都顯露另一種樣子。就像走進影子的世界，在靜止的空氣中，我也不禁有些毛骨悚然。

我們來到閘門前。亦晨學姊還是研究生，她守規矩地刷了學生證，機器發出刺耳的嗶嗶聲，打開閘門讓她過去。我以為莉莉安會直接飛過去，但她也拿出一張小卡片刷了一下，不知怎麼地就通過了。結果我是唯一一個沒有通行權利的人。我有些尷尬地矮身鑽過柵欄，覺得自己好像做了壞事。

接下來該由我帶路了。走進挑高的大廳，月光從落地窗悄悄蔓延，織有幾何花紋的地毯吸收了腳步聲，沉默在耳邊嗡嗡作響。我們向右轉，來到服務台對側。那裡有幾排沙發，供學生舒服地閱覽書籍。不過學生都把它們當成午休床。這裡就是銀盆顯示的地方。

細微的翻頁聲打破寂靜，我們看向其中一張沙發。於是那本書就在那裡，深陷柔軟的沙發中，悠閒地讀著其他書。它正在讀的書，書名是Icarus。

「啊！」亦晨學姊指著它大叫。書本抬起頭（？），看著我們。然後慌忙地丟下書，拍動書封就要逃跑。

「別想跑！」莉莉安的速度很快，那本書根本沒有機會。她才剛喊完，就已經來到書本上方，用 UrbanEats 保溫箱罩住了它。書本劇烈掙扎，頂著保溫箱還是飛了起來。「啊。」莉莉安驚訝地放開手，保溫箱搖搖晃晃地往出口飛去。

「我來。」我跳上去，用身體的重量試著壓住保溫箱。我抓得很緊，但那本書竟然能扛著我的體重繼續往前飛。

「咦……？」它飛得很快，現在換我不敢放手了。我們直接往圖書館大門撞去，但大門也害怕被撞，在我們接近的時候顫抖了兩下，自己打開了。

「咦？」我們快速通過拱門，聲音跟光線改變，強風吹在臉上。當我再次回過神時，我們已經在圖書館草坪上。

遙遠的上方了。

「咦嗚哇嗚哇啊啊！」

那本書像是被驚嚇的蝴蝶，胡亂地往上竄，我幾乎要抓不住它。十公尺、二十公尺，我不敢再往下看了。風越來越大，天空像是觸手可及，就算我自己騎腳踏車，也很少飛到這麼高的地方。我死命抓著保溫箱，但還是能感覺自己的手一點一點鬆開。

終於，我撐不住了。在書本最後一次掙扎時，我雙手一空，整個人被甩了出去。我大聲尖叫，慌亂地揮動手臂，拚命想要搆回保溫箱，但保溫箱卻離我越來越遠。無數的想法流過腦海，我幾乎能看到自己在草坪上摔成碎片的樣子。鮮明的畫面失去了顏色，出現在隔天的報紙一角，標題上寫著：無職台大畢業生圖書館前墜樓，台灣高教出了什麼問題！……啊，感覺真是討厭。

「哇啊啊啊！」但是想像中的墜落感遲遲沒有來臨。我悄悄地睜開眼睛，眼前卻是莉莉安的臉。又一次，理所當然，毫無緊張感的，莉莉安接住了我。她在我開始下墜之前，就用公主抱的方式抱住我，飄在幾十層樓高的空中。

我慢慢收起聲音，緩緩放下揮動的雙手，沉默地看著她。她得意地說：「這是我今天第三次接住妳耶。沒有我妳該怎麼辦啊？」

「三次中有一次是妳丟的。」

「愛記仇！」

「那本書呢？」

「大概累了，飛不動了。」她指向我們下方，那本書正頂著我的保溫箱，晃晃悠悠地往下掉。順著它的方向，我才第一次看清楚腳底下的景色。

從這樣的高度望下去，台大校園就像是一片閃閃發光的椰子樹葉。一排排街燈描繪道路的線條，整齊延伸像是葉脈。鹿鳴堂廣場燈火通明，來參加魔法週的學生也變得好小，三三兩兩地聚集又離開，比起果實，更像葉脈中流動的養分。台大之外，是遼闊的台北市，無數燈火包圍著我們，彷彿置身繁星之間。

莉莉安還在飛著，沒有要下降的意思。我也不急著要她放我下來，就這樣被她抱著，靜靜欣賞學校的夜景。最後，我還是忍不住說。

「妳到底幹麼讓我來這裡？」

「我也要上課啊。」

「妳什麼？」

「而且，心病要用心藥醫。」她若無其事地繼續說。「妳不能飛，雖然只是心情不好，但也有人就這樣回到原本的生活了。所以該解決的問題，還是要面對啦。」

「我什麼問題？」

沒想到，她完全無視我的不悅，認真地看著我：

「因為，妳很不甘心吧。」

我張開口，想說些什麼，最後只是再次低下頭。底下，曾經跑一堂課要走半小時、過於寬廣的學校，也變得好小。這裡是我夢想中的大學，在最有潛力的階段，用力探索了好幾年，到頭來只能承認自己是最平凡的那種人，任誰都會失望的。

「那當然很不甘心。」如果莉莉安是人類，她一定聽不見我的自言自語。但她是個吸血鬼，所以我不確定。我故作輕鬆地笑了笑：「我連畢業典禮都沒有去。」結果說完這句話，我也沒什麼好說了。畢業三個月，我還是把自己當學生，也沒有認真尋找就業資訊，一直逃避到今天，然後教授問起，卻不敢答應。

不過……

我抬起頭，看向莉莉安。她的側臉剛好映著月亮，朦朧的月光在髮梢暈開，透明又虛幻。她轉頭，向我微笑，露出兩顆小小虎牙。在那一刻，魔法週、塔羅牌、湖心亭，好像全都連起來了。

在所有平凡無奇的日子裡，在離不開的狹小魚池中，彷彿倒映水面的月光，莉莉安……她就是那最不切實際的東西。只要知道她也在這裡，在這座城市裡，那我也暫時還能飛吧。

因為遇見她，我又多了一個選項。

「謝謝妳。」我輕聲說。

為了避免她有所回應，我快速接了一句：「但是我沒事了。」

「真的？」

「反正教授讓我寒假前給他答覆就好，在那之前我先不要想這個。」

「不不，妳這只是在拖延吧！」

「妳還能多久不吸血？」

「大概也是寒假前。」

「這樣啊。」

我用語氣結束了話題，她也沒多嘴，只是緩緩下降，最後我們降落在圖書館前的草坪上。亦晨學姊朝我們跑來。我的腳輕輕踏在地上，卻有點腳軟，還好她馬上扶住了我。

「哇，哇！妳沒事吧，也太拚命了啦。不需要這樣子啦！」

因為有莉莉安在，我才敢這麼拚命，這話沒必要說出來。我抬頭看了看：「那本書呢？」

「我一直在底下等著，它都掉下來了，我還以為我一定抓得到。沒想到它降落在圖書館的鐘塔上，真狡猾，妳看，就在那裡！」

她指向圖書館左側的高塔。那座鐘塔也相當有名，設計古典可愛，是台大的地標之一，上面卻沒有鐘。官方說法是不想搶走傅鐘的光彩，但學生都知道，那是因為蓋完鐘塔以後，經費不夠買鐘。

我瞇起眼睛，透過半吸血鬼的夜視能力，我看到那本書就在鐘塔最頂層，疲軟地拍著書封，像是想飛又不敢。學校沒有開放通往塔頂的樓梯，所以我走向圖書館拱門，牽出我的腳踏車：

「我上去抓它。」

「咦?沒關係嗎?」亦晨學姊說。
「反正掉下來,莉莉安會接住我。」
「那就不是沒關係啊。」莉莉安抱怨。她安靜了一下,不知道從哪裡拿出一個白色的小盒子,放進我的車籃中。仔細一看,那是最新款的iPhone,跟她同一款的,包裝都還沒有拆。
「對了這個……今天叫妳來也是為了這件事。抱歉上次把妳的手機打壞,我終於買到新的了!」莉莉安說。
「幹麼現在給我?」
「因為車籃裡放著新手機,妳肯定就不敢掉下來了。」
「有沒有人說過妳鼓勵人的方式很奇怪。」
「不要還我。」
遙遠的西方,鐘聲一聲一聲響起。那是傳鐘的聲音,為了紀念偉大的校長,根據他廣為流傳、卻沒幾個學生說得出意思的名言,在每個整點敲響二十一下。傳說如果不小心聽到第二十二下,就會遇見問時間的女鬼。我騎上腳踏車,踩動踏板,往圖書館旁、沒有鐘的鐘塔飛去。那本會飛的精裝書還在上面。
它看到我了,轉身想逃跑,但是它已經沒力氣了,而我今天才第一次飛。它慌亂地拍動書封,繞著鐘樓轉圈,我繞著大一點的圈子,逐漸接近它。它終於無處可逃,鑽進了鐘室,我跟在它後面,伸長手臂。就像捕捉金探子那樣,在它即將從鐘室另一邊飛出去時,紮紮實實抓住了它。
我一抓到它,立刻跳下腳踏車,用身體的重量闔起書封,重新扣上鎖扣。書本掙扎了幾下,發出叩叩叩的聲音,最後似乎累了,一張一縮地呼吸。過了一會兒,就再也沒反應了。

我把它丟進車籃，跟 iPhone 放在一起。傳鐘的鐘聲悠悠地響著，引得我往下望去，整齊、筆直的椰林大道不斷延伸，但是從這個高度看過去，椰子樹已經沒有校門口看到的那麼懾人。

我忽然意識到，也許我是這幾年來第一個上來這裡的學生。沒有其他學生有機會站在這裡，在這個比想像中更狹小的台大地標中，從這樣的角度看學校。最後一聲鐘聲結束，回聲漸漸消失，心血來潮地，我扶起靠在牆邊的腳踏車，敲響握把上的鈴鐺。

清亮的鈴聲在沒有鐘的塔樓中，遠遠地傳了開來。我不知道有誰會聽到，就算聽到，也一定不會想到這是鐘塔的第一次發聲。直到鈴聲消失，我還在想著這些事。然後莉莉安的身影出現在眼前，遮擋明亮的月光。

「妳好慢喔，到底抓到了沒？」

「……女吸血鬼算是一種女鬼嗎？」

「妳是不是沒被咬過？」

（因為亦晨學姊一點用都沒有，魔法研的社長主動退了我占卜錢）

目標：機車（55,000 NTD）

2019 年 12 月 22 日			
	收入（NTD）	支出（NTD）	累計（NTD）
存款			24230
YouBike 租用費		100	24130
固定支出		200	23930
手工餅乾		30	23900
~~占卜~~		~~100~~	
			合計：23900 NTD

12月24日　都市叢林

兩天前，莉莉安帶我回了趟學校。

那之後我忽然想開始做些事。不是送UrbanEats，也不是讀社會學著作，而是一些對未來有幫助的事。於是我跟妹妹借了機車，請她教我怎麼騎。

我們在河堤邊的空地練習。我信心滿滿，結果差點摔進河裡，把妹妹嚇得花容失色。她說她不懂怎麼有人能騎得這麼爛，這不是跟腳踏車差不多嗎。我原本也是這麼以為的。但坐上機車，輕輕轉動把手，就被不知打哪來的力量推著走，這種身不由己的加速感，實在很可怕。還是腳踏車腳踏實地多了。

我真的能夠習慣嗎？

不管怎樣，在買到機車並且熟悉之前，我只能繼續騎YouBike送餐。這也不全是壞事，因為YouBike比較輕，可以騎著飛上天，在大樓間快速移動。遇到五層樓的步登公寓也不用煩惱，甚至能橫越淡水河直達目的地。簡直就是為了送餐量身打造的技能。

唯一的困擾，大概是車頭燈吧。YouBike的車燈是自動發電的，只要開始騎，就會自動點亮，沒辦法關掉。我一直很擔心被警察抓到，也不知道會用道路交通管制條例，還是民用航空法處罰。我聽說無人機如果不小心闖進限航區，罰款都是三十萬起跳的，那可是我存款的十倍。

所以我只敢在深夜偷偷飛。平常的話，我會讓車輪保持離地十公分的高度，減少摩擦與落差，風一般掠過路面、草坪、違規並排的臨停車輛。雖然沒機車快，但機動性可是遠遠超過。

就像現在，凌晨三點，我趁著沒人注意的時候，悄悄穿越馬路，毫無阻礙地飄過種滿花的分隔島。這裡是台北車站附近，館前路的騎樓底下亮著燈，一群送報員蹲在地上分報紙，打算在凌晨車少的時候快速派完。前方就是每個台北高中生都知道的轉角麥當勞，這個時間仍有許多人在休息，把速食店當成了便宜旅館。我把車停在麥當勞門口，悄悄走過安靜的用餐區，在櫃檯取了餐。

今晚是聖誕夜，雖然是凌晨時分，但車站周遭還是點滿了閃閃發光的小燈泡，到處都裝飾著聖誕氣氛的飾品，小雪人、槲寄生、亮晶晶的星星堆滿櫥窗，行道樹也纏滿燈串。我越過一段樹籬，在台北車站Y街某個出口附近的小公園停下腳踏車。

我打開手機，確認訂單。客戶的名字叫做黑衣騎士，交貨地點就在這裡。我抬起頭，左右張望，還真的看到路邊停著一輛重機。一個熟悉的身影，穿著全套黑色皮衣，倚靠在機車旁邊。

水月姊一邊抽菸，一邊靜靜地看著我。她吐出一口菸，等煙霧散去，才緩緩開口。

「旁邊明明就有路，妳幹麼還用飛的？炫耀嗎？」

「水月姊妳怎麼在這？這張單子是妳叫的嗎？」

「麥當勞大麥克吧，快拿來啊。」

我立起腳架，從保溫箱拿出紙袋，向水月姊遞過去。在一片星光燦爛、紅與綠的節慶氣氛中，水月姊抽著菸，不耐煩地接過大麥克全餐，放在她的黑色重型機車上。

「這車好帥。」我客套地說。

「別誇她，她會得意忘形。那樣騎起來很麻煩。」水月姊說。

我等著，不過她沒有解釋。所以我說：

「為什麼是黑衣騎士。原本不是厄夜魔女嗎？」

「我說過了，那綽號是小張擅自加的，那時候我還不太會用這個App。」她一邊找錢包，一邊漫不經心地回答。「我只是覺得在名稱欄描述一下外觀，會比較好找人。」

「是滿貼心的。」我站在送餐員的立場說。雖然凌晨三點，這附近也沒有其他人。「可是麥當勞就在旁邊耶。」

「我有多的外送折價券，比內用還便宜。」

「加上我的服務以後，怎麼反而掉價了？」

「歡迎來到自由市場。」她把錢丟到我手上。

我收好錢，操作手機，結束訂單。「這麼晚了，又是聖誕節，妳一個人在這裡做什麼啊？」

「工作啊。我是魔女，不慶祝聖誕節的。最近有群妖魔鬼怪從中國那邊渡海來台，大家都忙翻了。這兩天魔女協會又接到報告，說有不少人在北車迷路，人手不夠，就請我過來看看。她們懷疑有個盲神在附近作祟。」

「盲神……是說魔神仔嗎？」

「呃、對……妳對魔神仔熟嗎？」

那是一種在山林中出沒的精怪，樣子像是黑黑毛毛的小孩。會誘人迷路，再好心請他吃大餐。當被害人被找到的時候，通常都精神渙散，嘴巴裡塞滿泥土。以上資訊來自維基百科（https://zh.wikipedia.org/wiki/%E9%AD%94%E7%A5%9E%E4%BB%94）。

「嗯。」我充滿自信地點點頭：「我大學寫過報告。」

「真難得，我以為現在小孩都不知道這些了。」

「畢竟我是人類學系畢業的。」

「人類學不是都在山頂挖骨頭嗎？」
這是經常有的誤解，我耐心解釋：「那是考古學在做的事。雖然體質人類學也會研究骨頭，不過台大擅長的是文化人類學。基本上就像社會學系，只是沒那麼執著統計量化，而且田野調查做得更好。」
水月姊從紙袋拿出可口可樂，吸了一口。「我不是很懂，但聽起來社會系是不是比較有前途？」
「我們也不差。」我倔強地說。「……至少下面還有一個哲學系。」
她聳聳肩，一副不在意我們這些邊緣學科怎麼自己吵架的樣子。「妳高興就好。」
「所以真的有魔神仔嗎？」
「大概沒有，我猜只是北車的路標太爛了，我每次來都會迷路。說到底，像魔神仔這種荒野精怪，在城裡就沒什麼力量。我也只是意思意思隨便看一下，差不多要回去了。妳要吃薯條嗎？」
「謝謝。」我感激地接過薯條，今晚還沒吃過東西。「說到魔女協會，我上個禮拜才參加貓咪遊行，還認識了黃昏魔女。」
「我聽說了，蛟龍殺手殿下。妳想抽菸嗎？既然妳也閒閒沒事，不如陪我聊聊天吧。遊行好玩嗎？」
我回憶了一下，卻都只能想到上百隻貓咪擠在一起的畫面。我說：「貓咪很可愛，魔女很彆扭，中國道士很討厭。然後貓咪很可愛。」
「跟我想得差不多，還好沒去。」水月姊點點頭，遞給我一根菸。我抽了一口，馬上嗆咳起來。結果那只是一根普通的香菸。這是我第一次抽菸。她繼續說。

「那些中國道士挺麻煩的，他們是來抓莉莉安的。基於一些政治理由，魔女協會沒辦法跟他們起衝突，本土神明向性很糟，西方宗教袖手旁觀。偏偏最近莉莉安狀況不太好，而中國道士在台灣又越來越強。」

「越來越強？」

「畢竟大選要到了。」

下個月初，一月十一日，是台灣第十五任總統大選。檯面上的兩個政黨，一個親中，宣稱只有跟中國打好關係，才能維持經濟發展；另一個親美，高舉自由民主的大旗，指責獨裁國家侵犯人權……其實也一如往常，反正兩個政黨都沒打算讓我買房子。不過，這次親中政黨推出的候選人，一反常態不走菁英路線，而是主打庶民草根牌，又加上香港才發生的事情，讓氣氛格外火熱。

「但是這跟大選什麼關係啊？」

「啊，對了，雖然妳會飛，但大概來說還是個麻瓜吧？這要從魔法的基礎開始說起。」她清了清喉嚨，換上認真的語氣。「魔法……簡單來說吧，就是故事。人們有某些無處排解的感情，就會找個具體的東西當作象徵。例如魔神仔或吸血鬼吧，當這些名字越被人們害怕，她們對現實就越有影響力。有點像集體潛意識什麼的，這樣說妳能明白嗎？」

「大概可以，我讀過榮格。」

「啊？那是啥？好吧反正——」她側頭想了一會兒，最後懶散地擺擺手。

「哎算了，妳就想成人類總是心想事成吧。總而言之，魔法以文化當作養分，所以台北越現代化，本土妖怪就越凋零；城市居民越擔心陌生人，都市傳說就能越囂張。」

「那如果人們越為了身分認同吵架……」

「是啊。大選前後的亂象，可不只在妳們那邊的世界。」她吐出一口菸。「媒體一直播這些東西，每個人的情緒都很激動，各方的力量都提升了不少。」

「那為什麼莉莉安反而變弱了？」

「我哪知道，或許她在節食。」

我們各自抽著菸，沉默了一會兒。其實香菸抽起來挺有味道的，雖然我以後大概也不會抽了，不過誰知道呢，人總是身不由己。

「所以——」我抽完最後一口菸，學著水月姊把菸丟到地上踩熄，然後又用面紙小心地撿起來、包好、收進口袋。「吸血鬼這個名字，背後代表某些東西。人們越意識它，莉莉安也會變強嗎？」

「可以這樣說。喔，像是《暮光之城》爆紅的時候，莉莉安簡直無敵了。她就是從那開始不怕陽光的。」

「《暮光之城》現在還是很紅。」

「應該的。主流文學老是貶低YA小說。」

我望向天空。天空灰濛濛的，反射著城市燈火。台北的夜晚幾乎與白天一樣明亮，這大概是一百年前難以想像的。「不過吸血鬼啊……」

遠處有一棟大樓正在興建，幽暗的光線穿透鋼筋骨架，樓頂的巨大吊臂彷彿怪獸的獠牙。這個城市就是這樣，永遠在長大。不會長大的吸血鬼，會喜歡這樣的地方嗎？

或許是第一次吸菸，又或者是一次聽完一整本小說設定的關係，我覺得有點頭暈。過了一會兒，我終於還是忍不住說。

「妳知道吸血鬼在文學中，經常是偏差性行為的隱喻嗎？」

水月姊露出微笑。「不知道。莉莉安聽到這個會怎麼想？」

「然後有一種理論說：中世紀的時候，魔女會用曼德拉草做迷幻油膏。但這種毒品直接吃會鬧肚子，所以她們把油膏塗在掃把柄，騎在上面嗑藥。魔女的飛天掃帚其實也算是一種性隱喻。」

「妳是不是喝了酒？」魔女皺起眉頭。

「我平常就是這樣。」我無辜地說。「我喝了酒會安靜。」

「妳想不想喝酒，我請客。」

「妳是不是拐個彎叫我閉嘴？」

「看吧，就是話太多。」水月姊一邊說，一邊從黑色GUCCI小提包中拿出兩只空的水晶杯。我驚訝地看著她的小包包，但是沒看出個所以然。

她高舉酒杯，對著夜空慢慢轉動。澄白色的街燈穿透空杯，散落成彩虹，沿著杯壁緩緩流動。她不斷地調整方向，直到從我的角度看去，杯口剛好盛住了天邊有如微笑的一彎殘月。

水月姊瞇起眼睛，搖動酒杯，動作優雅又愜意，就像經驗老到的品酒者。一點一點的，白色的光晃成了淡粉色的影子，化為斑斕的薄紗灑落。清澈的水聲響起，杯中不知何時已盛滿了液體。

她放下酒杯，湊到鼻尖聞了聞，滿意地點點頭，將整杯酒遞給我。然後自己又往虛空中盛了一杯。

「這是什麼？」我說。

「月球的影子。」她指向夜空，我抬頭望去。一片烏雲飄了過來，看不太清楚。不過剛才的殘月，似乎變成一輪又大又紅的滿月，掛在燈火闌珊的城市上頭，十分魔幻。今晚沒有月蝕，而且是農曆三十。我揉揉眼睛。

「我沒看到什麼月球的影子。」

「所以啦。」水月姊得意地舉起酒杯，接著皺了皺眉。「好像還少了點什麼？」

「音樂？」

「好主意。」

她打了個響指，一段 Chill Out 感的音樂憑空響起。縹緲的女聲哼唱隨興曲調，軟性的電子混音增添迷濛氛圍，接近心跳的節奏讓人心情放鬆。天空飄起了雨，我們躲在冷清的騎樓底下，拿著酒杯，看著外頭細雨紛飛。

我也將杯子湊近鼻尖，學著她的動作嗅了嗅。月球的影子聞起來很香，不是很濃烈，是那種清新酸甜的果香。仔細看，還能見到細小的光點在液體間飄浮，有點像粉色的星空。但台北的夜晚沒有星星，所以更像是城市本身。

「等等，」水月姊忽然說。「妳騎腳踏車，可以喝酒嗎？」

「腳踏車沒有動力，酒駕只有行政罰鍰，所以可以。」

「好喔，乾杯。」

她斜倚著重機，我斜靠著牆，一齊向對方舉杯。水晶杯相觸，發出鏘的一聲響，迴盪在寂靜的街道上。

在那之後，我們又喝了幾杯。月球的影子很不錯，淡粉色的液體中，氣泡緩緩上浮，聞起來有莓果的香氣，有點像柯夢波丹。第一口喝下去，是心碎的味道，然後是柳橙、蔓越莓、蘭姆、憂傷以及一點點希望。喝起來不太像酒，酒精在氣泡與果香中藏得很隱密，等我發現的時候，已經有些微醺了。

「謝謝招待，不過我不能再喝了。」我真心可惜地說。

「掃興。」她接過我的空水晶杯，隨手一放，水晶杯消失無蹤。然後她又幫自己盛了一杯。

「說起來，我聽說妳跟蝶兒……一個叫莊語蝶的道士混得很熟？」

「我們是好朋友。不過她不算是道士，是個驅魔獵人。」

水月姊輕哼一聲。「那哪算，不過是自欺欺人。」

「水月姊也認識語蝶嗎？」

「不太認識。」她沉默了一會兒。「但是她們教會很有名……其實更像是某種超自然專家派遣公司吧。台灣的宗教就是這樣，好像有用就好。他們在世界各地招募能人異士，塞進天主教的框架中，好獲得對付教會敵人的力量。」

「聽起來好隨便。」

「是吧。」水月姊撇了撇嘴：「像蝶兒那樣，也只是徒具形式。」

我回憶起語蝶對我說過的話。她是在本土宗教被日本當局限制後，才轉向天主教的。為了力量改變信仰，從比較討厭的角度來看，也許就是這個意思。但是說到底，信仰到底是什麼意思呢？

手上少了香菸跟酒，覺得有些空虛。我背靠著牆，看著天空。烏雲低低的，讓遠處的燈火都顯得暗淡。

我說：「如果有吸血鬼，那也有神嗎？我是說……創造一切的那種。」

「沒有。」水月姊頓了頓說：「如果真的有一個神，妳想找祂說什麼？」

「生命的意義……」

「實際一點的。」

「為什麼人類的睫毛會掉進眼睛裡？」

「半吸血鬼不會。」

我盯著她看。她聳聳肩：「妳都沒發現嗎？」

我仔細回想了一下，發現她說得對。我不知道該說什麼了，跟隨我大半輩子的困擾，就這麼簡單地消失了，讓我有種存在主義式的感傷。

「如果人類的本質就是睫毛會掉進眼睛裡，我今後該何去何從呢？」

「工作，賺錢，吃喝玩樂，就跟其他人一樣。反正不管怎樣，神都幫不上妳的忙。」水月姊將酒杯舉到眼前，臉頰已經微微泛紅了。她看著杯中模糊的液體。

「四百年前，我還是南部原住民的巫女。」

「……原住民？」

「不然妳以為台灣的魔女應該是什麼樣？」

「在南部？」

「嗯，大概現在的台南附近吧，一支名不見經傳的小部族。那時候台灣的人還沒這麼多，花草與樹木都比較可愛。然後荷蘭人跑來台灣，占地為王。為了統治方便，就強制附近的部落全改信基督教了。」

「好過分。」

「以前的西方人也很野蠻……當時幾個大社的巫女都被流放了，我們也不例外。好幾百人，幾乎都餓死了，只有不到兩成活下來。就算沒死，也要捨棄巫女的身分，受洗後才能回去。我們被流放了十年，再回去的時候，部落已經蓋好了教堂。」

「……」

「所以到最後我也沒有回去。」

話題越來越嚴肅，讓我有些坐立不安。不能用玩笑隨口帶過的事情，總是讓我坐立不安。

水月姊察覺我的局促，嘆了一口氣：「姑且還是問一下，妳有信仰嗎？」

我搖搖頭。但是她都說了這麼多，不多說一點，感覺很小氣。我說：

「硬要說的話，我相信飛天義大利麵怪物。」

她遲疑了一下。「那是一個宗教嗎？」

「前年內政部才核可的，是一個人文主義宗教。我們的祝禱語是『RAmen』。」

她看著我，看了好一會兒，然後愉快地笑了。

「我真不知道幹麼跟妳說這些。」

「……但是我很高興能知道這些。」

「妳喝了酒話還是一樣多。」她爽快地一飲而盡，隨手一翻，將水晶杯收進不知名的空間。

「好吧，我的故事就這樣了。謝謝妳陪我喝酒，不算是謝禮，但讓我教妳一些小把戲吧。」

「小把戲？」

「妳滿有天分的。剛才看妳騎腳踏車來，台灣沒幾個人能飛得像妳這麼好。」

我聽到她這話，不禁嚇了一跳。我一直以為自己只能算初學，能得到啟蒙老師的認可，我心中湧起一絲驕傲，卻還是謙虛地說：「但是我上個禮拜遇見的那些魔女，她們也都會飛。」

「那些只是跳得比較高。喔對了，妳還沒辦法自己去裏台北吧？」

「其實我還是不太確定那是什麼。」

「那是台北的影子、城市的側面。妳大概不知道，我們身處的空間，從來不是簡單的立體幾何。」

「我知道。廣義相對論說比較像是黎曼幾何。」

她瞪了我一眼，於是我乖乖閉嘴。

水月姊繼續說：「總之，只要沿著正確的方向，離現實遠一點，就可以走到一個比較……不現實的地方。不過那個方向一般人意識不太到，就像螞蟻不會常常抬頭看。」

「那我可以嗎？」

我努力維持語氣平靜，但內心雀躍不已。沒想到我真的有機會學習魔法！我小時候最大的夢想，就是去霍格華茲魔法與巫術學院上課。第二夢想則是月薪四萬不用加班的辦公室工作。

「我們看看囉。」她又從GUCCI包包中拿出一面小鏡子，那鏡子大概有十吋大，這次我很確定，它根本裝不進那個小包包裡。「好了，初學者最好用鏡子，所有鏡子都是連在一起的。等妳熟悉了，水窪、影子、濃霧、突然的聲響、特別強的光，甚至根本不需要這些東西，妳就能自由穿梭兩個世界了。」

「這只是面普通的鏡子嗎？」

「妳在裡面特別漂亮？沒有？那它很普通。現在想像一下，在心中想著這面鏡子是一道門、或者兩個世界間的薄膜，像是肥皂泡泡那樣。然後用力把手伸進去。記得，一定要用力，這講究快狠準。」

我閉上眼睛，深呼吸放鬆。然後我試著想像，想像鏡面只是水面，我可以輕易把手伸進去，不會造成任何阻礙。我想像著，直到我開始相信自己。接著，我用力把手伸向鏡子——

紮紮實實地戳在上面，就像戳在磚塊上一樣痛。

「噢。」我說。

「失敗了呢。」水月姊搖搖頭。「看來妳也沒那麼有天分。」
「好像扭到了。」
「我們換個方法吧。」她敲敲鏡面，思索片刻，雙手捧起鏡子。「妳先閉上眼睛，然後輕輕碰碰它。」
我照做，紅腫的手指尖傳來冰涼的觸感。鏡子就在我前方半公尺的地方，我要伸直手臂才碰得到。
「然後呢？」我說。
「然後把手縮回去，就像剛剛那樣，想著妳能穿過鏡子，再用全力把手伸過來。」
「我怕痛。」
「我保證這次會不一樣，大概啦。」
我再次想像鏡子後面有空間，鏡面只是幻影。我猛然把手伸出去，卻沒碰到任何東西。我睜開眼睛，發現水月姊趁我縮手的時候，偷偷把鏡子移向我。現在我整條手臂都在裡面了，鏡子反射我的臉，以及台北的街道，我的手臂就像是在夜色中憑空消失。
「哇……哇喔。」
「很驚人吧，大家第一次都是這樣。什麼感覺？」
「冰冰涼涼的。」我仔細檢查鏡子，發現就跟我想像得差不多。鏡面有點像水，又有點像霧，我手伸進去的地方，周邊掀起細微的漣漪。看不太清楚後面的景象。「我覺得對面好像有東西在舔我。」
「不要想太多。」
我緩緩抽回手，拿到眼前，好奇地張開又握緊，但我的手沒有任何改變。我再次把手伸向鏡子，有一點阻力，不過這次很順利地伸進去了。

「我好像掌握訣竅了。」

水月姊點點頭。「妳學得很快，比我的傻女兒好多了。」她拿走鏡子，不讓我繼續玩。然後走向我放在一旁的 UrbanEats 保溫箱，打開箱子，把鏡子塞了進去。

「我讓這面鏡子跟保溫箱連結了，以後妳可以直接把餐點放進去，就不會那麼重了。」

「太好了。」我發自內心地說。YouBike 沒有後行李架，保溫箱本身已經不輕了，還要背著客戶的晚餐跑一整天，就算是半吸血鬼的身體，長久下來也吃不消。「但是消失的質量跑哪裡去了？」

「如果什麼小事都要仔細推敲，魔法都變科學了，那還有什麼有趣的？總之妳先用這個當練習，放些小東西進去，等熟悉以後，去踩踩水窪，或許就能到裏台北了。記得來找我玩。」

「謝謝妳，妳對我真好。」

「沒什麼，因為妳跟那孩子……」她說到一半卻不說了。搖搖頭，換上隨興的語氣。「只是在工作的時候打發時間，順便釣個魚。」

「魚？」我抬起頭，四下張望，但水月姊說過她吃完麥當勞就要回去的。「難道我是餌嗎？」

「第一次玩鏡子把戲都是這樣。隨便在世界亂戳洞，總會引來些什麼吧。尤其北車這麼複雜。」她擦擦鼻子，在冷風中嗅了嗅。「不過我也沒想到會來這個。妳啊，真是有吸引麻煩的體質。」

「我也這麼覺得，喝優酪乳可以改善嗎？」

「可以。不過我建議從充足睡眠開始。」

然後我也感覺到了。

就像我們身邊出現了第三個存在，某種東西逐漸靠近，從一個不是上下左右前後的方向，緩緩擠進現實。街角起了霧，聖誕燈飾慌亂地閃爍，空氣中瀰漫著一股菸草味。所有燈光一齊熄滅，一個青白色的身影站立在飄雨的街道中間。

那是個半透明、模糊的男性身影。他的身材微胖，穿著大外套，頭頂微禿，留著大鬍子，整體形象讓人聯想到褪色的聖誕老公公。他緩緩轉頭，雖然我看不清楚他的臉，卻彷彿能感受到視線。空氣越來越冷了。

「那是什麼？」

「共產主義幽靈。」

「共──呃、抱歉，什麼？」

「共產主義幽靈，中國特色的。」水月姊說。「這是那些道士帶來的麻煩，他們聲稱是意外，但大家心知肚明。這就像某種意識形態侵略吧，他們打算引入自己的文化，一步步侵蝕我們的土壤。」

「一個幽靈，在歐洲徘徊……」

「妳跟小張一樣，奇怪的書讀太多了。」她揮手打斷我。「不管怎樣，中國從國家的層級否定魔法，幾乎殺光了境內的妖怪，才只能帶這種東西來助陣。妳知道對岸的小說只要寫到超自然力量，都得附上科學解釋嗎？」

「我知道，他們還把我最喜歡的BL作家關進牢裡。」我本來想多抱怨幾句，但現在不是說這種話的時候。「我是說，共產主義又不是什麼具體象徵。」

「所以才是幽靈啊。還沒找到固定形象的信仰，就是這副樣子。」

「這些……幽靈，會很危險嗎？」

「它們用唯物辯證法砸人。但不用擔心，有我在這，誰敢動妳呢。」

「我……還是不太懂。」我搖搖頭。「唯物主義跟幽靈，這兩個概念不矛盾嗎？」

彷彿回應我的話，原本靜止不動的半透明形體突然抬起頭，發出惱怒的低吼。它朝我一甩手，只聽到咚一聲響，我的右手邊揚起一片粉塵。我慢了兩秒才轉頭去看，一把實實在在的扳手就插在水泥牆裡，只剩半截裸露在外，反射森冷的微光。我愣愣地轉回頭，共產主義幽靈卻已消失不見。

街燈再次點亮。

「說話小心點。」水月姊皺皺眉。

「它們很……敏感。」

共產主義幽靈離開以後，水月姊又叮囑了我一些注意事項，讓我玩鏡子的時候小心點。接著，她把吃完的麥當勞紙袋塞給我，戴上全罩式安全帽，發動停在一旁的黑色重型機車。

重型機車彷彿終於獲得解放的野獸，迫不及待地發出咆哮，車頭燈似乎還對我拋了媚眼。水月姊跨上機車，猛轉把手，在聖誕夜的街上揚長而去，轉眼消失在遠方。

因為天空還飄著雨，我並不急著接下一份單。我討厭下雨天，雨天總是讓外送變得很困難。所以我躲在騎樓底下，背靠著牆，開始滑手機。但是這樣的深夜，社群平台上什麼也沒有。於是我打開通訊軟體，找到語蝶的帳號，隨手開啟了話題。

『妳知道嗎？蘋果公司嚴格規定電影裡的壞人都不能拿 iPhone。所以在懸疑片中，如果看到誰拿了 iPhone，那他鐵定不是真的凶手』

她馬上就已讀了，但過了很久才回覆。

『這好有趣！可是，妳為什麼突然要說這個啊？』

『我只是想炫耀莉莉安幫我買的 iPhone 手機』

我對自己拍了一張照片，傳送給她。『她的夜拍功能比半吸血鬼的夜視能力還要好』

又是很久很久的停頓，久到我都開始滑 ptt 了。等她終於傳來訊息，我滿心期待地打開對話框。

『妳看，這是我的晚餐喔。』她寫道。

然後是一張湯頭濃郁、冒著蒸汽的拉麵圖檔。

像這樣。

一雙筷子夾起麵與叉燒，肥美的油脂從上頭滴落，我幾乎能聞到厚重又罪惡的香氣，讓我的肚子本能地一陣緊縮。

邪惡。

基於禮貌，我還是傳了一句『聖誕快樂~』給她，並且關掉頁面，強迫自己不要在這個三更半夜繼續看那張圖。

雨還在下，所以我繼續滑手機，尋找下一個騷擾的對象。但是我大部分朋友這個時間都睡了，一整排的聊天室，全部都是顯示下線的灰色燈號。

想到今天是聖誕節，寒冷的雨夜，這麼大一個台北城，卻好像只有我一個人，就覺得有些寂寞。好希望現在、在哪裡，也有什麼人還醒著，就跟我一樣。

不知為何，我忽然想到了莉莉安。我再次點亮螢幕，一邊想著該用什麼藉口跟她聯絡。就在這時，一個通知跳了出來。彷彿心電感應一般，莉莉安搶先傳了訊息給我。

我點開通知，本來以為又是奇怪的吸血鬼式騷擾，沒想到只是很普通的聖誕祝福。

『聖代快樂！！』還打錯字。

『吸血鬼也過聖誕節嗎？』我想了很久，最後只是這麼回覆。

『現代的吸血鬼就會。』她說。『跟妳說喔，我也有幫自己買一台 iPhone，妳要不要加入我的家人共享？這樣我就可以隨時找到妳，吸妳的血了』

『這對我有什麼好處？』

『我買的遊戲妳可以隨便玩，還有電影跟音樂跟書！！！』

『好啊，我加』

我傳了我的帳號給她，她回傳設定連結給我。在她的堅持下，我打開了分享我的位置功能。於是在小地圖上，我看到她愉快的小臉（上禮拜用我手機拍的）出現在東區的高級酒店中。

雖然我們之間還有段不算短的距離，也只是透過螢幕看著，寂寞的感覺還是消失了不少。我關掉手機螢幕，雙手放進風衣口袋，看著被細雨打散的街燈，忽然覺得這樣的寧靜其實也不錯。

雖然早上的時候人潮擁擠，深夜的北車卻顯得荒涼，令人聯想到芝加哥學派過時的同心圓模型，這是中心商業區的必然命運。

臨走前，水月姊特別警告我，台北車站的空間雜亂，常常拐錯一個彎，深入錯誤的小徑，就會來到「岔路」。以我吸引麻煩的體質，還是去別的地方等訂單比較好。不過我高中三年都在這附近打混，這麼熟了，還能出什麼事呢？

不知哪裡傳來了小女孩的哭泣聲。

我愣了一下，但那聲音聽起來還有點遠，像是從地底傳來的。我慢慢冷靜了下來。在這種地方，在這樣的深夜，聽到哭聲，總覺得有點可怕。但是也不能不管小女孩的哭泣聲。

我收起 YouBike 腳架，戴上遮雨的棒球帽，騎車往聲音的方向尋去。

「哈囉？」一邊騎，我一邊不安地說。但是聲音沒有回覆，只是繼續哭。我的視線掃過路面，但附近都沒有人。最後，我轉進一條小巷，來到聲音傳來的地方，然後我掉進一個洞裡。

不，不是洞，是地下街入口。回過神來，我發現我騎在停止運作的手扶梯上，一路顛簸往下溜去。「嗚哇嗚哇啊啊啊！」我驚慌失措地控制腳踏車，不斷撞到扶手，屁股也好痛，直到一半才想起來我其實可以飛。我讓車輪稍微浮起，這才找回了平衡，好不容易抵達入口底部。底部是一個封閉的平台，牆上貼著地圖，地圖左邊有一道敞開的鐵門，門後一片漆黑。

哭聲就從裏頭傳來。

我有點害怕了，很想轉身離開，但我的良心不准我這麼做，總有一天我要動手術把它摘掉。我看了看地圖，上面畫的是北車地下街，這裡應該是其中一個出入口，不知道門怎麼還開著。我小心翼翼地騎過鐵門，進入黑暗中——

喀鏘、喀鏘喀鏘喀鏘。

天花板的燈突然一排一排打開，慘白的燈光由近而遠，依序照亮無人的地下宮殿，聲音在空曠的地下街迴盪。我伸手遮擋光線，花了一段時間適應，然後發現我身處在M1出口前方。

我去看電影的時候經常經過這裡。這是北車捷運區最北端的出口，再過去就是中山與台北地下街了。這裡有很多岔路跟樓梯，有的通往捷運，有的通往轉運站，有的通往台鐵，經常有人在這裡迷路。

在這個巨大迷宮正中心，應該是一個裝置藝術，叫做夢遊。外觀是等身高的白色裸體小女孩，但在頭部的位置是不成比例放大的黃色鳥頭，脖子的接縫處冒著泉水，手上還拿著尖銳的鉛筆。因為外觀很可怕，網友親切地稱呼她北車雞人或鳥頭蘿。她是統治車站地下迷宮的隱藏大魔王，所有在此迷路的人們，最後都會來到她的面前。

我不安地發現她不在位置上。

哭聲從我後面傳來。我轉過頭，不確定該預期看到什麼，但那只是個很普通的小女孩，約莫七、八歲，蹲在地上哭。我牽著腳踏車走過去，她抬起頭，驚訝地看著我。

「姊、大姊姊……？」

「怎麼了？妳怎麼一個人在這裡？」我稍微蹲低身子，向她打招呼。

她有些膽怯地說。「我……我迷路了。」

我仔細打量她。她的臉長得算是可愛，留著整齊的鮑伯頭，頭上戴著紅色小帽子，帽子上還繫著一朵小白花。她的膚色偏深，手腳勻稱，像是經常在戶外跑跳，相當健康的深褐色。她穿著一襲翠綠色的連身裙，上頭點綴各種葉子的圖案。

也許是我喝醉了，但她看起來真的就像是個迷路的小女孩。畢竟是北車，有一兩個小孩在這裡迷路，再也走不出去，似乎也不是什麼奇怪的事。

「迷路了嗎？」我立起腳踏車腳架。「妳家在哪裡啊？」

她側頭想了一下，然後搖搖頭。「姊姊……妳會帶我回家嗎？」

「我可以帶妳去警察局。」

沒想到，這句合情合理的話，卻惹得她放聲大哭。「嗚……不要，我不要去警察局。我會乖乖的，拜託不要帶我去警察局……」

「好啦好啦。」我連忙安撫她。「我們不去警察局。」

「真、真的嗎？」

「真的真的。」我思考了一會兒：「妳是跟爸爸媽媽一起來的嗎？」

她一邊抽鼻子，一邊說。「沒有……我是、我是自己一個人來的。爸爸……媽媽……在很遠的地方。」

「妳知道家裡的電話嗎？」

「什麼是……電話？」

我換個方式問：「妳家附近有沒有什麼地標？」

她側頭想了很久，才緩緩說。「有廟，有一座廟。好像叫做芝、芝……芝蘭廟！」

我打開手機，查了一下，那是一座不算小的廟。芝蘭似乎是舊稱，現在叫做神農宮，位置在士林與芝山站中間。雖然距離不算遠，但這樣的深夜已經沒有捷運了，而騎腳踏車，就算用飛的，最少也要二十分鐘。我又查了查最近的警察局位置，發現就在M1出口旁邊。

「沒問題。」我說。「交給姊姊吧，我已經知道該怎麼走了！」

「真的嗎？」

「真的真的。」我收起手機，朝她伸出手，她猶豫了一會兒，然後緊緊握住。我報以一笑，把腳踏車移到地下街的牆邊停好，牽著小女孩，往應該是M1出口的樓梯走去。

12月24日　北車地下城

我們走上樓梯。

燈火通明，人來人往，這裡不是出口，而是另一段北車地下街。所有商店都開著，櫃檯人員殷勤地招呼客人，隱藏的喇叭傳來聖誕歌曲，天花板上掛滿了燈飾與彩帶。戴著聖誕帽的情侶手牽著手，對著櫥窗指指點點。我的 YouBike 就停靠在牆邊。

我揉揉眼睛，但眼前景象還是一樣。我回頭看看來時的樓梯間，卻沒看到什麼樓梯間。頭頂的路標錯綜複雜，而且感覺不太誠實。小女孩拉了拉我的風衣，我低頭看她，她顯得有些緊張。「姊姊……怎、怎麼了嗎？」

我打開手機，發現地圖跟我印象中不太一樣。我看了一會兒，才發現裡頭的地理位置都左右相反了，就像是鏡子裡的台北。我抬起頭，眼前的地下街雖不算擁擠，卻相當熱鬧。我朝小女孩親切地笑了笑。

「抱歉啊，姊姊好像也迷路了。」

「才一分鐘而已。姊姊……好沒用喔。」

我不理會這個沒禮貌的小鬼，轉身叫住一個經過的路人。「先生，不好意思，你知道最近的出口在哪裡嗎？」

「出口？」留著小鬍子、約莫三十歲左右的大叔皺了皺眉。「怎麼會有人想出去？」

我指了指身後的小女孩。「她迷路了，我要帶她回家。」

「喔這樣啊。」他聳聳肩，伸手比向前方。「往那個方向，大概走三公里就到了。」

「三公里!?」

「直直走，不要回頭。小心烏頭人。」說完也不等我回應，便轉身走掉。

我愣在原地，不知道該怎麼辦。小女孩又拉拉我的衣角，我嘆了口氣。感覺會跟她相處很久，所以我再次蹲下身，平視她的雙眼。「還沒問妳呢，妳叫什麼名字？」

「我是……小芒。小芒是我的姓……芒果的芒。」

芒……真是少見的姓氏。我拍拍她的肩膀：「叫我曉萍就好。聽說最近的出口有三公里遠，要走四十多分鐘，妳可以嗎？」

「姊姊妳不是有腳踏車嗎？」

「地下街不能騎腳踏——」

一群腳踏車與我們擦身而過。

那是一整群無主的 YouBike，像是小狗般互相追逐嬉鬧，在人群間穿梭，偶爾響起的鈴鐺彷彿孩童的笑聲。其中一輛 YouBike 轉過龍頭，調皮地朝我閃閃車燈，一下子就遠去了。

「地下街不能騎腳踏——」小芒拉長聲音說。

「其實我沒仔細看過規定。」我悶悶地說。「搞不好可以。」

我踢開腳架，牽起腳踏車。YouBike 沒有後座，但是在後輪的左右車軸上，有保護內變速器的防撞桿，不少沒公德心的人們喜歡踩在上面雙載。

我是一個有公德心的好市民，一般而言不會認同這種行為。但一來我醉了，二來我可以飛。我請小芒背著 UrbanEats 保溫箱，站在防撞桿上，然後踩動踏板，悄悄飄離地面五公分。魔法的浮力可以自由分配，如此一來便能把危險性減到最低，也不會損壞腳踏車零件。

「哇、哇啊啊……」奇特的失重感讓小芒驚叫出聲，我不禁微笑，想到自己第一次坐上水月姊的掃把時也是這樣。

「抓好了喔。」我叮囑她，然後往前騎去。以凌晨三點來說，地下街的人不少，但也不算擁擠。我試著騎了一小段，很平穩順暢，小芒趴在我背上，緊緊抱著我的腰。

我騎在地下街中間，一開始還怕太醒目，不過沒有人理我，甚至還有個清潔阿伯對我點頭微笑，讓我安心了不少。我慢慢地騎，在保持安全距離的前提下於人群間穿梭。街道兩旁都是商店櫥窗，最開始是普通的服飾店、飲料店、算命店，然後店家變得越來越有特色。

我經過一家藥妝店，裡頭賣的都是西元前的常用藥品，本來想停下來逛逛，但牆上的標語說需要醫師處方。右前方是一間拼圖店，裡面的人物會隨自己高興變換姿勢，增加了不少難度。拼圖店隔壁雲霧繚繞的，原來是一家水煙館，櫃檯上的商品是冬日晚霞，一支八千塊。輕快的聖誕歌曲伴隨雪花灑落，槲寄生在牆上生長蔓延，結出白色果實。

我從沒看過這樣繽紛的地下街，我看得太入迷了，差點撞上佇立街角的自動販賣機。販賣機裡頭陳列著一瓶瓶有效期限比較短的人生意義，當季主打商品是一小罐的愛（苦味）。

缺愛的我好奇地停下腳踏車，轉頭卻發現我擋在一家咖啡店門口。這家咖啡店燈火通明，播放只有吉他配樂的獨立音樂，看起來清新舒適。不過裡面的顧客都不是人，而是一隻一隻的貓。其中有隻貓身穿全套三件式西裝，頭戴高筒禮帽，叼著菸斗，坐在椅子上看報紙。另一張桌子旁，兩個頭頂打了大大蝴蝶結緞帶的貓咪女士，用爪子當叉子在吃鮭魚蛋糕。店裡唯一的人類是個蓄著小鬍子的老紳士，身穿酒保裝，在吧檯後方用抹布優雅地擦拭杯子。整間店都好可愛，讓我忍不住想拍照，但又覺得不禮貌而猶豫不決。

一個黑色的身影跳進我的 YouBike 車籃裡。我低頭查看，差點開心地跳起來。沒想到能在這個陌生的地下街看見熟人。

「木天蓼夫人！好久不見！」

「真高興見到妳，親愛的。」她抬起鼻子，嗅了嗅，接著皺皺耳朵。「妳是不是喝了些酒？」

「只喝一點，水月姊請我喝月球的影子。但是我確認過了，我的腳踏車走的還是直線。」

「有些酒破壞的不是平衡感，而是危機感。」

「應該還好，我平常就沒什麼危機感。妳怎麼會在這裡啊？」

「我是這家店的店主啊，親愛的。」

「這家店好可愛。黃昏魔女也在附近嗎？我前天才在學校碰到她耶。」我探頭往店裡張望。

「只有這家店，我不想讓她找到。」木天蓼夫人難為情地說。「妳呢？妳怎會在這？」

「喔……我只是剛好路過。這個小孩迷路了，我要帶她回家。」

「姊姊也……姊姊自己也迷路了。」小芒逞強地插話。

「好，對，我也迷路了。我聽說最近的出口在那個方向，大概兩公里遠？」

「是的，直直走就到了。雖然有其他捷徑……不過我建議妳走大路。在台北車站裡，有些老走道的脾氣不是那麼好。」

簡潔的通知聲打斷我們的對話，UrbanEats 的應用程式跳出新的系統配單。剛才發生了太多事情，我都忘記登出了。UrbanEats 這個新興的平台跟市場上其他業者不同，不需要取完餐才能看到送貨地點。訂單一跳出來，整條路線也會同時計算好，非常方便。

這張訂單取貨的商家是前方地下街裡的麥當勞，客戶指定的位置則是通往出口的半途，都是我會順路經過的地方。這麼方便的訂單不多見，我轉頭對小芒說。

「我可以在前面的麥當勞停一下嗎？最多五分鐘就好。」

小芒沉默地點點頭，但眼神很不情願。「如果姊姊的五分鐘……比媽媽的五分鐘還要短，那就可以。」

「那十分鐘好了。」

她安靜地看著我好一會兒，突然說。「我想吃冰淇淋。」

「妳有錢嗎？」

她搖搖頭。我嘆了一口氣，按下手機導航。

「再見，木天蓼夫人，我得走了。」

「等等，親愛的。如果妳打算往出口去的話，願意順便載我一程嗎？我正想去中央廣場那附近看看。」

「那裡有什麼嗎？」

她抖抖耳朵，瞇細眼睛，露出貓咪特有的神祕微笑。

「妳到了就會知道。」

我們繼續向前進。周遭的景色不斷變換，彷彿整個北車的空間跟時間都被拼貼在這條地下街裡。我看到好多我高中時很常去，卻應該早就關門的店面。K街的文青店與Y街的按摩店比鄰而立，七夕的許願竹與端午節造型龍舟擺在一起。香氣從各式餐館飄散到街上，中式、日韓、歐美、緬泰、印度，各地的香料全部混雜成台北獨有的氣味，讓人口水直流。不少學生打扮的人在連通的小廣場上練舞。

一個光鮮亮麗的女孩踩著腳踏車迎面而來。她穿著素色旗袍，綁著可愛的髻。她的腳踏車是那種復古的高輪腳踏車，後輪很小，前輪很大，像是一個寬大的透明滾輪，十隻倉鼠在裡頭奮力奔跑，讓女孩騎車完全不費力。木天蓼夫人冷哼一聲。「嘖，資產階級。」

然後我們來到R區的中山地下書街。這裡是我的童年回憶，有好多品味獨具的小書店。國中被迫來南陽街補習的時候，每次都會經過。不過後來網路普及，台灣人不看書，書店倒的倒，收的收，前年終於撐不下去，改由誠品接手整條街。誠品是一家有賣書的百貨公司。

我在書店間的麥當勞停下腳踏車。

我到得太早了，餐點還沒做好。我幫小芒買了一支蛋捲冰淇淋，趁著等餐的時間，向木天蓼夫人問了我懷疑很久的問題。

「木天蓼夫人，難道說，這裡就是裏台北嗎？」若不是這樣，可沒辦法解釋我看到的奇異景象。我為我縝密的推理暗自得意。

「不是，親愛的。妳怎麼會這麼想呢？這裡就是北車，台北車站啊。」

「……我熟悉的北車不是長這樣。」

「妳從沒來過這一頭嗎？北車有很多這樣的地方，嚴格來說，這裡是現實的夾縫。畢竟人們來到車站，只是為了前往另一個地方。所以地下街的樣子總是跟目的地有關。」

「那這條街的目的地是哪？」

「不知道。」

「妳也不知道嗎？」

「我是說，這條街的目的是不知道。」

我仔細玩味這句話，想著我怎麼會到這裡來。然後放棄。「可是不管怎樣，北車應該沒有這麼大的空間才對。」

「北車改建過三次。改變過這麼多的地方，總是比外面看起來還大。不然怎麼塞進這些歷史呢？」

事實擺在眼前，我點點頭，同意這個說法。小芒吃完冰淇淋，麥當勞的餐點也做好了。我打開保溫箱，保溫箱底部是水月姊送我的鏡子。我躍躍欲試地將紙袋放在鏡子上，紙袋像是受困流沙一樣，緩緩沉入鏡中。我拿起保溫箱，果然輕得就像沒裝東西。木天蓼夫人嚴肅地看了我一眼，但是沒說什麼。

我把箱子交給小芒，讓她背好，然後再次騎車上路。

隨著我們深入未知目的的街道，沿途的景色也越來越奇妙。我有種感覺，好像繼續前進，連自己都要不認識自己了。要不是水月姊的酒精還在作用，我也許會有點害怕。

接著，我們進入一個小廣場。廣場地板黑白相間，像是西洋棋盤。廣場上擠滿了人，全都站在黑色的格子上，互相推擠前進。在人群前方，有一個簡陋的舞台，舞台背板寫著聖誕音樂會幾個大字，還畫了卡通風格的聖誕老公公與小雪人。不過表演還沒開始。

「這麼多人都是從哪來的啊？」我驚訝地說。仔細打量眼前的人群，不少人穿著印有動漫角色的衣服，後背包上也掛著可愛的漫畫飾品。我這才發現原來這裡是Y街後半段，著名的北車宅街。實在好久沒來了。

木天蓼夫人說：「他們是專程來看喜歡的團體表演的。不過，哎，這對普通人來說，就像是做了場夢，到明天可能就忘記了吧。」

「我也會忘記嗎？」

「怎麼會呢。」

因為台上還沒有人，我好奇地四處張望。工作人員忙著發傳單跟螢光棒，一個身穿和服與滾邊圍裙的可愛女孩，正殷勤地招攬客人到一旁的女給珈琲店，但是沒什麼人理她。廣場外圍，幾個中年女性擺起了地攤，販賣飾品與衣服。

我對那些飾品產生了興趣，想知道現實夾縫中的地攤都在賣些什麼。我繞過人群，靠近一些，遠遠地能看到掛在衣架上的主打商品。那是一件素白色的簡單上衣。衣服中間最顯眼的位置，有幾個狂放書法寫成的大字，底下則是簡潔有力的墨水畫，就算距離這麼遠，也能看見構圖中的張力。我繼續接近，瞇起眼睛，想看看那上面到底印了什麼——

蛟龍殺手！

底下是一個馬尾美少女徒手打中國龍的圖畫。

「……」我停下腳踏車，沉默了很久。「這是什麼？」

「最近這些周邊在地下街很熱門。」木天蓼夫人耐心地說。「那隻被莉莉安殺死的鱷魚，有時候也會跑進地下街，不少店家深受其害。知道它被解決，大家都很開心。」

「我不記得我有授權。而且明明是鱷魚，不是中國龍。」

「成名總是有代價，親愛的。」

「這樣未經同意、亂用別人的名字，實在很不好。」

我停下腳踏車，朝攤販走去。擺攤的大嬸靜靜地看著我，我也筆直地凝視著她。一步一步，我走到了攤販面前，她抬頭望向我，等我說話。而我掏出錢包。

「不好意思，這個，可以給我一件嗎？」

後方的人群忽然爆出歡呼聲。我轉頭望去，正巧看見幾個人影從側邊小台階步上舞台。帶頭的是一個年輕的女孩，感覺不是很習慣這樣的場面，躬著身子，有些畏畏縮縮的。她綁著公主頭，身穿……魔法少女服裝。

因為不曾看她穿道士袍以外的衣服，我一時間竟然沒有認出來，她就是我的好朋友語蝶。

她不甘不願地被後面的人推上舞台中央，明明是主唱，卻跟整個舞台的氣氛格格不入。看到她，雖然一時間有點驚訝，不過畢竟是語蝶，肯定又是不小心接了什麼奇怪的打工吧。

跟在語蝶後頭的，是一個我不認識的麗克風女孩。她一上台就坐上鼓手的位置，調整椅子高度，架式看起來相當專業。最後走上來的是吉他手，她穿著學生服，畫著淡妝，氣質開朗活潑，就像隨處可見的鄰家女孩。她看起來有點眼熟，我瞇起眼睛──

「欸？那是亦晨……黃昏魔女嗎？」

「是啊，親愛的，我就是來看這個的。妳會錄影嗎？結束後請務必傳一份給我。」

「她們在幹麼啊？」

「這是地下街的委託，請她們來做除靈儀式。北車最近不太平靜，交通樞紐偶爾會這樣。那些中國道士帶來了一堆意識形態汙染，都聚在這裡了。其中甚至還有民族主義戰狼。」

「民……呃、民什麼？」

「噓，要開始了。」

亦晨學姊跟龐克風女孩各自調了音，朝語蝶點點頭。語蝶不情不願地伸手取下麥克風。

「大、大家好──」麥克風發出尖銳刺耳的聲音，語蝶連忙拿遠，一隻手摀住耳朵。雜音過了一會兒才停歇。

「那、那個……」她再度開口。「我……我們是飛天……飛天……拉麵……謝謝大家來、來……這裡──」

亦晨學姊一把搶過麥克風。

「大家～～我們是飛天拉麵，徜徉在濃厚豚骨湯頭的環保小小海盜！我是吉他手亦晨，這是我們樂團的主唱語蝶，還有鼓手可欣！大家一起～～嗨起來吧！！」

台下爆出歡呼與掌聲。宅男們大聲叫著樂團的名字，以特殊節奏興奮地敲打螢光棒。語蝶一副害羞到快哭出來的表情接過麥克風，亦晨學姊重新站好位置。

鼓手輕敲拍點。

咑、咑、咑——

咑。最後一聲鼓點響起，亦晨學姊刷下第一個和弦。落日餘暉從指尖宣洩而出，在三人身後，伴隨電吉他的聲音，整片晚霞於地下街展開。

轉眼間，七彩的光芒穿透所有陰影，彷彿濃郁的液體填滿地下街。原先注意不到的細小塵埃，也在傾斜的光影中翩翩起舞。雖然四周的牆壁還隱約可見，空間感卻無止境地延伸。微風吹來，恍惚間彷彿置身原野。

不，不是原野，那是一座小城。周遭都是低矮的木造建築，人們來來去去，推著牛車與三輪車，向著遠處三角屋頂的棚架車站走去。狹長的影子緩緩轉動，季節隨之更迭。車站拆除又重建，換上古典的歐式石造外觀，然後是方方正正的水泥建築。飛機飛過，煙火綻放，國旗冉冉上升，車站再次遷移。四周的房子越蓋越高，像是爭豔的花朵。北車的歷史在前奏中轉眼而過，然後語蝶開口唱歌。

我沒聽她唱過歌，但她的聲音非常好聽，有點少女的青澀，又像是看盡冷暖的輕柔。她唱的是一首著名的聖誕歌曲，不過是台語版本。講述五光十色的大城市，寂寞的單身男女遙相思念。夕陽西下，明月初升，一棟棟高樓拔地而起，玻璃帷幕彷彿無數鏡子鎖住了夜空。繁星點亮窗戶，車子在大樓間穿梭，像是光的長河。

一聲不甘的吼叫從我身後傳來，我回過頭，共產主義幽靈佇立在遠方的街道中央。原來它剛才一直跟著我。此刻它看來既稀薄又痛苦，彷彿被整個空間所排拒，語蝶的歌聲喚起了台北的記憶。幽靈憤怒地瞪了我一眼，在輪轉的景色間淡化為霧，隨風消散。

歌聲繼續，場景不斷變換。翠綠的農田、莊嚴的廟宇、橋梁與車潮、帶著腥味的市場、潔淨的百貨公司……眼花撩亂的景色全塞在狹小的空間中，四周的人影都變得模糊。我緊握腳踏車握把，深怕一不小心就迷失其中。

一聲顫動拉長的高音吹散了所有幻影，像是淡水河面的微風吹散晨霧。隨著最後一個轉音，星光與歌聲一同收束，只留下一片飄浮的黑暗。在寂靜中，小芒緊抓著我的衣服，淺淺地呼吸，我輕輕按住她的手背，感到有些暈眩。然後，由遠而近，日光燈一盞一盞點亮。我們又踏回了堅實的磁磚地上，在北車地下街裡。身旁都是殺風景的宅男。

短暫的沉默過後，觀眾發出最盛大的歡呼。語蝶擦了擦汗，臉頰像是熟透的蘋果。她握著麥克風，簡短地道了謝，便衝下舞台，抓著包包往遠處的廁所飛奔。魔法少女服裝過短的裙襬危險地揚起，依稀流轉著七彩星光。

「怎麼樣，親愛的？」在一片歡聲中，木天蓼夫人轉頭問我。

我眨眨眼，還沒恢復過來。「……妳剛剛說這是除靈儀式？」

「時代變了，而且這樣比較好玩。」

「是滿好玩的。錄影我直接傳給妳喔？我是用最新的 iPhone 錄的，畫質應該很不錯。」

「喔，孩子，妳實在用不著對一隻貓炫耀這個。」

我結束錄影，打開通知欄。看到開啟的 App，這才想起我應該還在送餐途中。我連忙點開 UrbanEats 介面，這裡就是交貨地點了，但客戶好像也還沒到。他十分鐘前傳來了訊息，我現在才注意到：

『抱歉，算錯時間，等我十分鐘。』

我鬆了一口氣，正要用高高在上的寬容語氣輸入回覆，下一個訊息緊接著跳出來：『喔我看到妳了。』

我抬頭張望。剛才在舞台上擔任鼓手的那個女孩，帶著亦晨學姊向我走來。

「咦？是曉萍嗎，是曉萍耶～～真沒想到能在這裡看到妳。哇、哇，妳剛好送到可欣的單，真的好巧！妳有看到我們的表演嗎？這是鼓手可欣，可欣，這個是曉萍，她是魔女協會的大恩人，而且還是蛟龍殺手喔。」

亦晨學姊一看到我，便拉著我的手開心地招呼，熱情地讓人招架不住，木天蓼夫人不知何時又不見了。龐克風女孩冷淡地看了她一眼，有些無聊地轉向我，嘴裡還嚼著口香糖。「喔，嗨。妳就是那個嗎，語蝶的台大生朋友？」

聽到自己的學校，我愣了一下才反應過來。因為我讀的是人類學系，我幾乎要忘記台大其實是一間好學校了：「語蝶提過我嗎？」

「她說妳腦袋有點問題，大概是書讀太多了，什麼東西都可以講出一堆有的沒的道理。」

「喔，這個……」我打開小芒肩上的保溫箱，從鏡子裡頭拿出麥當勞紙袋。「有一種非正式的經濟學指標叫做大麥克指數，利用兩地大麥克的售價來衡量匯率水準。我認為這標示出了全球化資本主義的工業理性，以及消費主義潛在的西方中心思想，這是從飲食文化開始的後殖民式侵略。您的大麥克經典套餐，總共一百三十七元。」

「……收一千元嗎？」

「討顧客歡心，也是外送服務的一環。將情緒當作商品，透過聲稱價值中立的績效系統標上價碼，這是現代社會常見的異化形式。所以當然可以，而且為了我的五星評價，我不會把要找錢很麻煩這種沒禮貌的話說出口。」

「喔……那就好。」

我接過她的一千元，在零錢包中摸索。「順帶一提，新台幣一千元的圖案上，四個小朋友舉的都是左手，但左撇子的人口比率只有一成五。四個人都是左撇子的機率就是……萬分之五。一千元的圖案就是這樣萬中選一的場面。」

「妳確定那不是印反而已嗎？」

「中央銀行說不是。另外貨幣與經濟其實——」

「好了，夠了。」她搶過找零，接下麥當勞紙袋，放在附近的長椅上，然後朝我伸出手。

「我大概知道妳為什麼這麼晚還在騎腳踏車送餐了。妳好噁心，不過我喜歡。」

我禮貌地回握。「語蝶真的那樣說我？」

「沒明著說，但我懂她的意思。」

亦晨學姊打斷我們的對話。「曉萍、曉萍～～妳知道小黑咪在這條街上開了一家咖啡店嗎？可是我每次想去，都找不到，我覺得那家店好像在躲我。我好難過喔，我還以為我們已經沒事了。」

我看著旁邊的櫥窗。「我也沒看到，應該不是針對妳。」

「唔哇哇，謝謝妳～～真希望妳是對的……這麼說起來，妳怎麼會來這裡呀？如果早知道是妳來送餐，就請妳順便幫我買一份了。這樣還可以省一筆外送費。」

「請尊重專業。」我遲疑了一下，把一直躲在身後的小芒推到前面去。「我剛剛撿到這個迷路的小孩，正要送她回家。我聽說出口還在前面，大概一公里遠？」

「對的對的。哎唷，又有小孩在這裡迷路了嗎？這個問題最近一直很困擾我們，還請了水月阿姨過來看看。真是可怕耶，水月阿姨，打擾她的休息時間實在不是明智之舉，可是我們真的沒有辦法了。妳看，我們連驅魔獵人的語蝶姊姊都請來了，這就是所謂的、猫の手も借りたい、嗎，是這樣說的嗎?語蝶姊姊的日文還是比較好，經歷過日治時代就是不一樣。啊，如果可以，我真想借借小黑咪的手，妳不知道她的手多好摸，我是說她的工作效率……咦?」她的視線轉向小芒，忽然不說話了。她眨眨眼睛，笑容僵在臉上。看看我，又看看小芒，一副欲言又止的樣子。

我跟可欣也跟著望向小芒，但看不出個所以然。小芒發現大家都在看她，緊張地扭著手指，一溜煙跑到我身後，緊緊抓著我的衣服，只探出半張臉與亦晨學姊大眼瞪小眼。

「怎麼了嗎?」我回頭說。

「沒什麼啦，啊哈哈。可以過來一下嗎曉萍。這邊這邊。」

我拍拍小芒的肩膀，讓她不要亂跑。可欣坐在椅子上，翹起腳吃大麥克套餐。亦晨學姊帶著我往前走，一直走到兩人聽不到聲音的地方，她才停下腳步，劈頭就說。

「妳怎麼會帶著一個魔神仔啊?」

「小芒是魔神仔嗎?」

「是的呀。」亦晨學姊說。「我就說北車有一個魔神仔，水月阿姨還推給路標。可是現在Google 地圖這麼方便，如果不是魔神仔，怎麼還會有人在北車迷路呢!」

我也常常在北車迷路，就像現在。我說:「可是魔神仔不是那種，黑黑毛毛，像猴子那樣嗎?」

「都是好萊塢跟大眾媒體的錯。」亦晨學姊嘆了好長一口氣。「現在大家對美麗的樣子應該是什麼，想像都好一樣。妳不會知道她們出門前得花多少心思打扮、用多少除毛霜才能符合那個標準。唉，其實我覺得魔神仔本來的樣子就很可愛了，根本不用……等等，現在不是說這個的時候！再這樣下去，妳會被她拐走的！」

「她說她迷路了。」

「啊、喔……是喔，真是可憐。我就覺得奇怪，魔神仔怎麼會來這裡呢？她們在叢林裡的方向感很好，可是被困在一堆鋼筋水泥裡面，就會暈頭轉向的。北車的路標又做得這麼糟糕……妳可以幫忙帶她回家嗎？」

「不會被拐走嗎？」

「只要小心不要走進裏台北，應該就還好。唔，本來我應該要陪著妳的，可是我還有其他工作，下一場表演就快要開始了……」

「沒關係，妳忙妳的。」我看向舞台，舞台卻已經消失了。剛才的人潮不知何時散得一乾二淨，連攤販都跑不見了。前方的長椅上，小芒在跟可欣討薯條吃。我忽然想到一個問題：

「等等，如果小芒是魔神仔，除靈儀式怎麼沒用？」

「這裡是北車啊！」亦晨學姊睜大了眼睛。「我們不能把任何人從這裡趕走。這樣想太可怕了，會被說成物種歧視的！不不，我們沒有要趕走任何人。請水月阿姨過來，只是想了解狀況而已。」

「呃、抱歉，我沒想那麼多。」

「沒關係啦，我知道很多人對許多事情都還有偏見。現在已經是這麼多元的時代了，妖怪都會約法三章，不做太侵犯人身自由的事。過去的傳統雖然很重要，不過這裡也不是從前的樣子了！」

「但是魔神仔還是會讓人迷路？」

「我們……會勸導。雖然有時候，嗯……沒什麼效果……不過她們沒有惡意的。大家都會幫忙，迷路的人馬上就會回來。民主社會就是這樣，總是有一些不方便要包容。」她的眼神有些心虛，卻還是堅定地主張。「像是……像是我也覺得那些在車站大廳練舞的大學生很礙事，可是把他們趕走，北車就少了什麼。反正，基本上，我們只會趕走那些想趕走別人的東西。」

「像是什麼？」

亦晨學姊才正要回話，一陣騷動從遠處傳來。

我們一齊望去，原來是剛才那群 YouBike 腳踏車，有些狼狽地返回了街道這一側。帶頭的兩台車一左一右攙扶另一台受傷的腳踏車。她的車輪扭曲變形，橡膠車胎疲軟地垂在地上，車板上還有好幾道動物抓痕。在這短短的路程中，螺絲不斷鬆脫掉落。

最後她們停在幾根矮柱旁邊，那是停車柱，我才發現這裡也有 YouBike 的站點。一旁的民眾上前幫忙，將原先腳踏車健康地聳立的坐墊，反轉了一百八十度，倒垂在車輪上方。這是 YouBike 公司的規定，所有損壞的腳踏車都必須反轉坐墊，方便維修人員辨識，也避免用戶誤騎。一個好心的路人收集地上的螺絲，放進受傷車輛的前置物籃裡。其他 YouBike 忠心耿耿地繞著她轉，不願意就這樣離開。

「那是怎麼回事啊？」

亦晨學姊皺起一張臉。「一定是被民族主義戰狼咬的，那些中國來的傢伙，總是不尊重別人！而且牠們的嘴有毒。」她跺了跺腳，又說。「喔，我們真該早點開始唱歌的，都怪語蝶姊姊，一直不肯穿上那件衣服。魔法少女也是一種驅魔師啊！」

「我覺得妳網路用太多。」

「我得過去看看。」亦晨學姊說。「等下看到語蝶姊姊，請妳幫我跟她說一聲。真是抱歉，每次都要麻煩妳。」

說完，也不等我回應，就提著斗篷跑過去了。人群一看到她便分道兩旁，引導她走到傷車身邊。

我環顧四周，可欣還在長椅上吃麥當勞，小芒坐在她旁邊打盹。她低垂著頭，不住地前後搖晃。那副放鬆的樣子，就像是一個普通的小女孩。

結果，亦晨學姊才剛離開，語蝶就垂頭喪氣地從廁所走出來，身上的衣服已經換上了青藍素色的大掛。她抬起頭，尋找她的同伴，卻一下子跟我對上視線。她愣了一下，露出僵硬的笑容，猶豫地朝我走來。

「咦？曉萍，妳、妳怎麼會在這裡呀？妳剛剛才到的，對不對。」

「我來聽妳的演唱會。」

「……妳都看到了嗎……這真的好丟臉喔。」她低下頭，不停梳理劉海。「我沒想到會有這麼多人來，而且還要穿那麼害羞的衣服……雖然我也很喜歡魔法少女動畫，但我還是忍不住偷偷覺得，黃昏魔女小姐說不定是誤會了什麼？」

「我覺得妳那樣穿很好看。」

「妳願意這樣說，我很高興，真的。」她輕輕拍了拍我的手臂。「但是……那個，妳應該沒有拍照，對吧？」

「沒有。」

她鬆了一口氣。「有時候我也會覺得，自己真的應該試著改變形象了。可是剛剛那套衣服的裙子好短，好難駕馭喔。那個時候，黃昏魔女小姐請我來主持新的祈福醮祭，還是北車邀請的，我還以為一百多年，我終於熬出頭了！可是卻沒有人跟我說要上台唱歌……」

我壞心眼地說：「妳明明是驅魔獵人，為了錢，還幫魔女打工，這樣真的沒關係嗎？」

「我本來想拒絕的。真的，我已經準備要拒絕了。」她嘆了好長一口氣。「但是她好熱情，說我是最後希望了，我實在不忍心……而且她給的錢真的好多。」

我禮貌地沒有吐槽。「這到底是怎樣一個儀式啊？」

「這個，因為那些中國道士的關係，最近台北到處都是文化汙染……啊，妳知道我在說什麼嗎？」

「不太了解，只聽說魔法就像是集體潛意識什麼的。」

「說這話的一定是個大外行。」語蝶搖搖頭。「反正，萬一讓那些道士掌控了台北的幻想，得到操縱象徵的權力，還可能影響下個月的大選！如果不做些什麼，也許再過不久，台灣就不是民主國家了。」

「這麼嚴重嗎？」

「對呀。先不提他們對宗教活動的打壓，我正在寫的小說有BL要素，無論如何要避免這種事發生才行。不過……就是因為台北這麼多元，雖然想做些什麼，可是阻礙也好多。黃昏魔女小姐勉強搶下了北車的委託，但人手真的很不夠……咦，妳有看到她嗎？」

「嗯，她去幫腳踏車療傷了。我們去那邊等吧？」我指著小芭跟可欣休息的長椅區。

語蝶點點頭，跟我並肩往回走。「我跟她是在遊行的時候認識的。後來她知道我在台北生活了好多年，就向我提議這個計畫：既然沒有人手巡遍整個北車，那就想辦法喚起台北的記憶，讓北車自己決定誰進來吧。現在想想，真的是好聰明呢！」

「亦晨學姊幾歲啊？」

「我不太清楚耶……她還在讀研究所，應該二十幾吧。」

「這麼年輕，就是魔女協會的主席？」
「那好像是猜拳決定的。」
「我還以為會有很多上百歲的魔女。」
「呵呵。」語蝶露出微妙的表情，乾乾地笑了。「妳一定有什麼誤解。真正長生不老的人，其實也沒有很多，整個台灣不到五個喔。這個世界有自己的保護機制，只會讓那些……永生不死也沒什麼影響的人……永生不死……」
「……聽起來好邊緣。」
「唉，我剛剛說出來的時候，也發現了。不過莉莉安是個例外，她太有名了，在以前那個時代，過得比其他人辛苦好多……咦？這裡怎麼會有一個魔神仔呢？在北車好少見喔。」
我們邊走邊聊，直到靠近長椅區，語蝶才注意到小芒。
「她迷路了。」我說。「我要負責帶她回家。好像是什麼……芝蘭廟附近？」
「啊……那指的一定是士林的魔神仔溝。那是很久以前的名字了，現在大概找不到了。妳不要跑錯地方了喔，住在荒野的妖怪，對時空的感覺都比較奇怪一點。」
「什麼意思，不是芝蘭廟嗎？」
「芝蘭廟曾經被大水沖走過，後來才換了地方重建起來。妳要去的大概不是那裡，應該是……唔，現在的新光醫院後面那一帶吧。」
我們來到長椅旁邊。小芒揉揉眼睛，警戒地瞪著身穿道士袍的語蝶，我才想起語蝶以前還是捉妖道士，但她似乎完全不在意跟妖怪並肩而坐。她向可欣要了幾根薯條，坐在椅子邊撐著下巴吃，看上去很無聊。
我在她旁邊坐下，找到我的 UrbanEats 保溫箱。「話說回來，我剛剛在北車上面遇到水月妳，她還教我怎麼穿過鏡子。妳看。」

我拿出鏡子，伸手穿過，這次幾乎沒感受到阻力。我得意地看向語蝶，而她則睜大眼睛，一臉不可置信。

「妳遇到她……然後就、就這樣學會了？我可是學了……學了……喔，我真的好討厭聰明人喔！」

「沒關係。」我安慰她。「我也討厭。」

她沉默了一會兒。「她看起來怎麼樣呢？我是說林水月魔女。在聖誕節的晚上，還是一個人在工作嗎？」

「她說魔女不過聖誕節的。」

「好像是耶。」

小芒似乎發現語蝶沒有威脅，又繼續打盹了。幾輛 YouBike 打算回去，我看見其中一輛的車籃中載著木天蓼夫人。她向我揮揮前爪，又用尾巴做出噤聲的手勢，要我不要告訴亦晨學姊。可欣吃完了麥當勞，開始滑手機，完全沒有要理我們的意思。我問語蝶。

「我聽說莉莉安最近身體不太好？」

「唉，是林水月跟妳說的嗎？其實也沒有那麼不好啦，只是最近那些想抓她的中國人越來越過分了。妳知道的，因為台北複雜的情勢，大家都不想隨便出手。而她又是那個莉莉安，也沒有幾個人會想幫她……」

我們又沉默了一會兒。我一邊把玩鏡子，把手指戳進去又拔出來，然後用隨口提到的語氣說：「莉莉安以前到底做過什麼啊？」

她看了我一眼，欲言又止。坐在她旁邊的小芒，再次搖搖晃晃地點著頭，所以語蝶輕輕攬住她的肩膀，讓她睡在自己腿上。雖然小芒一直表現得很倔強，她剛剛一定也一個人哭了很久，真是辛苦她了。

語蝶說：「莉莉安的事，我不能跟妳說，那樣子對她不公平。不過……」她輕撫小芒的頭髮，溫柔地看著她。「妳看，就像是魔神仔，以前人們遇到他們，都要請法師作法趕走，我以前就是做這些事的，我會放鞭炮嚇他們。以前好多妖怪都會吃人，那是他們的本性……或者傳統，所以我們也發展出好多方法對付他們。每個族群都有自己的文化，以前的人們……不知道該怎麼處理這些，所以漢人會打原住民，日本人會欺壓漢人，還有外省人跟本省人、男人跟女人……莉莉安就是經歷了那樣的時代。」

「……現在呢？」

「現在的話——」她抬起頭，雖然上方是骯髒破舊的天花板，她卻好像望著星空。「我不知道莉莉安怎麼想，但現在的台北，是我活過一百五十年最喜歡的台北。她有些地方很美麗，其他地方很髒、又很擠，但是她試著歡迎所有人。我好喜歡這樣，在這裡，每個人都能安心做自己，只要尊重彼此。所以妖怪不吃人了，人們也不用再打架，莉莉安也是。但是——」

她垂下眼簾，像是在說一件難以啟齒的事。

「我們已經離開那樣的時期了，但是它還在那裡……莉莉安為了活下去，做過很多不好的事，她曾經跟當權者合作，也踐踏過生命，那樣的恐懼還是會留下來，也該留下來……但是不管怎麼樣，我還是覺得大家這次應該幫莉莉安，因為我已經不想再回去了。」

「妳們……不是敵人嗎？」

「正因為是敵人，才比誰都更了解呀。我們一起經歷過那麼多……唉，長生不老的人實在太少了，有時候還滿孤單的。」

我們並肩坐在長椅上，看著行人來來去去。過了好一會兒，她說：「我偶爾也會想，如果能過上一次正常的人生，那該有多好。可是不會變老，很多事情都不一樣了。如果時間沒辦法對我留下痕跡，那反過來也不行，這樣才公平。」

她揉揉耳朵，朝我笑了笑：「這也是我會寫小說的原因。不管怎麼樣，就算不是用自己真正的名字也沒關係，我好想在妳們的世界留下一點什麼喔……」

遠處，亦晨學姊終於修好了腳踏車，群眾爆出一片歡呼。小芒被聲音嚇醒，發現自己正趴在驅魔獵人的大腿上，又慌張地爬起來，擦擦嘴巴，倒退著跑到我背後，不斷拉扯我的衣服。

「姊姊……呼哈～～……啊……姊姊，我想回家了。我們可以走了嗎，可以了嗎？明明說好只有五分鐘的。」

我跟語蝶相視而笑。她擺擺手，讓我放心離開。我收拾東西，起身去牽腳踏車。載上小芒，踩著踏板，我想了想，又轉頭望向語蝶。

「下次妳的小說，可以讓我看看嗎？」

她驚訝地睜大眼睛，然後仔細打量我，過了好一會兒才回答。「那妳要認真給建議喔，不能手下留情喔？」

「妳得準備防水膠帶，修妳的玻璃心。」

她害羞地笑了。「好呀，我們說好了。」

我們隔空用小拇指打了勾勾。

告別語蝶，我載著小芒，往出口的方向騎去。

如果沒有意外的話，我們現在距離出口只剩不到一公里遠，大概五分鐘就可以到了。

出去地下街以後該怎麼辦呢？其實我也還沒想好。如果就這樣把小芒丟給警察，好像太狠心了……唉，算了，大不了叫輛計程車。希望小芒的家人是成熟的社會人士，不會讓UrbanEats外送員自己掏錢。

我一邊踩著踏板，回頭問小芒：「說起來，妳是為什麼來北車啊？」

小芒抱著我的腰，沒有開口。我又問了一次，她才不甘不願地說。「我們家旁邊的其他人，大家都來過台北，說這裡很漂亮，很多很高的房子，晚上比白天還亮。」

「呃、妳家不是在士林嗎？」

「我家在山上，很遠的山上……可是姊姊總是不讓我下來。她一直說城裡很危險，還有可怕的吸血鬼。但我還是想看看……所以就自己過來了。」

「喔。」我停頓片刻。「那妳覺得怎麼樣？」

她搖搖頭，鼻尖磨過我的背。「我不知道，我才走出火車……就迷路了……」

聽到這個答案，我不禁輕笑出聲。小芒用額頭撞了我一下，我才止住笑。她不滿地說：「因為這裡的天空沒有星星，我才會迷路的。」

「星星啊……山上很多吧？」

「嗯，很多喔！姊姊喜歡星星嗎？下次……下次換我帶妳去玩。我知道一個地方，星星特別漂亮，我們可以一起摘果子吃！然後姊姊……姊姊如果妳願意的話，我還可以來台北找妳嗎？」

「隨時都可以。」我說完以後，才想起她畢竟是個魔神仔。「我們可以找那個唱歌的姊姊一起，帶妳去西門町逛街。」

「剛剛那個姊姊，她身上的味道，感覺很討厭。但是如果她也會帶我去玩……那就可以。」

「妳好現實。以後一定會是個好女人。」
睡飽之後，她對我的態度也輕鬆了起來，像是終於放下戒心。這讓我有點小小驕傲。雖然我有個妹妹，但一直以來，都是她在照顧我，沒想到我也能照顧人了。有出社會果然有差。
周遭的人越來越少，我們一邊聊天，順暢地往出口前進。景色漸漸變回我熟悉的北車地下街了，路邊都是尋常的店家。越往前進，越來越多店拉下了鐵門，彷彿夜色從出口滲透進來。最後一小段路，整條地下街的商店都是關門狀態，人潮也消失無蹤，只剩天花板的日光燈還盡責地發著光。
在沒有人的地下街騎車，如果是以前的我，或許會感到害怕。但做深夜外送已經兩個月了，這反而才是我現在熟悉的風景。我想起亦晨學姊的警告，只要別不小心闖進裏台北，小芒就是完全無害的。
我的心情愉快了起來，有種完成一件事的輕鬆感，不禁小聲哼起了歌。前方不遠處，是一個寬敞的廢棄大廳，大廳沒有開燈，長滿了雜草，中央還有一棵大樹。月光從天花板的開口斜斜灑落，照亮一道向上的手扶梯。順著手扶梯往上看，幾乎看不到盡頭，一旁的牌子寫著出口N12。
上面就是普通的街道了，我的直覺這麼告訴我。出口很高，但是我應該可以直接飛上去。啊，終於結束了。我抬頭仰望，計算角度，才正要加速，小芒卻突然掐住我的肩膀。
「姊姊！快停下來！」
聽到她的尖叫，我緊急剎車，停在大廳之前的走道上。
喀噹。
下一瞬間，地下街的日光燈全數熄滅。

12月24日　六隻腳炸雞

周遭陷入無聲的黑暗，就連出口的月光都消失了。

我僵在原地，不敢動彈。過了好一會兒，才小聲說。「怎麼了？」

彷彿回應我的話，遠處亮起兩盞細小的火光，一左一右飄在街道兩邊，像是黑暗中的鬼火，或是貓科動物的眼睛。仔細一看，那是兩顆球形的中式燈籠，散發橘紅色的微光，上面還寫著毛筆字。

風調雨順。

國泰民安。

緊接著，又一對燈籠亮起，四盞燈籠依稀照亮下方的兩個人影。兩個人影，一個身材中等，另一個非常高大，比同伴高出了一個頭。他們直直地站在那裡，雖然看不見臉，卻能感覺到視線，以及巨大的存在感。平常的話，我或許會轉身就走，但今天我喝了酒。正當我猶豫該怎麼做，人影們邁開步伐。

喀，兩隻皮靴敲在磁磚地板上，發出空洞的迴響。

霎時間，近百盞紅色燈籠由遠而近依序亮起，聲音與光櫛比鱗次地展開，彷彿迎賓地毯在空間中舒展。華麗的南管音樂從四面八方傾瀉而出，在封閉的長廊中迴盪不已。地下街大放光明，只是跟原先的樣子已截然不同。店家的鐵門換成了朱漆的木門、天花板的廣告招牌被大紅色的中國結與柔軟布幔取代、紅磚與磨石子堆起的牆面上，雕花的窗櫺與琉璃瓦屋簷穿插其中。我嚇了一跳，後退一步，才發現腳下不知何時已鋪上了古樸潮濕的青石板。

遠處的人影緩緩走來，神態從容不迫，竹風鈴在經過時喀啦晃動。其中一人順手理襯大衣，隨著他的動作，色彩如漣漪擴散，燈籠的光越發鮮豔，音樂的層次也更上層樓。我得瞇起眼睛，才能看清楚他們的樣貌。

高個子是一個年近半百的男性，但是體態維持得很好。他穿著硬挺的軍服，頭戴軍帽，腰間掛著一把長刀，舉手投足給人簡潔俐落的印象。他的臉部線條剛毅樸實，蓄著小小的牛角鬍，走路方式就像習慣人們讓道兩旁。他抬起頭，朝我露出禮貌微笑，卻一點不讓人感到親切。

旁邊身材中等的，是一個二十五歲上下的青年男性。他穿著清潔的西裝，戴著金絲眼鏡，梳著偏分的油頭。整體看來和善、整齊、聰明。他的腳步輕鬆自在，像是走在自家庭院。他上下打量著我，一副興味盎然的樣子。雖然毫無壓迫感，但舉手投足可以看出來，他才是掌握大局的那個人。

我憑著直覺知道，他們就是語蝶說過的中國道士。

高個子揚起眉毛，毫不掩飾地散發權威，只為了享受我緊張的神情。我回頭看，但後方只是一片漆黑，我沒得選擇，只能假裝不在意地在原地等待。他們終於走到我面前，青年抬起一隻手，音樂停止，長廊也不再變幻顏色。高個子嚴肅地看著我，然後開口說話。

「小姑娘，这么晚了，在这儿做什么啊？」

他的語調平和，卻有種不容怠慢的氣質。所以我低下頭，假裝在滑手機，故意過了一會兒才說：「我在工作，我是做深夜外送的。啊，又一張訂單。」

「这时间？」他裝模作樣地看看金手錶。「一个女孩子家，还在外头走，很危险呐。」

「……台北的治安很好。」我悄悄伸手進口袋裡，找到防狼噴霧器。「而且台北的女生懂得保護自己。」

「请原谅我的同伴，小姐。」青年插話說。「他只是在表达关心。妳看——」他指指我身後的小芒。「或许妳看不出来，可是，那可是一只妖怪。」

高個子笑了笑。「麻烦的东西，小姑娘。一只山魈啊。」

「山……什麼？」

「山魈。」青年接過話，用老師教導學生的語氣說。「江南的小妖怪。身材矮小，害怕爆竹，戴着隐形帽子。它会在夜晚时分叫人名字，如果应了声，就会被带走。人們被发现的时候，往往没有记忆，口中塞满泥土——」

「可是山魈是一隻腳的，小芒又不是。」

「这……」青年尷尬地笑了笑，他清清喉嚨，然後說。「小姐，妳知道的可真清楚，但妳显然不了解真正的妖怪。山魈只是一类山野精怪的总称，它可以有很多型态，可是本质是一样的。我们是内地来的道士，我可以告诉妳，妳背后的就是一只山魈。」

我轉頭望向小芒，她畏畏縮縮地看著我，像是害怕我對她生氣。我問她。「妳是山魈嗎？」她愣了一下，搖搖頭。「不是……我不是。」

「你看，她說不是。」

青年瞇起眼睛，不太友善地看著我。但接著他攤攤手，恢復先前波瀾不驚的樣子。「妳懂我在说什么，对吧？或许你们这儿叫法不同，不过追本溯源，都是从内地来的。不管是什么妖怪，妖怪就是妖怪。你说呢，周先生，遇到妖怪该怎么处置？」

「这不是明知故问吗，沈老弟。」高個子從腰間抽出軍刀，這把軍刀是溫潤的桃木做的，卻彷彿散發著寒光。「管她什么妖怪，要做的事也都一个样。不会隔着条海峡，就可以由着他们胡来。」

看到對方拿出武器，小芒縮了縮身子。我不由自主地後退一步。「我們只是想出去，可以麻煩你們把走廊變回來嗎？」

「抱歉了。」青年說。「虽然我们只是来观光的，但也不能放着被妖怪缠上的人不管。有些人，对这种事情不熟悉，还以为自己可以掌控，以为自己在做对的事。就这样放着，要真发生了万一，就是我的失职了。」

「让开吧，小姑娘。」高個子說。「这是我们的本行工作，麻利解决吧。这也是为妳好。」

「你想幹麼？」

「还能做什么？」他咧嘴一笑。「斩妖除魔，消灾解厄，道士的工作啰。」

「在台北你不能這樣。」我說。小芒害怕得不敢說話，我擋在她身前，用身體護著她。我學著亦晨學姊說：「我們不會因為身分，就趕走任何人。」

「啊。」青年笑了笑。「无节制的自由，总有失控的风险。这也是我们大老远过来的原因。妳们总想要自己做决定，可又天真的像个小孩。是吧，周先生。」

「那是当然。这儿真是太乱、太乱了。」高個子隨興地握著刀，搖了搖頭。他走近我身前，看著我，卻又像把我當空氣。「别让我们难做人，小姑娘。我就再说一次，让开。」

我環顧四周，前方是無止盡的紅色燈籠，後面是一片冰冷黑暗。小芒緊緊抓著我，但我也不知道還能逃去哪裡。我想起水月姊說過，有別於三度空間的另一個方向。我努力回想指尖戳進鏡子的感覺，試著把它放大到全身。

毫無反應。

我硬著頭皮說：「不要。」

高個子冷冷一笑，用桃木刀拍拍我的肩膀。「多勇敢啊！我也不想当坏人，但妳真的知道自己在做什么吗？」

青年也說：「妳只是不了解它们。为了避免更大的悲剧，妖怪本来就该被消灭。否则，我们要怎么维持秩序呢？」他嘆了一口氣。「别逞能了，妳没见过落在它们手上的人。」

「小芒不是山魈。」我堅持。「她什麼都沒做。」

「什么也没做？」青年笑了。「那妳怎么会在这儿呢？如果我们今天放她走了，改天她又会带走谁？就算大部分人都能平安回来，哪天轮到小朋友呢？老人呢？妳能保证永远不会出事？」

「台北……有人會處理，不需要你們操心。像是——」我遲疑了一下。「魔女協會之類的。」

他們對看一眼，然後哈哈大笑起來。青年說：「那群上不了台面的乌合之众？她们可不比妖怪好到哪儿去。接下来妳还要搬出谁来，用道术的驱魔猎人？还是那个根本不存在、传说中的蛟龙杀手？得了吧，给我个认真点的理由，告诉我为什么我们要冒这个险。」

我有些後悔，沒有在第一時間轉身逃跑。語蝶跟亦晨學姊還在一公里外，也不知道防狼噴霧劑能不能對付他們。我看向車籃裡的東西。「理由嗎……」我的心臟怦怦地跳，但還是做出一派輕鬆的樣子。

「因為——」我收起手機，直直地看著他。

「因為我就是那個蛟龍殺手。」

我停頓兩秒，讓他們消化這個詞，觀察他們的反應。青年睜大了眼睛，嘴角抽動了幾下，像是想笑，又不確定該不該笑。一旁的高個子握緊了軍刀，悄悄變換重心。

「這裡是我的地盤。」我放輕聲音。「這樣說夠了嗎？」

高個子上下打量我，眼神比之前都認真，好像才第一次仔細看清我的樣貌。「哼嗯——年轻女性、长风衣、黃色脚踏车、外送箱子、会飞。确实跟传闻有点儿像。不过啊，妳要怎么证明？」

「我可以對你做一些我對那頭鱷魚做過的事。」我提議，片刻後又補充說。「如果你堅持的話啦。」

良久的沉默。

我轉向青年，他也正看著我，只是幾秒鐘的對視，卻彷彿整個晚上那麼長。終於，他望向一旁，眨眨眼睛，像是忽然欣賞起地下街灰暗的牆壁。

「好吧，妳没说谎，我看得出来。真有趣——连我都听过这个名号，妳看起来没有传闻的那么厉害。」他故作輕鬆地聳聳肩。「不过罢了。我们也没必要为了那种小妖怪，跟当地人起冲突。就当卖妳个人情，就这样吧，好吗，蛟龙杀手阁下。」

高個子收起木刀，後退幾步，過程中仍然緊盯著我。我看得出來他還有所懷疑，所以我讓身體微微前傾，占據空間，展現自信，順便避免他發現我的腳在發抖。

「那麼你可以把地下街變回來了嗎？」我說。

中國道士誇張地脫下軍帽，朝我一鞠躬。

「悉听尊——」

但是話還沒說完，紅色的燈籠忽然一齊熄滅。

「怎么回事？」黑暗中，青年說。

燈光亮起，北車又回復成原本的樣子。青石板變回了陳舊的白色磁磚，兩旁是拉上鐵門的店家。整條街依舊空蕩蕩的，沒看到其他人。在道士後方，有一盞日光燈好像壞掉了。發出響亮的嗡嗡聲，一閃一閃地，讓附近的空間規律地陷入黑暗。

我們一起看向那盞燈。

燈亮、燈暗、燈亮、燈暗——

燈亮，一個人影出現在燈光下。

那是一個奇特、有點畸形的身影。她赤身裸體、身材嬌小、膚色慘白，卻有一顆不成比例大的黃色鳥頭。她似乎在看著我們，但我不確定，因為她水藍色的眼睛在鳥頭兩邊，根本無法對焦。不斷有水從肩膀與面具的接縫處流出，她的手上握著一根黃色木頭鉛筆，尖端削得很銳利。

「那是……啥玩意儿？」高個子一臉茫然地說。

雖然很討厭他們，但我畢竟是台北人，被觀光客這樣問起，還是會熱心地介紹：「那是夢遊，北車有名的裝置藝術，台北當代藝術館設置的。原本在Ｍ１出口那邊，當她不動的時候，還是滿可愛的。」

「这是……艺术品？」青年懷疑地說。

「『在一片喧鬧繁華的台北，提供一個打破單調日常生活的短暫解放。』似乎是這樣的創作理念。」

兩個道士瞪了我一眼，我識趣地閉嘴。伴隨流水聲，夢遊在閃爍的燈光下緩步走來，腳步聲在地下街迴盪。高個子重新拔出桃木軍刀，擺好架式，青年則從襯衫口袋掏出一枝萬寶龍鋼筆與一疊符紙。而這次我學乖了，我……

轉身就跑。

「呃、喂！」青年回頭喊道。

「抱歉，我酒醒了。」我載著小芒，加速騎去。

「嘖。」道士咂咂嘴，下一秒鐘，沉悶的交擊聲傳來。我忍不住回頭張望，正巧看到高個子揮下木刀，卻被夢遊用鳥喙架開，她同時往青年的方向噴水，讓他驚慌後退。看來這個北車吉祥物沒這麼好對付。我正暗笑他們活該，沒想到夢遊才稍微逼開道士，就往我飛奔而來。

「咦、咦？」我嚇了一跳，連忙握緊車頭，用盡全力加速逃跑。兩個道士也愣住了，他們重整態勢，邊喊邊追上來，但是才一下子，就被遠遠甩在後頭。小芒緊緊抱著我的腰，一邊尖叫：「她過來了，她過來了！」

「我看到了！」整條地下街彷彿都隨著夢遊的腳步震動，我越騎越快，風聲在耳邊呼嘯。時速至少三十公里了，夢遊卻依然緊跟在後。她低著頭，雙手飛快擺動，完全是百米賽跑的姿勢。地下街彷彿噩夢般無止盡地延伸，我在長椅與雜物間飛快穿梭，兩旁的店家全都關門了，視線所及空無一人。腳步聲與水聲越來越近，小芒用力勒著我的腰，幾乎要把我肺裡的空氣擠出來。

「她還在！姊姊，快點、快點騎！」

「為、為什麼要追著我們啦！」我大聲抱怨，結果前方的木頭路標忽然釘上一根黃色鉛筆。鉛筆深深扎入路標中，只有尾端露在外頭微微晃動。我慌張地剎車轉彎，查看狀況。夢遊就站在不遠處，岔開了十指，每隻指縫間都夾著一支木頭鉛筆。

如果繼續走直線，肯定會被射穿的。在釘著鉛筆的路標下方，有一個通往育嬰室的走廊。雖然不知道它還連到哪裡去，卻是此刻唯一的選擇。我壓低重心，想都沒想就鑽了進去。

才進入走廊的範圍，我就知道糟糕了。這條走廊不是通往育嬰室的，而且它有起床氣。

一張長椅憑空出現，想要把我絆倒，我連忙拉起腳踏車，險險擦過長椅上緣。還來不及回復平衡，頭上卻又掉下一塊廣告招牌，我反射地壓低龍頭，水平滑過前方，幾乎要握不住握把了。各式各樣的障礙物突然出現，阻擋我們的去路，走廊在意想不到的地方拐彎，聖誕燈飾像是蟄伏的毒蛇，攀在牆上伺機而動。隱藏的喇叭播放著超級馬力歐的遊戲音樂。

「好啦！抱歉啦！對不起啦！」我尖叫。走廊似乎終於玩夠了，前方忽然出現一道生鏽的鐵門，鐵門微微敞開，跳著舞的玩具聖誕老人不斷催促我進去。我沒得選擇，只能加速往前。在進入門口之前，我回頭看了一眼。夢遊呆立在十公尺遠的地方，雙手無力地垂下。我幾乎能從她眨也不眨的淺藍色眼睛中看見悔恨。我騎著腳踏車撞開鐵門。

鐵門後是一個狹小的隧道，隧道兩側各有一排小燈。我眨眨眼睛，花了點時間適應昏暗的光線，才發現腳下是捷運軌道。兩條銀白色的金屬線、外加供電用第三軌，整齊地向前延伸，消失在轉角。我回過頭，卻發現來時的鐵門已經消失無蹤。

「啥？」我說。

隧道的拐角亮起了燈光。

緊接而來的是一陣金屬摩擦聲，與巨大物體壓縮空氣的聲音。

「等等……那個不會……？」

伴隨著強風，一輛捷運駛過轉角。

我跟小芒放聲尖叫。

我慌張地調轉車頭，可是車輪被鐵軌擋住，怎樣也轉不過來。捷運越來越接近，在跳動的火花中，C301 型電聯車藍白相間的車頭占據了整個視野，而且駕駛座上沒有人。

就算現在開始騎腳踏車，也絕對來不及了，我呆立在原地，不知道該怎麼辦。在最後一刻，當我打算賭一把，帶小芒趴到車底時。周遭忽然起了大霧。

下一瞬間，我連人帶車出現在另一段軌道上，遠處能聽見捷運疾駛而來的轟隆聲。小芒還坐在後座，只是抱著我的手感覺有點虛弱。我來回看著隧道兩端，搞不清楚這裡是哪。

「這是妳做的嗎？」

小芒沒有看我，只是喘了兩口氣，然後尖叫地指向前方。「姊姊，快點騎！」

她說得很對，我飄離地面，用力踩下踏板，腳踏車猛然往前加速，在彎道中騎上了內壁。或許是生死關頭激發了求生意志，又或許是莉莉安的血給我的力量遠比想像中厲害，我超越了 YouBike 的極限。隧道內的暖風迎面吹來，兩旁的燈光向後飛逝，我的時速肯定不止四十公里了。

「姊姊！車子來了！」小芒說。車頭燈追上我們了，周遭忽然大放光明，就連陰影的細節都刺人眼睛。「嗚哇嗚哇啊啊！」「哇……哇啊啊啊！」我跟小芒大聲尖叫，奮力騎著腳踏車，捷運卻還是一點一滴地逼近。我的大腿痠疼不已，小腿已失去知覺，只憑著本能不斷踩動，隧道彷彿沒有終點。我感覺自己要沒辦法呼吸了。

兩旁的音質驟然改變，軌道微微上升，前方似乎有巨大的空間。我勉強抬起頭，隧道盡頭隱約透著微光。我憑著毅力做最後的加速，微光越來越接近，最後籠罩整個隧道。就在我終於鑽出隧道的瞬間，捷運車頭碰上了 YouBike 後擋泥板。我趕緊將龍頭向上拉升，化解撞擊的力道，卻也失控地墜入台北的夜空。

天旋地轉。當我再次找回平衡後，已經身處三十公尺的高空。腳踏車的速度依然飛快，在無垠的天空中，由上往下看去，時間卻彷彿放緩了下來。

低矮的建築、占地寬廣的公園與展館、更後頭的群山與河流。捷運在腳底下呼嘯而過，駛向不遠處一座北方宮殿般的雙層建築。我認出那是圓山捷運站的懸山式屋頂，這裡一定是民權西路上方，淡水線的地下軌道就是從這裡接上高架段的。

現在是凌晨三點後半，雨不知什麼時候停了，一輪又大又圓的滿月高掛天際，在稀薄的雲層間忽隱忽現。圓山站金黃的屋頂點綴雨珠，在月下閃閃發光。車頭燈照亮了車站，捷運慢慢減速，進入月台，最後停止不動。冷風吹在臉上，我忽然有點頭暈。

「咦?……姊、姊姊!……那個、我們開始……往下掉了喔?」

「我知道，我好累。」我踩著踏板，努力平衡腳踏車，腳踏車卻還是越降越低，速度也越來越快。這是我第一次在半空中失去動力，失重感捶打著我的胃。我緊抓著握把，努力回想翱翔天際的感覺。在最後一刻，我終於成功拉起龍頭，從捷運旁邊騎進了圓山站的二樓月台。

才剛碰到月台地面，腳踏車就失去了控制，滑行地往前撞去。我跟小芒在中途脫離了車體，翻滾好幾圈才停下來。她壓在我身上，似乎沒有受傷。我也沒有，但是全身都好痛。我仰躺在地，不住喘氣，終於有撿回一條命的實感。

「噗哈!」看著天花板，我忽然爆笑出聲。「我們剛剛……我們騎贏捷運耶。」

「……我以為我要死掉了。」

「妳有、有看到那個道士的表情嗎，我完全把他們唬住了。」

「姊姊剛剛……是在騙人嗎?」小芒一臉受傷，似乎也被我騙到了。

但我還是很得意，帶著一些安心與踏實。第一次感覺自己不用依賴別人。就算沒有莉莉安，我也可以自己解決這些事。

我把小芒推離身上，撐著地板坐起身，拍拍她的肩膀。

「不是騙人，只是沒說實話。」

「那不就是騙人！」

「多參加幾次面試，妳也會抓到訣竅的。」

捷運發出短促的提示鈴聲，她已經停在這裡好久了，遠遠超過一般的停靠站時間。她的鈴聲跟平常聽到的不太一樣，我覺得我好像能從中聽出尊敬的意思。我用腳踏車騎贏了她，她認可我的實力，所以願意載我一程。

小芒的家在士林捷運站附近，距離這裡還有兩站，但是我現在沒力氣、也不敢騎腳踏車了。這樣的幫助真是及時。我撿起保溫箱：「我們坐捷運去吧。」

「咦？……可是我們沒有買票？」

「沒事，下車再補就好。」

這輛捷運的外觀很陳舊，內部卻相當清潔，連窗戶都乾淨透明。車廂裡空無一人，讓我想起台北捷運的恐怖傳說——凌晨時分在軌道上奔馳的無人列車。但捷運局澄清過，那只是日常維護用的磨軌列車，而且磨軌跟魔鬼沒有關係，所以沒什麼好怕的。我撐著膝蓋，緩緩站起身，一拐一拐地往前走。小芒乖巧地推著跟自己一樣高的腳踏車，跟在我後頭走進車廂。車門緩緩關起。

隨著捷運啟動的嗡嗡聲，我們往北而去。

在捷運中休息了一會兒，把氣喘勻，我感覺自己又活過來了。小芒似乎是第一次坐捷運的高架路線，她反跪在藍色塑膠椅上，雙手貼著窗戶，睜大眼睛驚嘆地往外看。

趁著這段時間，我用手機查詢跟魔神仔溝有關的資訊。剛剛摔了車，還好手機沒有摔壞。這台手機是莉莉安幫我新買的，如果它出現一點刮痕，我一定會傷心得死掉。

魔神仔溝是士林區以前的一條大水溝，流經現在的新光醫院，在美崙公園那一帶匯入基隆河。據說當年第一批來這裡開墾的漳州人，因為水土不服死傷過半，最後只能就地草草埋葬。魔神仔溝就經過這樣的一處墓地，當地人都不敢靠近。若是有小孩在附近玩，魔神仔就會假裝請他們吃大餐，卻餵他們牛糞跟蚱蜢。

不過，魔神仔溝很久以前就消失了，Google 地圖上也沒有，或許連這個地名都很少人聽過了。小芒真的是住在那裡嗎？別的不說，旁邊的芝蘭廟都已經遷廟兩百年了……

我搖搖頭，甩開沒什麼用的擔憂。捷運開始減速，這站就是士林了。從窗戶看去，月台是暗的，這個時間服務處一定已經下班了，但我不想給小芒做壞榜樣，所以我掏出錢包，拿出三十二塊錢（全票二十與兒童票十二），放在藍色塑膠座椅上。畢竟這是一輛自主服務的列車，我認為她完全有權力拿回全部的勞動剩餘。

捷運緩緩靠站，隨著提示聲打開車門。我向車頭的方向道謝，牽著腳踏車跟小芒走出車廂，捷運一邊的車燈閃爍兩下，再次揚長而去。我檢查了一下腳踏車車況，沒什麼問題。等小芒坐上後擋泥板，就踩下踏板，直接從鏤空的二樓月台騎出車站。

從這裡到美崙公園，直線距離大概八百公尺。但我剛才消耗太多體力，還載著小芒，實在不敢再亂飛了。從士林捷運站小心落地後，我就一直走在大路上。

我不喜歡雨天，雨天讓送貨變得困難，但我喜歡剛下過雨的台北。雨水洗淨了空氣中的塵埃，柏油路面、行道樹梢、大樓的玻璃窗戶上，都點綴著閃閃發光的小水珠，像是萬花筒折射著繁華都市。

我不常來這一帶，所以我打開 Google 地圖，用新買的腳踏車手機架（附贈粉紅色迷你陽傘）固定在龍頭上。看著螢幕上的導航，我輕鬆地騎著。小芒望著周遭的街景，開心地說。

「啊，姊姊。這裡……我好像知道！」

「是嗎，太好了。」

「姊姊好厲害。對不起……我剛剛其實……一直都不太相信妳。」

「其實妳可以不用說出來的。」

風很涼，不知哪戶人家種了花，能聞到淡淡的雨後清香。我們沿著中正路往前騎，道路兩旁都是四層樓的矮房，人行道上停滿了機車。凌晨四點，路上一個人也沒有。我們經過一所國中，國中旁邊是一家肯德基，肯德基旁邊是一間基督教堂。向右轉，遠遠地便能看到新光醫院。

「繼續往前嗎？」到這裡，我卻忽然有點擔心了。不知道在小芒眼中，這條路是什麼樣子。但她表現得很自然，愉快地攀著我的肩膀，伸出一隻手。

「往前！」她說。

在新光醫院左轉，前方就是美崙公園。這座公園以科學為主題，園區內還有市立天文館，以及國立科教館。而在那旁邊，便是以前魔神仔的家。

剛才的小雨留下了幾處積水，在平坦的柏油路面上，就像鏡子，反映著城市燈火。YouBike 的擋泥板設計良好，我沒多想就騎了上去。車輪在水坑上分開一道波紋，散碎了層層疊疊的燈光，騎在上面，就像優遊星空，彷彿水坑對面也有一個無限寬廣的空間……

經過水坑的一瞬間，什麼東西晃了一下，就像鏡頭被翻轉。周遭稍微起了霧，我不以為意，繼續向前騎。越靠近公園，綠意越盛，人行道的地磚與水泥縫隙間長出了青翠的綠草，分隔島的矮樹籬向遠處延伸。兩旁的行道樹高大挺拔，遮蔽了月光，藤蔓垂落，彷彿藏著祕密。落葉緩緩飄下，鋪滿了柏油路面，腳踏車騎在上頭，發出喀滋喀滋的碎裂聲，濕潤泥土的氣味撲鼻而來。

感覺似乎越來越冷了，我拉緊風衣，有些擔心小芒會著涼。「還很遠嗎？」小芒搖搖頭。「就在前面而已！」跟在北車時那有氣無力的樣子不同，她現在看起來很有精神。終於回到熟悉的地方，一定讓她鬆了一口氣。一條小溪流過我腳邊，我拐了個彎，閃過倒塌的樹木。這裡的土地太鬆軟，不適合YouBike的公路輪胎。我讓腳踏車飄離地面十公分，直直往前騎去。

「就是這裡。」小芒指著山壁上的一處石洞。洞前一段距離有塊石頭，石頭旁邊插著門牌。我在門牌停下腳踏車，小芒靈巧地跳下來，逕自往石洞跑去。跑到一半，卻又折了回來。「謝謝姊姊！那個，姊姊，現在家裡都沒人，妳可以在這裡等一下嗎？我拿一點東西給妳當禮物，還要帶妳去看星星。不能跑掉喔！」

「喔……好啊。」

她快樂地點點頭，又往回跑去。我也下了車，至此，我的任務應該完成了。我踢起腳架，站在車邊，忽然有些落寞。雖然是不到一個小時的相處時間，我想我還是滿喜歡這種被依賴的感覺。

這裡的樹林很茂密，幽微的光線以及遠處偶爾響起，不知是蟲鳴還是蛙叫的聲音，只是讓黑暗更顯安靜。我滑著手機，驚訝地發現這裡沒有訊號，讓我感到一絲絲焦慮。無線網路是生命三要素之一，僅次於空氣與水。在沒有網路的地方，我肯定活不過一天。魔神仔的身體結構顯然跟我們不一樣。

沒多久，小芒又一蹦一跳地跑回來了。她手上還捧著一個盒子，盒裡傳來誘人的肉香。「姊姊，這個給妳吃！」我低頭一看，那是兩塊肯德基炸雞，炸得金黃酥脆，油脂從表面緩緩流下。我這才想起來自己還沒吃過凌晨餐。

「謝謝，妳真體貼。」我接過盒子。小芒看起來有些害羞，她扭緊了衣服下襬，由下往上抬眼看我。

「姊姊……我那個，真的很謝謝妳。雖然我還是沒看到大家說的大房子，但是我玩得很開心。下次我不會再迷路了……」她緊張地看著我。「下次妳可以帶我去台北玩嗎？」

「可以啊，反正我現在知道妳家在哪了。」我隨口回答，想了想，又覺得哪裡不太對。

「……等等，這裡不也是台北嗎？」

「咦？」她抬起頭，茫然地看著我。

我看看周遭，周遭是一片深邃的樹林，沒有醫院，沒有公園，也沒有停車場。腳下的路似乎是某種山道，在樹林之間幾乎要被綠色植物吞沒。遠方的黑暗傳來細碎的聲響，像是大型動物在暗處移動。月光篩落樹梢，清晰的光束在林間徘徊，像是誘人深入的神祕耳語。

我放開手中的盒子，任憑它掉落地上。

從盒中滾出的卻不是炸雞，而是一隻一隻巨大腐爛的蚱蜢。

我望向小芒，她驚慌地回看著我。她的樣子瞬間起了變化，原先平整均勻的皮膚微微轉綠，長出了黑黑短短的毛髮，乍看之下有點像猴子。她的指甲跟牙齒越發銳利，手指張開半透明的蹼，耳朵拉長變尖，睜大的眼睛是血紅色的，瞳孔的形狀比起人類，更像是貓。有那麼一瞬間，我以為她會攻擊我，但我馬上從她眼中看出來，她還是原先那個害羞內向的小芒。我的表情一定明顯動搖了，她像是惡作劇被我抓個正著，又像是被信任的兄姊背叛。她後退一步，再一步，身影在白色霧氣中逐漸稀薄，然後消失不見。

濃霧散去。

不知名的荒山野嶺中，我發現自己在黑暗裡獨自佇立。

身旁只有一台 YouBike 腳踏車。

這裡到底是哪裡啊？

我打開手機，但是完全沒有訊號。「小芒？」我對著空無一人的叢林大喊，但是沒人回應我。「小芒，妳在嗎？」我有點後悔，我想我剛才的表情，一定傷了她的心。我說服自己，我都送她回家了，我們實在兩不相欠，卻還是有什麼卡在喉嚨的感覺。

我嘆了一口氣。不抱期待地打開手機地圖，發現我現在的位置，是北車東邊約二十公里遠的地方。

二十公里……如果是平常的話，直線飛回去，騎一個小時就可以了。但剛剛在圓山站差點墜車，這麼偏僻的地方，又是自己一個人，我不想冒險。Google 地圖在沒有網路的狀況下，能給的資訊很有限，就算附近有人家，我也不知道方向。

這裡濕氣很重，一點微風都讓我想拉緊風衣。微弱的月光只足夠激發桿狀視覺細胞，讓景物只剩慘淡模糊的灰黑色。樹叢突然傳來沙沙聲，我嚇了一跳，但大概只是老鼠或青蛙。感官中的每個細節，不管是鼻腔中的氣味，還是腳底的泥土觸感，都不斷提醒我，都市來的小孩，在這裡並不受歡迎。

我真的被困在這裡了。

意識到這個事實的同時，我的心跳加快，呼吸也開始急促。眼角餘光瞥見移動的形體，轉頭去看才發現是樹影。然後我強迫自己停下來，冷靜下來。沒事的，我對自己說。

沒事的。

我剛才不是自己一個人唬住了中國道士，還逃離鳥頭人的追殺？這裡不過只是普通的山，我能解決的。GPS還在運作，離家也不遠。等到早上，休息一下，我就可以飛回家了。雖然YouBike的借車費會很貴，而且會錯過早餐的訂單，但也不是什麼大損失。

我能解決的。

我在腳踏車旁邊蹲下，有些害怕泥土裡的蟲，遲疑了很久才坐下。冷靜下來以後，安靜的夜色吞沒了我，樹林無止盡地延伸。稍早之前，莉莉安傳訊息給我以前，那股寂寞的感受又回來了。

我想起剛畢業的兩個月，輾轉難眠時，也是這樣的感覺。沒有邊界的空間迎面襲來，看不見前方的路，也找不到來時的軌跡。待在家裡反而像是迷路在外。身邊一個人也沒有。

兩個月過去，我還是困在這裡，其實中國道士說的也沒錯。我搖搖頭，打算先好好休息一番。聽說在山上遇難，失溫是最要命的。我坐在潮濕的泥地上，盡量把自己縮進大衣裡。抱著雙腳，背靠著腳踏車，抬頭望向天空。

天空被樹枝切碎了，跟城市高樓切出的形狀不一樣，卻同樣讓人窒息。忽然一陣風吹過，讓樹頂空出了一片，視野霎時開闊。

星星。

滿天繁星填滿樹的缺口，閃耀如街燈。這是山上的星星，小芒想讓我看的星星，我現在看到了，真的很美麗。這樣的景色，好希望能夠跟人分享。風繼續吹，吹散了最後一朵雲，月光穿透重重阻礙，匯成光的階梯。我想起我第二次見到莉莉安，也是在這樣的夜晚，這樣的月色。一個月前，虛幻、豐盈、包容一切的滿月，穿透日常，照在我臉上。我回想起那一刻，不自覺地小聲叫喚：

「莉莉安……」

一抹深紅色的身影從天而降。

「曉萍！曉萍曉萍曉萍。」

我揉揉眼睛，那真的是莉莉安。金色的中捲髮隨風搖晃，紅與黑的歌德蘿莉服翻動如花。她睜大藍寶石色的眼睛，在黑暗中格外明亮，看起來簡直像在擔心。我張大了嘴巴，搞不清楚狀況。她一降落地面，就往我飛奔而來。她跪在地上，握住我的手，毫不在意昂貴的衣服被泥巴弄髒。

「曉萍妳沒事吧？有沒有吃什麼奇怪的東西，像是六隻腳的肯德基炸雞？」

我看著她，幾次張開嘴，又闔上，像是一隻蠢笨的魚。最後，好不容易，我說：「肯德基的雞很普通。他們澄清過了，沒有什麼基因改造黑科技，那是好久以前的假新聞。」

「我知道啦。」

「妳怎麼會來這裡？」

「小蝶剛剛跟我聊天，說妳要帶一隻迷路的魔神仔回家。我剛剛躺在床上，用家庭共享的定位功能偷偷關注妳。沒想到上一刻還在士林，下一刻就跑來這裡了！」

「妳這樣好像變態。」

「我只對妳這樣。」她雙手插腰，一副理所當然的樣子。「而且是妳自己答應給我的。」

「這裡到底是哪裡？」

「平溪那附近吧，這裡是很有名的魔神仔窩，都變成旅遊景點了。」

「我被帶到這麼遠的地方啊……」其實我並不真的知道平溪在哪裡。對我來說，平溪就是天燈的代名詞，而且我沒放過。「我還好心送她回家欸。」

「她沒有惡意的。」莉莉安說。「妳有辦法騎回去嗎？南邊好像有一座火車站，叫菁桐什麼的。我可以幫妳把腳踏車弄上去，不過大概早上才有車。」

「好啊。」我看著她，遲疑很久後才問：「妳會陪我嗎？」

「當然。」她哼了哼。「妳看起來就是想要人陪。」

「我現在太累了，我怕自己飛下山，會有危險。」我隨便找了個藉口，然後快速地說。「謝謝妳。」

「如果現在問妳可不可以讓我吸血，會不會很賤？」

「會。」我掙扎著站起身，拍掉褲子上的泥土，踢開腳踏車腳架，做出獨立自主的姿態。然後我想到：「莉莉安，小芒還在附近嗎？」

「那個魔神仔嗎？當然，一直偷偷看著妳呢。要我幫妳把她揪出來嗎？」

我想了一下。「不用了，就像妳說的，她大概沒有惡意。」

「妳還是可以揍她。如果是我，就會揍她。」

「妳好暴力。」

「如果妳沒有要揍她，那我們就走囉？」

我四下張望，不過完全找不到小芒在哪裡。有幾處地方似乎有霧氣籠罩，但光線太暗，我也看不清楚。她為什麼要躲起來呢？因為她對我做的事嗎，還是……我想到當我看到她的樣子時，我可能露出的那副表情。這樣結束並不公平，對我們都一樣。

所以，我向著霧氣最濃的地方，真誠地說。「我只是想說，我覺得妳原本的樣子，就很可愛了。」

薄霧間似乎露出了一對眼睛，以及一個毛茸茸的黑色身影。我還來不及仔細看，莉莉安已帶頭飛向了天空。「再見。」我快速說完，踩著腳踏車，也跟著起飛。

我的腳還是有點軟，騎不快。莉莉安顧慮我的速度，在我身邊悠閒地繞著。綠色的樹頂在底下掠過，沒多久，我就完全分不出來小芒的家在哪裡了。我操作架子上的手機，記錄剛才起飛的地點。

「對了曉萍。」莉莉安說。「小愛維斯跟我抱怨，說妳看到她就跑，讓她很難過。」

「小……小？」

「喔，就是那個啊，戴著鳥頭的小女生。妳應該有在地下街遇到她？妳這樣真的很不好，小孩子都很纖細的。」

「……她為什麼要追著我跑？」

「好像是因為妳在地下街雙載，那是違規的！但妳完全叫不住。她還特地丟了鉛筆，警告妳不要去危險的小路，結果妳還是進去了。我就說嘛，妳老是不聽人說話。」

「……抱歉，我的錯。」真是尷尬，沒想到是這樣。下次去北車，或許該當面跟她道歉。

剛才的驚慌不知什麼時候已經消失了，我又有了欣賞風景的餘裕。與台北的街頭不一樣，這裡很安靜，沒有車子的呼嘯，也不用擔心行人突然闖出來。這裡只有莉莉安與我。

月光下，樹梢上，她輕巧地飛在我身邊。萬一我體力不濟，不小心掉下去，她一定會接住我的。就像兩天前，她在圖書館接住我那樣。我稍稍瞇起眼睛，感受微風吹在臉上。剛才顯得陰森可怕的樹林，此刻也在腳下平緩搖曳。遠處能看到菁桐街區點點的火光，像是深海裡的珍珠。

「妳為什麼願意這樣陪我？」我忽然問她。

「當然是因為我想吸妳的——」她轉頭看我，好一會兒，她眨了眨眼睛，收起玩笑的態度。「妳才是呢。我是一個吸血鬼喔，我比魔神仔還要可怕很多很多倍喔。妳為什麼還想我陪妳？」
她的問題有點中肯，害我不知道該說什麼，一不小心就錯過回話的時機了。直到我們經過第三棵特別高的古木，我才問了那個問題。
「妳以前……到底做過什麼啊？」
她看了我一眼，輕快地說：「我以前做過很多事。」
樹林在腳底下沙沙作響，由遠而近地，填補了短暫的沉默。我們飛上山稜，被風吹得一晃，讓距離稍微遠了些，我差點沒聽到她說話。
「妳會害怕朋友是個大壞人嗎？」
「……這些都是以前的事吧？」
「對啊。」
夜色中，她的表情曖昧不清，卻彷彿稍稍透露了真心。我忽然不知道應該怎麼回應。如果我說不在意，她會感到安心，還是會失望呢？但如果不是那樣，我又為什麼想知道？
我轉頭看著延伸到天邊的山林。這裡是我完全不知道的地方，魔神仔把我拐到了這樣的荒山野嶺。要是我不會飛，要是莉莉安沒有來……就算小芒沒有傷害過人，她的祖先、她的同類，在這幾百年之間，也曾害死過誰嗎。
如果知道的話，我會因此遠離她嗎？
「但是我已經認識妳了。」過了很久，我才說：「妳是我的朋友，這是最重要的。」
莉莉安沒有回應，於是我繼續說下去。
「如果知道了其他事……不可能沒有影響。但就算是那樣……」
我咬了咬下脣，想像那些最糟糕的事，想像我聽到這些事的反應。害怕……也許會嚇到，但不管我想到了什麼，厭惡、鄙視、噁心，我也不會這樣想。我不可能對莉莉安投以這種感情。

所以我抬頭望向她：

「我也不會討厭妳。」

「喔……」她看著底下說：「但妳怎麼知道妳不會？」

「我答應妳。」

「妳又不能控制自己的感情。」

「是沒錯啦。」我跟她一起看著樹頂。「不過……就像小芒一樣。」我回想剛才，當她離開我時的表情。「如果可以，我也不想讓她知道我被嚇到了，我想要自己能包容這些。」我想換個詞說，結果想了很久，還是只想到這個：

「因為我很喜歡她，因為那不是我真正想告訴她的事。」

莉莉安轉頭，愣愣地看著我，我趕緊接回最開始的話題：「不、不管怎樣，我還是想多知道一點妳的事。」

她再次望向前方，表情似乎比較柔和了。

「這樣啊。」

不置可否，就像重要的事都說完了，沒必要多說的樣子。我對她還是一無所知，又不知道該不該追問。她拍拍翅膀，繞著我轉了一圈。我假裝專心騎車，她卻突然坐上我 YouBike 的後輪護蓋。

「妳幹麼？」

「我飛累了。」

「喔……」我原本想說很重，叫她下去，結果卻只是不在意地說：「那也沒辦法，畢竟妳還從台北趕過來。」

我們靜靜前進，在樹海與星海的交界處。微風跟著我們，拂過樹梢，掀起葉的浪花。莉莉安輕輕攬著我的腰。「像這樣普通地騎腳踏車雙載，感覺是不是有點像青春電影？」

「妳都三百歲了。」

「妳每次都講這個！跟妳說，只看賀爾蒙的話，我可比妳還年輕。」

「而且飛在二十公尺高的腳踏車一點都不普通。」

「妳流了好多汗喔。」

「會臭嗎？」

「汗血同源。」

「我有點怕了。」

雖然看不到她，但我知道她在我身後低下了頭。過了一會兒，她發出細不可聞、彷彿珍藏什麼一樣的笑。然後伸手，越過我的肩膀指向前方。「對了曉萍，這條火車路線好像還會經過貓咪村喔。」

「貓咪村……」我重複著說。她的手比想像中還要冰，但是很柔軟。「妳是說猴硐嗎？」

「我們可以一起去逛逛，我也想找貓薄荷先生打個招呼。」

「也好啊……這個貓薄荷先生，跟木天蓼夫人有什麼關係嗎？」

「喔，妳千萬不要提起這個。」

我們一起笑了，然後安靜了下來。剛才我還在山裡迷路，但現在，莉莉安就在我的腳踏車上。我體會著她的重量，就算身處高空，好像只是這樣，感覺就踏實多了。就像一個小時前，看著手機地圖的迷你頭像，她再一次拯救了我糟糕的心情。

我忽然想起來，我還有一句話沒對她說。

「對了，莉莉安。」

「嗯？什麼？」

「聖誕快樂。」

莉莉安撇過頭，小鎮的微光倒映在臉上。

「……吸血鬼才不過聖誕節。」

（回到家語蝶才跟我說，如果我在森林裡多待一段時間，黃昏魔女就會找到我，用魔法直接把我送回家。）

（真是浪費車錢。）

目標：機車（55,000 NTD）

2019 年 12 月 24 日			
	收入（NTD）	支出（NTD）	累計（NTD）
存款			32104
YouBike 租用費		135	31969
固定支出		200	31769
蛋捲冰淇淋		18	31751
蛟龍殺手 T 恤		499	31252
捷運車票		32	31220
火車票		110	31110
貓村紀念品（一對）		500	30610
			合計：30610　NTD

12月25日　聖誕骨灰

我心愛的馬克杯被打破了。

那是一個骨瓷馬克杯，有感溫功能，當倒進熱水的時候，原本黑色的城市剪影會點亮燈火，還有一隻變色的貓咪漫步其中。貓咪浮雕在杯子上，尾巴捲出杯身，變成把手。

這是好幾年前，也許是快十年前，我生日的時候，媽媽買給我的禮物。但是在聖誕節這天，媽媽打掃家裡時，卻不小心把她打破了。我沒看到她掉下來的樣子，但我聽到聲音，於是走出房間查看，就看到她碎在地上，再也拼不回來。

那不是一個很貴的杯子，說實話也沒什麼紀念價值。但是我用很久了。每天早上，我都要抓著她的貓咪尾巴，喝一杯熱咖啡才能去上學。我喜歡用手圈著杯子，看著貓咪跟城市慢慢變色。好幾年來都是這樣。

一邊撿著杯子的碎片，我忽然有種什麼都會變的感覺。我們家的碗筷是公用的、我的書桌毫無個性、手機才剛換、而這房子是租的。那薄薄的骨瓷馬克杯，是少數我從小時候珍惜到現在的日常用品，結果一不小心就摔得粉碎。感覺像是風箏斷了線。

跟媽媽一起整理的時候，我用隨口提到的語氣說，真可惜，我很喜歡這個杯子。媽媽快速地回我，如果這麼珍惜，就不該隨手放在桌子邊緣，她都講過幾次了。我問她，可不可以再幫我買一個杯子。我知道這樣說她不會懂，我只是想要一個她買的杯子，由她親自挑選，可以用很久的馬克杯。可是，我只能說這麼多了。

她一邊掃地，一邊不理解地看著我。現在是怎樣？長這麼大，不會自己買杯子，是零用錢太少嗎？她用報紙包起陶瓷碎片。妳該去找份工作了，不要老是待在家，不要什麼都當成理所當然。妳已經不再是學生了。

今天是聖誕節，我本來想放自己一天假。而且昨天才跟捷運賽跑，飛過大半個雙北，腳到現在都還在痠。可是聖誕節也許會有人需要送餐，所以我還是出來工作了。現在是晚上八點半，天氣很好，風很涼，出來騎騎腳踏車，感覺好多了。

送了兩單，不知不覺我又來到了公館。現在的時間剛好趕上社團活動結束，還有許多台大生在附近閒晃。UrbanEats 系統發給我一張訂單，要送珍珠奶茶去台大物理系的一間研究室裡。物理系位在台大體育館旁邊，如果騎機車，會被警衛攔下，但我騎的是腳踏車，就直接從大門進去了。

時隔三天，再次踏入台大校園，我想到了莉莉安。我們昨天才見過面，我想打電話給她，最後還是忍下來了。看到路上一對一對打情罵俏的情侶，再看看孤單過節的自己，還有背上的 UrbanEats 保溫箱，一股煩悶的感覺油然而生。

我已經不再是學生了。

我在物理系館前面停好腳踏車，正好有人解開門禁，從大門走出來，我就擅自闖了進去。看訂單上的名字，客戶應該是個女生，聖誕節這麼晚了，還在努力做研究，肯定是個認真的人吧。

我研究了一下大廳地圖，用 UrbanEats 傳訊息給客戶，說我可以直接送到研究室門口。我走上樓梯，進入走廊。走廊上有許多扇門，有些門上貼著輻射危險的警告圖示，有些門是開的，裡面凌亂地擺著叫不出名字的儀器。然後我走到了訂單的門前，那是一間普通的研究室。我敲了敲門。

「請進。」輕柔悅耳的女聲響起，我推門而入——

好漂亮的人。

這是我對她的第一印象。

柔軟的黑色微捲髮，陶瓷般的白皙肌膚，典雅的黑色連身裙裝。空氣中飄散著若有似無的梔子花香，她端坐在椅子上，整個室內的光都聚焦在她身上，隨著她的舉手投足流轉不息。她的長相帶有歐洲血統，眼睛是藍色的，目光很柔和。她將視線從成堆的計算紙中轉向我，世界隨之明亮。

我稍稍垂下眼。「我……呃、我是UrbanEats的……」雖然對方是女生，我腦中還是一片空白，忽然忘記自己身在何處。

對著這樣的我，她露出晨曦一般的笑。

「啊，什麼嘛，原來只是曉萍。還害我特地換了衣服。」

「……欸？」

「幹麼？……啊對喔，妳還是第一次看到我這樣吧？怎麼樣、怎麼樣，我長大的樣子很漂亮吧？」

「……莉莉安？」

「是我唷，重新迷上我了嗎？」

「我重新認識外表會騙人。」我低頭看看訂單。「陳——」

「妳敢用那個名字叫我，就死定了。」她接過珍珠奶茶，開心地說。「終於送過來了，剛剛我在臉書上，看到有網紅在做珍珠奶茶挑戰。想起來我還沒試過，就忽然很想挑戰看看。」

莉莉安插上吸管，微微後仰身子，把珍珠奶茶放到胸部上。奶茶搖搖晃晃的，但還是成功地站著。她含著吸管，放開雙手，一邊抬眼看著我，像是要我做出評論。這動作讓我完全相信她就是莉莉安了。

我評論說。「感覺會很重。」

「酸葡萄。」她拿下珍珠奶茶。「妳有試過嗎？」

珍珠奶茶挑戰。這是台灣的珍珠奶茶紅到日本以後，由一張漫畫圖片所引發的潮流。挑戰者要放開雙手，只用胸部撐起珍珠奶茶來喝。我也曾經在家裡偷偷試過幾次。

「沒有。」我說。「妳的身體是怎麼回事？」

「這個嗎。」她低頭看了看自己。「不是有很多故事，都說吸血鬼可以變成蝙蝠嗎？大概就跟那個一樣。我只是變成如果我有長大，應該會成為的樣子。畢竟我不能用十二歲的身體，去讀物理研究所吧。」

「妳讀……咦？妳什麼？我怎麼都不知道。」

「我又不像某個人，這麼愛炫耀。」她露出惡作劇得逞的表情說。「而且我早就告訴過妳了，是妳自己不在意。」

三天前，莉莉安確實說過她在這裡上課。我以為她只是開玩笑。但是她說得對，是我自己不夠在意。我有些心虛地說：「但是……物理研究所？」

「幹麼啦，妳是不是以為吸血鬼都不讀書。」

「我以為女生都不讀物理學。」

「我活了三百多歲，總要找些事情做。」她喝了一口珍珠，嚼了嚼說。「最後一百年的生活真的變好快，就算是我，也會想要多了解一下最新科技嘛。雖然，唉，我寫的論文註定沒人會引用。」

「為什麼？」

「誰叫我是吸血鬼呢。不過沒想到讀碩士還要抽空當助教。最近快期末考了，我還得加班改作業。而且一個月才六千元，妳相信嗎？那還不到我每小時的房租收入耶！」

「我還是覺得妳在炫耀。」

「明明是聖誕節，那些小大一老是跑來問問題。害我只能一直維持這樣的身體。」她張開雙手，像小孩一樣揮了揮。黑色的小洋裝隨風飄揚，底下依稀可見的曲線恰到好處。我很久才移開視線，她嘆了口氣。「不過吸血鬼的變形能力，其實還是很消耗體力的。尤其我好一段時間沒吸血了，實在不該變身這麼久。」

她維持手張開的姿勢，原地轉了三圈。當最後一圈轉完，那個美麗的學姊已經消失不見，只剩下金髮碧眼的莉莉安，被過大的洋裝給淹沒。她掙扎著爬出洋裝海，胸罩跟內褲都掉在地上了。我悄悄把門鎖住。

她從包包拿出小件的衣服套在身上，這次不是歌德蘿莉塔服裝，而是一件簡單的白色T恤，上面印著博愛座識別貼紙的圖樣，只是貼紙的圖是個吐血的年輕人，文字則換成了「我加班很累而且買不起車」。她把原先的黑色洋裝以及內衣隨意丟到一旁的沙發上。

「只會臨時抱佛腳的學生，我不管他們了，我決定下班了。曉萍，妳要不要陪我去玩？我是這學期才來台大的，剛開學太忙了，都不知道附近有什麼好吃的。」

「好啊。」我今天本來就不想工作，也算是轉換心情。「但是……妳的衣服就這樣丟著沒關係嗎？」

她看著沙發，思考了好一會兒。「如果被我的學生看到。他們一定會想歪。上課就會更不專心。考卷就會寫不出來。然後我就可以少改一點題目了！所以沒關係。喔，妳一定不會知道那些青春期的小大一男生有多麼簡單。」

「妳真是個壞女人。」

「我很久很久以前也是個守身如玉的好姑娘。」

她把包包掛在肩膀上，一手拿著珍珠奶茶，另一手牽著我。往門外走去的同時，發出一聲歷經滄桑的嘆息。

「直到我發現吸血鬼的恢復能力比想像中還要更全面。」

「我懷疑妳在開黃腔，但我沒有證據。」

我們離開物理系館，從新生南路往南走。沿途向她推薦了我大學時會去的一些地方。以女性為主的咖啡店、提供年輕人聚會場所與貓咪的場地租用店、我跟夏夏常去的冰品店，還有影印街與獨立書店……我們在羅斯福路轉往東南，這附近有更多的餐廳與咖啡廳，捷運站旁開著一間間服飾店。我們在公館著名的耳機專賣店轉進小巷，路過一排又一排夾娃娃機店。我向她介紹了喜歡的日式拉麵，她則向我吐槽學長帶她吃過的南洋料理。我們再次經過水源市場，在公館夜市買了地瓜球跟鹹水雞，邊走邊吃，漫無目的地閒逛。最後，她忽然說想喝酒，問我大學的時候都在哪裡喝。

因為我讀的是人類學系。人類學與哲學系在好幾年前，就被趕到本校區五百公尺遠的水源校區了。水源校區隔一條馬路就是河濱公園，河濱公園上有一座百年抽水站，現在改裝成 live house 了，因為地處偏僻，就算演奏到天亮都沒問題。在 live house 前面有一個大廣場，廣場上有許多貨櫃屋酒吧。結束一天的課程，我常跟小風她們來這裡喝一杯。

「哇，我都不知道還有這樣的地方。」莉莉安說。

「是吧是吧。」我不無驕傲地說。

穿過永福橋底，爬上斜坡，走進公館水岸廣場，人群的喧囂與烤肉的香氣隱隱傳來。首先映入眼簾的，是排列在廣場邊緣的貨櫃屋。貨櫃屋圍起了露天的用餐區，用餐區內隨意擺放著白色圓桌與塑膠椅。用餐區的最深處、靠近河岸的地方，有一個稍微架高的木頭平台。平台上已經搭好藍白色的充氣頂棚，棚下有麥克風、爵士鼓與合成器，待會兒也許會有樂團演奏。舞台後方，就是平靜的新店溪，以及對岸綿延的永和市燈火。

廣場上掛滿了金黃色的燈串，甚至比路燈還明亮，充滿派對的氣氛。但這不是因為聖誕節，這裡平常就是這樣，今天也只多了一個充氣大雪人。廣場聚集了許多人，圍在一張張小桌邊歡聲談笑。其中有不少是外國人。莉莉安混在她們之間，新奇地四下張望。

「那裡。」我指著廣場左邊一棟低矮的方形建築。「那就是改成 live house 的抽水站。」

「那為什麼舞台不在抽水站裡？」

我聳聳肩。「大概外面喝酒比較方便。」

我們隨便找了張椅子坐下，節奏感十足的R&B從一旁的喇叭傳來，人們喝著酒，吃著下酒菜，毫不克制地歡聲談笑。這裡幾乎都是年輕人，幾個外國人在玩丟沙包遊戲、一對情侶趴在欄杆上互餵串燒，一邊欣賞水岸風景、帶著小孩的父母從河濱自行車道上路過，好奇地打量這個隱密又熱鬧的地方。就像現在的莉莉安那樣。

「有什麼推薦的嗎？」她說。

「這裡的酒優點只有便宜。」我其實也很久沒來了。小風來這裡都喝可樂娜啤酒，藍兒會喝威士忌，我的話……「我都喝調酒。」

「我也喜歡調酒。」她踮起腳尖看著吧檯內。「莫洛托夫雞尾酒！」

「沒有這麼硬核的。」

「馬丁尼，用搖的，不要攪拌。」

「好，可以了。」

今天的氣溫約二十度，這個冬天是暖冬，大多時候都很暖和。只從電影認識調酒的莉莉安，最後點了一杯長島冰茶。

她是自己點，自己取的餐。我困惑地看著她，不清楚她怎麼拿到的。「老闆沒說什麼嗎？」

「說什麼？」

「像是年齡之類的。」

「我已經成年了啊。」她愉快地說。「而且我點的是冰茶。喔，妳可不會想看吸血鬼喝醉的樣子。」

「但那是……算了。」

我看著菜單猶豫了好一陣子，最後幫自己點了一杯莫希托。我總是在考慮了很久以後選擇安全牌。

「乾杯！」莉莉安用她的酒杯擅自敲了我的一下。但是她自己卻沒有喝。她晃了晃酒杯，忽然說：「妳今天心情是不是又不太好？」

我有點訝異，我以為莉莉安是那種不會看氣氛的人。「妳看得出來？」

「不然我幹麼找妳逛街。」

「因為物理作業很多很煩。」

「妳可不可以看一下氣氛。」

「妳大學也是讀物理系嗎？」

作。」

「拜託，我出生的時候牛頓都還沒發表三大運動定律呢。我請小月姊姊幫我弄了一張文憑，就直接去考試了。這年頭只要有錢跟魔法，還有永遠的時間，什麼事都可以做到！」

「真好呢……為了那張魔法就能弄到的文憑，我把青春丟進了臭水溝。然後還是找不到工作。」

「人生不是只有工作啊。」

「以前的年代或許吧。但現在是了。」

「青春啊……」她喝了一口長島冰茶，然後輕輕嘆氣。「我那個時候，荷蘭人剛剛被趕走，台灣都是鄭氏王朝的地盤。當時英國東印度公司簽了貿易條約，在台南有據點——」

「妳會講很久嗎？先讓我再點一杯酒。」

「妳好煩啦。」

結果我們沒點酒，倒是點了一盤烤肉。莉莉安邊吃邊說。「那時候隔壁正在三藩之亂，鄭氏急著要火炮，而英國想要跟日本貿易……我就是在那樣的環境出生的。我是某個水手的私生女，鄭氏滅亡之後，他就自己回英國去了。」

「……真是爛男人。」

「那個年代，男人都很爛。」她撕咬著雞翅說：「然後另外一邊……歐洲還在獵巫。當時有個吸血鬼喬裝打扮，逃來台灣避難，那個時候我……」

她忽然不說話了。她昨天也是這樣，到最後什麼也沒說。或許這麼多年過去，有些事還是難以啟齒。我假裝品味便宜調酒，過了一會兒，才試探地鼓勵她。

「妳就是被他變成吸血鬼的嗎？」

「喔對呀。」她開朗地說，用力把塞太滿的食物吞下去。「這烤肉真好吃，我可以再點一盤嗎？」

「妳好煩啦。」

這次我們點了宮保雞丁，交換喝了對方的酒，直到她心滿意足，才又繼續說。「其實我不怪他啦。他原本也是人類的，但是獵巫行動是自證預言。總之，他喝習慣歐洲人的血，來台灣以後一直都只有……嗯……下等亞洲人的血。他說他太久沒嘗到高加索人的味道，才會一不小心就喝乾的。」

「味道真的有差嗎？」

「我覺得跟妳比起來，全都不好喝！所以沒差。妳們人類學又是怎麼說的？」

「85％的基因變異共享於全體人類，種群內的基因差異遠大於種群之間。儘管有人認為，這是忽略了不同基因位點相關性所造成的統計謬誤。」

「啊、喔，對，大概就是那樣。反正，我很幸運地沒有死掉，但他一直很後悔，因為那時我還太小，沒辦法控制。在我……差點殺死媽媽以後，他就決定帶我離開家，一起去旅行了。我的青春期就在沒有陽光的黑夜中，以及教會的追殺下度過。但是每個人的煩惱都不能比較，所以妳的也很慘。」

「謝了。」我看著冰塊在酒杯裡融化。「但妳這樣說讓我更鬱悶了。」

「我知道，我故意的。」

「那後來呢？」

「妳還要聽下去喔？」

「如果妳願意說的話。」

「後面……就是很長的故事了。離開家以後我們……」她轉了轉酒杯。「還是不要好了。」

「欸。」
「時代不一樣了啦，講那些也……」她抬起眼，偷偷看了看我，又繼續注視前方。酒吧一角的小電視，正在討論總統大選。在莉莉安三百年的歲月中，這肯定是個年輕的風景吧。
「真的過了好久。」她說。
我沒有回答她。她又喝了一口酒，才繼續說：「其實，在遇到小蝶以前，有很長一段時間，我都想著乾脆這樣死掉吧。時代變得好快，我做過的那些事，一下都沒人記得了，感覺就像原本就不存在一樣。」
「……那樣的話，我就會被鱷魚吃掉了。」
「啊，那就太浪費了。」
她輕巧地笑了笑，朝我舉起酒杯。就在這時候，群眾爆出一陣歡呼。我們一起轉頭，發現有一組樂團走上了舞台。原來今天有自來水處舉辦的聖誕音樂會，第一個樂團似乎是附近學校的學生樂團，她們試音完畢，簡短的自我介紹，感謝主辦單位，然後就開始唱歌。
我們靜靜地聽著歌，歌聲很好聽，唱出了青春的快樂與煩惱。簡單的吉他聲，重複的歌詞與旋律，將剛才莉莉安口中，那些沉重的歷史都淹沒，像是海浪抹平沙灘的足印。一曲結束，聽眾爆出歡呼。莉莉安說：「我都說了這麼多，換妳說了啦。」
我們坐在邊緣偏後面的位置，可以不受干擾地小聲講話。我專心看著舞台。「我心愛的馬克杯被媽媽打破了。」
「很珍貴嗎？」
「才五百塊，還是量產的。但是我用很久了。真的很久了。我覺得……那好像都是我生活的一部分了，至少是學生的部分。現在她碎掉了……我就再也回不去以前的日子了。」

這個理由實在很可笑，我本來以為她會笑我。但是她只是哀傷地看著我。「那真是討厭，我懂那感覺。」

「真的？」

「真的……就像我以前的房子，也才五百萬而已。」

「喔。」

「可是有一天，政府說把她拆掉對大家都好，就趁我不在家的時候，都更掉了。我已經三百多歲了，卻連自己一百年前是什麼樣子都不記得。如果我有一個用了一百年的馬克杯，或者還住在一百年前的房子裡，或許還能回憶起那麼一點點。」

「妳現在的房子呢？」

「我有很多物件，但只是投資而已。我現在都住在酒店裡，沒有太多東西。這樣輕鬆多了。」她困惑地敲了敲酒杯。「這杯茶裡面是不是其實有很多酒？」

「來不及了，妳已經把妳的身家都抖出來了。」

「反正……」她放下酒杯，摸了摸我的頭，就像上次在下水道，她在臭水溝邊緣拯救我那時候。

「妳不要傷心了啦。馬克杯……」她想了想，用一種只有自己懂的玩笑語氣說：「馬克杯嘛，本來也是消耗品，就像甜甜圈那樣。」

「但是我的馬克杯還有一些裝飾，就算單論結構的數學性質也不是homeomorphism的。」

「可惡，我忘記妳也是台大生了。」她歪著頭，過了一會兒又說。「但妳不是人類學系的嗎？」

「人類學也要修拓樸啊，用來分析社會關係的結構與不變性什麼的。」

「喔，好吧。」她半信半疑地點點頭。

公館似乎飄起了小雨，但水岸廣場就在水源快速道路的高架橋底下，不用擔心會被淋濕。偶爾有細微的行車聲從遙遠的上方傳來，都變成城市音樂會的背景音。舞台上的樂團剛奏完一曲，緊接著又是下一首歌。這是一首關於幸福的歌。歌裡的幸福很簡單，愛人，然後被愛。

「妳會做 UrbanEats 到什麼時候啊？」莉莉安說。

我知道她沒有惡意，所以也誠實回答：「大概等深夜加給，還有新手獎勵期結束以後吧。」

「妳懂這麼多，又這麼漂亮，我可以幫妳介紹幾家公司，讓妳當董事長特助！」

「好奇問一下，董事長是誰？」

「當然是我！妳什麼都不用做，只要每天讓我吸——」

「謝謝妳的好意，可是我不喜歡靠關係。」

「妳真的好麻煩。整天抱怨東抱怨西，又不好好珍惜機會。」

她的話讓我想到了媽媽，在我出門前，她就是這麼喃喃地唸著。她一直不認為 UrbanEats 是一份工作，一直要我去找份正經的事做。我的條件這麼好，卻不好好把握機會，把自己都浪費掉了，到底是想怎麼樣？

看著舞台上賣力演出的大學生，我忽然想到了語蝶。她是個活了一百多歲，卻比我還窮的女人。她正在寫一篇小說，還是台灣最冷門的類型。我猶豫地開口。「有時候我會想……其實不是這個問題。我不知道自己真正想做什麼，想把一生花在哪裡。因為好像不管做什麼……反正，我最後都會死掉。」我輕輕笑了一下。

「我有一點小聰明，可是沒有真正的才華，沒辦法在歷史留下名字。那不管我做什麼，還是一直在消失。就像我的馬克杯。有一天，連我自己也會忘掉。然後我會死掉。然後人類總有一天會滅亡。」

「嗚哇……我真搞不懂現在年輕人在想什麼……」

「不管怎樣，刻苦讀了十年書，最後跑去做毫不相關的事，那感覺就像把以前的人生隨便丟掉一樣。」我敲了敲自己的酒杯。「不是因為我討厭妳或什麼的，只是……我還想要再掙扎一下。」

樂團表演完所有曲目，在觀眾的歡呼聲中走下舞台。短暫的空檔，人群談話聲填滿了空間，這樣的吵雜卻讓人有股安心感。每個人都在這裡，每個人又互不相干。台北就是這樣的地方。

「每個掉進裏台北的人，都會遇到一個選擇。」身在陌生的人群中，莉莉安的聲音聽起來有些遙遠。「一邊是正常的生活，一邊是不存在的、夢裡的生活。選了一邊，可能就再也去不了另一邊了。」

「什麼意思？」

「等妳碰到，就會知道了。」她咕嘟咕嘟地把最後的長島冰茶喝光。「我還在等呢。」

我開口追問，可是下一個樂團已經走上了舞台，喧譁聲淹沒了我的問題。於是我轉向前方，發現這個樂團意外地眼熟。

「大家好啊～～我們是～～飛天拉麵！」

那是亦晨學姊跟語蝶，魔女與驅魔師的樂團。

語蝶不情不願地被亦晨學姊推上舞台。她依然穿著天藍色的道士袍，綁著熟悉的公主頭。亦晨學姊這次卻沒有戴女巫帽，而是一頂紅色聖誕帽，她開心地跟聽眾揮手。可欣嚼著口香糖，百無聊賴地坐在鼓手的位置，她的T恤上印著S、L、U、T四個粉紅色大字，然後也戴著聖誕帽。

聽眾的歡呼更大了，間雜著口哨聲，不少人喊著語蝶的名字。我稍微掩住耳朵，問莉莉安。「她們又要驅魔嗎？」

「我聽說驅魔的工作已經結束了……這應該只是聖誕表演吧？」

「才一個禮拜就有這麼多粉絲。語蝶直接歌手出道，一定比當驅魔獵人還好賺，還有哪家出版社會拒絕她呢。」

我隨口開了無聊的玩笑，莉莉安卻沒有馬上回答。她搖了搖頭，靜靜看著站在舞台上的語蝶。「小蝶她沒得選擇的。」

她的聲音裡有某種東西，跟剛才的話題相連起來。一開始，我還不明白她的意思，然後我想起昨天夜裡在地下街，木天蓼夫人說過的話。

——就像做了場夢。

成為夢的一部分，會變成怎樣呢？也許魔法總是有代價。語蝶寫的小說不會有人看，莉莉安的論文也不會有人引用。「……等到音樂會結束，這些人也都會忘記嗎？」

「除非這裡有像妳這樣的人。」

「哪樣的人？」

「少根筋的。」

木頭平台上，語蝶盯著自己的腳尖，亦晨學姊只好代替她做著浮誇的介紹。舞台燈隨著她的手勢輕快搖擺，讓用餐區後方的燈控人員目瞪口呆。幾個貨櫃酒吧的屋頂上站滿了應援的貓咪，我猜木天蓼夫人一定也在附近。不過，最主要的聽眾仍然是舞台下，這些散場以後就回歸日常生活、跟語蝶毫無瓜葛的人們。

「這樣的話，她們幹麼還要上台？」

「因為——」

鼓聲落下，語蝶唱出了第一個音。

這次沒有誇張的聲光效果，也沒有超現實的魔法幻覺，只是很普通的節奏，普通的吉他聲。語蝶輕輕柔柔的聲音迴盪在新店溪面，聲音中沒有魔法，也沒有華麗的技巧。那只是她的聲音。她唱著一首歌，是一首關於幸福的歌。歌裡的幸福很簡單。她唱得很溫柔。

台下所有人都專心聆聽著，我也被深深吸引住了。更多貓咪跳上屋頂，腳踏車道上的騎士駐足停留。高架橋外細雨紛飛，打碎了城市燈光，像是流星傾瀉而下。揚聲器中傳開的歌聲，帶著一種奇異的頻率，在胸腔中共鳴。這是只有在現場，面對面的此時此刻，專屬的悸動。

然後歌聲慢慢止歇。

過了一會兒，在一片鴉雀無聲中，語蝶害羞的聲音再次從揚聲器傳來。

「那個……謝、謝謝大家。」

聽眾彷彿現在才回神，掌聲稀稀落落地響起，然後越來越大聲，到最後連貓咪都在拍手。

語蝶不好意思地躲到亦晨學姊背後，結果又被推了回來。我小聲對莉莉安說：「我都不知道她這麼會唱歌。」

「妳跟她認識的還不夠久。」她語氣中有著些微的驕傲。「小蝶可是很多才多藝的，下次叫她吹中國笛給妳聽。」

「妳們感情真好。」

「她是唯一還知道我以前的事的人。」她垂下眼簾，目光變得溫和。「不過……那也差不多到底了。」

我正想發問，她卻已經抬起頭，輕快地問我：

「妳心情不好的原因，就只是馬克杯嗎？」

「就只是它。」

「騙人。」

「……那個馬克杯，就是媽媽送給我的。我想請她再買一個新的給我，可是她惱羞成怒了。」

「妳們感情不好？」

「現在不太好了。」我垂下眼，搓著袖口的束帶扣。「她好像永遠都對我不滿意……雖然我也老是對自己失望。不過從小到大，那麼多問題，也沒辦法解決吧。」

「不解決會怎樣嗎？」

「沒怎樣。只是會一直在那裡。」

她理解地點點頭，輕輕碰觸我的手臂。「像我跟小蝶。」她緩慢地說。「像我們活了這麼久的人……都要故意忘記一些事，假裝時間沒有在走，才會活得比較輕鬆。否則，人一下就會變老了。」

「妳是要我別在意嗎？」

「不是，我是要妳好好享受短命人的煩惱。」她露出挖苦，卻不讓人討厭的笑。停頓片刻又補充：「我不知道妳媽媽是怎樣，不過對吸血鬼來說，剛吵過架的人，血會特別好喝！」

「真的？」

「至少我是這樣。」

我看了看她，然後跟著一起望向舞台。舞台上，亦晨學姊正連珠炮似地講個不停，觀眾都快不耐煩了。「妳有很多普通人朋友嗎？」

「現在的話……就妳一個。」

「就我一個？」

「其實我不太交朋友的，吸血鬼的壽命這麼長……普通人只能當食物。雖然可以把人也變成吸血鬼，但到最後，我總是後悔。」

「他們怎麼了？」

「妳不會想知道的。」她趴在桌上，盯著酒杯，聲音中有種玻璃般的質感，阻止我追問下去。

可是我還是想問。我對她說：「我會。」

「妳真的會嗎？」

我沒辦法馬上回答，只好舉起酒杯喝了一口。我偷偷看向她，酒吧昏黃的燈光穿過酒杯，帶著液體的質感延展開來。光線浸透了她，流經柔軟的金色頭髮，描繪嘴唇與顴骨的形狀，最後篩落纖長的眼睫，沉入藍寶石般的瞳孔中。寶石輕輕轉動，先是向下，然後悄悄看向我，色彩試探著邊界，幾乎滿溢而出。

被她那樣看著，我忽然移不開目光了。如果不是喝了酒，如果對象不是我，莉莉安也會露出這樣的表情嗎？一陣風吹來，七彩的雨絲隨之飄搖，傳說中的吸血鬼，此刻像是透明。

忽然之間，我好像明白了一些事。一些關於自己，不是很重要的事。我不去找工作的原因、現在在這裡的原因、我盯著莉莉安看的理由。一些東西，在這一刻，模模糊糊地有了影子。

我放下酒杯。

「妳說……跟我在一起，讓妳覺得自己像個普通人。」

「妳很煩欸，幹麼都記得這種事啦。」

「妳讓我覺得自己像個特別的人。」

她抬起臉，然後又緩緩低下。「因為我是吸血鬼嗎？」

「如果妳不是，我們也不會遇見吧。」

「如果我不是，三百年前就死了，也不會喝妳的血。」

「所以我們能像這樣，普通地逛街、聊天、喝酒。妳明明是吸血鬼，還能讓我這樣的普通人，平常地對待妳。這對我來說很特別。」

「……小月姊姊還說，妳喝了酒會變安靜。」

「只有別人請的才會。」

「我不會請妳的。」

「因為妳是這樣的人，第一次見面的時候，我才會讓妳吸血。」

「如果我不是那樣的人，或者跟妳想的不一樣，妳就會討厭我了嗎？」

「我答應過不會了。」

「妳也可能先遇到其他人，可能是小蝶，或者小月姊姊，帶妳來這邊的世界。那樣的話，妳肯定不會想跟一個吸血鬼搞好關係。」

「但就是妳……我以前都腳踏實地走在大馬路上，是妳害我動不動就遇到奇怪的事。」

「別怪我喔。」莉莉安終於笑了：「妳本來就不正常。」

「所以我想知道。」我也終於說。

「……成為吸血鬼……」她看了我一眼：「也不全是壞事啦。」然後她嘆了一口氣。「以前這種事比較簡單……妳要嘛是這邊的人，要嘛不是。現在當吸血鬼，就像是沒有壞處……但那還是不可逆的。」

她望向遠方，河的對岸，永和的燈火微光閃動。

「我不會讓妳變成吸血鬼的。」

「……」

「不過妳太瘦了，這樣吸血要很小心……我會試著多喝一點動物血，雖然那填不飽肚子。之前小蝶用雞血潑過我，超噁心的，還很痛。不過豬血應該勉勉強強……」

「妳幹麼不吸別人的血。」

「妳這麼會聊天，又這麼漂亮，怎麼會單身到現在？」

「……因為我憤世嫉俗，又自怨自艾，而且老把稱讚當諷刺。」

「是喔，我滿喜歡妳這點的。」

然後我們都轉回前方，因為語蝶又開始唱歌了。

輕輕的、柔柔的，這次是更為抒情的樂曲，像是能夠包容一切，舒服又安逸的旋律。她的歌聲有一種透明的感染力，濾去日常生活的雜質，留下更純粹的顏色，讓心情也隨之蕩漾。

舞台跟酒吧的燈光，在亦晨學姊的巧手下絢爛閃爍。溫柔的樂聲環繞著我們，我偷偷看向莉莉安，但她只是專心地望著舞台。我想多說些什麼，卻又不想破壞這靜止的時刻，結果莉莉安率先開口。

「剛才說的選擇，妳可以慢慢來。我會等妳。」她的聲音很小，我得向她靠近才聽得到。

「之後……我會把全部跟妳說的。」

耳邊的氣息化為冬夜裡的薄霧。

「總有一天……」

外頭的雨越來越小，隨風飄散的樣子像雪，一棟棟大樓像是掛著彩燈的樹，聳立在台北的夜晚。台北的夜晚，有著早晨沒有的雜質。早晨的陽光太刺眼，人們都要做一樣的事。但是一到晚上，每棟建築、每扇窗、每盞燈，都可以盡情散發自己的光。聚光燈照在語蝶身上，讓她也沐浴著光。

第一次副歌結束，進入短暫的間奏，她捧著麥克風，小聲地說：「祝大家聖誕快樂。」我不信教，而莉莉安是吸血鬼，這個神聖的節日對我們來說，也許還不如放假的行憲紀念日。我們靠近著彼此，安靜地聽歌。

「對了。」莉莉安抬起頭。「妳想要聖誕禮物嗎？」

「好啊。」

「為什麼這種時候就這麼不客氣。」

「妳要送我什麼？」

「這個是祕密。」她比出噤聲的手勢，看了看手機。「咦，快十二點了嗎？啊喔，希望趕得及。」不等我回應，她站起身來，趁著所有人的注意力都放在語蝶身上，刷地一聲消失在夜色中。

忽然又變回一個人，我感到有些虛浮。獨自坐在用餐區，我的酒喝完了，所以又點了一杯瑪格麗特，鹽口的苦鹹有點像眼淚，豐富隨之而來的酸甜。喝完第二杯酒，我仰頭靠在椅背，上方是水源快速道路，往下一點是永福橋，然後就是公館水岸廣場，最下方是河濱自行車道。我喜歡這種道路縱橫交錯的感覺。台北是立體的城市，就算沒有翅膀，人們也習慣在高空生活了。

我望著河對岸層層疊疊的城市上空。今天是聖誕節，既然吸血鬼都要送我聖誕禮物了，會不會也有聖誕老公公，在高樓間駕著雪橇飛行呢？我很早就知道我的聖誕老公公是假的，因為我這麼不乖，他卻還每年給我禮物。直到我升上高中，成為第一志願的好學生為止。

我拿出手機，點開家庭群組，但是沒有新訊息，只好轉而隨便瀏覽臉書。語蝶又唱完一首歌，隔壁桌的人熱情地向周邊的人敬酒。在我婉拒第二個學弟的搭訕後，莉莉安終於回來了。她撲通一聲掉進我旁邊的塑膠椅子上，喘著氣將一個包裝得很隨便的禮物推給我。

「趕上了！」她說。

我試著打開禮物，可是她綁成了死結。我只好撕開包裝紙。包裝紙底下是一個小瓦楞紙箱。打開紙箱，裡頭是一個馬克杯。

看到馬克杯的瞬間，我又想起了我原本的馬克杯。不只是馬克杯，還有這段時間，一直累積在心中的某些東西。那些東西突然一起湧出，我的眼淚不受控制地掉了下來。

「哇、嗚哇，妳幹麼哭啦。」

「沒事，我只是……想到了我以前的杯子。」

「啊？」她呆呆地看著我，再次摸摸我的頭。「不哭，不哭。」頓了一頓又說。「妳知道眼淚是血做的嗎？再哭就太浪費了。」

「妳現在想吸我的血嗎？」

「這是禮物。我才不要妳拿東西來換。」

「妳老是抱怨東抱怨西，又不好好珍惜機會。」

我把杯子從紙箱中拿出來。那是一個很樸素的杯子，上面印著可愛的幾何紋路，以及一隻只有框線的貓。做工稱不上細緻，把手好像還有點歪歪的。其實，我還是比較喜歡我以前的杯子。可是這個杯子我才剛拿到而已，而且它是莉莉安送給我的。

「謝謝妳。」

「不用客氣啦，這是多出來的。」莉莉安大方地說。她抿了抿嘴脣，難得有些害羞地補充。

「這是骨瓷杯。是我自己做的。」

「真的嗎。很好看啊。」

「是用我的骨灰燒的。」

「喔，難怪這麼……等等等等，妳說什麼？」

「嗯……幾年前有一次，我跟小蝶打架的時候，她不小心砍掉我的腳。我們都不知道該拿它怎麼辦，隨便丟感覺很嚇人。本來想要燒了埋掉，但是機會這麼難得，就把它做成骨瓷了。」

「……喔。」

「不過那是我第一次做瓷器，做的不是很好看。後來我又自己試了幾次。現在給妳的這個，是我最成功的一件作品。是用我的肋骨燒的喔！」

「……喔。」

我瞪著眼前的杯子，不知道該不該收下。她看起來就像普通的骨瓷杯，知道是莉莉安自己做的以後，或許還有些可愛。但她是用肋骨燒的。莉莉安有些緊張地說。「怎麼了嗎？」

「沒有，我只是沒想到人骨也可以燒杯子。」

「妳給我喝過血，我給妳骨頭。我覺得這樣很公平。」

聽起來真的很公平，我被說服了。我心懷感激地收下這份禮物，跟莉莉安合點了一杯血腥瑪麗，然後倒了一半到我的新骨瓷杯中。她舉起玻璃酒杯，我舉起骨頭馬克杯。

「乾杯。」我們一起說。

鏘。水花飛濺，樂聲響起，每滴水都凝轉了城市燈火，每雙眼都倒映著舞台的光。細雨紛飛，飄落在台北，在公館水岸廣場上，我們都在這裡。

萍水相逢的陌生人們，舉起酒杯，一起慶祝著不屬於我們的節日。

回家以後，我從垃圾桶裡面，把破掉的舊馬克杯偷偷撿了回來。有幾塊小碎片沒找到，但這也沒辦法。我把它洗乾淨，用報紙包好，小心地收進書櫃深處。

也許有一天，當我再次看到這個馬克杯，會完全想不起今天的心情吧。但是現在，我知道它就在我的書櫃裡，這讓我很安心。我像一直以來那樣，用馬克杯喝了熱可可，然後才刷牙睡覺。

第二天下午，我的心情已經完全恢復了。我趴在沙發上，一邊吃著月底白吐司，一邊滑手機。

再兩週就是大學生的期末考週，妹妹今天提早下課。剛好家裡輪到她掃地，她拿著新買的戴森吸塵器，認真地打掃，角落裡的灰塵也不放過，其實是在拖延去讀書的時間。她走過沙發前，我故意抬起腳讓她清掃腳下，做出好吃懶做的樣子。她嘖了一聲，笑著舉起吸塵器，假裝要打我，沒想到卻推動桌子，讓桌上的馬克杯掉到地上。

那是昨天莉莉安送給我當聖誕禮物的馬克杯，是她自己做的，用她的肋骨燒製，全世界就只有這一個。眼前發生的事，像是放慢的電影，我看著馬克杯一格一格地往下墜落，隨著一聲清脆聲響，碎裂成無數片。碎片緩緩彈起，像是飛濺的水花，再度四散灑落——

然後自己拼了回來。

「哇啊啊啊！姊姊對不起。我不是故意——咦……咦咦？妳有看到嗎？她剛剛是不是自己拼回來了？」

「沒有。怎麼可能。」

妹妹揉揉眼睛。放下吸塵器，趴在地上尋找不存在的陶瓷碎片。她站起身來，又揉揉眼睛，看看窗外，再看看時鐘，最後低頭盯著馬克杯，卻不願意碰它。「啊——好險沒打破。但是姊姊，我下禮拜期中考，好像有點累了。這次可以幫我掃地嗎？」

「可以啊。」

「嗯，謝謝姊姊。」她打了個哈欠，往自己的房間走去。

我撿起地上的骨瓷馬克杯，仔細檢查，但上面一點裂痕也沒有。真要說的話，也只是貓咪換了個姿勢，原本歪一邊的把手被扶正了。我想起莉莉安說過的話……

吸血鬼的恢復能力真的比想像中還全面。

（又失敗，可惡。）

目標：機車（55,000 NTD）

2019 年 12 月 25 日			
	收入（NTD）	支出（NTD）	累計（NTD）
存款			30610
UrbanEats 聖誕獎金	1500		32110
YouBike 租用費		30	32080
固定支出		200	31880
夜市小吃		130	31750
酒與熱炒		700	31050
珍珠奶茶		50	31000
			合計：31000 NTD

12月31日　新年派對

這個決定要從跨年前三天開始說起。

媽媽下班回家時，順便幫我買了一只馬克杯。

我其實很感謝的，不過我話講太快了。我跟她說我早就有新的了，就放在桌上，妳沒看到嗎？她停了一拍，才彎下身，把鞋子放進鞋櫃。然後她從紙袋中拿出一個小盒子，遞給我說，那這個先收起來吧，如果又摔破還可以用。然後她走進家門，脫下外套，一邊問我跨年有沒有什麼計畫。

以前跨年，我都是跟系上同學一起過的。我們會辦個小派對，大家帶自己的遊戲來玩。可是今年我畢業了，小風她們也早早有約了。我跟媽媽說，有啊。她只說注意安全，就去廚房準備晚餐了。

看著她忙碌的背影，又看看桌子上的馬克杯，摔不破的那個。也就在這一刻，沒有理由的，我忽然做了決定——

新年的第一天，我想讓莉莉安吸血。

讓莉莉安吸血。光是想到這件事，就讓我頭腦發熱，手腳發麻，我立刻明白這是多麼錯誤的決定，幾乎下一刻就想放棄。不過這是新年的第一個決定，這就放棄也太丟臉，何況都還不知道她有沒有空呢。

『莉莉安，妳跨年要做什麼？』

『只是問問，當作參考』

『好啊』

『還有誰啊？』

『我重新考慮一下』

『她都怎麼拒絕妳啊？』

『妳要用對方法』

『哇真難得，妳竟然會主動約我！』

『我也正想問妳呢』

『妳要不要來我的房間跨年？』

『可以看到好大的 101 煙火喔』

『晚餐我請客』

『我還在找』

『目前就妳跟我！』

『妳可以幫我約小蝶嗎？如果是我去約，她一定又要拒絕』

『欸（＞﹏＜）』

『她太難搞了啦』

『明明就很想跟我一起玩，可是死不承認』

『有妳幫忙約，肯定沒問題！』

『我還想再找幾個人』

『這是我第一次跟別人一起跨年耶』

『我該注意什麼啊？』

『前一天早點睡，不要熬夜』

『怎麼可能』

『欸語蝶，莉莉安問說要不要去她那裡跨年』

『莉ㄌ』

『莉莉安嗎？我很感謝她的邀請，我也很想去。真的。

可是我畢竟還是驅魔獵人，去吸血鬼家作客，這樣實在有點……』

『有免費的五星級 buffet』

『妳們約幾點呢？』

於是，在十二月三十一日，晚上六點，我騎著 YouBike，載著語蝶，往台北 101 旁邊的五星級飯店前進。

這間飯店叫做龍宮飯店，我們要去的是信義分館。我不知道台北有這樣的飯店，Google 地圖上也沒有，可是它似乎很有名。語蝶一聽說是這間，就一直很期待。她今天穿得特別正式，在道士袍外頭又加了件質感很不錯的羊毛披肩，頭髮上插了一枝珍珠花飾。

東區街頭已經擠滿了人，都是來看炸 101 的，畢竟是曾經的世界第一高樓，時至今日依然是台北最重要的地標。我們來到交通管制的核心區域，腳踏車根本擠不過去，所以我飛上了天，背對著晚霞，在東區的摩天大樓間穿梭。涼爽的晚風迎面吹來，語蝶緊緊抓著我的腰。

「那、那個……如果我現在說我怕高，妳覺得會來得及嗎？」

「……我一直以為妳也會飛，不然怎麼抓莉莉安？」

「哇！慢一點、慢一點……其實台北……沒幾個人會飛啦。」

「上次遊行的魔女呢？」

「她們只是跳得比較高……那個、我知道我只是在瞎操心，可是妳專心看前面的話，我會比較安心一點點。」

我聽話地轉回前方，然後稍微飛高了一點，好讓她欣賞美麗的台北夜景。跨年晚會七點才開始，東區已經人山人海，市政府舞台周邊寸步難行。飛越這些人頭頂上，讓我有小小的優越感。

從這個角度往下望，綿延的街燈、窗戶透出的日光燈、摩天大樓頂的航標燈，人群在各種各樣的燈光間流動、消融，像是萬花筒般相聚分離。台北彷彿沒了形狀。

「莉莉安說她約過妳好幾次，妳幹麼都拒絕啊？」

「妳……妳真的要現在問我這些問題嗎？」

「妳得繼續說話，我才知道妳沒有掉下去。」

「妳是不是故意在嚇我？」她把臉埋在我背上，不敢再看下面。「我怕我跟她太要好，她又會回到以前那樣。」

「哪樣？」

「就是……唔、這個我不知道可不可以說耶。有一段時間……總之，她有時候真的很鑽牛角尖。」

「這樣啊。」

101 就近在眼前了。雖然我們已經比大部分的高樓都高，但 101 還是遠遠地在我們上方，玻璃帷幕映著彩霞，顯得通透明亮。我抬頭望去，但看不到頂，傾斜的透視讓我有些暈眩，腳踏車晃了一下，惹得語蝶放聲尖叫。真不愧是樂團主唱，她的高音一如既往的乾淨細膩。

我調轉車頭，繞著101騎。不遠處有一棟造型奇特的建築，整體而言是六角柱狀，樓頂是尖的，牆面有些不規則，像是整塊玻璃砌成，在城市燈海中折射星光。遠遠看去，彷彿燃燒的水晶。根據莉莉安的描述，那大概就是龍宮飯店。

語蝶喘著氣說：「倒是妳呢？」

「我什麼？」

「因為我是驅魔獵人，所以才不能跟莉莉安太親近。」稍微習慣了高處，她似乎想起了自己的官方設定。「可是妳為什麼要一直拒絕她呢。她要給妳這麼多錢耶。」停頓片刻後，才像是想到一樣補上一句：「更重要的是，妳也很喜歡她吧？」

「是不討厭啦……」其實今天我就是打算給莉莉安吸血才來的，但這話我打死也說不出來。所以我只是說：

「但莎士比亞說過，爛百合比大麻還臭。」

「咦？哈哈……那個、對不起，我知道妳應該是在說一個很厲害的笑話，可是我不是聽得太懂……」

這句話出自十四行詩 Fair Youth 系列的一首，原文是 Lilies that fester smell far worse than weeds。這個雙關笑話取了日本次文化中百合花與女性情誼的關聯、大麻與雜草的一字多義、以及莉莉安名字的源頭。我原先很有自信的，可是解釋了就不好笑了，只好轉移話題。

「我想我們差不多到了，妳可以幫我打電話給莉莉安嗎？」

「咦？現、現在嗎？讓我來嗎？」

「我自己打也是可以啦……」我放開右手握把，伸手進風衣口袋拿手機。語蝶卻慌忙地阻止我。

「我來、我來就好了。妳還是……妳還是專心一點騎車，拜託。」

我重新握住把手，繼續騎車，她卻依然緊緊抱著我。過了很久以後，才戰戰兢兢地放開一隻手，從長袍袖口掏出手機，聯絡莉莉安，一舉一動都慢得像烏龜。等她終於講完電話，我忍不住好奇：「妳從來沒有飛過嗎？坐飛機也算。」

「小時候母親會載著我飛。可是我覺得那好像就是我怕高的原因……」

我回想上次被水月姊拖著全台北跑的那次。「嗯，我好像懂。」

我們終於飛到飯店上方了。以市中心來說，飯店占地相當遼闊。接近頂樓的斜面，有一個寬廣的陽台，上面種著修剪整齊的盆栽。遠遠地，可以看到一個嬌小的身影，一跳一跳地揮著手，想要吸引我們的注意。

莉莉安穿著寬鬆的居家服與運動短褲，金髮在夜空中相當耀眼。我在她的指引下降落陽台，才剛下車，她就咚地撞了過來，拉住我的手臂。

「等妳們好久了！我們正打算自己先去吃 buffet 了呢。」

「還有幾個人啊？」我把腳踏車停在陽台上，扶著腳軟的語蝶下車。

「加我和妳們，就四個。原本還邀了其他人，可是……唉，都是那些中國道士害的，大家都不想跟我扯上關係。這間套房我可是好不容易才訂到，結果只有四個人！」

只有四個人，這樣要讓莉莉安吸血就容易多了。

只差一個天衣無縫的藉口，免得她得意忘形。

語蝶顯然不想再待在這裡了。她一恢復力氣，馬上往最近的門走去。她連著窗簾把陽台玻璃門打開，蜂蜜色的光線從室內傾瀉而出，她卻就這麼僵在了門口。

「怎麼了？」我好奇地走近，越過她的肩膀往裡面看。

是水月姊。

其實，我花了一段時間才注意到水月姊，因為這間房間實在太厲害了。陽台進去是比我家還大的客廳。ㄇ字型的沙發圍繞著70吋的液晶電視，環繞音響傳來舒緩的爵士樂曲。角落有一架平台鋼琴，被莉莉安拿來放點心。另一頭的落地窗外，是一整座室外溫水游泳池。整間房的裝潢氣派、典雅、極盡奢華，吸一口帶點銅臭味的清新氣息，就讓我的身價也彷彿跟著水漲船高。

欣賞完這些，幾乎有些捨不得地呼出一口氣，眼睛才慢慢移向水月姊的方向。她坐在沙發上，穿著休閒西裝，翹著腳喝香檳。語蝶站在門前，動也不動地看著她。我推了推她的肩膀，她才一語不發地走進客廳，坐在離水月姊最遠的沙發上。

氣氛忽然變得有點僵。莉莉安來回看著語蝶跟水月姊，滿頭霧水地抬眼望向我。我朝她聳聳肩，也走進房間。卸下隨身包包，丟到靠窗的沙發上，我對水月姊說：「哈囉。」

水月姊朝我舉起酒杯。「喲，小妹。鏡子練習得怎麼樣？」

「有一次餐點放在裡面拿不出來，只好自掏腰包多買一份。不過除此之外，都很成功，我覺得我滿有天分的。」

「還早呢。等妳把自己塞進去還能完整地拿出來，我再教妳其他東西。」

「消失的餐點要怎麼處理啊？」

「大概已經被吃掉了。」

「小月姊姊。」莉莉安急著插話。「上次跟妳說還會再邀兩個人來。曉萍妳認識的，這個就是我提到的小蝶——」

水月姊擺擺手。「我知道啦。」

然後客廳又陷入了沉默。

「欸欸曉萍。」莉莉安說。「妳過來一下，幫我拿些喝的。」

她把我拉到廚房。廚房用具一應俱全，角落有個直立式的六門冰箱。一旁喝酒用的小吧檯上，掛滿了水晶高腳杯。我還來不及讚嘆，莉莉安就拉著我的手，讓我彎腰去聽她說悄悄話。

「她們是怎樣啦。」她挫折地說。「我跟小月姊姊說會邀請小蝶的時候，她沒說過她們認識啊。」

「我毫無頭緒。」我四下張望。「酒櫃的酒都可以免費喝嗎？」

「妳認真點啦。難得的派對，吵架就太掃興了。」

「妳認識語蝶一百年了，有沒有聽她提過自己的家人？」

她愣了一下，扭著手指，有些心虛地說：「吸血鬼幹麼關心人類的家人。」

「不然這樣。我們拿烈一點的酒過去。沒什麼問題是一杯酒解決不了的。」

「如果有呢？」

「就兩杯。」

她認命地嘆了一口氣，在吧檯旁邊一跳一跳地，想要取下倒掛的水晶高腳杯。我湊近了點，傾斜身體，一手越過她的頭頂幫忙。她仰頭望向我。「妳最好是對的。小月姊姊發起酒瘋來，我可攔不住。」

客廳中，語蝶跟水月姊各自坐在沙發區ㄇ字型的兩端，沉默地看著電視。「我們把酒拿來了喔？」莉莉安跟我把酒放到茶几上，在兩人中間坐下。莉莉安坐在水月姊那側，我坐另一側。

我幫語蝶倒了杯酒，她朝我微笑，然後對莉莉安說：「那個、莉莉安，謝謝妳的邀請。不過我……唔……我還是先——」

「看完煙火再走吧。」水月姊忽然說。「反正妳也沒事。」

語蝶瞪著她，但她只是繼續看電視。莉莉安連忙幫腔：「對呀，妳還沒吃過晚餐呢。這裡的自助餐廳很有名喔！」

「但是……我覺得我還是——」

「還有龍蝦吃到飽喔！」

「我、我才不是為了吃才來的喔？」

「拜託啦。」莉莉安雙手合十，抬眼看著她。「我今年是真的想要跟妳們一起跨年。妳不要這樣啦。」

莉莉安竟然這麼坦率，大家都有些吃驚。語蝶一時不知道該怎麼回應，就連水月姊都忘記繼續假裝看電視。空氣一片靜默，莉莉安來回看了看她們兩個，雙手抱胸。「幹麼啦。」

「沒有。」語蝶的視線飄了飄。「好吧。畢竟曉萍也在。」

「太好了。」莉莉安眉開眼笑，幫自己跟我倒了杯香檳。「那我們喝完這個，就去吃晚餐吧。」

發展到現在，我也差不多搞清楚狀況了。

事情是這樣的：三百歲還被外國人追殺中的獨居老人莉莉安想找人陪她一起跨年。水月姊於是拿她當幌子想跟語蝶見個面。語蝶又拿我當藉口跟莉莉安一起過。而我一直想住住看五星級總統套房，並且找時機讓莉莉安吸血。

今晚一定會是個愉快的跨年夜。

總統套房是能夠直接宴客的房型，結果我們還是下樓吃buffet。並不是莉莉安小氣，只是吃太貴的東西，我跟語蝶會有罪惡感。讓朋友破財，兩千元就是極限了。我們有著低薪年輕人的自尊心。

正好莉莉安也喜歡熱鬧，而且聽不懂客套話，就開開心心地領著我們下樓了。四個人很自然地分成兩組。語蝶跟我走在一起，莉莉安則拉著水月姊，各自聊著不同的話題。關鍵的兩人，甚至沒有對上過視線。

飯店的自助餐廳位在七樓，從落地窗能看見高聳入雲的101。我們被分配到一張靠窗的長方桌，語蝶跟水月姊理所當然地坐在斜對角，我跟莉莉安互看了一眼，也只好各自入座。餐廳燈光明亮，服務生的腳步踩在木質地板上，輕巧無聲。各種香味混雜在一起，形成奇妙又和諧的誘惑。我讓自己餓了一整天，就在等這一刻。

語蝶新奇地四處張望。「這裡菜好多喔，都不知道該從哪裡開始了。曉萍妳平常會來這樣的餐廳嗎？」

「只有每年爸爸公司旅遊的時候比較有機會。我先去拿沙拉。妳呢？」

「龍蝦。」

今天是跨年夜，這間飯店又離101特別近。自助餐廳位子幾乎坐滿了，相當熱鬧。我們各自拿了喜歡的東西，交換份量太多的食物，推薦藏在角落的餐點，一邊用餐，一邊聊天。對話斷斷續續的，語蝶與水月姊始終沒有互動。

「對了對了。」莉莉安不知道第幾次，試著開啟大家都能發表意見的話題。「妳們知道這間飯店游泳池的救生員是小六嗎？」

「啊……」語蝶驚訝地落下夾餅。「水鬼小六嗎？他終於放棄等城隍缺，決定認真工作了？」

「對啊，忍了這麼久，什麼都沒有。不過他好像很滿意現在的狀況。」

「等等。」我說。「水鬼？」

「喔。」莉莉安說。「妳絕對不知道一個保證淹不死人的游泳池，對飯店業者來說有多麼吸引人！」

「他是我介紹過去的。」水月姊忽然說。

聽到她的聲音，語蝶馬上低下頭，繼續吃她的夾餅。水月姊繼續說：「我們最近弄了產業轉型顧問部門，專門幫被城市排擠的妖怪找到新出路。畢竟時代變了，而且那些……」她看了語蝶一眼。「……正派宗教團體，可不幹這種事。」

語蝶站起身來，去拿下一盤菜。莉莉安茫然地盯著我，然後沮喪地垂下頭，用手掌撐著下巴，一下一下踢著我的小腿。

「水月姊，妳跟語蝶……」我小心地選擇措辭。「關係不太好？」

水月姊哼了一聲。「我說過了，我討厭基督教。」

「所以妳討厭她嗎？」

她張開口，又闔上。片刻後說：「不會。」她嘆了一口氣，皺起眉頭。「我之前也跟妳說過了吧，我不會處理這種事。所以才帶上妳啊，常識人。」

「常識告訴我，不要蹚這種渾水。」

「那就幫我個小忙。」水月姊指指窗戶外頭的101大樓。「等煙火放完，讓蝶兒不要移開視線。繼續看著，三十秒就好。」

莉莉安抬起頭，一臉驚喜。「會有什麼嗎？」

水月姊想了想：「祕密。」

然後語蝶拿了另一盤波士頓龍蝦回來，於是我們一起閉嘴。她困惑地左右看了看，我親切地提醒她：「妳已經不年輕了，不要吃這麼多海鮮。」

她給了我一隻鉗子來收買我，讓我對她的放縱保持沉默。其實我不喜歡吃龍蝦，因為剝殼很麻煩，不知道牠們長著殼是要幹麼。但專心對付龍蝦，似乎讓語蝶有了藉口，不必參與餐桌上的話題。

有一小段時間，大家都沒話說了，只是各自品嘗著餐點，試著讓食物的香氣填滿沉默。過了一會兒，我受不了了，正想去拿新的飲料，語蝶卻戳戳我的手臂，我轉頭看她，發現她正盯著水月姊的盤子。

她吞了一口口水，偷偷問我：「那塊烤肉……到底是在哪裡拿的呢？我剛剛找了好久，可是都沒找到耶。」

「我也不知道。」我騙她。「妳問她啊。」

「可是……」

水月姊抬起頭，冷淡地看了我們一眼。接著用叉子叉了一片烤肉，放到語蝶的盤子裡。那動作非常自然，卻讓語蝶像是被驚嚇的貓咪一般，弓起了背，直直盯著那片肉。

片刻之後，她才放鬆下來。小小聲地說：「謝……謝謝。」

「在右後方，靠近中菜區。」水月姊說。「要跟廚師說。」

「喔……我知道了。」

我看向莉莉安，發現她也在看我。我們一齊悄悄地笑了。莉莉安用叉子叉起一塊特別大的蘿蔔，伸長細小的手臂，遞到我面前。

「曉萍，我的蘿蔔也給妳，很好吃喔。」

我看了一眼她的盤子。「那為什麼妳剩這麼多？」

「好吃的要留到最後！吸血鬼才不挑食。」

「問她吃不吃豬血糕。」水月姊說。

「嗯。如果是曉萍血糕，我就吃。」

我一邊吃著蘿蔔一邊說：「妳是不是在偷偷罵我是豬？」

「就算是豬，妳也是Bellota 伊比利豬！」

「那個……莉莉安，我相信那對人類來說並不是一個好的讚美……」

服務生收走了莉莉安的空盤子，我起身去幫大家拿飲料。客人的笑語聲、餐具的摩擦聲、食物煎煮的吱吱聲，在背景中輕輕響著。二〇一九年最後的一頓晚餐，還在繼續。

好久沒吃得這麼撐了。

如果是平常，我也許會用行為經濟學來反省這件事，但這餐太好吃了，讓我沒有這種心情。水月姊吃慣了高級餐廳，早早抓著莉莉安回房間了。只留下我跟語蝶，就算已經吃飽，還是要摀著肚子，把每種蛋糕都夾一遍，直到腹部的脹痛再也無法忽視。我想這可能是種沉沒成本謬誤。

我們癱坐在椅子上，摸著自己的肚皮，互相嘲笑對方的身材，然後決定在回去之前先在飯店裡逛逛，順便消化一下。飯店的設施很多，禮品店、健身房、游泳池、精油按摩、以及一座靜謐的花園。花園中已經擺開了宴席，今晚是跨年夜，飯店在這裡舉辦派對，有無限的酒以及不停歇的現場演奏。我跟語蝶在花園中閒逛，莉莉安給的房卡讓我們暢行無阻。

語蝶的心情看起來輕鬆多了，我想不只是自助餐的關係。我問她：「妳跟水月姊到底為什麼吵架啊？」

「咦？」語蝶愣了一下，看了我一眼。「這個……咦……」

「不方便嗎？」

「不是的……只是妳問得好直接喔。」

「……抱歉。」

「沒關係啦，只是有點不知道從哪邊開始……」她雙手捧住嘴巴，對著手心呵氣。「唔，或許妳已經猜到了，其實林水月是我的養母。」

「養母？」

「我的母親在生我的時候就過世了，我的父親傷心過度，而林水月她……她算是我的……嗯，祖先。反正，從我很小的時候，一直都是她在照顧我的。」

「啊……祖先？」

「詳細情況我也不是很清楚耶。」語蝶摸了摸耳朵。「林水月一直都住在台北。很久很久以前，她跟一個道士結了婚，有過一個小孩。我們家族一直都是做火居道士的，就這樣一路傳承下來。不過……很早就沒人記得林水月了。一直到我這一代，家族沒落了，她才又出現。」

「聽起來真複雜。」

「她不太跟我說自己的事。」她嘆了一口氣。「她跟莉莉安認識很久了，我聽說要不是她，莉莉安早就死了。有時候我會覺得，她才更像是她的女兒。我上次跟妳說過吧，她騙我吃下長生不老藥，那以後我就再也……」

她好像忽然不知道該說什麼。她轉過頭，查看我的表情。「問題在……妳應該也感覺到了吧，所以妳才要拒絕莉莉安的邀請。」我沒有回答。她停下來，看著一片葉子被風吹落在腳邊。「每個從現實邊緣跌下來的人，都會遇到一個最後的選擇。一邊是正常的生活，一邊是夢裡的生活。選了一邊，就很難再回去了。」

她繼續往前走，繞過端著飲料的侍者，現場演奏在耳邊不輕不重地迴響。「因為長生不老藥什麼的，魔法之類的，這些都好奇怪，一般人寧願當成不存在。脫離了正常的生活，妳非得拚盡全力，才能讓其他人注意到妳。」

「就像妳的演唱會嗎？」我努力跟上她的步伐。「大家聽完，就忘記了。」

「不管我們創造了什麼，在現實中都不存在的。」她苦笑了一下。「妳有過那種感覺嗎？好像妳永遠沒辦法影響什麼，沒辦法留下什麼……妳會不會害怕這種事？」

「有一點。」

「這是一個重要的選擇，每個人都該自己選的。」她抬頭，望向花園中喝酒聊天的男男女女。「可是我的母親奪走了它，就像吸血鬼奪走莉莉安的。」

「妳們吵架很久了嗎？」

「我跟我媽只吵了四年。」

「一百年了。」

「當妳知道自己會一直活下去，就很容易養成拖延的壞習慣。」她虛弱地笑了笑。「我想，我在這麼年輕就吃下長生不老藥，大概也是錯誤的。我活了一百多年，有時候，還是覺得自己像個長不大的孩子。」

我們來到花園中比較安靜的地方，幾棵樹隔開了嘈雜的人聲，附近一個人也沒有。幾朵白色的小花在花園矮燈底下綻放，語蝶踢著路邊的小石頭，聲音很低：「有段時間，我一直不想跟她說話。那時候我才十六歲，還是跟她住在一起。我一直在等她道歉，可是她沒有。就這樣好長一段時間，然後有一天，她出去工作……莉莉安來找她玩。母親從來沒有提過她，那是我第一次遇見莉莉安……」

「妳們打起來了？」

「我輸慘了。那個年代，東方的力量太弱，我的道術沒辦法對付她。所以我找上了我的教會，成為驅魔獵人，逼她繼續跟我打架。當我母親知道這件事，她……就把我趕出家門了。」

「為什麼？」

「我不知道。我也覺得好不公平，那些明明都不是我選的，不管是長生不老藥，還是道術。可是……她還是可以對我失望。」她再次嘆了一口氣。

「我老是讓她失望。」

我不知道該怎麼安慰她，只好說說自己的經驗：「我的都是自己選的，結果更丟臉了。」

「這樣啊。」她輕輕笑了。「我覺得……我們有一些地方，真的很像呢。」

「那其他地方呢？」

「很不像。」

我也笑了，陪著她靜靜地走著。我們穿過人群，走過餐桌，在舞台前方佇足片刻，然後繼續往前。花園內，花園外，成千上萬的人們聚集在這個地方，等著迎接改變的一秒鐘。只是現在還太早了。我們快要繞完花園一整圈，肚子裡的高級自助餐也消化完了。我問她一個問題。

「妳會恨她嗎？」
她搖搖頭。「我很氣她。」
坐著電梯，一路往上，一直到最頂層。我跟語蝶回到了房間。
一打開門，莉莉安便朝我撲過來。
「好慢喔！我還以為妳們迷路了，正想用廣播找人呢！」
「拜託不要。」我推開她。她已經洗過澡了，頭髮還有點濕潤，帶著淡淡的梔子花香。她穿著寬鬆的飯店浴袍，綁帶沒綁好，一邊肩膀都露出來了。
我轉頭看向走廊。「接下來做什麼呢？」
「小蝶應該也想洗澡……」莉莉安領著我們進門。水月姊坐在窗邊看書，她從小桌上拿起一杯紅酒，輕輕搖了搖，湊近嘴邊，動作優雅愜意。莉莉安接著補充：「她說她家最近沒熱水。」
水月姊嗆了一下，稍微灑出一點酒。
「那個……妳可以不用說這麼大聲的……」語蝶捶了下莉莉安，難為情地看了我一眼。我假裝在研究壁紙的紋理。
「喔……」莉莉安困惑地眨了眨眼，隨即開朗地說：「那個浴缸有SPA功能，我教妳怎麼用！」
她推著語蝶走向浴室，大廳中只剩下我跟水月姊。我有點不自在，因為剛才跟語蝶的談話，好像窺探了她的祕密。
水月姊嘆了一口氣，闔起書本，接著從袖口抽出一盒菸，對著我搖了搖。「我去抽一根，妳要來嗎？」

「那是什麼？」

「雲隙月光。」她往陽台走去。

「味道怎麼樣。」

「稍微有點嗆。」

「我不用了。」

她停下腳步，回頭看著我。我愣了一會兒，最後聳聳肩，起身跟上：「去吹吹風也好。」

她推開玻璃門，我們來到陽台上。正前方就是明亮通透的101，像是庇蔭灌木的大樹般聳立在城市中央。樹根般的街道擠滿黑壓壓的人群，雖然已經九點半了，但今天是跨年夜，整座城市都還醒著。人群的喧譁一波一波傳來，像是風吹響樹葉。

喀嚓。水月姊點起一根菸，倚靠在陽台上。她緩緩吞吐煙霧，白色的氣息化為蝴蝶，飄向遠方。有一段時間，我們只是靜靜望著夜景。然後水月姊說：「時代還真是變了。」

「語蝶說妳是她的養母。」

她被菸嗆到，咳了起來。

我猶豫著該不該幫她倒水，但她擺擺手要我別管她。我等她平復以後才說：「還好我沒吸那個。」

「是啊……咳、真的很嗆。」她撫著胸口。「妳跟她認識很久了？她不對人說這件事的。」

「一個半月吧。可是我們很合得來。」

「她還說了什麼？」

「她說妳把她趕出家門了。」

「我沒有。」她馬上說。「我只是告訴她，如果非得去那個該死的教會，就不要給我回家。」我盯著她看，她不自在地改變站姿。「我有讓小張送錢過去，但她不收。」

「她說妳偷偷給她吃了長生不老藥。」

這次水月姊沒有反駁，只是敲了敲菸，抖掉一些灰燼。我不禁覺得自己是不是管太多了。過了一會兒，水月姊嘆了一口氣。「妳不知道深愛的人在眼前慢慢老去，那是什麼感覺。」

「那是……？」

「我曾經有個兒子……」她的聲音變得柔和。「還記得我上次跟妳說的故事嗎？」

「妳被荷蘭人放逐那個？」

「嗯……從那以後，我就一直在流浪，最後輾轉到了台北。那時候北部已經有些漢人在開墾了，我認識了一個道士，我餓得快死了，他救了我。」

她抬起頭，望向天空。台北的夜空經過四百年的汙染，連星星都看不到了，大概不剩什麼能夠回憶的東西。但她的嘴角還是彎了起來。「他教我漢人社會生活的方式，還教我道術，我也教他我的。我們常常一起練習。不久後，我們就結婚了。」

她停頓很久，我催促她。「後來呢？」

「後來……後來我發現他早有妻小，只是想偷我的法術，來煉長生不老藥，所以就把他趕出家門了……喔，妳可能沒什麼感覺，不過在那個年代，這是很嚴重的——把丈夫趕走的女人。到頭來，只有魔女協會肯收留我。」

「上次莉莉安跟我講她的故事，也跟爛男人有關。」

「那個年代，妳期待什麼？反正，後來我在黑魔法中找到最後一片拼圖，意外完成了長生不老藥——然後就聽說台南有個煉丹道士走火入魔的消息。」

「……咦？」

「他吃下失敗品，發狂打死妻子。有個西歐來的吸血鬼剛好路過，救下她們年幼的兒子，丟給魔女協會。最後不知怎麼的就淪落到我這兒了。」她長長地嘆了一口氣。

「有段時間，我很討厭他，他長得像他爸。可是後來，他就是我的全部。然後他老了，死了。他的兒子也老了，也死了，孫子也是。再後來，就沒人記得我了。」

「喔、喔……」我試著想像那樣的感覺，可是想不出來。四百歲的魔女撐著臉頰，抽著菸，俯瞰物換星移的台北城。

「那個時代沒有照相機。我有一幅他的畫像，可是沒多久就爛掉了。到現在，他已經一點痕跡也不剩下。沒有人聽過他，沒人在意他。他留下的唯一一樣東西，就是蝶兒家族代代相傳的道脈。」

「所以……語蝶改信的時候，妳才把她趕出家門嗎？」

「不是。」菸快抽完了，她深深地吸了最後一口。「我原本也以為是。」她沉默許久，慢慢把菸吐了出來。「但是我的兒子死了，我的女兒還活著。我希望蝶兒能做自己想做的事，只要別跟我走上一樣的路。」

「什麼路？」

「我的這一生啊……」她轉過身，背對城市燈光，雙手靠在欄杆上，望向上方。「有過很多身分。我曾經是我，然後是荷蘭人、是漢人、是日本人、中華民國人，現在我的生活，更像個美國人。我活了太久，都找不到回家的方向了。妳懂這種感覺嗎？」

「我才二十二歲。」

「跟年紀無關。就是有一天……規則忽然都改了，妳過去累積的東西再也不重要，但妳又不想放下的感覺。」

「……就像大學一畢業，我變回一張白紙，因為我從沒努力過？」

她噗哧一聲笑了出來。「也許吧，對，就像那樣。有個妳不能決定、比妳更大的東西，忽然否定妳的全部……可是妳在選系的時候，不就該知道這狀況了嗎？」

「那時我還太年輕。」

「好吧。我想說的是……蝶兒是不同的，我以為她可以不同。可是最後，她還是為了力量，背棄自己的傳統與信仰，她自己的根。」

我覺得不是這樣的，可是語蝶也說過，她就是為了打贏莉莉安，才會找上基督教的。我聽到聲音，回頭望向玻璃門內，莉莉安剛從浴室走出來。她朝我愉快地揮揮手，然後就去翻冰箱了。溫暖的光線從客廳滿溢出來，雕琢空氣中的細小塵埃。這裡是吸血鬼的巢穴，語蝶還在裡頭，借熱水洗澡。

我問水月姊：「台灣有幾個長生不老的人啊？」

「只算原本是人類的話，不多。這房間可能就是全部了。怎麼了？」

陽台外，近百萬人填滿了信義商圈，這間飯店就像是一座孤島，被人海淹沒。為什麼我會在這座孤島上呢？這兩個月來我偶爾會思考這個問題。台灣有兩千三百萬人，台北有兩百六十萬人，為什麼在那天夜裡，剛好是我為莉莉安送餐？為什麼腳踏車的變速器會在那天壞掉，讓我錯過一個紅綠燈口，遲到兩分鐘？為什麼我的血這麼好喝，能讓莉莉安念念不忘？

可是，想來想去，這些都不是真正的理由。我會在這裡，只是因為莉莉安一直死纏著我，還搶走我的手機，把她的電話擅自加進去。

「也許不是為了力量？」我忽然說。

「也許她只是想交朋友？」

水月姊驚訝地揚起眉。她看了看我，又看看手上快抽完的香菸。「也許吧。」她笑了，笑得很柔和。她拍拍我的肩膀，然後嘆了一口氣。「不管怎樣，都無所謂了。」

然後她站直身子，正面對著我，換上有些嚴肅的表情。

「給妳一個……過來人的建議吧。」她手掌一翻，輕輕一吹，剩下一小截菸蒂如晨霧般散去，消融在台北的繁華中。「我們的生活，不管看起來多美好，都是不正確的。越過那條線，就像跟過去決裂。妳懂我在說什麼吧？」

「妳是在說莉莉安的邀請嗎？」

「都是。妳已經是半吸血鬼，再過來就危險了。」

「那妳還教我魔法。」

「妳有選擇的。」魔女聳聳肩，然後嘆了一口氣。「她一定很恨我。」

「她說沒有。」

「她騙妳的。」她伸了個懶腰，往回走去。將手放在門把上，她停頓片刻，又回過頭。「所以啦，小妹。在那些真正重要的時候，不要找藉口，不要隨波逐流，不要讓其他人幫妳決定命運。」水月姊打開玻璃門，讓我先進去。

「妳要自己選才行。」

「我準備了好多遊戲，我們可以一路玩到天亮。妳想玩派對桌遊、麻將、電視遊戲機，還是龍與地下城？」回到客廳，莉莉安已經在桌上鋪好地圖與棋子，一旁放著二十面骰與原文規則書。她偷眼看我：「還是龍與地下城？」

「遊戲機。」

「兩票比一票。」水月姊在一旁說。

「好吧。」莉莉安鼓起雙頰，收起地圖。「那等小蝶洗好，我們就來玩大亂鬥。」

為了接上遊戲機，她打開電視，吵雜的聲音傳來，電視新聞正巧在重播兩天前的總統大選辯論會。果不其然，人們討論的重點依然在親中還是反中上面。過去幾年，這一直是最重要的政治議題，代表著兩種截然不同的生活方式。

我想起水月姊剛才的話。如果台灣再次成為中國的一部分，語蝶會不會又做回道士？如果她重新繼承了家業，水月姊會為此高興嗎？

在名嘴的叫罵聲中，莉莉安一邊設置遊戲機，一邊隨口問我：「曉萍妳打算投給誰啊？」

「還沒研究。」我說了個無聊的答案。「那妳呢？」

「吸血鬼沒有投票權。」

「說得也是。」我猶豫了一下：「那些中國來的道士……他們很危險嗎？」

「一點也不！可是我最近身體……啊、這次總統大選，兩邊的聲勢太接近了，什麼都說不準。」她嘆了一口氣。「那些道士好像找到了高雄的龍脈，做了不少小動作。大概想在選前之夜，氣氛最嗨的時候動手吧。」

她沒再說話了，像是在思考什麼。有段時間，只有電視裡的爭辯聲填滿空氣。千篇一律的論述，誰也無法理解誰。莉莉安轉換訊號源，聲音消失，遊戲的起始畫面緩緩浮現。

我在這時候開口：「那如果我給妳——」

「哇呼——大家都在呀……那個蓮蓬頭真的好舒服喔，一直都有好大的水，而且都不會冷掉。」語蝶洗完澡走了出來，用毛巾擦著頭髮，發出滿足的嘆息。她沒有穿浴袍，而是換上另一件道士袍。

莉莉安側頭看我，等我說完，但我沒辦法說下去了。我轉頭對語蝶說：「我還以為今天終於能看到妳的便服了。」

「這是我的便服啊？」

莉莉安拿出手把，塞進她懷裡。「妳來得正好，我們正要開始玩遊戲。」

「咦？」語蝶接過手把，難為情地摸摸耳朵。「那個……我從來沒有玩過……這樣的東西。」

「哇，真的假的？沒關係啦，我教妳。我們先從簡單的角色開始。」

莉莉安選的是闔家歡樂的對戰遊戲，操作不複雜，經過簡單的講解，語蝶馬上就上手了。四個人坐在沙發上，看著70吋的液晶電視，玩起時下流行的遊戲。

好久沒有這樣跟人一起玩了。我想起去年跨年，系上同學租了派對場地，相約一起打桌遊的時光。當時我興奮過頭，帶了幾款私心推薦的重策桌遊。結果他們打一整個晚上的狼人殺。

至少在這裡，我不需要假裝自在。

「啊，莉莉安又死了。」

「這不算，不算！為什麼啦，為什麼大家都殺我。小蝶妳是不是在公報私仇？」

「我……我也不是故意的，曉萍也殺妳很多次啊。」

「水月姊已經拿了三次冠軍。我們何不聯手把她送下去？」

「憑妳還早了三百六十四年。」

「這麼具體的數字是怎麼回事？」

「這遊戲真難玩！」在等待復活的期間，莉莉安用手把捶著我的肩膀，還故意坐到我身上，想擋住我的視線，結果反而自己摔下懸崖。她皺起眉頭，發起小脾氣，我跟語蝶只好輪流輸給她，她才又得意忘形起來。
如果莉莉安沒有約我，我今年大概也會待在家裡，躺在沙發上看煙火轉播吧。這樣的跨年夜，感覺也不錯。我們喝著便利店買的啤酒，吃著語蝶帶來當伴手禮的俄羅斯軟糖，換了很多款遊戲。莉莉安挑遊戲的品味不錯，只可惜她每種都好弱。我們玩了兩個多小時，感覺都不會膩，最後是語蝶說：
「時間好像快到了耶。剩不到一小時了。」
「那再一場，最後一場！我要拿出真本事了，這次不會輸的。」
莉莉安按下按鈕，開始新一輪遊戲，哼著歌重新選擇角色。
也就在這一刻，我忽然意識到，我在等的機會來了。
我握緊手把，用漫不經心的語氣提議：
「那要不要賭些什麼？」
「好啊，如果我贏了，曉萍就讓我吸血！」
「好啊。」
其他三人停下動作，不確定地抬頭看我。我隨便操作搖桿，選擇角色的提示音噠噠地響起：「如果只有兩百毫升的話。」
「喔……」莉莉安盯著我，一時間沒有說話。然後她試探地、小心翼翼地說：「那妳要什麼？」
「看妳囉。」
「那我賭一台機車。」
一台機車。

這次換我沒反應過來，遊戲手把差點掉下去。我手忙腳亂地重新握好，才愣愣地開口：

「真的機車？」

「真的機車。」

「……為什麼是機車？」

「我也賭妳最想要的東西，這樣才公平嘛！」

「喔……」

其實，我現在最想要的已經不是機車了。我緩緩呼出一口氣，讓心情平靜下來，一邊說：

「妳賭這麼大，一點都不公平吧？」

「妳的血就值這麼多。」

「謝謝妳喔。」

「所以妳也別放水喔。」

我按下按鈕，選定角色，然後才說：「我幹麼那樣。」我覺得頭腦有點發熱，只好專注地看著遊戲畫面。莉莉安知道我的意思了，就像偷吃糖果的小孩，還以為沒人發現。但是──

一台機車嗎？

我試著想像，想像我騎機車的樣子。騎機車送餐，騎機車上班……那感覺真不錯。只是不知道為什麼，畫面中的機車老是變成 YouBike。如果真的拿到了那台機車，我還能騎著它飛嗎？

我想起水月姊剛才提醒我的事。我偷偷看向她，她只是平淡地對我笑了笑。應該沒關係吧。我甩開心中的疑慮，緊盯遊戲畫面，默默倒數開場時間，一邊想著：莉莉安這麼弱，到底要怎麼才能輸給她。

12月31日　畢業典禮

跨年到底是什麼意思呢？

在二〇一九年的最後二十分鐘，我忽然冒出這樣的疑問。

「曉萍曉萍，妳什麼時候給我吸血啊？」

一年的最後一秒鐘，與上一秒、與接下來的一秒，有什麼不同呢？試著想像，如果沒有西曆的引入，這一天也許不會這麼重要。如果沒有鐘錶的發明，這一秒也不會被人知道。如果不是電視轉播的普及，人們也不會擁有相連的時間感。時間的概念隨著時間改變，非得等條件成熟，跨年晚會才可能存在。

「曉萍曉萍，妳什麼時候給我吸血啊？」

可是，就算有了鐘錶、西曆，以及電視轉播，與東經一百二十度有著一度之差的這片土地，也只是參照英國人隨手在格林威治畫下的隱形區間，透過銫原子鐘模擬的平太陽日，加上潤秒計做UTC+8。

「曉萍——曉萍——」

錶定的中午十二點，影子不是最短，午夜時分，太陽也不在地球正對面。若只看著星空，開始一整年的那一秒鐘，早在倒數前三分鐘就成為過去。眾人熱烈狂歡的瞬間，不代表世界上任何事物，只是一縷飄盪的幽魂……

「妳怎麼這麼安靜，酒喝太多了？」水月姊從廚房拿了瓶紅酒回來，經過電視前面時，低頭看著我。

我說：「我在懷疑人生。」

「妳活該。」她幸災樂禍地笑了。

「曉萍曉萍，」莉莉安搖著我的手臂。「妳什麼時候給我吸血啊？」

「……如果考慮相對論的時間概念，太空人還有辦法跟我們一起跨年嗎？」

「哈？……啊，這要考慮妳站在哪個參考系，因為同時性不是絕對的。不過太空站的高度，勞倫茲變換不夠，還要引入廣義相對論的……不是在說這個啦！」

「為什麼最後一場妳這麼秀？妳為了騙我的血喝一直在隱藏實力？」

「怎麼可能啊，妳這樣說太不公平了！」她激動地抗議。「妳也才輸十分而已。我可是動用了吸血鬼的動態視力，一幀一幀計算反擊時間點耶，搞到最後都完型崩壞了！」

「這樣遊戲還會好玩嗎？」

「一點都不好玩。」她厭惡地說，然後抬眼看著我。「所以妳什麼時候給我吸血啊？」

「好啦。」我認命地說。「等看完煙火再說。」

現在是晚上十一點四十分，我們坐在沙發上，看著跨年演唱會的電視轉播。莉莉安懶懶地靠在我身上，每分鐘問一次這個問題。

每分鐘。

水月姊在角落坐下，攤開書本，不再搭理我們。語蝶半小時前說想躺躺看總統套房的床，然後就沒有再起來了。電視新聞不停輪播著各地的跨年實況，每座城市都有自己的活動，每個活動都大同小異：演唱會、倒數、煙火——演變自二十世紀初紐約一家報社的遷址典禮，直到八〇年代解嚴後才在台灣普及，只屬於近代的狂歡儀式。

「不過那個啊……」莉莉安的音量變小了，我轉頭看她，但她只是看著電視。「如果……我是說如果，妳真的不想要的話，那也沒關係喔……」

「我也沒說討厭。」

她看了看我，又低下頭，露出含蓄的微笑。大廳的水晶吊燈有些炫目，我回頭望向電視。

「成為裏台北的人……」我說。「是什麼樣啊？」

「咦？啊，不用擔心啦，我只吸兩百毫升。我保證！」

「我不會讓妳直接吸的，妳已經信用破產了。」

「小氣。」她發出不滿的喉音，原本靠在我肩上的頭緩緩倒向我的大腿，擅自把我當成了枕頭。她肯定又喝醉了，吸血鬼的恢復能力似乎對毒素類的傷害效果有限。她喝酒以後，距離感變得近過頭了。「也沒怎樣，別人看到妳的時候，會禮貌地轉頭。妳講的話會被忽略，如果妳講太大聲，會被瞪。」

「聽起來就像送 UrbanEats 常遇到的狀況。」

這個笑話大概一點也不好笑，也許還有些過分，所以我們沉默了一會兒。環繞的音響不斷傳來跨年舞台歡快的聲音，光鮮亮麗的人們在台上展示著正確的生活方式。

「吶，曉萍。」莉莉安突然說。「妳會想變成吸血鬼嗎？」

我低頭看她。她躺在我的雙腿上，柔軟的金色頭髮散開，像是一朵花。她看著我，藍色的眼瞳藏著不安。

「妳不是說妳不會這麼做？」

「我喜歡妳普通的樣子……我最近越來越能掌握變形能力了。現在的我可以……一天一天長大，然後普通地變老，就像妳一樣！」

「那最後呢？」

「最後啊……」她盯著天花板看。「還沒想那麼遠。」然後她翻身背對我。「不過我也都活了三百多歲。」

這說法讓我沒得選擇，我向她保證：「我不想變成吸血鬼。」

「真的？那妳為什麼突然願意讓我吸血？」

「也沒什麼……二〇二〇，聽起來像是一個新的開始吧？就想說如果只是一點點……那也沒關係吧。」

「這就是當普通人的好處。」她忽然笑了。「總是有新的開始。」

「那也代表有什麼結束啊。」

「像是什麼？」

「各種各樣的。」我把手放在她的頭上。她的身體很冰，據說只有吸血的時候會變溫暖：「像是……我的學生時代？」

「妳不是早就畢業了。」

學校系統上來說確實是。我沉默了很久才回答：「但我還在做 UrbanEats 啊。」

「那也是工作啊。」

「是嗎？」

「是啊。」

「這樣啊。」

她問我：「妳打算換工作了嗎？」

「總有一天吧……」我的雙手閒不住地玩著她的頭髮，偷偷打了結。「總有一天，我會去做一份穩定的辦公室工作吧。就像其他同學那樣。媽媽也一直這樣催我。」

「那不好嗎?」

「也不是。我應該可以做得很好吧!畢竟我又聰明、又漂亮、英文又好。如果努力點存錢,在鄉下一點的地方,也不一定買不起房子。」

她沒有吐槽,我只好靜靜想像那樣的可能:學校畢業,找一份工作,繼續做類似的工作,或者嫁人,一直忙碌到六十歲。感覺像是被什麼勒緊脖子,沒辦法呼吸。

「我只是還沒準備好而已。」

莉莉安沉默了一會兒,梳開頭髮。爬起身,在我身旁若即若離地坐下。「那也沒關係吧。」

「畢業以後,就不能任性了。只做喜歡的事,投入時間跟認同……要是把最後的熱情都消耗掉,或者開始怨恨自己。到時候想回頭,一定來不及了。」

我往後靠向沙發椅背,避開她的眼角餘光。「如果什麼都想要,只會什麼都不上不下的。既然沒辦法兩全其美,那走一條普通的路,還算是對自己負責吧。」

「這樣啊……」她低聲說。我偷偷看向她,她的睫毛顫抖著,欲言又止。最後她伸出手,輕輕按住我擱在沙發上的手。

「現在說這個感覺就像個討厭鬼。」她側著頭說。「但是在裏台北的人,都是邊緣人。一般人根本不會注意到我,可是妳注意到了。」她身體稍稍前傾,從稍微偏低的角度,認真地盯著我的臉。

「或許就是因為妳老是這麼優柔寡斷、畫地自限,最後還逃跑了,才會接到我的訂單。」

我張開嘴,過了一會兒才發出聲音:「我覺得妳好像在損我?」

「無病呻吟的傢伙。」她冷哼一聲,撐起身子,跪坐在沙發上。「不然這樣。」她伸長了手臂,再次摸摸我的頭。「我們等等先一起看煙火。就當成……再畢業一次?」

「那是啥……」

「對啊，畢業典禮！妳不是沒參加過嗎？也許就是這樣才會搞不清楚方向的。妳們人類學不也老愛說儀式感嘛。辦得這麼盛大，就會比較有感覺了吧！」

「……如果還是沒有呢？」

「如果還是不知道怎麼做，」她的眼睛映著我的。「我會陪妳一起想的。安心啦，我早就知道妳有多難搞了。」

「喔……喔。」我本來想說些玩笑話，帶過這難為情的時刻，最後只是安分地閉上嘴。沒有其他人願意陪我想這些事了，我的學校朋友都跟我一樣迷茫，妹妹還太年輕，而媽媽……她總是講到一半就生氣。

我僵硬地轉頭，看看時鐘。「時間差不多了，我先去叫語蝶吧。」

莉莉安放下手。不遠處的水月姊啪地合起書本。「妳們的閨密時間結束了嗎？那還記得答應我的事吧。」

「三十秒那個嗎？」我站起身往臥房走去。

「記得就好。我幫魔女協會加班了一整個月，就是為了讓她們還我這個人情。」水月姊指指窗邊。「莉莉安，幫我把鋼琴搬過去。小妹，記得抽她棉被，這招最有用。」

我走進臥房。臥房一面是落地窗，五彩的微光揉合成閃耀的灰，照亮中央的雙人床。語蝶就大字形躺在床上。

我搖搖她，叫她的名字。可是不管怎麼叫，她都只是隨便揮開我的手，或是坐起身，揉揉眼睛，三秒鐘後又躺了回去。最後我抽掉她的棉被，她才不情不願地縮著肩膀爬下床。

我幫她整理好衣服，拉著她往客廳走去。她打個哈欠，好像才終於醒了。水月姊跟莉莉安已經站在陽台，電視的聲音開得很大聲，好讓我們能聽到轉播的倒數。語蝶眨眨眼睛。「咦？這個鋼琴……呼哈……這個鋼琴，剛剛就是在這裡嗎？」

「妳睡迷糊了吧。」我把她推進陽台，也隨後走進夜色中。

躁動的空氣飄浮在台北上空。從高處望去，視野彷彿不斷延伸，每家每戶都亮著燈，人群填滿了大街小巷。來自不同地方，有著不同故事的人，現在全都聚集在這裡，等著相同的一秒鐘。

整座城市彷彿都在屏息以待。太陽正通過地球的正對面，三分鐘後，曾經的世界第一高樓，台北 101 將會燃放煙火，證明這件事情。然後所有人手機上的年份數字，將從二〇一九，前進成二〇二〇。在這之前，時間的概念變得曖昧模糊。

「好緊張喔。」語蝶站在我旁邊，對著雙手呵氣。

「妳有在這麼近的地方看過嗎？」我說。

「沒有耶。」

「我小時候被媽媽帶來看過一次，可是已經忘了。」

「曉萍，妳喜歡煙火嗎？」

「嗯……只要刻意不去想這些燒掉的東西，每顆都比我還貴，我還滿喜歡的。」

她嘆了一口氣。「妳為什麼老是要這麼憤世嫉俗呢？」

「我只是想被愛。」

後頭傳來電視的轉播聲。市長正在致詞，這次的市長致詞很簡短，一下就結束了，這很好，因為沒有人想在今天看到他們。最後一分鐘，這次的倒數廣告由 UrbanEats 的競爭對手，另一家知名的餐飲外送公司搶到。從陽台望出去，101 牆面上的光雕清晰可見。各種食物交錯落下，漢堡、牛肉麵、珍珠奶茶、蛋糕……

我舉起手機，打開攝影模式。這是現代人觀看美景的方式。畢竟美好的東西總是這麼脆弱，當視網膜的印象消逝，記憶卡就是唯一的真實。

「妳有什麼新年新希望嗎？」語蝶突然說。

過年總是要許新希望。以前每一年，我都會許下學業進步的願望，可是今年我已經畢業了。畢業當天，系上舉辦了時光膠囊活動，對二十年後的自己，我都無話可說，對於一分鐘後的未來，我實在不知道該期待什麼。

「希望我能找到一個月薪四萬不用加班的辦公室工作。」

「我是說真的啦，可以實現的那種。」

101光雕的最底下，數字每五秒變動一次。時間就快到了，我回答她：

「我希望能成為一個特別的人。」

繽紛的食物中，跳動的巨大數字出現在正中間，倒數二十秒。

語蝶溫暖地笑了笑：「可是妳已經是了呀。」

最後十秒，我們一起看著101。在這麼近的距離，101幾乎把天空一分為二。光影的動畫在牆面上不斷變換，全台北市一起倒數的聲音，不需要電視轉播就能聽到了。

「九！」

莉莉安快樂的嗓音，以及水月姊百無聊賴的聲音，也加入了倒數的行列。

「八！」

我小聲地說。

「七！」

語蝶開心地看著我，手圈在嘴巴旁邊，在我耳邊大喊。

「六！」

我喊了回去。

「五！」

「四！」

「三！」

「二！」

「一！」

煙火燃起。

卻沒有想像中的好看。

那是從第一發煙火綻放以後，所有人都發現的事實。

今天的天氣不好。風太大了，水氣太多，我們的位置有點逆風，大半的101都被硝煙遮擋，隱沒在灰色霧氣之中。

煙火的聲音與光依然震撼，可是那不是她最好的樣子，不是正確的樣子。風將煙火吹散在設計好的軌道，燃燒的濃煙又遮蔽下一輪的光。偶爾有幾顆飛得特別高，跑得特別遠，鑽出厚重的煙霧，卻也只是失根的花，獨自凋謝。

難得可以在鄰近101的飯店高樓觀看煙火，結果，似乎也只是這樣。從電視上看到的，永遠比較好。我們站在陽台上，看著一波波煙火，全被強風吹得歪向一邊，失去了形狀。

跨年到底是什麼意思呢？

站在這裡的我們，慶祝的到底是什麼？

白色的煙火炸開，像是瓷器摔碎在地上。我已經不是學生了。學生的我，自由自在、充滿可能性的自己，已經隨著畢業證書被流放到過去。直到那一刻我才明白，以一種篤定的預感，大學的這段時光，就是我生命中，最燦爛的章節吧。

各式各樣的煙火綻放，每個煙火的命運似乎都一樣。每一輪，每一秒的景色都在變化，卻又千篇一律。若是將二〇一八與二〇一九的煙火同時施放，我大概也分不出差別。

畢業後幾個月，有什麼改變了嗎？我想到了媽媽，她對我有過的期待，如果就像這些煙火消失在霧中，註定不重要……那也沒關係嗎？

也就是這樣了吧。

五分鐘的煙火，說長不長，說短不短，看著重複的樣式，不知不覺就過去了。最後、最大的一波煙火亮起，人群爆出小小的驚呼，然後煙火凋落，然後一切重歸寂靜。101 外牆的燈再次點亮。

「結束了嗎？」在我旁邊的語蝶小聲說。

結束了嗎？

在這個寧靜的時刻。從高空回到地表，悵然若失的感覺，讓一切失去了重量。全台北市的兩百萬人，大概都冒出了跟語蝶一樣的問題。

可是，煙火真的結束了。人們收起手機，結束錄影，低下頭，回到了一如既往的生活。

如果這就是我的畢業典禮，接下來會怎麼樣呢？

為期兩個月的小小壯遊，該結束了嗎？

街道上的人群逐漸散開，我的雙腳不斷變換重心，卻發現自己沒辦法移動，只能呆呆地看著陽台底下，不想轉身，不想回答語蝶。還不想……

就在這時候，我的手機響起了簡訊鈴聲。我點亮螢幕，竟然是媽媽傳給我的。而且不是在家庭群組，而是她的名字底下。她發了一張除我之外的家人在電視機前，跟 101 煙火的合照給我，然後祝我新年快樂。

這是再平常不過的一句祝福，可是她上一次傳訊息給我，已經是兩個月前，我開始做 UrbanEats 以前的事了。

那時她催我去工作。

「咳哼。」水月姊的咳嗽聲在後面響起。她已經回到了客廳，偷偷提醒我剛才答應她的事。我不知道她到底想要做什麼，但還是乖乖舉起手，吸引語蝶的注意。

我指向前方。

「還有。」

水月姊打開鋼琴蓋，彈下第一個單音。

時間凝結，燈光一齊碎裂，像是破碎的水晶折射彩虹。街燈、霓虹燈、窗戶透出的溫馨客廳燈，全都獲得了形狀。分裂成束、相織成面，脈動細小的弦波，幻化成一隻隻蝴蝶。數以萬計的蝴蝶在大樓之間、在樹梢、在行人腳邊穿梭而過，像是色紙乘著風滿天飛舞。黃的、白的、紅與黑、藍色與紫色的蝴蝶，揮動光線編織的翅膀，灑下炫目的鱗粉。水月姊彈下更多音符，世界霎時流光溢彩。

人潮繼續散去，少數幾個人抬起頭，讚嘆這奇異的景色，接著又像什麼也沒發生，低頭繼續行走。蝴蝶繞著彼此旋轉，光影交纏、色彩相疊，匯聚成一幅流動的圖畫。那是只有從我們的角度能看見的立體圖畫。

畫中是一個女人，抱著她的小嬰兒。我們就像從她的視角，看著她懷中的孩子。長髮垂落在嬰兒臉上，女人伸手撥開，嬰兒於是笑了。蝴蝶振翅，畫面變換。

那是一個在草地上奔跑的小女孩，她開心地張開雙手，裙襬隨風飄揚。跑著跑著，她不小心絆到了腳，跌在地上，呆愣片刻才大哭起來。光點再次匯集。

大概才七歲的語蝶，穿著漢服，綁著公主頭，認真地在符紙上寫寫畫畫。終於畫好以後，她興奮地舉起符紙，得意洋洋地向我們炫耀。

語蝶逐漸長大，她學習縫紉與音樂，去私塾讀書，還有道術。她練劍，也在田裡玩到很晚，抓青蛙與蝸牛下菜。水月姊會坐在藤椅上，讀書給她聽。小女孩變成青少女。青少女一直是青少女，只是青澀與憤怒的氣質，逐漸沉穩與溫柔。語蝶離開了家，再也不是道士了，可是影片還在繼續，從遙遠的地方看著，轉了好幾手而模糊。貓咪在屋宇間跳躍，保管了魔女的眼睛。

語蝶做了很多事，都是些小事，全都沒什麼大不了的。但是鄉里的人們感謝她，那些受她幫助的妖魔與鬼怪，也都感謝她。她跟莉莉安愉快打鬥，有時候會打一整天，最後雙雙累倒，再一起喝杯茶。

七彩的蝴蝶不停地飛舞，百年的時光濃縮、凝轉、綻放成花。那些平凡的生活在此刻被承認，成為最珍貴的寶物。柔和的鋼琴樂曲似乎來到了尾聲，我聽到一旁傳來啜泣聲，微微相觸的肩膀細小地顫抖，我禮貌地轉向另一邊，卻發現莉莉安也正望著我。

跳動的彩光中，她的臉美得讓人屏息。她靜靜看著我，像是想從我細微的表情中，確認某些事。我不好意思看她，又轉回前方。她放心地笑了，自然地牽起我的手，一起看著七彩的夜空。

那是以前的我，永遠不會見識的風景。

細膩的連音撩動心弦，蝴蝶再次匯流，像是一條長河，或者墜落的極光，沿著星空的街道蜿蜒，繞著101往上攀升，直到最高處。象徵結束的和弦落下，蝴蝶盡數散開，宛如煙火。

煙火繪成一幅圖，那是語蝶的笑顏。我一下就明白，那是語蝶不曾有過的樣子。那是想像的、成長後、屬於未來的語蝶。在這個慶祝時間的慶典結束以後，在曲終人散，沒人關心的世界一角，被暫停的時間，稍稍向前流動。

光線填滿了視線，夜光的蝴蝶拍動翅膀，彷彿沒有邊界的萬花筒。水月姊的聲音從後方傳來。

「我不會跟妳道歉的。」她說。「妳能原諒我嗎？」

語蝶愣了一下，她擦擦眼角，然後笑了。

「我才不要。」她回答。

我彷彿也聽到了水月姊的笑聲。我回頭，她卻已經離開了。鋼琴的蓋子蓋上，電視也關了，客廳中哪裡都找不到她的身影。語蝶雙手伸向夜空，一隻青藍色的蝴蝶停在她掌心，漸漸化為光的塵埃，消融在白霜似的月色中。她小聲的，幾乎是對著自己說。

「可是，我還是愛妳。」

我回傳了新年快樂的訊息給媽媽。她要我回家路上小心點，然後問我新年有什麼新希望嗎？我回答沒有。

她說沒關係，慢慢來就好。家裡爐子上有湯，熱了就可以喝。

煙火結束，我們回到客廳，水月姊已經走了。語蝶低頭跑去廁所，過了一會兒才出來。到現在還搞不太清楚狀況的莉莉安大聲抱怨：「不敢相信，小月姊姊竟然就這樣跑掉！三缺一，我們該怎麼辦？」

「妳真是個氣氛破壞者。」

「咦？什麼？」

「那個……」語蝶靦腆地舉起手。「這間套房是不是有KTV小包廂？」

「對耶，我們還沒用過。」莉莉安開心地說。「曉萍，妳會唱歌嗎？」

「當然。我每次唱歌，妹妹都會要我唱〈四分三十三秒〉。她最喜歡聽我唱那首歌了。」

「那是什麼樣的歌啊？」

「閉嘴才能唱的歌。」

莉莉安歪著頭，思考了一下，最後對語蝶說：「我們玩其他的好不好？」

「妳們先玩吧。」我拿起掛在衣帽架上的風衣。「我出去買點東西。」

「買什麼？」

「抽血工具。」

莉莉安忽然安靜了，低著頭沒有說話。她偷偷看了我一眼，快速又小聲地說：「嗯，路上小心。」

我轉身走進陽台，YouBike還停在牆邊，今天的租車費一定爆表了。我踢開腳架，然後輕輕地笑了。害羞的莉莉安真可愛。我在腦中想像著，當我把自己的血送給她的時候，她會擺出怎樣的表情呢？當她喝著我的血的時候，會露出滿足的笑容嗎？

語蝶走出陽台，她站在我旁邊，卻不說話。我收起表情，問她怎麼了，她有些擔心地說。

「剛才忘記問妳了，可是妳是怎麼會改變主意呢？」

「改變什麼？」

「讓莉莉安吸血。」

「莉莉安是不是很久沒吸血了？」

「她還在等妳的選擇。」語蝶抿了抿嘴。「如果妳還是想過正常的生活，她也許就會去找下一個人了。」她掙扎了一下，彷彿在尋找正確的詞彙。「所以，如果妳是擔心她打輸中國道士，或者不小心餓死，才給她血的，那她一定不會想要。」

「我知道。」

如果我真的是因為賭輸，或者迫於人情壓力才答應她，她會寧可不要。她就是那樣的人，也是我願意這麼做的原因。

而她現在只喝我的血。

「我知道。」我又說了一次。「但不是那樣。」

語蝶點點頭，樣子像是在思考其他事。她退開一步，讓我騎上腳踏車。我揮揮手，便離開了陽台，從三十層的高樓慢慢往下騎，在沒人看到的地方降落地面。

晚風很涼，有點潮濕，空氣中還殘留著狂歡過後的氣息。人潮已逐漸散去，但交通管制還在，腳踏車可以放心地騎在大馬路上。我循著Google地圖，跑了兩家藥局，卻都沒買到適合的蝴蝶針。我真該提早準備好的，好險還有備案，瑪麗的酒吧現在還開著。

德古拉酒吧。我第一次做外送時，就是在這裡取餐，送給莉莉安的。我後來聽說這間酒吧有代客料理服務，只要帶著自己的人類進去，就能幫忙抽血。雖然莉莉安對血液保存的要求很多，但現在的我已經不一樣了。十分鐘的時間，絕對夠我騎 YouBike 飛上飯店頂層。

這裡是一切的開端，我剛畢業的時候，就是在這裡聽見了莉莉安的名字。一個半月以後，莉莉安給了我一個盛大的畢業典禮。未來的我會怎麼樣呢？我還沒有答案。但是我知道，就算沒有她的幫忙，我也可以買到那台機車，或者乾脆不需要了，反正台北的大眾運輸這麼便利。在那之後……

無論如何，都該向前進了。

我轉進小巷——

小橋、流水，假山與盆栽，一座古典的中式庭園在眼前展開。

那是一座寬廣的庭園，散發寧靜又雅致的氛圍，可以看出設計者的品味不俗。這條小巷不可能有這麼大，這裡也沒有類似的公園。我回頭，發現原先纏滿電線、貼著房仲廣告的小巷入口，已經換成了潔白無瑕的月門。

草地擺放著古樸的石燈籠，昏黃而穩定的光線照亮一道蜿蜒向前的石板路。石板路的盡頭是一座清澈的水池，水池上有座古樸的石拱橋，橋上有兩個人，在搖晃的波光中，在寧靜的流水聲中，緩緩往我的方向走來。喀啦、喀啦，軍靴與皮鞋踏在石橋上，發出挑動神經的腳步聲。

我調轉車頭，想轉身飛走，兩棵老松樹的枝枒忽然冒起，遮蔽了上方高樓的燈光。兩扇半圓形的朱紅木門匡啷關上，封死了月門。腳步聲不疾不徐地來到我身後。我嘆了口氣，只好轉身面對他們。

「你們想怎樣？」

「噯，这不是，蛟龙杀手小姐吗？」穿西裝、戴著金絲眼鏡的青年道士裝模作樣地說。「晚上好啊。前次真是劳妳关照了。是吧，周先生。」

「可不是！」高個子說。「圣诞节吧。那之后我们调查了许多。结果那只鳄鱼，哈，根本不是妳杀的。真是完全被唬住了！」

「所以你們就來堵我？」

「请放心，我们一点儿也不生气。」青年說。「反而要向妳表达感谢，让我们学到如此宝贵的一课。更别说妳为我们带来的机会，我们来这，就是想请妳帮点小忙。」

「我還有事。」我說。

「年轻人。老是这么着急。」高個子搖搖頭。

「妳会有兴趣的。」青年說。「是关于莉莉安的事。」

我等待片刻，但他沒有說下去，只是面露微笑地看著我。我不情不願地說。「她怎麼了？」

「我不知道像妳这样善良的小姐，怎么会跟她混在一起。妳知道她做过……我不需要一一细数她的恶行吧？」

「她現在又沒做壞事。」

青年和藹地攤開雙手。「我知道，我知道。可是，妳能保证她不会再犯？吸血……鬼魅终究不是人类，翻手就能杀人，让这么强大的东西随处乱跑，着实不是明智之举。地方政府怎么这样无动于衷？」

「不然怎樣？把她關一輩子？」

「我们就是为此而来。」高個子說。「上面交代，要带她回去，给她一个赎罪的机会。虽然要我说，这又能有什么用呢？根本是浪费纳税钱。斩草除根，才是长久之道。」

「我可以檢舉你們用觀光簽工作嗎？」

「哈哈，別這麼不通人情。」青年爽朗地笑了笑。「既然地方政府不管，也只能由我們來了。為了接下來即將發生的事，我們需要莉莉安的合作。倘若她願意配合，那自然很好。倘若她不願意……我們被授權使用所有必要手段。」

「你們到底要抓她幹什麼？」

「道士捉妖，需要什麼理由？」青年微微一笑。「不過是了，我們確實有個計劃。告訴妳也無妨，因為這跟我們待會要做的，也有點關係。而且一切已無法阻止。」

他說完，便往後方，空無一物的草地坐下。一張石椅在他坐下前憑空出現，像是它本來就該在那裡。青年悠閒地翹起腳，然後皺皺眉，彷彿對什麼不太滿意。他朝水池勾勾手指，土石塌陷，水位上漲，不一會兒，水池就自己移動過來了。一棵小樹在三人之間快速生長，最後盤成一張小圓桌，三杯熱茶已放在桌上。他做這些事沒有別的意思，只是要告訴我，這裡是他的地盤。

我轉頭一看，發現我後方也出現了一張石椅，便不客氣地坐下。「什麼無法阻止？」

「蠱毒。」

「呃？」

「世界正對自己下蠱。」青年見我困惑的表情，攤攤手說：「已經開始蔓延了，妳很快就會知道。」

「那會是場人間地獄。」高個子忽然插口。「如果我是妳，小姑娘，我會買好足夠的糧食，未來一整年都不要出門。」

「無論如何，這場災難都將暴露西方脆弱的體制。」青年說。「人類做了這場百年實驗，可是民主帶來什麼？只有混亂。世界大戰、恐怖主義、貧窮、與所有非西方文明的邊緣化，政府还得卑躬屈膝讨好企业，想尽办法留下资本，在这片养育他们的土地啊。妳说这是正义吗？这是西方本质的错误。因为单一的个人，总是自私自利、目光短浅。」

「至少我們可以自己決定事情。」

青年笑了起來：「妳们总是这么说，好像那就是一切，可是妳们又如何？难道妳没发现吗？看看妳周遭，不管是鬼魅还是山魈，女巫还是猫，所有这些体制外的东西，现在全用同一种方式过活。那是什么样的方式呢？西方的、资本家指引的方式！是啊，他们管理的手段高明，人们打内心里屈服。但这与我们，又怎样不同呢？」

我沒說話，青年搖搖頭。

「是时候试试其他方案了。我们会做正确的事，教导人民团结一致。我们会真正地向弱势伸出援手，管理失控的企业与资本，让所有人都吃饱穿暖。我们会发扬中国五千年辉煌的文化，夺回属于华夏民族的荣耀。」他陶醉地嘆了一口氣。「总有一天，我们将引领世界。」

「喔。」我敬佩地說。

「没关系，妳现在还听不懂我在说什么，我能理解。但祖国已经抢得了先机，而莉莉安……她同时是个阻碍，如果受我们控制，也会是最好的助力。更重要的，因为妖怪就应该被管制，这对大家都好。这会是我们收回失土、立下权威的第一步。」

「你們上個月就來了。而莉莉安剛剛還在跟我打電動。你們的第一步是不是走得不太順利？」

一隻鯉魚跳出水面，在月光下一瞬間變得清晰，又撲通一聲跌回池裡。青年推了推眼鏡，鏡面跳動著火光。「她见到我们就跑。」

「顯然你們追不上。」

「我们在等待时机。耐心是美德，中国人该懂得韬光养晦，忍辱负重。」他說。「还好，这片祖国的土地上，仍有许多识得大体的同志。他们知道，不管经历什么样的欺侮，不管要跨越多少困难，只要我们一心一意，巨龙终将升起。」

「啥？」

「哎呀，我不能跟妳说更多了。这些话，妳就当成小小谢礼，感谢妳待会儿要帮的小忙。告诉她吧，周先生。江小姐可以为国家做些什么？」

高個子對著袖口哈了哈氣，擦亮鈕扣。「这个莉莉安，吸血鬼，不知该说是重情义，还是死脑筋。她有一些奇妙的个人原则，不曾被违反。例如说——」他伸出粗糙的手，直直指著我。

「她选中一个食物，就不会再吃其他东西了，就算饿死也在所不惜。妳懂我的意思嘛。」

我看著他們的眼神，忍不住站起身，向後退了幾步。但他們沒有動作，只是面露微笑地望著我，讓我頭皮發麻。「你們到底想怎樣？」

「哈哈哈，放心，我们不会伤害妳的。」青年說。「我们都是文明人，而且若是妳死了，莉莉安也只会去寻找下一餐美食。」

他的話讓我很不舒服。我四下尋找有沒有什麼能擺脫現況的方法，但這裡全是他們的東西，沒有一點台北的影子。然後我的眼角餘光瞥見了，我的 YouBike 閃了兩下前燈。她輕輕晃著車頭，偷偷瞄著我。

我不動聲色地往她的方向退過去。

「所以？」我說。

「所以，我们会让妳好好活着，可是莉莉安却没法吸妳的血。她会为妳的事愧疚，她会遵守她的原则。啊……这就是整件事最讽刺的地方了，我们要对妳下蛊。妳可以理解成，在她的食物里下毒。」

「好卑鄙。」

「这是我们少数民族巫师的手笔。他们在蝙蝠身体中找到世界之蛊，提炼了对鬼魅特别有效的毒素。是的，我同意，这法术可真阴险。」他搖搖頭。「但是妳不用担心，我们调整了传染力，两个礼拜后就会康复的。只是在那之前，妳可能会有些微的不适，还请为了国家忍耐。」

「我才不要。」我朝青年比了個中指，然後翻身上車。

「喂！」道士站起身，伸手一指，地上的樹根隨即向我們捲來。

腳架自動升起，後輪全力加速，腳踏車忽然向前衝出，與襲來的樹根擦身而過。我緊抓著龍頭，幾乎要被甩下來。我們在庭院中橫衝直撞，一草一木都試圖絆住我們。我的腳好不容易踩上踏板，趕緊連人帶車飛了起來，一瞬間就超過五公尺高。

門邊的兩棵松樹揮舞著枝枒，卻沒辦法搆到我們。眼看就要飛過庭院，回到台北，池邊的柳樹忽然伸長枝條，纏住我的腳。我想扯斷它，但它比想像中還堅固。後頭有更多柳枝向我襲來，鋪天蓋地、從四面八方收合，像是深淵探出的大手，要將我抓回地面。逃不掉了，我放開龍頭，用力一推車身，以最後的力氣讓腳踏車上升，躲過柳枝的夾擊。「去找莉莉安！」我大喊。然後向下落去。

柳枝似乎沒想到我會乾脆放棄，它們想要接住我，但我還是不斷下墜。一陣天旋地轉，我重重摔落柔軟的草地上，肺部的空氣一瞬間被擠了出來。我蜷縮在草地上，腦中一片空白，卻還是掙扎地抬起頭。我看到 YouBike 畫出一道拋物線，越過老松樹與圍牆，飄落在後方的人行道上，發出刺耳的輪胎摩擦聲。

「该死。」青年大喊。「周先生，剩下交给你。我去追它！」

圓形的月門打開，街上的喧囂一瞬間湧入。腳踏車一邊快速遠離，一邊激動地響著鈴鐺。

青年飛奔而出，然後門又關了起來。一切回歸寧靜。

我仰躺在地，大口喘氣，好一陣子才有辦法移動手腳。確認身上沒有太嚴重的傷口，我緩慢地、忍著痛苦、踉蹌起身，獨自面對穿著軍服的高個子道士。

月光照亮寧靜的中式庭園，在我們腳下拉出長長的影子。

我這輩子只跟妹妹打過架，而且她總是讓著我。道士比我高出兩個頭，我絕對打不過他，尤其在這樣的情況下。可是我必須拖延時間。

道士一派悠閒，親切地等我準備好，彷彿我是砧板上的魚：「摔得这般重，要是常人可都得断兩根骨头。蛟龙杀手这名号，果真不是浪得虛名。」

「你們這樣……是犯法的。」我摀著腰說。「再過來我要報警了。」

「为了更大的利益，整个民族的利益，有时就得不拘小节。法律不也是为人民存在的吗？」他從腰間口袋抽出針筒與小罐子，從罐中吸了一劑藥水，然後針頭往上，擠出多餘的空氣。「可惜，这里没有手机信号。如果妳乖乖配合，倒是可以少受点皮肉痛苦。」

天空飄起了雨，也許等一下會下大。他一步一步向我走來，動作緩慢，幾乎有些戲劇化。

我忽然感覺到，他也在拖延時間，他並不真的想做這種事。

我說：「不要這種小手段，你們就打不贏莉莉安嗎？」

「当然不是。」他皺起眉頭。「但这可不是个人恩怨，容不得我逞凶斗狠。这是人民交付我們的責任，要以风险最小的手段，完成国家指派的任务。」
「對付一個手無寸鐵的無辜民眾？」
「无辜？哈，妳可是袒护了那只吸血鬼。」他厭惡地揮揮手。「一只作恶多端的妖怪，尝过人血的怪物。我务实的同伴也许不在乎，也许没人在乎，但错的就是错的，犯罪就该惩罚。对我来说，黑白分明。这么多人死了，她怎能厚颜无耻地活着？」
「她現在是個好人！」
「过去总要了结。否则，又怎么继续前进呢。」
他一邊說著話，一邊往前走，只差兩步就走到我面前了。他看起來漫不經心，像是有著絕對的自信，而我就在等這一刻。在他抬起下一腳的瞬間，我從風衣口袋抽出防狼噴霧劑，對準他的臉噴下去。他慘叫一聲，重心稍微偏離。我往前一步，抬腳往他的下體踢去。
但是在最後一刻，我遲疑了。僅僅只是一滯，就延誤了時機。不，或許我本來就毫無機會吧。就算視野被剝奪，道士仍提起右腳，準確地擋住了我的踢擊。反而是我自己站立不穩，向他的方向倒去。他一把扯住我的領子，抹開臉上的辣椒水，瞪著通紅的眼睛俯瞰著我。
接著用力搧了我一巴掌。
一陣暈眩，我睜大眼睛看著他，動也不敢動。背對著月光，他緩緩舉起尖牙般的針筒，對準我的脖子。
「抱歉了，小姑娘──」
下一個瞬間，有什麼東西墜落在我們身旁，像是隕石從天而降。塵土飛揚，空間扭曲，典雅的中式庭園迅速摺疊收縮。回過神來，我們又重回空無一人的小巷中。穿著浴袍的莉莉安，直直地站在巷口。

路燈從她身後照進巷子，讓她半身隱沒在陰影中，雖然穿著純白色的浴袍，卻彷彿包裹著黑夜。她的腳下有一圈破裂的石磚，眼睛反射鮮紅的微光。

「莉莉安！」我叫她，忽然間安心了。但緊接著，又不禁擔心起來，如果莉莉安輸了，那該怎麼辦？

莉莉安會輸嗎？

道士驚訝地看著她，嘴角微微揚起。他將我推向一邊，針筒隨手一丟，從腰間抽出桃木軍刀。

「怎么，妖怪，这次不逃了？」道士露出自信的微笑。他擺好架式。「终于愿意与我一决胜负了？妳果然——」

他的話還沒說完，莉莉安的身影就從巷口消失了。

眨眼之間，她已經來到道士身前。

道士慌張舉刀格擋，一圈光線編織的八卦陣憑空展開，像是半透明的盾牌。卻在莉莉安拳頭經過的瞬間，隨著玻璃碎裂的聲響，消散成無數光點。纖細的拳頭沒有絲毫停頓，順勢打碎了桃木劍，貫進道士胸口。瞬間的定格。空氣擴張，雨幕飛散，視網膜劃過一道模糊殘影，沉重的悶響從後方傳來。我遲了半拍才轉過頭，道士已深深撞進十公尺遠的矮牆裡。

他靠著崩落的矮牆，癱坐在地上，雖然還有意識，卻似乎沒辦法動彈。我還沒反應過來，莉莉安卻已緩步走近，停在他前方。道士勉強抬起頭，而莉莉安……她的指甲變尖變長。她緩緩舉起右手，對準了道士的喉嚨。

「莉莉安！」我不安地叫她。

她回頭，面無表情，我幾乎要認不出她。我沙啞地說。「妳在幹什麼？」

「這是必須的。」她低下頭，專注地看著道士。聲音很輕，可是不容妥協。「如果把他放回去，他還會再做一樣的事。他們還會再對付妳的。」

「可是……可是……妳、妳到底想幹麼？」

「他們可以攻擊我，但不能威脅我的朋友。這是底線。我們這裡就是需要這個。我必須告訴其他人，有些事絕對不能做。」

「但是……妳要做的事也是啊。」我想要朝她走近，可是我的腳怎樣也動不了，只能像是跳針般自言自語。「妳不能做這種事……」

「什麼事？」

「就是……就是那個……」

「我們一直是這麼做的。」莉莉安不耐煩的說。「我一直是這樣。」

我忽然失去了聲音。

莉莉安一直是這樣。

過著我無法想像的生活。

那是我不可能真正理解的事。不管說了多少漂亮話，我始終在逃避著。我幾次張開嘴，卻沒辦法說出任何話。莉莉安靜靜地等著我，她的眼神好陌生，我不知道該跟她說什麼。我想到這兩個月的事情，我們第一次相遇的事，我想到語蝶，想到水月姊，想到我這段時間認識的那些人，想到幾天前跟莉莉安喝的酒。「但是時代已經變了啊……」我像是抓住了什麼。「妳可以不必用以前的方法做事。就算是為了我，我也不要妳這樣。現在……現在有這麼多人願意幫忙，一定有其他方法的……我們可以一起想！」

她愣了一下，不確定地看著我，但是她放下了手。我感覺得出來，她聽進我說的話了。也許她就要點頭，然後我們會找到方法。但是……但是，或許是基於安心——或許是恐懼——我沒有停止。

「過去的都過去了，妳也是逼不得已吧？但是都這麼久了，也不用拘泥這個啊。不會有人在意的！」

我沒辦法停止，停止幫莉莉安辯護。我從腦海深處撈出正確的詞彙，那些不容反駁、刻在書本上的詞彙。莉莉安像是想說什麼，但我沒有停止。話語彷彿有自己的意志，控制著脣齒。

「因為時代不一樣了，人也要向前。妳也可以重新、妳、妳其實也不想這樣做吧？這一點都不像妳啊，妳不是那種人。我知道的，妳不是那樣的人——」

「哪樣的人？」莉莉安倏地抬起頭，我欣喜地接口：

「不是個壞人——」

「那麼，」莉莉安看著我，表情沒有溫度。她咬著下脣，用力到發白，但是聲音很平靜。「妳覺得我應該是哪種人？」我終於閉上了嘴，而我根本不知道自己說了什麼。

雨水嘩啦地落了下來。

「莉莉安，我……」

「妳說得對。」莉莉安淡漠地打斷我。「我不會再這樣做了。」

在雨幕的另一側，她垂下眼，聲音像是破碎的水珠。

「時代不一樣了。」

她收起指甲，向我走來，但是沒有看我一眼。她緩緩走過我身邊，不知為何，我沒辦法開口叫住她，甚至沒辦法轉頭看她。她在與我擦身而過的時候，輕聲說了一句話。雨聲很大，可是那句話清晰地傳到我耳朵裡。

「我想我們還是不要再見面了。」

我終於回頭，往巷口望去。雨水模糊了視線，她就像被台北五彩斑斕的燈光給吞食，消融在我無法觸及的地方。

第二天中午，我在自己的床上醒來。

床頭充著電的手機發出提示鈴聲。我拖延了好久，才抓過手機，翻身側躺，不安地點亮螢幕。但是沒有莉莉安的消息，倒是語蝶傳了一大堆訊息給我，我看都不看就隨手滑掉。

昨天淋了點雨，頭隱隱作痛，今天不想工作。當我正要把手機放回去，埋頭繼續睡覺，通知欄卻又跳出一封不尋常的郵件，從早就沒在用的學校信箱裡自動轉來。

我不假思索地點開，是我大學時候的指導教授。

他向我傳來了，我的學士論文被期刊過審的消息。

1月9日　變成蝙蝠會怎樣？

「就是那篇媒體人類學的論文。妳還記得吧，妳把妳們小組文田的論點，抽出來延伸的那篇。」

這裡是板橋的一間小咖啡店。晚上八點，我跟教授隔著小桌對坐。外頭正下著雨，車輛駛過咖啡店門口，輾過積水發出呼嘯的聲音，讓人心生厭煩。

「後來一直都沒有消息。我覺得不太可能，剛好主編是我朋友，我就打了電話過去。啊，結果是行政疏失漏掉了。她讀完以後非常欣賞，只要做些小修改就能採用。」

教授是一個年過半百、舉止優雅的紳士，他上課條理清楚，待人親切，學生都很喜歡他。當他知道我不打算繼續讀碩士，覺得很可惜，就慫恿我把論文寫完，拿去投期刊。

老實說，我根本不覺得會被採用，大學畢業前的最後一年，也應該有更重要的事得處理。但是我已經讓教授失望過一次了，所以還是在他的指導下，勉強完成了一篇學士論文。

「妳不用擔心，並不是哪裡有問題，只是一些評審認為妳用了太多量化工具。如果能夠增加更多質性的說明，也許會比較符合期刊的宗旨。」

其實，我也不是沒想過，只是偷偷地，在心裡偷偷地想。如果……如果這篇論文真的能過審，也許我可以說服媽媽，說服我自己。也許我可以繼續讀下去，因為這一切不會是白費工夫。投資的金錢與時間，也許能夠有回報。

可是一直沒有消息。

直到現在。

「像是這種題目啊，真的是妳們年輕人才做得起來。啊，教授老了，對這些東西，實在沒轍。我相信這是未來趨勢，妳能提早踩在這個領域上，站穩腳步，是非常難得的機會。」
為什麼是現在呢？
因為我終於回到正常的世界了嗎？
雨水打濕了落地窗，讓窗外的景色緩緩流動。像是一場幻夢。行人與車輛都在夢中穿行，模糊的臉孔顯得冷漠又疏離。另一輛車壓過水窪，打散了窗上的圖形。在灰色的城市中，灰色的雨下著，屬於現實的顏色。
如果我沒有遇到中國道士，如果我讓莉莉安喝了我的血，我的論文是不是會永遠放置在辦公室角落，堆滿了灰塵？
「妳覺得呢？曉萍。之前也說過的，雖然碩士班已經開學了，我可以先讓妳弄個研究助理的位置。到時候也不會晚畢業。妳有沒有打算——」
「教授。你覺得，如果我不繼續讀下去……真的很可惜嗎？」
他停止說話，打量了我一會兒。接著身體稍微前傾，認真看著我。像是接下來要說的，每一個字都被仔細考慮過。
「我認為妳做什麼，都不可惜。」他推了推小圓眼鏡。「所以這只是我的私心。妳有走學術的天分，我也很想繼續教妳。這還是要看妳的決定。」他停頓片刻。「妳當初又為什麼放棄呢？」
為什麼呢？這也是我問過自己無數次的問題，不過最後，只是我沒這麼喜歡做研究吧。
「我只是不想再加碼三年，賭一個希望渺茫的人生。」
店員送上了教授的聖誕節熱紅酒咖啡特調跟我的熱拿鐵，等她走遠以後我才又說。「我大概只是喜歡選安全牌。」

「可是我聽說妳現在，在做那個……餐飲外送員嗎，啊，還是深夜時段的？我不是說這個職業不好……可是那並不像是個安全牌。」

「嗯。」我端起熱拿鐵，遮住我的表情。「教授……你當初為什麼會讀人類學呢？」

他的視線往下，看著自己的手，然後靠向椅背。「也沒什麼……因為其他事都做不好，剛好系上收留我，就一直做下去囉……其實真要說起來，啊，我雖然很喜歡這份工作，但也不是非它不可。」

這話讓我很驚訝，我一直以為教授是那種生來走學術的人，這彷彿是他的天職。他靦腆地笑了笑，繼續說：「我小時候有很多其他夢想，國小老師說我畫畫很厲害，所以我想當畫家。國中是小說家，高中是民謠歌手。但最後，我還是一路讀上來了。那些夢想，不知不覺間，都放棄了。」

「因為發現自己沒有天分嗎？」

「我根本沒有嘗試過。啊，曉萍……教授理解妳的想法，對每個人而言，阻力最小的路都是不一樣的。妳必須很有勇氣，才能去做那些特別的事……如果對妳來說，這是一條特別的路。」

他吹了吹熱呼呼的聖誕節特調，像是陷入沉思，接著他抬起頭，朝我輕鬆地笑了笑。「不管怎麼說，這都是一項成就。雖然不是多了不起的期刊，也很少有人能在大學時期，就獲得這種機會。」我感覺得出來，他是真的在為我高興。

「這是很特別的。妳的論文是……妳對世界說的一段話。妳登上期刊，妳會被其他論文引用，其他論文會被更多論文引用，於是妳的足跡會永遠留在這個系統裡。妳會影響許多人，比妳能碰觸到的更多得多。」

「那如果沒人引用我的論文呢？」

「妳擔心太多了。」他搖搖頭。「妳站在新媒體與跨學科的浪潮上，一定會有好結果的。」

「我會考慮的。」回過神來，我已經喝光了拿鐵。「我會把論文改完，可是其他的……」

「妳慢慢想。」教授說。「不管什麼時候，不管妳怎麼選，我這邊都隨時歡迎妳。」

我有些愧疚，又有點感動。只好點點頭，準備站起身，然後我又想到一件事。「教授，對你來說，當個人類學家……是一條正常的路嗎？」

「妳知道答案的，不是嗎？」教授端起玻璃杯，輕啜一口。「做為人類學家，我們會說，沒什麼是不正常的。」他放下杯子：「但重要的，是妳怎麼想呢？如果真的很迷惘，就先試著了解吧。等妳足夠了解了，再問問自己的心。」

「可是，個人心靈獨立於社會，能夠且應該做出符合個體幸福的判斷，這只是人文主義的神話。」

「妳是我最麻煩的學生。」他朝我露出溫暖的笑。

「我知道妳沒問題的。」

走出咖啡店，聽著連綿不斷的雨聲，我忽然失去了方向。

在台灣這樣的社會，在文學院走學術這條路，一直以來，都不在我的選項中。沒有家庭的支持，成本過高，回報太少，就像小學生受老師稱讚，便想成為藝術家。對當時的我來說，那是一條不平常的路。所以我沒有選它。

但是現在，對比莉莉安曾經為我開啟，我卻逃跑的路，那似乎也不算什麼了。我撐開傘，走進雨夜灰色的、冰冷的空氣中，我感覺到，只要放棄一些什麼（像是當個畫家、或者騎腳踏車在天上飛），我也能成為一個成熟的、體面的人。

也許不能。

外頭的雨越來越大了。我找到附近的 YouBike 站點，借了台腳踏車，一手撐著傘，在車來車往的大馬路上，往北邊的河堤騎去。穿過疏散門，我進入河堤外側的公園。河濱公園的腳踏車道上，下雨天的夜裡，一個人也沒有。

板橋的最北端，有一座跨越大漢溪的重翠大橋。腳踏車道在這裡分出一條牽引道，螺旋地向上攀升，最後懸空地吊在橋底。騎在上面，就像行走在高空，頭上是車來車往的大橋底部，腳下是平靜的大漢溪水。巨大的橋墩向下延伸，隱沒在黑暗的河水中，彷彿宏偉的古代神殿。

大概走了三百公尺，腳踏車道終於從橋底穿上橋面，成為人行道的一部分。車輛在身旁高速駛過，讓橋梁輕微震動。這裡的視野相當高，遠處的城市沿著水面展開，像是鏡子上的精巧模型。

橋的盡頭向右轉了九十度，直接接上新北大橋，高大的塔柱與斜張纜索打著燈，像是展翅欲飛的天蛾。我一直往前騎，直到無路可走，才又飛上不遠處的中興橋，最後在橋中央停下。中興橋的正中央，淡水河上方，人行道的邊緣，有一道隱密的、向下的樓梯，那便是台北島的唯一出入口。

我跟語蝶就約在島上。

在這之前，我根本不知道淡水河中有這麼一座小島。聽說上面大部分是田園，如果上網搜尋台北島，第一個看到的新聞，會是外送員接到島上農人的訂單，要騎水上摩托車過去。

我把腳踏車停在金屬製的樓梯旁。中興橋的路燈只照得到半途，底下就是一片漆黑。我吞了吞口水，悄悄往下走了幾階。雨下個不停，金屬製的階梯濕滑難行。我小心翼翼地扶著扶手，一邊拿出手機，打開手電筒往底下照，卻赫然照亮黑暗中一對發光的綠眼睛。

我嚇了一跳，原來是一隻大黑狗。牠蹲坐在樓梯平台，緊盯著我看，我的手電筒晃了晃，發現更多隻野狗不知何時已圍了上來。少說也有十隻，各種各樣，身上骯髒潮濕，全部都靜靜地看著我。

帶頭的黑狗緩緩走上前來，上方的車子呼嘯而過，車燈一瞬間照在我們身上，牠彷彿隨時會撲過來。我猶豫著是不是該轉身逃跑，牠張開嘴巴，露出鋒利雪白的牙齒——

然後說話了。

「請問是蛟龍殺手嗎？」

「呃……嗯，我是。」

「太好了，驅魔獵人已經打過招呼了。」他親切地說。「來，這邊請。小心那個角落，剛才旺財在那裡解手。」

「嗷嗚、我哪知道會有人來。」

「汪汪！」

「汪汪汪汪！」

「嘿、嘿，紳士們，冷靜點。」黑狗說。「最高品質——」

「「靜悄悄——」」

「請見諒，蛟龍殺手閣下。他們太興奮了，這裡不常有客人來。」

「喔、嗯……」

我跟著黑狗走下樓梯，狗狗全都讓道兩旁。我終於走進全然的黑暗，只有微弱的手機燈照亮前路。島上的道路是水泥鋪成，缺乏維護，斑駁又破碎，走著走著就消失了，只剩下草叢間夯實的小徑，在雨中泥濘不堪。

雨越來越大，我想起跨年那天，跟莉莉安分手的情景。她走進雨中，消失在城市的角落。其實，我一直知道她在哪，她給我的手機中，家人共享的定位還連接著。我傳了許多訊息給她，她也都已讀。但不管我說了什麼，她始終沒有回應。

在這期間，語蝶聯絡過我很多次，我一直隨便帶過。直到幾天前的晚上，我側躺在床上，看著書桌上的馬克杯，才終於下定決心，主動傳了訊息給她。

我想知道莉莉安的事。我想知道莉莉安做過什麼，那些好的事與壞的事。我想問語蝶，在她以及其他人眼中，莉莉安是個什麼樣的人。她隱瞞著，又一直想告訴我的，到底是什麼。

『星期四晚上九點，我在台北島等妳。』語蝶只是這麼回覆。

走了大概半公里，隨著黑狗撥開最後一道草叢，眼前豁然開朗。我們身在島的邊緣，放眼望去，是遼闊的淡水河面，籠罩在大雨之中。遠方的城市整潔明亮，彷彿兩個世界。這座島就像被隔絕，或者被包圍，在台北盆地的正中心，緊守著流逝的時間。

語蝶就站在岸邊，撐著一把油紙傘，眺望著河面。聽到我們的聲音，她回過頭，露出熟悉的微笑，不知怎麼的，那讓我感到安心。

「曉萍，我還怕妳會迷路呢。」

「汪汪！」黑狗說。

「對耶，這樣說太沒禮貌了。我向你道歉。」她蹲下身，放下一塊雞腿。黑狗叼起雞腿，朝我點點頭，便轉身離去。

我走到語蝶旁邊。「妳說……這裡有莉莉安留下的東西？」

「還要再走一小段路。也不是東西……只是，我覺得從這裡開始，對妳來說是最好懂的。」

她望向另一邊，我才注意到在這個小島盡頭的空地上，有一間小廟。這間廟完全沒有燈光，原先還以為是倉庫。神像隱藏在陰影中，小小的空間只有一個香爐，什麼字也沒寫，又建在水邊，讓人毛毛的，還以為是拜那個。可是台北島每逢颱風過境就會沉沒，理論上不該有永久性建築。

也許是注意到我的困惑，語蝶不在意地說：「這間廟知道怎麼保護自己。祂是一個入口。」

「入口？」

她轉頭，仔細地看著我。「那個中國道士的事情，我已經聽說過了。雖然不知道妳們為什麼要吵架……可是，妳現在做的這些事，是想要怎麼辦呢？妳要知道莉莉安的過去，然後就可以去跟她和好了嗎？」

遠方的河面上，雨水打散了城市倒影。我說：「我只是不想再做個只會說漂亮話的人。」

「這樣啊……」她垂下眼，像是在思考什麼。受不了雨聲的吵雜，我猶豫了一會兒又補充。

「不過，我原本以為妳會找間咖啡店，然後坐著跟我說。」

「妳比較想那樣嗎？」

「不要。」

她輕輕笑了，看著淡水河。河面很高，似乎還在變高，河水夾雜著樹枝，緩緩向上游流去。她說：「不知道妳有沒有注意過，淡水河是會逆流的。冬天漲潮的時候，會帶來沿岸的烏魚，可以一直到公館附近……傳說有一次，鄭成功看見淡水河逆流，又看到河邊有隻大烏龜精，以為是牠在喝水，就拿大砲把牠打死了，變成了龜山。」

「可是鄭成功又沒來過台北。」

「傳說就是這樣嘛。還有……那門大砲叫做龍磧，它是跟同伴在海裡游泳的時候被抓到的。它的同伴後來變成龍飛走了……唔、我只是覺得這些故事很有趣，想說可以讓妳放鬆點。好啦——」她抬起頭，看看天空。「總之，這跟潮汐有關。今天很接近大潮，時間也差不多了。」她伸出手，指向河面。

「還記得我們上禮拜住的龍宮飯店嗎？那個是分館，它的本館就在這底下。」

「所以我們要下去那裡嗎？」我看著腳邊，河水一波一波拍打著岸邊。再深一點，便是一片漆黑，裡頭像是藏著……藏著什麼。

「妳會怕深水嗎？」

「我今天穿白色衣服，碰水的話，會有折射率匹配的問題。」

「如果妳會怕的話，就牽著我的手。」

她收起油紙傘，直立地靠在小廟角落，從一旁的架子抽出三支香，點燃，拜了三拜，插進中央的香爐裡——

河水沸騰。

成千上萬隻烏魚同時躍出水面，像是飛舞的浪花，在空中交錯，短暫收攏城市燈光，才又跌回河裡。不間斷的落水聲蓋過了雨聲，河水失去了邊界，大雨與魚群、城市與倒影，全都在鼓動，連綿不絕。

我一時間看傻了。等我回過神，重新將視線投向小廟，香爐後方的神壇卻已經消失不見。只留下地板上的空洞，以及一道通往深處、粗糙的石階梯。

語蝶雙手合十，朝看不見的神像再次拜了拜，河水復歸平靜，線香的紅點在香爐中微微顫動。她向我遞出手，露出微笑，耐心地等著。我伸手握住她。於是她牽著我，一起往水底走去。

那是一道很深、很長的樓梯，狹窄又漆黑一片，手機的燈光只能照亮腳下。我緊緊牽著語蝶的手，一階一階往下走去。我想起兩個月前送餐到下水道裡的事，要不是莉莉安就在上面看著，我一定不敢下去。兩人的呼吸聲在樓梯間迴盪，不知不覺地，通道壁面的材質從堅固的石磚，變成壓實的泥土，然後是水。

樓梯懸浮在水中，像是走在透明吸管裡。河面探下的微光隨著水波搖曳，將通道染上一層湛藍。雖然無法充當照明，空間感卻開闊了不少。我伸手碰觸空氣與水的交界，指尖被冰冷的河水沾濕。這裡是淡水河底下，淡水河應該沒有這麼深，可是樓梯還在往下。

「龍宮飯店有什麼呢？」

「我想先讓妳見一個人。」語蝶說，她轉頭看我。「那個……我能告訴妳的，都是大家都知道的事，或者告訴妳也沒關係的事。可是其他的……妳知道的，我跟莉莉安一直是敵人，但是她信任我……」

「我知道，剩下我會自己去問她。」

她點點頭，沒再說話。河水彷彿會吸收聲音，讓這條路變得寧靜。我們又走了幾階，我說。「所以妳到底為什麼要成為驅魔獵人？」

她看了我一眼，微微張開口，但又好像不知從何說起。「妳有想過……在以前的年代，長生不老是什麼樣的感覺嗎？」

「跟現在不一樣嗎？」

「差遠了呢。現在的世界每天都在變。可是以前……以前的每一天都大同小異。吸血鬼都很強大，又很長壽，她們的數量卻一直很少，妳猜是為什麼呢？」

「……被殺死了？」

「不是的。不只是這樣。」語蝶搖搖頭。「吸血鬼……必須一直找到新的東西，一直旅行，否則的話，就這樣過一百年，也許還可以忍受。兩百年，心會開始疲憊。三百年……很少有吸血鬼活到這個歲數。她們會在某一天，也許是與一切太疏離，或者最後一個朋友死去的日子，她們走進陽光中，化成灰燼。」

「明明有著永遠的時間，卻還是沒辦法幸福嗎？」

「大概……人們追求的本來就不是幸福，而是……意義。在看不到盡頭的時間中，妳比較難找到這個……不知道妳能不能體會這種感覺？」

「我不知道。」

她輕鬆地笑了笑。「反正，我想說的是，莉莉安不需要像我這樣的朋友，她需要的是一個普通的，這個時代的人。她一直在掙扎，不知道該繼續往前，還是留在從前。到現在……也就只差一句話，讓她下定決心了。」

——時代不一樣了。

我想到我們分別前，我對她、她對我說過的話。我的胸口像是悶住了，喘不過氣來，就連指尖都冰冷發麻。語蝶握了握我的手，聲音一如既往的溫柔。

「我當驅魔獵人，是因為這是我唯一能幫上她的角色了。她不需要再多一個，來自過去的人的理解。她需要的，是一個知道她、能夠責備她的人。只有這樣，她才能安心，直到我打贏她的那天。」

「所以妳放棄祖傳的家業，去當驅魔獵人……就為了跟莉莉安一起嗎？」

「我……那個——」她頓了一拍，一腳重重踩在石階梯上。「妳突然這樣說……這種說法，感覺好像我對她一見鍾情一樣耶。」

她側頭想了想，看了我一眼，忽然滿臉通紅。「也許是耶。」她慌亂地撇開視線，清了清喉嚨，換上光明磊落的語氣。「我當時只是覺得，這麼美麗的人，不能就這麼消失……妳沒見過她長大以後的樣子。」

其實我見過，所以我點點頭，沒再追究。

我們靜靜往下走，我已經不會害怕了，但還是牽著她的手，找不到放開的時機。周遭不知道什麼時候變亮了，河底深處似乎有許多燈火，在水中閃爍。這裡的水意外地清澈，不像是淡水河。或者，我忽然有種感覺，這是淡水河中比較古老的部分。

遠處傳來一聲奇異的叫聲，像是鳥叫，又讓人聯想到恐龍，不過鳥類定義上也是一種恐龍。我向下望去，一個灰藍色的身影在水中優游，繞著通道快速上升，一下子就來到我們的高度。我還來不及反應，嘩啦一聲，流線型的身體穿破水面，映入眼簾的，是一張長滿利齒的巨大尖嘴巴。

我後退一步，才看清楚原來是一隻海豚。中華白海豚。她發出格格的笑聲，友善的大眼睛愉快地眨著。她揮揮胸鰭，像是在打招呼，然後又咕嚕地鑽回了水底。

「等等……那是不是——」

「對耶，一直忘記跟妳說這件事了！我們上次遇到的那隻海豚，後來木天蓼夫人告訴我，她就住在龍宮飯店。不是迷路，只是趁著繁殖期之前，來陸地旅遊的。」

「在這樣的淡水嗎？」

她聳聳肩。「就像有人喜歡去撒哈拉沙漠或南極。雖然會比較辛苦，保險費也比較貴，但是每個人都有自己的喜好。」

「說得也是。」

「那妳呢？」她忽然問我。

「我什麼？」

「妳又是為什麼那麼親近莉莉安？」

「……」

這不是她第一次問我這個問題。上一次，我說了一個沒人聽得懂的玩笑，隨便蒙混了過去。可是，這是一個說真心話的氣氛。所以我看著她的眼睛，認真地反問她。

「妳是不是把我當成情敵了？」

「對。」

然後我們都笑了。過了一會兒，我說：

「因為她是我的救命恩人。」

「真的只是這樣嗎？」

「不是。」反正我也是忘恩負義的人。我抬起頭，看著海豚越游越遠，身影在水中變得模糊，像是消失在另一個世界。

「但是莉莉安她……幫我打開了一扇門。」

「一扇門？」

「這樣說起來好像中二病。不過有段時間，有一部分的我……」我垂下眼，專心看著腳下的階梯。「我一直很害怕——這個世界就是這樣了。不算太好，也沒有太糟，可是很有限。那條界線是一生都沒辦法掙脫的。不管多麼努力，想像力會碰到一堵牆，一堵石牆——二二得四的石牆。」

那是我很喜歡的小說裡的比喻。可是，這個通道的牆壁是水，只要伸手就能穿過。壁面不斷流動，反射著水光。我現在看出來了，整條通道是一道穩定的漩渦，直達河底。就像沖水馬桶裡會出現的那種。

「我從大學畢業，結果到處碰壁，最後只能做深夜外送……其實是我自己想做的。如果做了其他的工作，那好像就……就這樣了。」

我老是在害怕。

不敢捨身逐夢，又不想平庸過活，才會一直拖延到現在。

「然後我遇到了莉莉安。那是第一次……我接到了她的訂單，進入另一個世界，一個充滿可能的世界。她是帶我逃離這些無聊日子的人。」我看著無邊無際的藍。「她能帶我去到一個更寬廣的地方。」

「喔……」語蝶點點頭，然後帶著一點報復的感覺笑了。「妳也對她一見鍾情了嗎？」

「沒有，就算抽了大麻也不會。」

我們繼續往下，之前模模糊糊的燈火越來越清晰了。淡水河在腳下，遼闊得像海，海底有一整座古樸又現代的城市。水草與泥地中，沉沒的商船點亮船燈、魚兒在宮殿與廟宇間優游、清靜的神社旁是宏偉教堂，其中參雜著現代化的高樓。階梯繞著一棟特別的建築物旋轉往下，那是一個六角柱狀的巨大玻璃結構。遠遠看去，就像燃燒的水晶。

我們來到了龍宮大飯店的本館。

龍宮飯店的內部，跟東區分店沒什麼差別。只是從落地窗看出去，不是繁華燦爛的台北城，而是水草與優游的魚群。語蝶說這裡的單數樓層都是水層，是給水棲的客人住的。倒不如說，陸地上來的我們才是被特殊對待的那群。

飯店很大，比從外面看起來還要大得多。語蝶跟櫃檯講了些話，拿到一張電梯卡。我們坐著景觀電梯，在波光映照下一路往上，最後來到接近頂層的地方。這裡的套房相對更高級，似乎抬頭就能看到河面。

語蝶熟門熟路地停在一間房間前，她敲了敲門，不久，一個身穿白襯衫的年長女性幫我們開了門。語蝶朝她微笑點頭，便帶我進入房間。

房間很寬敞，這麼寬敞的房間中，只有正中央有一張床。床上有一個老人。老人盯著天花板，像是沒發現我們進來。我四下張望，床邊擺了一些醫療器材，但幾乎沒有個人用品。大部分的東西都是白色的，落地窗外是深邃的藍。這更像是一間病房。

語蝶輕手輕腳地走到床邊，俯身在老人耳邊說話。

「大哥，我來看你了喔。」

老人的眼球緩慢地移向語蝶，露出微笑，但是沒有說話。然後他的頭緩緩轉向我。

「啊，那是我的朋友。她是那個、莉莉安……新的……唔。」她似乎不知道該怎麼介紹我，但是老人已經沒有在聽了。他的視線越過我，望向窗外的河水，像是沉浸在自己的記憶中。

我向前走近兩步，低頭看他。他的頭髮稀疏，身材瘦小，皮膚都包在骨頭上，顯露淡藍色的血管。他的膚色異常地蒼白，那副樣子，簡直就像……

他忽然朝我抬起手，我直覺地伸手握住。他艱難地集中注意力，睜大眼睛看著我，當我湊向前去，他便講了一些話。

那些話一定很重要，但他講得非常含糊。我只能朝他點點頭。「嗯，好。」

他露出安心的微笑，眼睛又失去了焦距。我緩緩將他的手放在床邊，他沒再看我們一眼。帶著有些沉重的心情，我跟語蝶走出房間，我才終於問她。「所以他是……」

「他是莉莉安上一個……」她思考了一會兒用詞。「對象。」

「他也是吸血鬼？」

「是的。當他還是人類的時候，莉莉安跟他度過了一段不短的時間。那段時間中，莉莉安只吸他的血，就算處於再不利的狀況，也都不例外。這是所有人都知道的事。可是，跟吸血鬼待在一起，不可能永遠這樣下去的。他被吸了這麼多血，又被給予這麼多……李大哥的轉變是慢慢的。」語蝶嘆了一口氣。「他應該能更長壽的。」

「他看起來很老。」

「他覺得自己老了，就真的老了。」

「因為吸血鬼的變形能力嗎？」

她搖搖頭。「像我們這樣的人，衰老並不是身體的屬性。就只是這樣。」

我們來到四樓的餐廳。語蝶已經訂好位置了，我有些擔心價錢，結果她從道袍袖口翻出一張黑色信用卡。這是水月姊給她的，水月姊說，當時玩遊戲她最後一名，總要有點付出。

「她其實很想幫妳們。」語蝶說。「只是，她是魔女協會的元老了，不該隨便介入這種事。」

「水月姊也活很久了。」

「那個極限，每個人都不一樣。當李大哥成為吸血鬼的時候，他已經有些年紀了。工業革命後世界變得太快，他……沒辦法適應。當我認識他的時候，他清醒的時間已經很少了。我有時候會為了莉莉安的事去拜訪他，陪他說說話，但最後……」

「莉莉安呢？」

「她從來沒來過。」語蝶搖搖頭。「李大哥曾經是莉莉安最重要的人，他是第一個毫不在意，自願讓她吸血的人。當他變成吸血鬼，卻還是漸漸老去，莉莉安就把他丟下了，留在這裡。」

「為什麼啊？」

「沒有人知道。」她猶豫了一會兒，又說。「她曾經對我說，她不想看到他這個樣子。看著……太難過了。」

「……」

「也許妳會覺得冷酷，可是，那就是吸血鬼的末路。也就是從那開始，莉莉安有結束一切的念頭……」她抬起眼，望向窗外無邊無際的河水。「當我第一次見到莉莉安，她是用她長大後的樣子來的。她本來是來找母親告別的。」

餐廳很寬敞，因落地窗外的河水呈現溫和的淡藍色。天花板也是透明的，透過水流與燈光，畫出了不斷變換的梵谷星空。這個時間，餐廳的人已經很少了。其實有些客人一看就不是智人，但基於城市生活的禮貌，我假裝毫不在意，跟語蝶一起安靜用餐。

我吃著五星級餐廳的晚餐，卻幾乎沒注意食物的味道。我腦中縈繞著許多畫面，那是想像出來，莉莉安的故事。可是，這些不過是想像。不管知道再多，我也沒辦法了解真正的她吧。

我現在做的事，真的有意義嗎？

吃完飯，我們正要走出餐廳，卻在餐廳出口的座位，遇到了料想不到的人。

「喔，曉萍小姐！好久不見。真沒想到會在這裡遇見妳。」

「咦，木天蓼夫人？妳也住這裡嗎？」

木天蓼夫人端坐在椅子上，面前的桌子很低，桌上擺了幾個快吃完的貓食盆，貓食盆裡頭有……貓食。她嘆了一口氣。「我還在處理妳帶來的麻煩啊，親愛的。妳還記得上個禮拜，妳丟給黃昏魔女的道士吧？」

「那個啊……」

上個禮拜，莉莉安走了以後，我打電話給亦晨學姊，請她幫忙處理受傷的中國道士，便離開了現場。我沒問過後來怎麼了，畢竟那不關我的事……或者，我只是害怕。

「他這兩天才出院，我們得找個地方安置他，就先放在這裡了。因為他有明確的攻擊平民的行為，誰都沒有意見。我們會把他關到他的陸客觀光簽到期為止。」

「這樣啊……」

「妳想要見他嗎？」木天蓼夫人敏銳地說。

我回想上次見到他的時候，他對我做過的事。我還是很害怕。可是，我剛剛才見到了那個老人。我忽然很想知道從他們的角度來看，莉莉安又是什麼樣子。我聳聳肩。「好啊。」

「沒關係嗎？」語蝶有些擔心地說。

「妳會一起嗎？」

「當然。」

「那就沒關係。」

她朝我露出溫暖的笑容。木天蓼夫人舉起尾巴，讓服務生收走空的貓食盆，接著跳下座位，領著我們往外走去。

「蛟龙杀手，真没想到妳会来。哎，请进请进，别站在门边的。上礼拜妳可救了我一命，是我的救命恩人呐。」

我愣在原地，忽然想就這麼關上門離開。但這樣對木天蓼夫人不好意思，只好硬著頭皮走進房間。

房間是一般的商務套房。高個子道士穿著白色棉質上衣，一隻手打著石膏，靠著枕頭坐在床上看電視。一旁的椅子上，亦晨學姊扶著額頭咳聲嘆氣，看起來好像很累。

「哈囉。」我向她打招呼，刻意不理會道士。「明明是軟禁犯罪者，幹麼還幫他訂五星級飯店。」

「還不是妳帶來的大麻煩！」她狠狠瞪了我一眼。「喔，真的是大麻煩！為什麼這種事最後總是跑到魔女協會頭上呢？明明平常都瞧不起我們，出事了都躲到一邊去。哎唷，一個處理不好，就要變成國際政治問題了。」

「是国内，非政治，也不是问题。小姑娘。」一旁的中國道士親切地糾正她。

「妳看！就像這樣！累死我了，壓力好大，我要辭職！」

我望向罪魁禍首，在明亮的飯店房間中，他看起來就像普通的中年人，沒有那麼可怕了。

「你……」我問了適合這個場合的蠢問題。「你的傷還好嗎？」

「承蒙妳的关心。」他揮揮沒打石膏的手。「说来真丢人，我竟被一拳放倒了，台湾地区的吸血鬼果真厉害。」他神情愉快地說。「不过那一拳也是卯足全力，想必她也不剩多少气力了，我的同伴自个儿便能收拾她。」

「你們還是想抓她？」

「那是自然。就算不考慮祖国的大计划，也应该为民除害。」他撇撇嘴。「妳可別有意见。我们不打算杀她，但那天的事儿，不正证明了，不管过了多少年，身处什么时代，吸血鬼就是吸血鬼，残忍与邪恶的本性不会有丝毫改变。妳到现在还想袒护她吗？」

「……」我本來想說什麼，卻不知道從何開始。我的腦中，關於莉莉安的事，還亂成一團。道士看著我，露出討人厭的微笑。

「所以您来这里，这间牢房，有什么要紧事儿吗？」

「欸，你怎麼這樣說。」亦晨學姊抗議。「我們對你明明那麼好，我們可沒有虧待你喔！你知道你口中的這間牢房一個晚上要多少錢嗎？」

「我只是想確定你的狀況……」我停頓片刻又補充。

「順便要我的精神賠償費。」

「我也被吸血鬼打得很慘。」

「你去跟莉莉安要。」

他搖搖頭。「看看资本主义对妳们这代年轻人做了什么。一点儿也不懂得敬老尊贤。」

「如果……如果當時我沒有阻止她……」我咬著下唇，心知自己的問題毫無意義。「她真的會動手嗎？」

道士愣了一下，忽然哈哈大笑。「哈！传闻说的没错，妳们果真在吵架。好消息啊！虽然方式不同，我的任务也算圆满了。她不会吸妳的血了，对吧？我得快些告诉我的同伴。」

我瞪了他一眼，轉頭看向亦晨學姊。「他不是應該被軟禁著嗎？」

「是手機。」亦晨學姊哀傷地搖搖頭。「我想說這是個讓他安靜的好方法，就教他在台灣都怎麼用網路的……但、但是那個，他到底哪裡買到登入次數那麼高的 ptt 帳號啊？」

道士謙虛地笑了笑。「这个 Google 真不错，找到的东西虽没我们那儿正确，但也别有一番趣味。」

「你還沒回答我的問題。」我說。

「我们都知道吸血鬼是怎么回事，妖怪是怎么回事——我的家乡就毁在这些没人性的东西任意妄为之下——她当然会动手，妳对这样一个天灾，到底有什么期待？」

「你也攻擊她，她只是在自我防衛。」

「只有最开始，妳也心知肚明，不是吗？而我们，我可不曾打算要她的命。我做的这些事，都是为了国家，为了广大的人民。她做这一切，又为了什么？」

我張開口想回答，但是道士沒給我機會：「久远年代的怪物！她和你我，出生在繁荣和平的现代中国的人们，本性完全不一样。不管表现得多么通情达理，下一秒钟，她就能若无其事地行邪恶之举。小姑娘，这可不是过家家。」

「她最後不是放過你了？」

道士失笑。「是你让她放过我的。」

「她答應我不會再這樣做事了。就算我們吵架，她還是答應我了。因為時代變了，她也在變。你們根本不認識她。」

「那好吧，就算今个儿她能改过向善，过去的恶行也一笔勾销，可她要怎么生活呢？」道士裝模作樣地搖著頭。「还是得躲在暗处，魅惑人类，吸食人血。拥有这么强大的力量，这么不正常的活法，叫人怎能信任？在内地，在我们那儿，她就得接受管制。防范于未然，这才是正确、符合多数人民利益的方式。」

道士的話明顯地偏頗，漏洞百出，我卻沒辦法立刻反駁他。

莉莉安一直過著那樣的生活。就算她已經不再那樣做了，她的生活方式，也讓她永遠沒辦法真正遠離這些。就算今天，她遵守我們的約定，也許還有其他事情，也許總有一天……

「哈啊。」見我沒開口，道士遺憾地嘆了一口氣：「回去吧，小姑娘。妳不属于这边的世界。妳来这儿，不就是为了确定这一点吗？」

「我不是——」

「我就问妳一个问题，蛟龙杀手。如果那天，吸血鬼真的动手了，妳又打算如何呢？」

我了解莉莉安多少？我能接受她真實的樣子嗎？

語蝶忽然從後頭輕輕按住我的肩膀，她的手心很溫暖，靠近我的脖子，莉莉安第一次吸血的地方，那一天的印象還鮮明地留在那裡。她付了我兩千四百八十九塊錢，買她多喝的血。

「我不知道。」我緩緩說。「可是，我認識的莉莉安跟你知道的不一樣。我相信她不會。」

道士詫異地看著我，然後他瞇起眼睛，聳聳肩。「随便妳。无论如何，我还是会做我该做的事。」

我點點頭，知道我們已經沒什麼話好說了，所以我轉過身，準備走出套房。在我邁開腳步的同時，道士的聲音又從後方追了過來。「等等，小姑娘。」

「幹麼？」

他從口袋掏出一個小東西，有些可惜地看著它。他一邊把玩著，一邊對我說。「不管我喜不喜欢，妳都救了我一命。我们仍是敌人，但忘恩负义，可不是有教养的中国人会做的事。」

他忽然把那東西扔給了我，我手忙腳亂地接住，才發現是一個八卦玉珮，刻著不知是麒麟還是龍的動物。

「这能帮妳挡掉一劫，可是个好东西呐。」他呵呵地笑了。

「这样，蛟龙杀手，我们也两清了吧。」

「這個玉珮……真的滿講究的耶。就算我還在做道士的時候，也許都沒辦法做出這樣的。」語蝶研究著中國道士送我的玉珮，語氣幾乎有點不甘心。

「沒有什麼陷阱嗎？」

「看起來不像有。」她把玉珮還給我，硬要挑毛病似地說：「除了品味很糟糕以外，戴著應該是沒有壞處的。」

我看著上面風格浮誇的八卦跟麒麟，然後搖搖頭，收進包包裡。「接下來我們要去哪裡？」

「接下來啊……」語蝶的臉色變得暗沉。我們坐著電梯，來到飯店的低樓層，她領著我走過一排排房間，最後停在深處的一扇門前。這扇門上沒有標號，看起來特別陳舊，甚至沒有電子鎖，與周遭有些格格不入。

「這是另一個莉莉安寄放的門。」

「寄放的門？」

她摘下一支髮夾，熟練地解開門鎖，然後轉動門把，推門而入。

月光灑落臉上。

這裡是一片幽靜的林間空地，腳下是濕潤草地，遠處是黑暗的森林。除了白霜般的月光，唯一的光源來自後方，飯店的走廊燈，透過門框畫出梯形的影子。我回頭查看，那扇門獨自站立在空曠的草地上，牆壁都不見了。微風吹過，森林沙沙作響。

我的眼睛逐漸適應黑暗，就著門口的光，我看見眼前不只是空地，還有其他東西。在草地上，有一座一座小小的土丘，一旁插著木牌，木牌上寫著字。

「這是……」我出聲詢問，雖然在語蝶回答之前，就知道答案了。這是一座墓園。

「在以前的年代，吸血鬼遠比現在更……衝動。」語蝶輕聲說，像是擔心打擾什麼：「莉莉安剛開始吸血時，根本控制不住自己。過後，她會剪下一小受害者的頭髮，就埋在這裡。」

這些是被她殺死的人們。我望向空地，這些小丘少說也有五、六十座，淹沒在叢生的雜草中。

「感覺很久沒有人來了？」

「那是在我認識她以前的事了。以前，莉莉安每年都會來，她會打掃墓園，在這裡待上一整夜，上百年來都是這樣。不過，在遇到李大哥以後，她就不來了。李大哥要她忘記這一切，不想讓她沉溺過去。畢竟，不管怎麼說……這可不是個會讓人心情愉快的地方。」

她的手機忽然響起簡訊鈴聲。她拿出手機滑了滑，皺起眉回了訊息。螢幕刺眼的燈光，在幽暗的墓園中，顯得有些怪異。過了一會兒，她抬頭凝視樹林深處，不知在想些什麼。趁著這個空檔，我問她。

「剛才那個中國道士，他說莉莉安在打他的時候，已經用盡了力氣——」

語蝶的手機像是故意要打斷我一樣，再次急促地響起。這次不是簡訊，而是電話。不過她看都沒看，就把它掛掉了，收進道袍袖口中。嘆了一口氣，她說：

「本來不想跟妳說這個的，莉莉安一定也不想要我說。可是，那個道士說的是事實，莉莉安現在的處境，真的很不樂觀。」

「那她為什麼……還不吸別人的血？」

她轉身面向我，仔細地看著我。我被她看得有點不自在了，她才接著說。

「因為現在這樣的時代，不管是吸血鬼還是殭屍、魔女還是貓，都活得像個台北人。所以很容易就忘記我們真正的樣子。」她側身揮了揮手：「看看這些。看了以後，妳還願意放棄……妳在另一邊達成的全部，來到這一邊嗎？」

「……」

我願意為了莉莉安，做到什麼程度呢？

寧靜的墓園中散布著細小的土堆。在這裡埋藏的，都是被莉莉安殺死，無辜的、平凡的人。我原先只看到這個世界光鮮亮麗的一面，而這裡，就是莉莉安向我隱藏的事物。我靜靜走進墓園中央，月光篩落林間，隨著微風輕緩搖曳，空氣中飄散泥土與青草的氣息。若有似無的霧氣間，我彷彿能看到莉莉安，挖掘墳墓的背影。她正在哭著嗎？她會不會想著，自己的存在是個錯誤，應該做些什麼，終止這樣的悲劇？我問自己，我能像李大哥那樣，無條件地肯定她的一切嗎？

我應該這麼做嗎？

「我不知道。」

「這樣啊。」語蝶再次嘆了一口氣，但是過了一會兒，又露出虛弱的笑容。「這樣也好吧。」

「什麼意思？」

「還記得我們第一次相遇的時候嗎？第一次見到妳，我是真的很驚訝喔。莉莉安已經很久沒有放縱自己，喝同一個人這麼多血了。」

「那只是我的血好喝。」

「吸血鬼品嘗的不只是血。」她搖搖頭。「自從李大哥變成那樣以後，莉莉安就一直很沒有動力。她還沒有走進陽光中，結束自己的生命，只是因為……她寧願被人殺掉。她覺得，那才是適合她的結局。」

「……」

「不管是我也好，那些中國道士也好，她一直在等有人能結束這一切。除非……除非她找到下一個人，一個能讓她固定在這邊的錨。我原本以為……」她的聲音逐漸消散，化為白色的霧氣。

「可是不一樣。」她說。「李大哥沒有任何猶豫，輕易地放棄了一切。他給莉莉安一個全新的開始，他拯救了她。妳跟他，你們終究還是不一樣。」

我覺得有什麼東西卡在喉嚨，我不喜歡這樣被比較的感覺。語蝶走過我身邊，示意我跟上，她沿著小徑，往森林走去。看著她的背影，我忍不住問她。「那他第一次來這裡的時候，又說了什麼？」

語蝶沉默了一會兒。

「他說他只認識現在的莉莉安。過去的這些……」她伸手比了比周遭。「跟他沒有關係。」

我跟上語蝶，走出墓園，走進森林。細細咀嚼這句話，我忽然覺得，也許語蝶想錯了。我回憶莉莉安曾對我說過的話，我們相處過的時間，還有剛才與道士的談話。也許……

「也許現在的莉莉安不需要拯救呢？」

她停下腳步，訝異地回頭。我有些緊張，害怕自己在無理取鬧，卻還是繼續說。

「也許現在的她，會更需要一個，陪她一起想的人？」

但是語蝶沒有嘲笑我，她背對著月光，周身彷彿散發銀白的光。或許因為這樣，她的笑容看起來很柔和。

「嗯，也許吧。」

走進森林以後，我的空間感變得很模糊，有些不確定是我在往前，還是森林在後退。我們慢慢地走著，枝葉在風中低語，月影平靜地漲落。沒說話的時候，只有腳下枯葉輕柔的碎裂聲，偶爾響起。

林間小徑接上了石板路，石板路延伸進一座依山而建的小村落。矮小的建築由石磚與木材建成，本來應該古色古香，卻都年久失修。門窗早已朽壞，室內長滿雜草，像是被山所吞食。

建築隨著山勢層層交疊，小巷也因此錯綜複雜，偶而能看到反射幽光的貓瞳在屋宇間跳躍。整座小鎮沒有燈，只有頭頂的月光，以及山下綿延的燈火，讓前路依稀可見。

語蝶小聲地介紹著，講著這裡的故事。這裡曾經是充滿活力的村落，有個強而有力的守護神，讓居民躲過一次次劫難。不過有一次，當地人幫助了黨外分子，莉莉安明知後果，還是應地方官員要求，殺死了村落的守護神。

她便在那時成為眾人懼怕的傳說。

在村落的邊緣，石板路越來越破碎，最後變回了泥土路。泥土路在山間蜿蜒，明明沒走多遠，我回頭查看，卻已經看不到村子了，只有一片光禿禿的山，在霧氣間忽隱忽現。

「我們要怎麼回去？」

「坐火車啊。」

「這裡到底是哪裡？」

「台北以前的山。」語蝶說：「只是一個哪裡也不存在的地方。」

我很快就明白她的意思了。這座山跟台北周邊，家庭出遊的郊山不一樣，更古老，也更神祕。離開廢棄的村落，我們走過長滿發光菌類的小溪谷，路上的花在經過時盛開。我們沿著山壁移動，避開空中的有翼生物。有時候，我覺得我們在繞圈，而樹木在不注意時互換了位置。

「附近還有其他人嗎？我一直覺得有人在看我們。」

「我什麼都沒看到。沒有啦……真的沒有喔？」

「妳明明是道士，還會怕鬼嗎？」

「……就當是這樣好了。」

我們走了很長的路，遠比我送餐一整天騎車經過的距離還長，感覺卻只有一下子。我們走進荒蕪的山谷中，廢棄的木造車站就在眼前，微弱的燭光隨著腳步聲點亮。我們搭上型號老舊的蒸氣火車，火車在林間奔馳，窗外的風景不斷變換，最後深入地下。我們在西門緊急停靠站下了車，這是不曾啟用過的車站，鋼筋裸露在外，像是廢墟。我們穿過空曠的車站大廳，爬上斑駁潮濕的階梯，推開理應上鎖的生鏽鐵門，回到了五光十色的市中心。

「我的腳踏車還停在中興橋。」

「那個沒關係啦。她已經自己回去了。」

我們又借了一台 YouBike，語蝶站在防撞桿上，讓我載她。這台 YouBike 特別有活力，速度很快，而且不太好控制。「我要起飛了喔。」「咦?等等、我還沒抓——」我們飛向市中心上空，繞過停靠在大樓頂的木造帆船（也許只是一朵烏雲），俯瞰高樓間的巨大動物遺骸（也許只是長相比較奇特的山），這些平常見不到的奇觀，都有一段莉莉安的故事。「除了李大哥，莉莉安還有其他吸血鬼嗎?」「他們都過世了……其中一個，還是她下的手。」我們參觀了莉莉安出資建立的慈善機構（以前是孤兒院，現在則為偏鄉教育努力著）。還有因為對她的朋友出手，化成廢墟的天主教堂（其實有點活該）。而這些故事，也早已沒人記得了。「那小張呢?」「嚴格說起來，他比較像食屍鬼。不是每個人都有那麼好運氣。」我們在街道上漫遊，走過莉莉安曾經走過的地方，聽著好久以前的事跡。這裡的時間，流動得特別緩慢。「把莉莉安變成吸血鬼的吸血鬼，現在又在哪裡呢?」

「他被莉莉安吃掉了。沒有人知道為什麼。」

我們騎腳踏車飛上大樓，與長住屋頂，有著巨大翅膀的居民攀談。我們爬上大橋底部的維修通道，尋找隱密的暗門與居住其中的矮小黑人。我們穿過一道又一道門，走進一個又一個不起眼的小巷，攀上生鏽的鐵梯，探訪無人知曉的遺跡。最後我們翻開人孔蓋，鑽進陰暗潮濕的下水道，我想起第二次遇見莉莉安，我也曾這樣爬進下水道裡。還好這裡沒有鱷魚，而是一整座原始叢林，都被城市趕下來了，連著星星與月光一起。我們在叢林中遇到野生的梅花鹿與雲豹，受到當地部落的熱情款待，直到語蝶提起莉莉安。

回程的路上，站在通往地表的手扶梯（這是我這輩子見過最長的手扶梯，每隔一分鐘就會響起「緊握扶手，站穩踏階」的熱心提示聲），我問語蝶：「接下來要去哪裡呢？」

語蝶滑著手機，她今天似乎特別忙碌，訊息一則接一則。「沒有了。我知道的，已經全部都告訴妳了。」她沉默了很久，才收起手機，問我。「現在妳該知道了，她是罪有應得。不管是被帶走，或是受到傷害……誰也不會有怨言。這樣，妳還願意把血給她嗎？」她看著我的眼睛說：「知道了這些，妳有什麼感覺呢？」

妳會害怕嗎？

感到失望嗎？

會不會生氣，或者噁心？

「……」老實說，我還不是很清楚。在這段路程上，我想盡量讓自己保持中立，就像人類學四年來的訓練教導我的，與研究對象保持一點距離，同時盡可能同理她的觀點。懸置判斷，入乎其內、出乎其外……

可是，莉莉安終究不是我的研究對象。語蝶直白的問題，打破了這層刻意的疏離，讓我不得不面對她。「我大概……」

我的心中，現在是什麼樣的感覺呢？

「我覺得很難過。」

「這樣啊。」她點點頭，然後露出微笑。

「如果是這樣，我最後再帶妳去一個地方吧。」

電扶梯的盡頭是天花板的一道破口。清澈的水流從破口流下，像是半圓形的瀑布，只有電扶梯這側沒被淋到。我們乘著電扶梯，進入上一層，回到普通的下水道裡。一旁的牆面掛著生鏽的鐵梯，爬上鐵梯，輕輕一推，人孔蓋輕易地就被打開了。五顏六色的光線一同鑽了進來，我立刻明白，我們再度回到了台北的表面。雨不知什麼時候已經停了。

「那是我跟莉莉安的，私房景點。」

早上六點整，我跟語蝶一起坐在陽明山的一處草坡上。

這裡幾乎是台北市最高的地方，離天空很近，風很強，帶著霧氣。翠綠的草地連綿好幾個山頭，間雜沒有落盡的芒花、柏樹與低矮灌木。太陽還沒出來。但群山的更遠處，已經泛起了魚肚白。

我們是騎腳踏車上來的，只看海拔高度的話，這是我飛得最高的一次。至於為什麼會來這裡，語蝶還沒有跟我說。我打開UrbanEats保溫箱，從鏡子裡拿出在山腳便利店買的咖啡、御飯糰與熱騰騰的茶葉蛋，充當我們的早餐。

這裡風景遼闊，空氣乾淨，吃著早餐，剛才在山下悶著胸口的感覺，也稍微舒緩了一些。我一直在等語蝶告訴我，她帶我上來的理由。可是她只是看著風景，一小口一小口地吃著茶葉蛋，一邊隨口閒聊：

「不知道妳有沒有注意過，台北城舊的路都是斜的，跟正北邊差了十三度。」她比了比我們後方的高山：「這是為了風水，讓北門能對著七星山。」

「有用嗎？」

「以前有。」她垂下眼，過了一會兒忽然說：「裏台北的居民，大部分都見不得光。」

她像是有感而發，於是我趁這個機會，問了一直想知道的事。「到底怎樣才會成為一個裏台北人？」

「唔……之前也說過的，這比較像是一個心情的問題。」她像是想起我們在河濱釣魚的夜晚，輕輕地笑了。

「有一天，當妳發現自己走岔了路，再也沒辦法過正常的生活，最後就只能待在這裡了。妳的家人與朋友……還是會喜歡妳。可是對於那些，透過稱呼跟衣服認識彼此的人，妳什麼也不是。能夠不被偏見影響的人，真的很少。」

「如果我讓莉莉安吸血，是不是就會變成那樣？」

「這種事沒有一定的。可是，一直跟她在一起，也很難說服自己是個正常人吧……畢竟，妳已經知道了真正的她。」她側頭看我，黎明前的微光在她臉上灑落陰影。「莉莉安這樣做，真的很不公平。但是妳應該要明白的，不管最後變得怎樣，那都不是妳的錯。」

「如果她沒有遇見我，事情也不會變成這樣。」

如果她沒有遇見我，她會繼續到處吸血，跟她的獵物保持只有一個晚上的關係。她能一直是精力充沛的狀態，也不用害怕那些中國道士。

語蝶張開口，又闔上。過了一會兒，她咬著御飯糰，用刻意漫不經心的語氣說：「莉莉安的事，我跟媽媽會想辦法的。如果妳想的話，我可以幫妳用收驚咒驅魔，等妳睡一覺醒來，就會忘記這一切了。」

「我不要。」

「也是呢。」

「我還是不知道該怎麼辦。」我捧著早餐的咖啡，試著溫暖手心。往下看去，幾棟建築還亮著燈，或許是遊客服務中心吧，但除此之外，清晨的這個時間，看不到其他人。這裡也是台北，這麼一想的話，還真是安靜得好讓人驚訝。

「我原本以為，知道她隱瞞的那一面，就能確定自己想要什麼了。」我靜靜地說。「莉莉安……她是第一個這麼需要我的人。」

如果不是她，我也許會就這樣，讀著沒人感興趣的書，做著隨時能被取代的工作。像是即溶咖啡的一小撮粉末，在人群間一沖就消失。這個世界不需要我，可是莉莉安需要。

「就算她只是想要妳的血，拿來當飯吃？」

「我是個容易被感動的女孩。」

「妳最好是。」

「可是……」

可是，我現在知道了，知道她隱瞞的事，知道她是怎樣不容於社會。如果我讓她吸血，肯定也會一起被排除。到那時候，我會真的從本質上，成為一個不被在意的人。

我很久沒說話，語蝶也沒有催我。在跟自己無關的事情，比如數學證明、人類學論述，或者處理事務性的工作，我很聰明。但是做出選擇，那一直不是我的長項。

不管做什麼，我總是在後悔，到最後還是選安全牌。我知道正常的做法是怎樣的：就像那個中國道士說的，我本來就不屬於這裡，裏台北發生了什麼，都跟我沒關係。我應該讓語蝶幫我收驚，然後忘掉這些，專心完成我的人類學論文。這個題目做得好的話，也許可以在大眾網路獲得一些討論度，我有機會更上層樓……

我喝著最後的咖啡，咖啡裝在特製的紙杯裡。我輕啜兩口，卻不是很喜歡這種工業化的味道。

「我有一個莉莉安骨灰燒的、摔不破的馬克杯。」我輕聲說。「如果莉莉安被抓走了，那會怎麼樣?」

「咦?大概會破掉吧。」

我點點頭，終於轉頭問她。

「妳帶我來這裡，到底是要看什麼——」

簡訊鈴聲再度響起。

語蝶抱歉地看了我一眼，低頭讀簡訊。她露出驚訝的表情，然後左右張望了一會兒，忽然站起身來。「那個、對不起，等一下再說好嗎，我想先去摘個花。」

我抬頭看了看，但附近只有青翠的綠草。「什麼意思?」

「妳、妳不要問這麼多啦。」她臉紅地說，然後朝……我看不到的地方走去了。我明白過來，原來她指的是廁所。

她的身影消失在小丘後方，周遭安靜下來。我忽然有些不安，儘管明知不可能，還是害怕就這樣被丟下。在廣闊的天空底下，只有我一個人。剛才刻意逃避的問題，又漸漸浮上心頭。

一道輕微的腳步聲在我後方響起，很近的地方。

以上廁所來說，好像太快了。我以為是語蝶忘了拿東西，正要開口，在我身邊坐下的，卻是莉莉安。

我驚訝地望著她，原本一直在想，跟她見面時應該說什麼，該怎麼道歉，現在卻什麼也說不出來。黎明前的光線太暗淡了，我不知道她是不是還在生氣。她看著底下的山谷，低聲說。

「哈囉。」

「哈囉。」我也回答，然後我們都沒說話了。以前聊天時，偶爾也會這樣，但現在的沉默卻讓我坐立不安。她離我這麼近，微風吹起黑色的髮絲，搔癢我的皮膚。我急著找話題：「剛才就是妳一直傳簡訊給語蝶嗎？」

「我原本也想傳簡訊給妳的……我比較喜歡用簡訊講事情。吸血鬼的感官，有時候會讓人類……沒辦法在我面前隱瞞直接的心情。」她終於轉頭看我。她的表情很平淡，幾乎帶點歉意，明明該道歉的是我。

「可是活了這麼久，我也知道，我應該知道的。有時候直接的心情不一定是真的。」

於是在跨年當天，我對她展現出來的恐懼，被輕易地原諒了。

我不知道該說什麼，張開口好幾次，最後還是沒發出聲音。她換上一如既往的開朗語氣：「而且用簡訊，就不必忍受面對面談話，那種突然沒話說的時候了。」

「啊啊，這個我懂。」

「……」

「……」

她輕輕地笑了，像是為我們無聊的小小默契而暗自滿足。「不管怎樣，我們最後還是應該見個面……不過我真沒想到妳會找小蝶，帶妳來這裡。」

「她是不是出賣我。」

「妳跟她不過認識兩個月，我跟她可作對了一百年！如果她敢不經過我同意告訴妳這些，我下次打架都瞄準鼻子……然後其實，我剛剛一直偷偷跟在妳們後面。」

「好像變態。」

「我只對妳這樣。」

「她帶我去看了——」我發現我其實不知道他的名字。「我見過李大哥了。」

「這樣啊……」她輕輕哼了聲。「他跟妳不一樣，他可從來沒有害怕我。」然後她低下頭。「可是，無條件接受一切，其實跟毫不在意是一樣的。我必須殺死過去的自己，才能跟他在一起。」

「我之前跟妳說的那些，我——」

「我知道，那些都是真的。」莉莉安說。「妳會害怕我，可是妳也會來找我。能在最後認識妳，認識像妳這樣的朋友，真的很好。過了這麼久，終於感覺自己能踏在地上了。就算只是小小一步。」

「莉莉安……」

「天快亮了，我要走了。」她看向遠方，天空越來越明亮，她的聲音似乎越來越遙遠。「才幾天而已，幾天前我還不怕陽光的。我很想繼續陪妳，但我現在沒力氣了。」

「莉莉安，吸我的血。」

她露出悲傷的微笑。「已經來不及了，曉萍。」

「……什麼意思？」

「我現在不能吸任何人的血。我太餓了，如果讓我碰到血，尤其是妳的，我一定會控制不住。語蝶帶妳去看過那座墓園了吧？我不想要剪下妳的頭髮，不想再傷害任何人了……這就是我們最後一次見面。」

突然的消息讓我震驚，我湊向前說：「不會的……我可以、可以——」

「妳是正常世界的人。」她平靜地看著我，阻止我說下去。「妳今天的旅行，妳問小蝶的那些事……讓妳知道這些，對我來說，真的很重要。所以這樣就夠了。」

「這不公平！」

「很公平的，吸血鬼就是這樣。我也有心理準備了，只是一直找不到好時機。」她停下來，想著什麼，緩緩搖頭。「我只是在害怕吧。早在我殺死第一個人，犯下第一起罪的時候，就應該這麼做了。我一直在等一個機會，讓我鼓起勇氣，做正確的事。我已經拖了三百年。」她抬起頭，認真地看著我。

「所以真的很謝謝妳。過了這麼久，能夠在最後，留下一些什麼……有一個人，能夠為我露出這樣的表情。還有……自從喝了妳第一口血，我當時就想——」

她笑了，像是黎明將至的天空，雲淡風輕的笑。

「啊，這下真是死而無憾了。」

「莉莉安！」

一陣風吹來，草坡像是起了浪，浪頭由遠而近，帶著山嵐與幾片早開的櫻花瓣，淹沒了我的聲音。我不得不瞇起眼睛，拉緊風衣，直到風停。

「再見。」

當我再次睜眼時，小丘上又只剩我一個人了。

我抱著雙腿，下巴靠在膝蓋上，瞪著眼前沒有邊界的風景。

太陽還沒出來，可是天空已經很亮了，連綿的山籠罩在虛幻的白光中，霧氣讓一切變得模糊。我的心裡空蕩蕩的，什麼也沒辦法想。

腳步聲踩著草地走來，我沒有回頭。語蝶站在我身後，過了很久，才柔聲開口。「妳怎麼了？」

「妳明明知道。」

她在我身邊坐了下來，我又控訴了一次。「妳明明知道的。」

「嗯，我知道。」她猶豫了一下，然後輕輕把手搭在我背上。我遷怒地搖了下身體，想甩開她，但她沒有放手。我把身體縮得更小了。

「對不起。」她說。「我早就知道了，妳做的這些，都是沒有用的。可是莉莉安還是想讓妳知道她。只有一個人也好，她想讓妳記著。」

「妳能讓她喝血嗎？」

「我的血……對她來說有毒。我媽媽也一樣。」

「為什麼是我。」我說。「為什麼我的血這麼好喝？」

「只是剛好是妳。」

我沒辦法接受這個答案，她卻只是輕輕笑了笑。放下搭在我後頸、溫暖又溫柔的手，跟我一起看向群山聳立的地平線。

「莉莉安會跟妳做朋友，不是什麼特別的事，只是碰巧而已。可是，不正因為這不是註定好的，因為緣分總是這麼脆弱，這段友誼才更值得珍惜嗎？」

「……妳比我還會說漂亮話。」

「我覺得妳老是忘記這件事，可是我已經一百多歲了喔。」

「真的沒有其他辦法了嗎？」

「莉莉安是這麼認為的。」她給了一個曖昧的答案。我等著，但她沒有解釋，只是看著我。

我知道這個眼神，跨年當晚，她也曾露出相同的表情。

有些事不該由她來說。因為最後……每個人都要自己做出選擇。

「我不懂。」我說。

「對了。」她朝我眨眨眼。「我還沒跟妳說吧。我到底帶妳來這裡做什麼？」

「不是來見莉莉安的嗎？」

「那個她是自己偷偷跟過來的，我也是在森林的時候才發現。她明明說隨便我處理的。」

「所以我們到底要看什麼？」

「莉莉安很小的時候，就變成吸血鬼了。不曉得妳有沒有聽說過，很久以前，她還沒辦法在早上出門的，吸血鬼一碰到陽光，就會化成灰燼。一直到最近，相關的故事越來越多，人們對吸血鬼的想像也越來越豐富……莉莉安抓住了其中比較年輕的一種，讓自己再也不怕陽光。」

「想像越來越豐富……」我咀嚼著這句話，感到其中蘊藏著某種可能性……最後卻只是搖搖頭。「可是她現在又怕太陽了。」

「總是有極限的。她本來一定也想看最後一次，在這裡，跟我們一起。可惜沒有機會了。」

「……」

「剛開始的時候，她還是很擔心，畢竟那算是吸血鬼的天性。所以當她不怕陽光的頭一個月，我約她在陽明山對決。她帶了一盒好幾百塊的雪花糕，啊，那個真的好好吃。我帶了阿里山的熱茶，裝在保溫瓶裡。我們認真地打了一架，打了一整個晚上，最後就坐在這裡。然後——」

她伸手指向遠方的山。

一開始，只是一點點微光，像是門縫間洩漏的祕密。然後那道光越來越明亮，揉進了天空，讓乾淨的空氣也滿盈著光。太陽升起前的光不是成束的，而是薄紗，像是液體覆蓋一切。在飽含水分的草葉上跳動，在裸露的岩石間閃爍，所有事物都被銀白的晨曦包容，閃耀著自己的光。

這不是我第一次看日出。在大學做報告時、在送餐時，我也沒少看過。但現在，我像一個從沒見過陽光的人，被眼前的景色深深吸引。太陽幾乎就要升起，光線浸透雲朵，刻出山稜，影子也隨之推移，如潮水般退去。光的前緣向我們所在的草坡逼進。

然後太陽終於探出地平線。

剎那間，光線填滿虹膜，明亮的星芒向四方展開，穿透所有陰影。群山融化，遼闊的草原綻放色彩，一切都失去了邊界，就像被透明的光給洗淨。我凝視著變換的光影，直到眼睛發疼。語蝶的聲音在耳邊響起。

「那是莉莉安的第一個日出。那是我第一次看見她哭。」

行走於夜裡、長壽又疲憊的吸血鬼，會為了什麼而哭泣呢？

沐浴在旭日中，我想起李大哥在最後對我說過，而我卻沒聽清楚的話。我忽然意識到，也許不是他講得含糊，而是用了我不熟悉的語言。也許是日語，也許是台語。

我回想著發音，向語蝶詢問那句話的意思。她傾側著頭，不確定地說。「這應該是廣東話吧，意思是：是我要她走的。」

我點點頭，肩膀放鬆了下來。沒有戲劇性的轉折，但是在這一刻，我下定了決心。語蝶帶我走過莉莉安的時間，那段時間有著不能一笑置之的重量。也許今天的小旅行只是徒勞而已。我不可能真正了解她，也不能代替任何人寬恕她。但我知道了這些事。我還是想陪著她。至於以後……

我望向遠方，陽光終於抵達山腳，點亮底下的山川與城市。光線在玻璃與河面交互輝映，明亮得不像現實。

現在的台北，就算是一個吸血鬼，也能夠欣賞這幅景色了。

「第一次遇見莉莉安……」我緩緩地說。

「我是自願讓她吸血的……呃、也不算太自願，比較像被坑的。可是，我有很多拒絕的機會。我可以把血包丟在水溝裡、滑掉這單，或者乾脆賠錢消災，如果我堅持，莉莉安大概也不會強迫我。但我還是讓她吸血了。有一部分是好奇，但是……」

我回想著那天的事情，不禁面露苦笑。

「雖然瑪麗說她是個殺人不眨眼的吸血鬼。可是，明明有著那樣的力量，還願意付兩千五百塊錢買一包血。我當時就想，對啊，這就是現代人的生活方式，這是一個明事理的吸血鬼。」

「妳一定哪裡搞錯了。她一點都不明事理，根本是個幼稚鬼。」語蝶露出氣惱的表情，然後我們都笑了。

「莉莉安想要的不只是我的血。」

「嗯。」

「她想被當作普通人，就算知道她是吸血鬼，也不會有偏見的人。」

「嗯。」

「而我……我想要看看特別的事，想去別人去不了的地方。」

「……」

「我們都是幼稚鬼。」

「真的。」她嘆了一口氣。「妳們兩個超難搞的。」

我說：「剛剛中國道士問我的問題……」

「妳不需要理他啦。」

「我現在想清楚了，至少有一點，他一定是錯的。因為這裡不是他的地方，這裡是台北。」

「什麼意思？」

「不管什麼樣的生活方式，在這裡都是正常的。」我對語蝶說，也像是對自己說。

就像占用車道的遊行隊伍，就像同性戀的婚禮，就像浪費了一堆社會資源讀大學，最後還是跑去做深夜外送。正因為人們願意容忍自己不喜歡、既特別，又正常的事，這個城市才能這麼美麗。

沒有任何人應該被留在過去，也沒有任何事情，必須被趕到表面底下。

「只要能尊重彼此，不管怎麼活，都是正確的。」

語蝶驚訝地望著我：「就算是吸血鬼？就算是吸血鬼獵人？」

「就算是不賺錢的奇幻小說家。」

她呆呆地眨了眨眼睛，忽然嘆了一口氣，像是放下了沉重的什麼。她抱起雙腿，跟我一起看著底下的小城。過了很久，她才輕輕地說。「莉莉安真的做過很多很過分的事。」

「我知道。」

「她現在不能吸血了。她會控制不住的。」

「我知道。」

「她自己也一直期望著這一天。」

「我知道。」

「妳打算怎麼辦呢？」

我沉默了很久。太陽已經完全升起，日出時刻的魔幻氣氛，也消散如霧靄。今天只是另一個平常的日子。我說：

「我們第一次見面，妳的那個提議……還算數嗎？」

1月10日　就像放開雙手騎單車

一月十號的晚上，街道瀰漫著躁動的氣息。

信義區的巷弄中散落著傳單與衛生紙贈品，上面印著總統參選人的頭像，與頭頂的大型廣告看板一模一樣。我在巷口的紅綠燈停下腳踏車，路旁小吃店的電視機正播放著南部城市的選前之夜。造勢晚會旗海飄揚，人們高喊著安全與有錢的口號。我在他們開始唱軍歌的時候等到了綠燈。

這幾天都在想著莉莉安的事，幾乎忘記明天就是總統大選了。這是我成年後的第一場大選，明明應該是很重要的事，卻像是跟我沒關係。我忽然覺得好疏離，彷彿與社會脫節，然後我又想到了莉莉安。

吸血鬼連投票權都沒有。

憑著印象，我往水月姊家的方向騎去。從陽明山回到市區，我跟語蝶就分開了。她說她跟媽媽得花一整天的時間作法準備，要我好好休息，晚上十點再會合。回到家以後，對莉莉安的擔憂、做出決定以後的放鬆，還有走了一整夜的疲勞，全都混在一起，讓我倒在床上睡了一天。直到現在都還昏昏沉沉的。

我搖搖頭，甩開疲憊的感覺，在附近的站點歸還腳踏車。揹著UrbanEats保溫箱（裡面裝著伴手禮餅乾跟語蝶請我買的晚餐），我找到水月姊家門口，按響了門鈴。

過了一會兒，雙扇門的右邊那扇打開了。語蝶打著哈欠走出來：「呼哇……啊，曉萍。剛剛好呢，我們這邊就剩下收尾的工作了。」

她身上都是線香與灰燼的味道。我把麥當勞紙袋遞給她，她感激地接過。「我一整天沒吃東西了。」

「這個法術這麼麻煩？」

「當然囉，長生不老藥可是改變世界規則的藥呢！」她邀請我進去。水月姊的家很大，但現在卻堆滿各種宗教相關的器物。她幫我在沙發清出位置，讓我坐下。「還好這個配方還有效果。」

「有可能會失效嗎？」

「唔……這就像是玩遊戲的時候，找到了系統的小 bug。只要妳不要太囂張，營運商會緩慢地修復。不過如果妳到處宣揚，可能一下子就修好了，弄不好還會被封號呢！」

「我以為妳沒在玩遊戲。」

「啊哈哈……上次跨年之後……我用了不少存款……買了一台遊戲機……」

廚房傳來清脆的碗盤碰撞聲，過了一會兒，水月姊抱著咖啡分享壺、濾杯、恆溫手沖壺，還有一瓶純米大吟釀走了出來。

「啊，妳來啦。」她朝我點頭致意，鄭重其事地把咖啡工具組放在客廳的神明桌上。神明桌上的燭台燈散發暗紅色的光芒，與西式的室內裝潢很不搭調。我上次來的時候還沒有這張桌子。

「好了，收尾就像我教妳的那樣。」水月姊雙手抱胸，不放心地看著語蝶：「自己沒問題吧？」

「我、我可以啦！」語蝶從袖口抽出一顆檳榔，放進咖啡壺裡，在上面安置濾杯與濾紙，填上一把香爐裡的香灰。然後提起手沖壺，就像沖泡咖啡那樣，控制著水流在香灰上繞圈，動作優雅而熟練。

「？？？？」

她看了我一眼，誤解了我的眼神：「我以前有一段時間，都在咖啡店裡打工，還滿拿手的呢。」

「喔。」

香灰被冒著煙的熱水浸濕，稍微浮了起來。她停頓片刻，開始第二次注水，我才看出來，她不是單純在繞圈，比較像在畫符。從濾杯中滴落的水質意外地清澈，漸漸淹沒了那顆檳榔。一時間沒有人說話，只有水聲迴盪在客廳。

完成四次注水以後，語蝶取出檳榔，用武士刀小心而精準地剖開一半。拿它們擲了一次聖筊，放進小碟子中，誠敬地拜了拜。最後，她含了一口純米大吟釀，向檳榔猛噴。神明桌被水霧籠罩，我慌張地後退。

她終於直起身來，擦擦嘴角，撿起其中半顆檳榔。「比想像中還要困難，但是應該成功了！……成功了對吧？」

水月姊點頭：「做得不錯。」

語蝶把檳榔遞給她，但她沒有接過，只是用頭比了比我。語蝶把檳榔遞給我，但是檳榔上還殘留著酒水。她等了一會兒，然後臉紅地說：「我也很不好意思啊！」

我用指尖捏著接過那半顆檳榔：「吃下去就好了嗎？」

「對。」

「我從來沒有吃過檳榔。」

「這可不是普通的檳榔。這個是倒吊子。」

「那不是有毒嗎？」

「嗯……良藥苦口嘛。如果不習慣味道，直接吞下去也沒關係。」

我把檳榔舉到眼前，那看起來就像普通的檳榔。但它是倒吊子，還是長生不老藥，吃下它，也許我整個人生都會不一樣。

「這只有半顆……？」我小聲確認。

「沒錯。」水月姊頓了頓又說：「但是太靠近這邊，還是很危險。妳真的確定了嗎？」

「大概不確定吧。」

她點點頭，沒說話。我深深吸氣，將檳榔塞進嘴裡，咬都沒咬就吞了下去。檳榔滑過我的喉嚨，稍微壓迫到氣管，才消失在腹部深處。

除了喉嚨不太舒服以外，什麼事都沒有發生。

「怎麼樣？」語蝶看起來比我還緊張。

「沒什麼感覺。」我看著自己的肚子，開玩笑說：「我原本還期待會發光什麼的。」

白光劃破窗外的黑夜，一瞬間奪去了顏色。

巨大的雷聲緊接而來，頭頂的電燈閃爍了兩下，隨著滋滋聲熄滅。

「哇！」語蝶嚇了一跳，緊張地抓住我的手臂。

是閃電造成的跳電，竟然在這麼剛好的時機。室內陷入一片黑暗，但是外頭還有些燈亮著，從窗戶斜斜地投下影子。水月姊走到窗邊，往天空張望。她抿起嘴脣，表情變得嚴肅：

「麻煩了啊。」

「什麼？」

她讓出空間，我跟語蝶擠過窗戶，抬頭往天空看去。剛剛來的時候還是好天氣，現在卻烏雲密布，低低地壓在頭頂上，感覺隨時會下起雨來。幾道閃電穿過烏雲，照亮天際，然後我終於看見水月姊要我們看的東西了。在隆隆的雷聲與慘白的電光中，一個恐怖的形體顯現。

那是一條踏著火炎，墨黑色的巨大中國龍。

光是看著那條龍，恐懼便從腹部翻湧而出。

那是我從沒在莉莉安、水月姊，或者其他我在台北碰上的奇怪東西身上，感受到的威脅感。我立刻明白，這條龍跟我認識的那些，是完全不同體系的產物。更加正統、更加霸道。一個來自其他國家的集體信仰。

雷光閃爍，中國龍鑽進雲霧間，失去了蹤影，我才終於可以呼吸。狂風呼嘯，整片烏雲快速向東方移動，沸騰般地翻湧著。天空傳來巨響，不知是雷鳴還是龍吼，窗戶隨之震動。

「那是什麼？」我過了一會兒才擠出聲音。

「最無聊的那種法術。」水月姊打開手電筒。「牠的存在會排擠其他的，讓莉莉安沒辦法發揮。」她皺起眉說：「我以為他們會更晚一點才能成功，現在街上人還這麼多。」

「本來應該沒辦法在台北召喚這種東西的。」語蝶補充。「應該說是風格不合嗎……可是最近的總統大選……總之，大家都比較激動一點。」

我想起跨年當天，那個青年道士說過的話。

「牠的目標是莉莉安嗎？」

語蝶說：「現在的莉莉安，沒辦法抵擋太久的。」

開始下雨了。雨滴碎落在人行道上，匯流成小河，捲入漆黑的下水道。下水道裡，白色的鱷魚張開血盆大口，像是要吞噬眼前的所有。那是我在台北遇過最危險的東西，而牠只是為了生存，但這條龍……

語蝶碰了碰我的手臂：「妳會害怕嗎？」

「……還好。」

「如果妳想放棄，那也沒關係喔。」她垂下眼，低聲說：「情況變了。現在還有這條龍，太危險了。這本來就不是妳的責任，妳可以先待在這裡，剩下的，我跟媽媽會想辦法的。」

「是啊，小妹，不要有壓力。」水月姊一派輕鬆地說。「我已經派小張去搶龍脈了。就算妳退出，我們也能解決。類似的事，我們經歷過好多次了。」

「可是……」

「沒事的，曉萍。」語蝶說。「不會有人因為這樣，就對妳失望的。」

語蝶的聲音很柔和。我本來還想說些什麼，想證明自己非去不可。但她的話為我留下了退路，讓我有選擇的餘地。我一直都有得選，這是她與莉莉安沒有的。

我沉默了很久，才小聲問她：「那妳們為什麼還要幫我？」

她露出淡淡的微笑：「因為我們來做，還是妳來做，對莉莉安來說，意義是不一樣的。」

「這樣啊……」我看著自己的腳尖，反覆咀嚼這句話的意思。最後我抬起頭：

「我還是想去找她。」

「真的沒關係嗎？」

「跨年那天，我答應讓她吸血了。」

「她不會在意這種事的。」

「我會在意。」我移開視線，想著跨年時我跟她說過的話，我打算做的事，不禁嘆了一口氣。我改口說：「而且我畢竟是做 UrbanEats 的，餐點沒送到會掉評價的。」

語蝶忍不住笑了。「妳的薪水才多少，根本不值得妳──」

「六萬塊。」

「喔六萬……咦？等等……咦？有這麼高嗎？」

水月姊說：「那個中國道士給妳的玉珮，妳還帶著嗎？」

我從包包撈出玉珮交給她。她翻看了一會兒，接著為我戴上：「如果玉珮碎了，妳就回來。」

我點點頭，把玉珮塞進領口。語蝶看起來還是有點擔心，她從袖口抽出一疊黃色符紙，放進我的風衣口袋：「妳等一下要在烏雲裡飛吧，現在天氣這麼糟糕。我以前修過一點雷法，這疊……符、符紙應該能保護妳。」

「謝謝妳。」

「妳知道莉莉安人在哪嗎？」水月姊說。

我拿出手機，點開家人共享的定位功能。莉莉安的頭像出現在地圖上，約兩公里遠的東方。照片中的她笑得很燦爛。

「我知道。」

「那好吧。我還要聽小張報告，就不陪妳了。」她拍拍我的肩膀。「自己小心。」

「我會的。」

語蝶說：「我送妳出去吧。」

她打開左邊那扇門，我跟在她後面走出了花園，來到街上。大雨似乎跟著神龍離開了，只剩一點毛毛細雨。水月姊的家與主要幹道有段距離，現在是晚上十一點，空氣有些冷，路上一個人都沒有。

我們抬頭望向東方。烏雲已經移動過去了，暴雨的分界清楚可見，像是鎖住信義區的灰色牢籠。不時有紫色的電光竄過雲層，莉莉安大概就在那裡面。

「要快點了。」語蝶說。然後她露出擔憂的神情：「我不會飛，只能送妳到腳踏車那裡。」

「我沒問題的。」我向她保證。「只是借輛車，飛上天，把血送給莉莉安而已。我這兩個月都在做一樣的工作。」

「完全不一樣啦。」她嘆了口氣。「妳的腳踏車停在哪裡呢？」

「我的腳踏車已經——」

子彈般的物體擦過耳際。

砰！

一枚釘子釘在我身後的牆壁上，揚起一片粉塵。

還沒反應過來，語蝶一把推開我，向前一步，舉起武士刀。鏘！火花在眼前炸開，武士刀斬落另一枚釘子。釘子彈中路旁的花盆，落在腳邊兀自滾動。

溫度不停下降，周遭瀰漫著若有似無的薄霧。在街道盡頭，站著兩個人影，人影彷彿由霧氣組成，既稀薄又不安定。我認得這個樣子，那是共產主義幽靈。

「妳看吧，我就說不一樣。」語蝶認命地說。

慘白的路燈下，兩個身影忽隱忽現，外觀與我聖誕節時看到的十分相似，一個瘦瘦高高，一個身材矮胖，都留著大鬍子，穿著大外套。高的那個手上握著一把鐮刀，而胖的那個手上拿著釘子與鐵鎚。

鐵鎚幽靈拋起一根釘子，用鐵鎚揮擊。清脆的金屬聲響起，霧氣破開一個洞。語蝶立刻偏轉刀鋒，再次擋下釘子。釘子轉了好幾圈掠過我眼前，打碎一旁臨停車輛的擋風玻璃。警報器嗡嗡地響起，我站在原地不敢亂動。

「哇！」語蝶驚呼：「它們又變強了！」

「妳打得過嗎？」

「不知道耶……我是吸血鬼特化的。」她吞了一口口水，艱難地開口：「而且……這有一點點是向性問題。」

「什麼向性？」

她看了我一眼，抱歉地說。「唔……妳也知道的。我的工作一直好不穩定，吃飯也都有一搭沒一搭的……有時候我也會偷偷的想，只是偷偷的喔！如果無產階級的理念真的可以成功，那好像……也滿不錯的。」

另一個幽靈熟練地轉著鐮刀，朝我們緩步走來，鋒利的鐮刃在路燈照耀下劃出白色弧光。

「那現在該怎麼辦？」

「妳借的腳踏車就在附近吧？」

「我已經還回去了。」

「妳還回去了?在這種時候!?」

我聳聳肩。「一個小時十五塊。」

「喔……好吧，那也沒辦法。」

兩個共產主義幽靈越來越接近，語蝶不再說話，只是全神貫注地舉著刀。幽靈停下腳步，在五公尺的前方跟語蝶對峙著。就在我以為下一秒鐘，雙方便要打起來的時候，幽靈卻只是困惑地交換了視線，又轉頭仔細地打量我們。它們特別盯著語蝶的衣服看了一會兒，其中一個幽靈同情地搖搖頭，另一個幽靈理解地點點頭。它們伸手指指語蝶，做出請過的手勢，又指指我，做出留下的動作。

「妳好像被認可了耶。」我說。

「咦？不是……哎，什麼？」

「可惜，看來我的穿衣品味太中產階級了。」

「妳為什麼要這麼得意？」

見語蝶沒打算離開，它們再度舉步往我們走來，我跟語蝶只好跟著後退。就這樣一進一退，僵持不下的時候，冰冷的聲音從後方傳來：

「喂。」

轉頭看去，水月姊的家已經恢復供電，柔和的花園燈照亮了細心打理的步道與植栽。她穿著剪裁合身的西式套裝，背靠沉穩的實木雙扇大門，朝兩個幽靈豎起中指。

「別煩小朋友，有膽衝著資本家來。你們這些修正主義走狗。」

兩個幽靈對看一眼，隨即舉起武器，繞過我們，朝水月姊奔去。水月姊對我們揮揮手，她的手上拿著一根紅色塑膠掃把。「快走吧。讓我教教這些資本論都沒讀過的傢伙，什麼是真正的物理辯證法。」

語蝶還是一副無法釋懷的樣子，低頭看著自己滿是補釘的道士袍，想找出被認可的原因。我只好拉著她離開這條小巷。

「我還是覺得哪裡不太對。」語蝶不悅地瞪著我，邊跑邊說：「我還有一間房子喔？妳連機車都沒有喔？」

「妳跟我說這些也沒用啊。」我覺得有點喘了，但還是勉強跟上她的腳步。

「那些幽靈真可恨。」她大聲抱怨。「要不是趁著選舉期間，才沒辦法這麼囂張！」

她生氣完，又有些擔心地說：「它們應該是針對妳來的。小心點喔，還不知道會出現什麼。」

我們轉進另一條巷子，連忙停下腳步。

狼群。

這是我第一次見到現實中的狼，還是在台北的街頭。我張大嘴巴，看著數十隻銀白色的巨狼，從圍牆與樹叢的陰影現身，緩緩包圍我們。每隻狼都有腳踏車大小，牠們不是普通的狼。

一隻特別巨大的狼跳到停在路邊的車頂上，壓出明顯的凹痕。牠的身體就跟共產主義幽靈一樣，半透明又不安定，像是通體由月光組成。牠從車頂睥睨我們，高傲地仰起頭，發出尖銳的嚎叫聲。

「嗷嗚——」

語蝶倒抽一口氣：「民族主義戰狼！怎麼有這麼多！」

「就是上次在地下街咬壞腳踏車的那些？」

她抽出武士刀，緊張地看著圍上來的狼群。「沒關係的，這個我應該……應該能應付……吧。」

巨狼慢慢接近，交錯移動著，漸漸收攏包圍網。牠們尖銳的視線緊盯著我們，動作有著肉食動物的從容與優雅。幾隻狼試探地往前一躍又退開，恐嚇的吠叫此起彼落，唾液順著尖牙滴下。我躲在語蝶身後，慢慢靠向牆邊。

一隻狼終於忍不住了。牠發出低吼，弓起身體。語蝶也在同時舉起武士刀——

「喵。」

一個輕巧的身影落地，狼群一齊後退。

在我們與巨狼之間，是一隻白腳的黑貓。她的身高甚至不到巨狼腹部，卻在狼群前若無其事地坐了下來，好整以暇地理著毛。巨狼面面相覷，卻沒有一隻膽敢上前。

「木天蓼夫人！」我驚喜地大叫。「妳怎麼會在這裡！」

「我才想問妳呢，親愛的。」她用令人安心的語氣說。「我們終於決定要處理這群傢伙。但牠們的行蹤飄忽不定，找了好久，沒想到在這裡現身。」

「喔……」我還以為她是專程來救我們的，這麼興奮讓我有點尷尬。

「不管怎樣，妳們沒事就好。」木天蓼夫人說：「這群狼真是欺人太甚。這裡可是我們的地盤，得讓他們知道誰才是老大。」

話音剛落，小巷便起了霧。

從巷口開始，霧氣一下子擴散開來。狼群騷亂地後退，一隻狼動作不夠快，轉眼被濃霧吞沒。緊接著，悲慘的哀鳴傳遍小巷，之後就再也沒動靜了。幾隻狼見狀，立刻掉頭，夾著尾巴消失在街尾。

然後濃霧散去，一群動物憑空出現。

白貓、橘貓、三花貓、鴿子、貓頭鷹、老鼠、蜥蜴、狗、以及一隻銀白色的狐狸……各種各樣的動物在眼前排排站開，我認得其中幾隻，都是在貓咪大遊行出現過的使魔。剛才來不及逃跑的巨狼正縮在地上，用前腳掩著臉瑟瑟發抖。

「姊姊！」一個稚嫩的聲音響起，我轉頭看去，是一個穿著葉子連身裙、膚色偏綠、長著黑色短毛髮的可愛小女孩。她正騎在一隻巨大的古代牧羊犬身上，開心地朝我打招呼。

「小芒！」我真沒想到還能再看到她。「剛才的霧是妳做的嗎？妳怎麼會在這裡？」

「是……上次那個彈吉他的姊姊，她帶我來的。她、她說如果我乖乖的，就讓我跟貓咪玩！」

「啊、喔。」看來是亦晨學姊做了什麼吧。

狼群重整戰線，隔著幾公尺跟使魔對峙，卻在氣勢上屈居下風。有隻狼勇敢地躍上前來，張口要咬一隻哈士奇，卻被兩隻鴿子的啄擊逼得不斷後退。另一隻狼揮舞爪子，卻被一隻雙腳直立的烏龜用龜殼擋住。木天蓼夫人說：「妳們要去找莉莉安吧？這裡就交給我們，讓我們教訓教訓這些不知天高地厚的小毛孩。」

語蝶說：「沒關係嗎？之前我聽說……魔女協會不想跟中國的勢力起衝突的？」

「現在是使魔們的休息時間。記得嗎？這可是妳們爭取來的。根據新的合約，我們愛做什麼，沒人管得著。」

「謝謝妳。」語蝶點點頭，牽起我的手，望向狼群與使魔衝突的地方。

使魔們終於找到了破綻，兩隻黃金獵犬合力拖倒一隻巨狼，瓦解了民族主義戰狼的陣型。大批貓狗排成楔形隊伍，衝進狹窄的街道。

趁著混亂，語蝶拉著正要拿出手機來拍照的我，向街道另一端跑去。

「那些狼讓我想到一件事。」

我們蹲在街角，往街道外偷看。一隻剛才逃跑的狼正要回頭加入戰局，我們打算等牠離開，才繼續前進。

「那次在地下街被咬的腳踏車……」我小聲說。「如果 YouBike 都有靈魂，我騎去找莉莉安，會不會害到人家？」

「這個沒關係的。不是每台腳踏車都那樣，而且她們的靈魂大致上是跟著樁架的。那次在地下街會這麼嚴重，只是因為民族主義戰狼的嘴有毒。」她滑了滑手機：「離最近的站點還有多遠啊？」

「前面左轉再右轉就到了。」我憑著印象說。

巨狼跑過我們躲藏的街口，消失在視線中。「可以了。」語蝶拉著我起身。我們迅速轉過下一個轉角，卻遇到了意想不到的人。

高個子道士站在街道中央，姿態從容地等著我們。

他的身形本就很高大了。在台北的街頭，積水的巷道，身後雜亂的霓虹招牌向四方投出陰影，讓他的輪廓更顯出壓迫感。一塊標楷體的大紅色餐廳招牌正好掛在他頭頂上方，七彩的燈珠接連閃爍，像是廉價的光環。

「嗨，蛟龙杀手。」

我沉默了很久才回答他。「你不是應該被關在飯店嗎？」

「就凭那些外行人，可关不住我呐。方才听说那群狼闻到妳们的味道，料妳肯定会来取脚踏车，就先在这儿等妳。我可真没猜错。」

「只有你一個人嗎？」語蝶謹慎地張望。

「別操心了。」道士坦然地笑了。「本来呢，还有资本主义吸血鬼跟着，但预算不够，嫌没利益，就回内地去了。唉，这些社会主义核心价值观缺失的……不管了，反正这儿只有我一个。」

語蝶放心地呼出一口氣，然後像是忍不住一樣地說：「如果你們不要一直迫害境內的妖怪，也不會找不到人幫忙了。想要掌控這些還沒定形的意識形態，只會自食惡果的。」

「那可不好说。」道士皺眉，然後輕輕笑了。「有时候，恐惧也是很有效的手段。至于妖怪嘛……我的同伴才刚从内地调来一批听话的帮手，在他赶到前，我得想办法拖住妳们。」

他的話中有著隱約的不贊同，讓我感到在意。「我以為你討厭所有妖怪。」

「正是如此。」他說。「我们带那些妖怪来，只是为了抓住吸血鬼。我们这是为民除害，却不得不让平民百姓置身风险。我劝妳，最好在这儿让我抓住，我不敢肯定那些怪物能否克制自己。」

「明明就是壞人，不需要你假好心。」語蝶罵他。

他愣了一下，然後哈哈笑了起來。「别天真了，小姑娘。妳们该知道，这里没有好人与坏人，只有立场不同的人。我们有不同信念，也就仅此而已。」

「就是因為這樣。」我說：「因為每個人都有不同立場，把信念強加在別人身上，用暴力讓人屈服。在台灣，那就是壞人的意思。」

他睜大眼睛，張口欲言。「这只是……」

然後他停頓片刻，想了想。「也许吧。」

他忽然笑了。當他再次開口，語氣似乎有微妙的改變。「也許妳說得沒錯。」他說：「那麼我就是壞人，為了自己想做的事，我得在這兒阻止妳們前進。妳也最好拚盡全力，因為我可不會手下留情。」

他站在五公尺遠的地方，從腰間抽出木刀，輕描淡寫地隨意揮了兩下，接著往前踏出一步。

那一步還沒落下，只一瞬間，他已欺近我身前，木刀隨之斬落。

我眼睜睜看著木刀劃出弧線，就要擊中我的肩膀，一把武士刀在最後一刻從旁介入，架開了木刀。道士露出讚賞的表情，繞開武士刀，旋身又是一劈。語蝶推開我，擋在我身前，武士刀與木刀再次相會，死死黏在一起，誰也不讓誰。

緊接著，他們的身影一齊從視線中消失。交擊聲在身邊接連響起，火花一次次照亮陰暗的小巷。我不斷轉身，卻只能勉強看到軍服與道士袍飄動的殘影，聽到軍靴與麻履交互踩踏的腳步聲。

然後他們一起停下，雙方的衣服都有些微破損，但似乎都沒能造成傷害。語蝶擺好架式，一邊喘著氣，緊緊盯著道士。她的神情嚴肅，眼睛卻閃著興奮的光芒，一滴汗水從她下巴滑落。

「你的對手是我！」她氣勢高昂地對道士說。我看著她，於是她臉紅地囁嚅：「……我只是想說一次看看。」

她清了清喉嚨。「前面就是 YouBike 了，等妳飛到空中，就沒人能阻止妳。我不會讓他妨礙妳的。」

「我知道了，謝謝妳。」

道士很識趣地等我們說完，才再度展開攻擊。我往轉角飛奔而去，木刀從各個方向斬來，宛如鞭炮在四周炸響，卻沒有一刀能砍到我。語蝶成功將道士擋在了巷子裡，我也終於跑過街角。

我找到了 YouBike 站點，手忙腳亂地翻找錢包，取出悠遊卡，壓在車架的感應區上，結果響起的卻是三聲的提示聲。系統顯示錯誤訊息「0」。這是沒有成功讀取卡片，要我稍後再次感應的意思。

我焦躁不安地等了五秒鐘，等待錯誤訊息消失。正要重新借車，一個聲音從後方傳來。

「哎呀哎呀，这不是蛟龙杀手小姐吗。」戴著金絲眼鏡的青年道士說。「难不成妳是要去找台北鬼魅的？这可不行，我可不能让妳这么做。」

我嘆了一口氣，轉身面對他。他緩步向我走來，停在一公尺的前方。

「你想怎樣？」

他友善地攤開雙手。「如果妳好好地待在这里，就不会怎样。」

但是我實在沒空跟他廢話。我想了想，低頭拍拍腳踏車的坐墊問他：「這台腳踏車有靈魂嗎？」

他看了一眼，有些困惑，但還是回答：「这台没有。」然後他舒展眉頭。「不用想了，蛟龙杀手，这次没有东西会帮妳——」

「我只是不想連累她。」

我從風衣口袋抽出防狼噴霧，對準他的臉噴下去。他尖叫地後退，我毫不猶豫地上前一步，一腳踹向他的胯下。

他摀著下體與腹部，抽搐地向後倒下。我轉身，再次感應悠遊卡，終於借到了腳踏車。我坐上車，正準備踩下踏板，倒在地上的青年道士，卻忽然痛苦地大吼：

「你们……你们还在干嘛！快阻止她！」

夜色中，無數恐怖的形體凝聚，像是黑暗突然有了形狀。

兩個頭的山豬、四隻耳朵的長臂猿、獨眼三尾的大貓、長人臉的公雞、巨大有翅的蟒蛇……聽都沒聽過的妖怪將我團團包圍。我嚇了一跳，用力踩動踏板，卻沒辦法起飛。一個雙腳是樹根的老婆婆，用藤蔓纏住了車輪。

「抓住她！」道士尖叫。他停頓片刻，在地上掙扎，然後又艱難地吐了一句。「但是尽量不要伤害她。」

妖怪圍了過來，我根本沒有機會。我用防狼噴霧劑逼退一個獨眼小矮人，但更多沒有眼睛的怪物仍不斷靠近。我揮拳擊打山豬的臉，卻在粗糙的表皮擦破了指節。這些妖怪跟台北的妖怪不一樣，他們更古老，更不寬容。其中一個妖怪伸出手，我緊張地大叫——

金色的光芒如洪水般沖刷街道，一下子逼退所有妖怪。我回頭望去，瞇起眼睛，在耀眼的光芒中，是兩道飄浮的身影，優雅地滑行而來……不，不是滑行，當她們近到不只是剪影時，我才看清楚，那是兩個踩在電動平衡車上的人。而且是亦晨學姊，以及樂團鼓手可欣。

「曉萍～～嗨嗨曉萍，我們來幫妳了！」

「學姊！」我驚喜地說。「妳怎麼會——我以為妳們不想扯上關係。」

「我要辭職了啦！薪水那麼低，事情那麼多，還總要我當壞人！才沒有這樣的，我不幹了，我退休了，我要整天躲在房間跟小黑咪玩……喔，可是按照新的合約，她現在有十六個小時的自由時間……」

亦晨學姊戴著魔女帽，穿著學院風襯衫與百褶裙，還揹著一把看起來很帥氣的電吉他。她在我面前停下平衡車，強大的氣場讓妖怪完全不敢靠近。可欣也跟著停下，手上拿著一個鈴鼓。

「反正！」亦晨學姊說。「我還欠妳一個大人情，我可不能讓妳覺得魔女都是忘恩負義的人……頂多只有一半……喔，好啦，其實是因為他們的狗竟敢動我們的貓，誰都不准動我們的貓！」

她抬起頭，望向塞滿小巷的妖怪。「啊，聽眾有這麼多！那就來個大放送，飛天拉麵大解禁！如果語蝶姊姊在的話，她肯定不願意唱這首曲子的。今天就是我的吉他主唱初演出！」她伸出雙手，用力比向一旁面無表情的鼓手。「可欣，Tempo！」

可欣聽話地高舉雙手，敷衍地打著鈴鼓。亦晨學姊站在平衡車上，跟著拍子前後搖擺。隨著某個訊號，她忽然收起笑容，神情嚴肅地刷下吉他，然後張開口——

唱起了死金。

恐怖的吼聲化為音波砲彈，伴隨金黃的光芒橫掃街區。妖怪們根本招架不住，被悉數震倒在地。我趁機騎上腳踏車，加速前進，在激昂又自由（而且完全聽不懂，肯定會被附近居民投訴）的歌聲中，飛向了台北的夜空。

我騎著腳踏車，向夜空飛去，一下子就接近一百公尺高，將大部分建築遠遠拋在腳下，只有幾棟摩天大樓仍聳立在天邊。烏雲壓在頭頂上，底下是璀璨的台北城。強風夾雜雨絲，像是色鉛筆的塗鴉。

閃電的強光讓一切變得慘白，雷聲震撼耳膜。我盡力保持平衡，單手拿出手機，定位莉莉安的位置。

透過蘋果手機的家人共享功能，我知道她在我東方，正快速移動著，這表示她不在室內。我抬頭望去，一棟高聳入雲的建築映入眼簾，是台北 101 的方向。那裡的雲層看起來更厚重了，閃電像遊蛇纏繞雲朵，我憑著本能知道，那條龍就在那裡。

莉莉安也在那裡。

我在強風中踩動踏板，雨點打在臉上像是石頭。越接近暴風中心，風阻也越大，我幾乎沒辦法前進。我奮力騎著車，雙腿開始發痠，手指冰冷地失去知覺，但 101 也逐漸接近了。一道閃電打中附近大樓的避雷針，照亮了天空，我又看到那條龍了。

這是我第二次見到牠，這次更接近，恐懼也更強烈。我強壓胃部翻湧的感覺，逼自己不要調轉車頭，不要逃跑。然後我終於找到了，在巨龍追逐的前方，有一個小到不能再小的身影。莉莉安穿著紅色的洋裝，在烏雲裡穿行，彷彿黑夜中的火星。

巨龍揮出一爪，光是氣流就讓莉莉安幾乎失速。她勉強穩住，立刻向旁邊翻滾，險險閃過巨龍的咬擊。她的飛行軌跡紊亂不堪，感覺隨時會用盡力氣。

「莉莉安！」我忍不住大叫，可是我們距離太遠，她根本聽不到我。明明只要躲進城市間，巨龍就沒辦法施展，她一定是害怕連累別人，才沒有這麼做。我強忍雙腳的痠痛，加速向她騎去。

巨龍張嘴咆哮。雨幕隨著聲波擴張，恐怖的龍吼撼動胸腔，我被震得翻了半圈，雙腳鬆開踏板。有將近一秒鐘，我只用雙手吊掛在車上。腳踏車快速下墜，我死命地抓著把手。語蝶給我的長生不老藥能治好大部分傷口，可是從幾百公尺高的地方摔下來，她也沒試過。我好不容易翻回來，剛找回平衡，巨龍就出現在我正上方。

我的心臟停止跳動。

在一片無聲的寂靜中，牠的眼球移向我。我能從牠碩大的眼中看見自己，彷彿天空中的一粒灰塵。

我忽然能明白水月姊的意思了，巨龍的存在感不斷擴張，填滿整個空間，幾乎將我壓倒。只是眼神接觸便能明白，用身體切實感受，那是一個完美的存在，想將一切納入其中。牠只看了我一眼，便失去興趣，扭身往莉莉安的方向追去。

牠揮舞的尾巴搧出強風，一揮就將我吹退幾十公尺遠。只要一個不小心，輕輕掃到一下，我的身體肯定會四分五裂。我終於又能呼吸了，我的腦中一片混亂，忘了自己身在何處，只能看著巨龍與莉莉安纏鬥。

然後剛才被擱置的那些問題，在這短暫的空白中，伴隨著懷疑與恐懼，再次鑽進心頭。在見過剛剛那隻眼睛以後，我還有足夠的勇氣去找莉莉安嗎？正常人會這麼做嗎？今天清晨，我對語蝶說的話……

我願意踏足這個世界多少？又願意冒什麼樣的險？

熾烈的火光照亮天際，我回過神來，發現巨龍正追著莉莉安，吐出一整片紅黑色的火焰。莉莉安快速繞圈閃避，於是火焰由遠而近掃來，我無處可躲，只能眼睜睜看著火焰占據視野。還沒感覺到熱，我的身體已經穿透玻璃，被爆炸的氣浪轟進下方的辦公大樓裡。

不知過了多久，我在痛苦中醒來。

我試著撐起身體，但胸口的疼痛讓我沒辦法呼吸。我抬起手，上面沾了血，還有一道長長的割傷，正以肉眼可見的速度復原。要是沒吃下那顆長生不老藥，真不知道我會變成什麼樣子。

我驚訝地意識到，我的衣服都還在，沒有被燒成灰，甚至沒有半點燒傷。我感覺胸口有個東西正散發熱量，是道士給我的八卦玉珮。我一拿出來，它便在眼前碎裂，化為螢光的粉末。

我仰躺在地，又喘了幾口氣，暫時什麼都不想。這裡應該是哪個大企業的辦公室，一片黑暗中，只有風聲呼嘯，原先俯瞰城市的長排落地窗被砸開了一扇，微弱的燈光在滿地碎玻璃間跳動，桌椅跟辦公屏風也倒在一旁。

然後我轉向另一邊，看到了我的腳踏車，心馬上涼了一半。

腳踏車的車身扭曲變形，輪胎也折彎了。我掙扎地爬起身，拖著腳步往腳踏車走去，牽起車，一隻腳試探地踩動踏板。車輪稍微滾了幾公分，馬上就卡住，再也沒辦法前進。但我還得去找莉莉安，我更用力踩著踏板，腳踏車還是文風不動。

胸口的疼痛被驚慌取代，少了這輛車，我就沒辦法離開這裡，把我的血送給莉莉安。莉莉安還在被巨龍追趕，隨時可能被抓住。

我答應過她的，不能就這樣放棄。輪胎發出嘎吱聲，稍微轉動了一點。我把整個身體的重量都壓上去，於是踏板應聲斷裂。

我摔下車，膝蓋撞到地板。我抱著膝蓋，屈身趴在地上，不知道該怎麼辦。我應該要站起來，找其他方法，下樓去借另一輛車，再去找莉莉安。但我已經沒有玉珮了，再被巨龍掃到一次，就會丟掉小命。而且大概也來不及了。

我的四肢發麻，腦中一片空白。在空白中，巨龍的眼睛直盯著我看，像是能看進靈魂，讓我無法反抗。然後有個小小的聲音，熟悉的、軟弱的聲音，喃喃自語著：

但是這樣就好了吧。

剩下的，語蝶跟水月姊會處理好的。

沒必要賭上性命。我已經努力過了，對自己有交代，那就好了吧。

說到底，我要做的事真的對事情有幫助嗎？我緩緩躺回地上，想著我還能做什麼。每想出一個，內心的聲音就否決一個。到最後，我甚至不知道該怎麼走出這間辦公室了。但為什麼要在意呢？反正就算出去，也什麼都做不到。

什麼也改變不了。

我用手臂壓著臉，想要放鬆。身體好累，什麼都不想想了。休息一下吧，只是休息一下。一下子就好。

我靜靜地閉上雙眼，眼前卻不知怎麼地都是莉莉安的身影。從破掉的落地窗吹來的風，像是莉莉安的指尖輕撫髮梢，那時她剛為我踩死鱷魚。雷光照亮巨龍的影子，塔羅牌諭示的未來，在她帶我散心的市集，在書本的天空，莉莉安接住墜落的我，沒被接住的馬克杯綻放如煙花，七彩燈光穿透酒杯，點亮藍寶石的眼睛，微醺的聲音向我保證，她不會讓我變成吸血鬼。那麼我到底該以什麼樣的理由，什麼樣的心情，陪在她身邊呢？

如果在這裡停下腳步，我還能再次面對她嗎？

「不要……」我小聲地說。

我又要逃跑了嗎？

又要用合理的藉口，綁住自己的雙腳？

為了讓我來到這片天空，有這麼多人在後面推著我。水月姊幫我引開了幽靈，木天蓼夫人幫我擋下巨狼，語蝶正在跟中國道士戰鬥，還有亦晨學姊傷害耳膜的歌聲。我受到了這麼多幫助，現在卻要在這裡放棄嗎？

我想到當我打算讓她吸血時，她露出的表情。

「我不要。」

莉莉安為我打開了一扇門。

她就在前方，這次由我來找她。

我費力地站起身，想尋找出口，找到下樓的方法。就算是徒勞無功，也不能放棄。因為這對她來說，一定是重要的。還有時間，還有機會。

「拜託……」我不知道在對著什麼祈願。風衣隨著起身的動作搖晃，我感覺口袋中有著不該有的重量。我愣了一下，撈撈口袋，口袋裡是語蝶塞進去的符紙……還有一個溫潤光滑的物體。

那是一個翠玉雕成的十字架，上面盤繞著一條中國龍。衝突的元素被和諧地雕刻在一起，以玉石本身的紋理上色。看得出設計者的技巧與品味。

一枚玉珮。

我茫然地看著它，完全沒印象是什麼時候放進口袋的。我握緊另一隻手上的避雷符紙，腦中浮現語蝶研究中國道士的玉珮時，那不甘心又躍躍欲試的表情，忍不住笑了。

她一定是被激起了競爭心，一頭熱做出來以後，又不好意思拿給我，只好偷偷塞進我的口袋裡。我認識的語蝶，就是會這樣做的人。

「真是……」我戴上新的玉珮，忽然沒那麼恐懼了。

「麻煩的人。」

我調整掛繩的位置，以落地窗當鏡子，打量自己的樣子。不知道這枚玉珮是不是有著同樣的效果，但這是語蝶做的玉珮，而且很好看，我希望它不要破掉。在這趟旅程中，我認識了這麼多人，知道了這麼多事，一定不是一無所獲。我不是都學會飛、以及從鏡子裡拿東西了嗎？

所有鏡子都是連在一起的，水月姊這麼說過。她送了我一面鏡子，但那只是面普通的鏡子，那是我自己的魔法。

我忽然很確定該怎麼做了，幾乎就像本能一樣。我打開辦公室的日光燈，窗戶中我的身影忽然清晰。落地窗變成一道界線，外側是無止境的黑夜，裏側是人造的白晝。比外側更強的光線在落地窗上反射，與黯淡的城市隱隱重疊。

我舉起拳頭，捶向窗戶。一陣漣漪閃過，我的臉消失了。城市改變，方向改變，當扭曲的景象終於平靜，我才看出來，那是雨後街道上的一片水窪，以仰視的角度，倒映破碎的天空。

以及一台 YouBike。

成功了！

沒時間沉浸在成就感裡。我趕緊找到錢包，取出悠遊卡，將手伸進玻璃窗，就像第一次玩鏡子把戲那樣。我順利穿過玻璃，手漸漸往前伸，就快搆到 YouBike 的車架了。

可是，當越多身體部分在玻璃另一邊，阻力也變得越大。有什麼在妨礙我，也許是物理法則，或者常識。我對抗著阻力，用盡全力，一公分一公分，將手往前伸。我喘著氣，終於將悠遊卡放到車架上，忍著不適感，等待系統讀取。

嗶、嗶、嗶。

代表錯誤訊息的三聲提示音響起。我愣了一下，強大的排斥力卻在這時候將我推回窗外。我一陣踉蹌，站穩腳步，立刻再度伸手，卻被透明玻璃擋在另一側。窗戶中的 YouBike 漸漸模糊，變回原本俯瞰城市的景色。也就在這時候，嬌小的紅色身影掠過窗前，巨大的中國龍緊追在後。牠的尾巴輕輕一揮，稍微擦過辦公室，打碎一面又一面的落地窗。

我沒辦法反應，只能呆站在原地，看著巨大的龍尾，混合玻璃的風暴，由遠而近掃來。

嗶！

代表出借成功的提示音響起，即將消失身影的 YouBike 忽然自己移動，跳進了水窪，鑽出落地窗，將我撞倒在地。龍尾從我們頭頂險險擦過。

我倒在地上，不住地喘氣，過了好一會兒，才站起身，扶起 YouBike。我驚喜地問她：

「妳是來幫我的嗎！」

她閃了兩下車燈。

「也許會很危險喔？」

她稍微傾斜身體，好讓我騎上去。

「謝謝。」我沉默了一會兒，卻想不到還能說什麼。我騎上 YouBike，踩動踏板，在辦公室中加速、再加速，穿過已經沒有透明玻璃阻礙的窗框，重新回到台北的夜空。

我追著莉莉安和巨龍的咆哮聲飛去。好心的 YouBike 也有幫忙，讓我省了不少力氣。剛才的傷已經完全復原，我一點一點拉近距離，風暴對我已經沒有影響。

雖然風很大，踏板很沉，我的心情卻很輕鬆，我已經做出了決定。我的腦中閃過兩個月以來的日子。在下水道被鱷魚攻擊，然後跟莉莉安喝酒。在淡水河釣到外星生物，然後聽魚兒唱歌。在墓園尋找殭屍，學煮麻油雞。參與貓咪的遊行，被魔神仔拐騙到山上，跟吸血鬼一起看煙火……

騎著腳踏車，從高空往下看，台北城就在腳下展開。繁華又陰暗，統一又紛呈。街燈整齊排列，描繪道路的線條，像是一張巨大的網。網中所有人，都要依照她的規則過活。

這是讓人窒息的事，也是讓人振奮的事。

巨龍往上穿過烏雲，留下隧道般的軌跡，我跟著鑽了進去。城市消失了，虛無縹緲的灰色淹沒了視線。雷聲在耳邊炸開，但閃電全都繞過了我。雨水捶打臉上，但我不以為意，只是執著地向上飛。我終於鑽出雲層，視野忽然開闊，無垠的天空包容著一切，腳下的雲朵無聲翻湧，像是沉默的海。

一輪滿月慢慢探出雲層，就像今天清晨，我跟語蝶一起看的日出。

微風吹拂，我們坐在草坡上，我鼓起勇氣，向她述說我的決定。

如果吃下長生不老藥，是不是讓莉莉安吸多少血，都沒關係了？

我這麼問她。

「那樣的話，妳的人生會變得不一樣。」她嚴肅地回答：「妳會沒辦法再回到以前的生活。」

「如果我只吃半顆呢？」

「咦？」她側頭想了想。「之前也說過的，半顆的效果……只有兩百八十天。兩百八十天到了，妳打算怎麼辦？」

「那就再吃半顆。再選一次。」

遠處，巨龍終於現身，彷彿躍出水面的海獸，擾動白色的雲霧。

我在強風中盡力保持平衡，像是走鋼索的人。明明兩邊都是平穩的大地，卻偏偏要踩在線上。不過，也許就是那左搖右晃的姿態，才讓人心生嚮往吧。就算不慎失去平衡，只要再次踩動踏板，一定能找到新的方向。

如果什麼都不想放棄，只會什麼都不上不下。

但什麼都不上不下，繞著遠路，卻仍在努力著。那或許就是我想成為的樣子。

「因為這裡是台北。」

一個不正常的國家裡，一座不完美的城市。

「只是吃下半顆長生不老藥，被吸血鬼吸血而已。肯定也不是什麼壞事吧。」

「……但是每年半顆，我會收錢喔。」

「莉莉安會付。」

莉莉安的影子掠過明亮的滿月，往我的方向轉來。巨龍緊追在後，像是追捕蝦米的鯨魚。這也許就是我最後的機會了，我催動痠痛不已的雙腳，不再保留體力。我的速度一定超過人類極限了，就連半吸血鬼、半顆長生不老藥的療效，都沒辦法代謝這麼多乳酸。大腦暈眩，視野發黑，肺中像是有火在燃燒，可是我還是踩著踏板，心中只剩一個念頭。

「莉莉安！」

我們終於對上了視線。她看到我了，眼中一瞬間流露驚訝、欣喜，緊接著是恐懼。

「笨蛋，不要過來！」她大喊，我當然沒有聽她的。她怒吼一聲，忽然往上加速，想要引開巨龍，就算犧牲速度的優勢，也不想讓我受到傷害。我跟著往上，但她飛得比我還快，我伸出一隻手，但那不夠。於是我放開了雙手。

腳踏車龍頭失去控制，搖搖晃晃的，差點跌倒。但只要繼續前進，就能保持平衡，這是危險駕駛的小小祕訣。我在踏板上站起身來，在莉莉安即將溜走的前一刻，奮力向上躍去。

腳踏車緩緩下降，我的上升力迅速消失。巨龍就在眼前，牠張開口，雷電與火焰在口中集結。我伸長手臂，卻沒有構到莉莉安。

我開始下墜，一隻手隨即抓住我。莉莉安用力將我拉進懷中。她張開小小的翅膀，吸收突如其來的重量。一瞬間的下沉，才再度恢復平穩。她瞪著我。「妳到底在幹麼啦！」

「莉莉安，快吸我的血。」

「不行，妳會死的！」

巨龍吐出火焰，莉莉安轉身護住我，同時向下俯衝，卻沒能完全躲過。她尖叫了一聲，一邊翅膀著了火。燃燒的翅膀很快失去浮力，化為灰燼飄散在空中。只剩下一隻翅膀，她沒辦法保持穩定。她抱著我，從千呎高的空中，旋轉著向下落去。

「我不會的。」我向她保證。

她痛苦地看著我，然後張口咬住我的脖子。

強風在耳邊呼嘯，衣服與頭髮隨之翻動，龍吟在天邊迴盪，然後這一切都消失了，被逐漸增強的心跳取代。我睜開眼睛看著她，世界不斷旋轉，這一刻卻如此寧靜。我忽然理解語蝶說的，吸血鬼吸的不只是血。我的溫度一點一滴地向她流去，她冰冷的身體因我而逐漸溫暖。那是前所未有的親密體驗。我貪婪地享受這感覺，幾乎忘記身在何處。

我們緊抓著彼此，撞破了雲層，短暫的朦朧後，璀璨的台北夜景在底下展開。頭下腳上的墜落，讓我有種錯覺，彷彿頭頂的城市是萬千星空，而腳下的烏雲才是大地。我們向著天空墜落。

101的樓頂快速逼近，莉莉安沒有停止吸血，只是稍微轉動翅膀，讓我們險險擦過大樓外牆。空氣的音質一瞬間改變，玻璃帷幕映出交疊的身影。質量較輕的血珠緩緩向上升起，一點一點，拉出一條鮮紅的軌跡，像是飛舞的櫻花。梔子花的香味充滿鼻尖，沿著莉莉安的髮梢蔓延。我們不斷旋轉，旋轉，漫舞在星空，一切都模糊了，只有她的身影始終清晰，我輕輕閉上眼睛。

101樓高五百公尺，而人類的終端速度每秒約五十公尺。莉莉安吸一次血需要幾秒鐘呢？

她終於鬆開我的喉嚨，展開兩隻翅膀。突如其來的減速幾乎將我們扯開，只剩一隻手緊緊牽著對方。強風將頭髮與衣服往空中拉扯，眼睛也幾乎睜不開。我們同時伸出另一隻手，想抓住對方，像是兩隻單翼的飛鳥，試了幾次卻沒有成功。地面已十分接近，但速度依然飛快，無人的街道擴張，從四面八方將我們包圍。

我們終於碰觸彼此。她立刻再次將我擁入懷裡，用翅膀包覆住我，巨大的衝擊緊接而來，還來不及疼痛，肺部的空氣就全擠了出來。天旋地轉，我幾乎失去意識，身體每個部位都在向內擠壓，下一瞬間又像是要散開。然後翻滾終於停止，我仰躺在地上，耳邊只聽得到急促的呼吸聲。

過了一會兒。莉莉安張開翅膀，在我上方支起身體，激動地喊著我的名字。

「曉萍！曉萍！」

我呻吟了一下，回答她。「我沒事。」

她錯愕地看著我，我稍微動了動身體。「肋骨好像斷了……啊，好像自己接上去了。」

「妳吃了小蝶的長生不老藥！」她大聲說，但聲音中的緊張與責備比感動還多。我想，如果我單單為了她，而放棄、改變這麼多，她一定不會原諒自己的。但是我沒有，我對她解釋。

「我只吃了半顆。」

「那有用嗎？」她懷疑地說。

「只有兩百八十天。」

「好微妙！」

她終於笑了，安心的、輕鬆的笑。「妳是怎麼找到我的？」

「我聞著妳的味道來的。」

「感覺好噁心。」

「聽聽誰在說話。」

她還是撐在我上方，沒有起身的打算。她仔細地看著我，過了好一會兒，卻又嘆了一口氣，換上嚴肅的表情。

「妳不該來找我。妳根本就不是這個世界的人。」

「我只是做我想做的事。」

「妳都知道我做過什麼了，妳知道我是什麼樣的人！」

「我知道。」

「如果我早點去死，會有這麼多人可以活下來。」

「我知道。」

「那妳還能原諒我嗎？」

「已經沒有人可以原諒妳了。」我看著她說。她緩緩垂下眼，望向地板。「嗯。」她小聲回答。我伸手摸摸她的頭。

「但我可以陪著妳。」

她抬起頭，盯著我看。她張開口，用彷彿就要哭出來的表情，取笑著說：

「那是哪一種陪。」

我快速回答：「當然是朋友之間的。」可是才說完，自己也覺得不太對。我想了想，幾乎笑了出來：「吸血鬼跟她的獵物之間。」

「我現在可以吸妳的血嗎？」

「一口六千元。」

「妳這麼有商業頭腦，又這麼會說話，怎麼會淪落到這裡？」

「因為我憤世嫉俗，又自怨自艾。而且只對妳精打細算。」

她瞇起眼睛，露出像是含著糖果的小孩般的笑容。輕輕地、緩緩地，她把臉湊向我，我的鼻腔充滿她的氣味。我閉上眼睛，做好心理準備，要再被她咬一口，她卻突然停下來。

「小月姊姊說，妳說在以前的小說裡面，吸血鬼吸血是偏差性行為的意思？」

「喔，閉嘴。」

她的唇吻上了我的脖子。

時間在耳邊輕緩地鼓動。行道樹的葉子跌落地面。雨水敲打水窪。車輛壓過馬路。家犬在玄關低鳴。屋中的嬰兒做了好夢，喉間溢出笑聲。心臟跳動，跳動，繼續跳動……

「那個，很抱歉打擾妳們兩個了……妳們都沒事嗎？」

然後一個聲音在上方響起，我推開莉莉安，彈起身體，才發現語蝶跟水月姊正低頭看著我們。

「哇，我還沒喝夠！」莉莉安再度湊過來，像是小孩子要糖果一樣伸出手，但我按著她的臉推開她。我緩緩站起來，不自在地理了理衣服。我心愛的長風衣嚴重破損，幾乎不能穿了，而莉莉安……我這才意識到她根本衣不蔽體，昂貴的衣服燒得破破爛爛，在下墜的過程中碎成碎片。

「那個這是……這是那個……」我手忙腳亂地解釋。「……嗯，我們都沒事。」

莉莉安揉著鼻子站起來，開心地打招呼：「小蝶，結果妳還是來幫我了！」

「咦？我、我才沒有呢，我是在幫曉萍──」

「那條龍呢？」我打斷她。

「還在上面。」水月姊說。「小張完成工作了，牠的力量削弱了不少，好像在警戒。」

我們一起抬頭，那條巨龍就盤旋在頭頂。牠俯瞰著我們，發出咆哮聲，但似乎有所忌憚，或者……畏懼。我轉頭望向莉莉安，她看起來毫不在意。沒有要逃跑，也沒有打算多做準備，只是可惜地看著破到不能再穿的連身裙，丟進一旁的行人垃圾桶。

我把完好無缺的玉珮從脖子上拿下來，遞給語蝶：「這是妳給我的嗎？」
她臉頰微紅地接過：「結果妳根本沒用到嘛。果然又是多此一舉。」
「謝謝妳。」
「喔……喔。不客氣。送給妳啦。」她停了一會兒，有些可惜地說：「那個中國道士，看到妳飛上去就不打了。明明還差一點點就能分出勝負。」
「貓咪那邊也都解決了。」水月姊滑著手機。「有些中國妖怪跑掉，附近的宗教團體正在處理。」她忽然看到什麼訊息，表情微妙地轉過手機：「然後亦晨被住戶檢舉了。」
螢幕上是可欣拍的照片，那個有陰陽眼的帥哥警察，正在對一臉委屈的亦晨學姊說教。
「……」
鈴鐺聲響起，一輛 YouBike 轉過街角。是剛才幫了我的腳踏車，她也平安降落了！她的車架上還扛著什麼東西，直到她走近，我才發現那是另一輛 YouBike。車身扭曲變形，車輪也不見了，我認出那是我最開始騎的車。也許是被龍的尾巴一起從辦公室掃下來的。
語蝶跟我迎上前去，卸下已經成為廢鐵的腳踏車，停進一旁站點的車架中。我刷過悠遊卡，車架發出還車成功的嗶嗶聲。然後，我按照規定將坐墊調轉一百八十度，避免其他用戶誤騎。
都處理完，我轉身面向另一輛腳踏車：「謝謝你。」腳踏車輕盈地跳了跳，繞著我轉了兩圈，自己停進了車架。
巨龍再次咆哮。牠朝空中吐出火焰，燃燒雲層，照亮大地。牠終於打算下來了。如果讓牠進到城市裡，感覺會有很多問題。莉莉安來到我身旁，一起看著燒紅的天空，就像看著美麗晚霞。

「那個啊……曉萍，謝謝妳來找我。」

「喔……嗯。」我稍微移開視線。「我剛剛撞壞了一間辦公室，妳得幫我付賠償金。」

她開心地笑了，伸手往空中一抓，拉出一片黑夜，像是斗篷一般披在赤裸的身子上。她稍微仰起頭，側過臉對我眨眼。「妳還沒見過我認真的樣子吧？」

「打遊戲的時候？」

「啊……希望再也不用那麼認真。」

她嘆了一口氣，輕輕踩了一下地板。

奇異的震波向四周傳開，空間摺疊又舒展。以莉莉安為中心，燈光一盞一盞熄滅，最後半座城市都陷入黑暗之中。原本壓在頭頂上的厚重烏雲也隨之散開，破出一個大口。往破口望去，是一輪又大又圓的滿月，以及隱藏在雲層中的神獸。

這是我第一次這麼清楚地看到那條龍的全身。少了雷電與黑雲，此刻的牠略顯單薄，在巨大的月亮中捲曲，像是一條扭動的小蟲。莉莉安淺淺一笑，雙腳微蹲，巨大的蝠翼從背部展開。緊接著，地面凹陷，氣流爆散，兩旁大樓的玻璃盡數碎裂，在月光下如雪般散落。莉莉安消失在眼前。

我連忙回頭看向月亮，正好看到半空中的中國龍，被一分為二的光景。

3月28日　只要繼續前進……

如果要我用一個詞來形容自己，那大概會是「可惜」吧。

二十二歲，大學剛畢業，碰上全球新冠肺炎大流行，又錯過研究所的考試時機，雖然混了個研究助理的位置，但只有學士學位，薪水實在少得可憐。生活雖然安穩，卻始終難以富足。所以除了UrbanEats外送員以外，還兼職吸血鬼的血液供應商，也是件無可奈何的事吧。只是發揮所長。

「所以啊，曉萍。」小風一邊把檸檬片塞進可樂娜啤酒，一邊說。「妳最後還是回去讀書了嗎？」

「嚴格來說，那是工作。」

「薪水有比妳UrbanEats高嗎？」

「不到一半。」我承認。「疫情期間外送業績還成長了。」

「我還以為妳發過毒誓。」藍兒喝著威士忌，臉紅紅地插嘴。「說再也不要讀書了呢。」

「我那時候是怎麼說的？」

「說妳寧願從101上面跳下去。」夏夏回答。

跳過了，我在心中偷偷這麼說，可惜在場的朋友沒辦法分享這個小小幽默。我嘆了一口氣，抬頭看向裝置在貨櫃屋頂上的滿月燈飾，向老闆點了一杯柯夢波丹。

這裡是公館水岸廣場。三月的現在，疫情爆發，出來逛街的人相當少。可是我吃了長生不老藥，我的朋友缺乏危機意識與公民責任，台灣疫情又控制得宜，所以我們還是沒中斷我們的每月一聚。

只是約會地點改在了戶外。

「那妳最近在研究什麼？」小風假裝不是很在意地問。

「教授那邊就老樣子。我自己的部分……在研究妖怪跟都市傳說什麼的，做些比較少人做的田調。我後天要跟北車鳥人逛地下街，她是我在那個田野地的主要報導人，不過明年好像要搬家了。」

她們互相看了看，似乎在問誰有抓到梗，接著一齊聳聳肩。

「真是交友廣闊呢。」小風說。「妳是不是還有一個作家朋友，我有看到妳分享的ＩＧ。」

「那部小說我看了！」夏夏忽然興奮地插嘴：「我很喜歡！作者也好可愛！可是明明是寫西方奇幻，為什麼都穿那樣拍照？」

「因為她以前是道士，不過現在是驅魔獵人，專門處理吸血鬼的，我算是她的小師妹。如果妳想，我可以幫妳要簽名。」

她們又互相看了看，然後再次聳肩。

「教授人真的很好呢。」藍兒說。「曉萍拿去投期刊的論文，是我們文田的那個嗎？」

「已經刊出來了。」我說。「沒什麼回應……不過不管了，我還是先做好手邊的研究。」

「有什麼需要幫忙的都可以講。」小風懶懶地說。想了想，又特意補充：「反正我在家工作很閒。」

「真好呢。」藍兒嘆了一口氣。「業務在這種時候最困難了。」她轉頭望向夏夏：「夏呢？之前那個參考書編輯的面試，後來怎麼樣了？」

「二面沒過。」夏夏臭著一張臉說。

藍兒把自己的酒遞給她，她無視防疫地一口喝光，開始撒起酒瘋來，說著找工作好煩壓力好大，乾脆也去做 UrbanEats 算了。藍兒拍著她的背安慰她，一邊又點了杯威士忌。

我撐著臉頰看著她們，不禁悄悄微笑。就像是回到學校生活一樣，我們四年都在這邊打混。短短幾個月，好像什麼都變了，但也有著沒有變的東西。

小風在這時拍了拍我的手臂，我轉頭看她，她低聲對我說。「我是說真的喔，曉萍。有什麼事真的要跟我們講。」

她似乎是真的在擔心，讓我有些驚訝。「怎麼了嗎？」

「我知道妳一邊做研究，一邊送 UrbanEats 很忙。但是妳妹妹說……」她的視線不自在地游移著。「妳最近有時候都不回家，剛剛還說了吸血鬼……妳是不是在做什麼奇怪的事？」

我不回家的原因正是吸血鬼，偶爾讓她吸完血，就順便住一晚五星級飯店。我斟酌著用詞：「最近認識了一些新朋友，有時候會住她那邊……」

「男朋友!?」她懷疑又驚訝地說，真是沒禮貌。

「不是。」

「包養!?」

我噗哧一聲笑了：「搞不好？」

「喔……妳有想清楚就好。」她摸了摸酒杯。「我只是想讓妳知道，妳可以跟我們說的。」

「不是壞事。」我向她保證。「總有一天吧。」

總有一天。我輕啜一口酸甜的調酒，想像當小風知道我不是在開玩笑的時候，會有什麼反應。總有一天……我希望能介紹她們認識，因為兩邊都是我珍惜的朋友。

「好吧。」小風低下頭，偷偷瞄了瞄我，然後說：「曉萍，妳打算讀碩士吧？那妳也會繼續讀博班嗎？」

「博班啊……還不確定吧。」

「妳會不會……害怕自己走錯路。結果根本沒有天分，多讀好幾年書，最後還是白費？」

「會啊。但要是真的不行——」我的手不自禁摸了摸胸口的玉珮。「就再找其他事做就好。反正，我也只是喜歡讀書。」

「但到時候做什麼都要重新開始了。」

「那就重新開始。」

「這麼乾脆喔？」

「因為沒有白費，只是繞遠路而已……那些走過的路，都是我跟別人不一樣的地方。這樣想的話，感覺也還不錯吧。」

「……我都不知道妳還會說心靈雞湯。」

「我喝了酒就會這樣。」

「那我們真該多約約——」

「妳也想回來讀書嗎？」

她咬咬下脣：「還不知道，明年再說吧。」

「明年再說吧。」我同意。

放在桌上的手機震動了一下，熟悉的提示聲響起，UrbanEats 有新的單子。但是我今天應該還沒有上線。我點開訂單，正打算拒接，結果發現客戶是莉莉安。

我站起身來，告訴大家：「抱歉，突然有事，我要先走了。」

「約會？」小風不死心地追問。

「加班。」我稍微理襯外套，一件新買的淺灰色毛呢大衣，有些無奈地說：「真不想穿這樣騎腳踏車。」

「愛現。」小風哼了聲，舉起酒瓶。「不愧是shopping 曉萍。」

「爛梗。」

「喝酒騎車沒問題嗎？」藍兒說。

「只有行政罰鍰。」

「那下次再見。」她也舉起了杯子。

夏夏發現自己的酒喝光了，只好慌張地尋找替代品，最後硬是一起握住了藍兒的酒杯。

「掰掰。」我舉起我的，跟她們各碰了一下，仰頭喝光。然後往自來水處的 YouBike 站點走去。

我還是沒有機車。雖然早就存夠錢了，但騎機車畢竟不能飛，何況北極熊正在死掉，所以這幾個月都還是騎 YouBike 送餐。

我輕鬆地飛上台北的夜空，看著手機小地圖指示的方向，按最短路線飛過去。我騎得很慢，或者說不想太快，讓她以為我隨叫隨到。我明明前天才給她喝過血，如果她今天又要喝，我要漲價了。

春風吹拂臉龐，燈火闌珊的城市在腳下流過。這個街區我有印象，我仔細看了看地圖，才發現原來目的地不是莉莉安的房間，而是水月姊的家。

我降落在典雅的歐式庭園中，水月姊就在中庭等我，身邊滿是盛開的藍色玫瑰。她穿著正式西裝，手上卻拿著一個沉重的大鍋子。她把鍋子塞到我懷裡，我聞到麻油與米酒的香氣。

「這是什麼？」

「供品，小妹。」水月姊說。

「啥？」

「最近論文寫得怎麼樣了？」

「都很好。」我把麻油雞放進保溫箱的鏡子裡，重量頓時減輕了。「謝謝妳幫我介紹，讓我採集到很不錯的口述歷史。」

「妳比蝶兒上進多了。」她感嘆。「要做助理的工作，又要做自己的研究，晚上還得送UrbanEats。真是辛苦呢。」

「還好。我還年輕，而且吃過長生不老藥。」

「那就好。」她點點頭。「有什麼困難再跟我說。」

然後我們沉默了一會兒，我正打算趁機道別，她又叫住了我：「對了，如果妳遇到蝶兒，幫我把這個交給她。這是前兩天去南部辦事，當地隨便買的。」

她從包包中掏出一盒伴手禮，是桃園的花生糖。

「桃園才不是南部。」

「台北以南。」

「我等下不會碰到她。」

「放在鏡子裡不會壞。」

「妳幹麼不自己送過去。」

她瞪了我一眼，我只好把花生糖也收進鏡子裡。手機再度響起提示音，我驚訝地發現系統自動幫我疊了單，還都是莉莉安下的單。她要我再跑一個地方拿餐點。系統自動計算了最短路徑，目的地是語蝶家。

水月姊挑起一隻眉，我心虛地朝她揮揮手，再度騎著腳踏車飛上天空。

這裡的房子參差不齊，我在現代高樓之間飛著，腳底下是矮小老舊的步登公寓。語蝶家離水月姊的洋房其實不遠，我飛得不算高，有時候也會騎在屋頂上。幾隻貓咪在我經過時朝我揮手：「看，是神龍殺手！」、「哪裡哪裡？哇，是真人！」、「可以幫我簽名嗎！我們全家都是妳的粉絲！」我朝她們微笑點頭，稍微放慢了速度。一隻黑色的貓竄出貓群，在屋頂上奔跑，四隻白色的小腳規律起落。木天蓼夫人說：

「啊，曉萍小姐，妳來得正好。可以順便載我到捷運站嗎？」

「喔。」我看了看地圖。「好啊。」

「謝謝妳，親愛的。」她輕巧地躍起，精準地鑽進我的車籃。我翻過屋頂的女兒牆，無視重力的方向，垂直地沿著牆壁往下騎。這是我新學會的小技巧。

「妳要去做什麼嗎？」我對著車籃裡的貓咪說。

「我要去找黃昏魔女。她今天在山坡上的墓地，為孤魂野鬼開了演唱會。」

「語蝶沒去嗎？」

「那場是死亡金屬系的。」

我們降落路面。這個區域的車很多，但人行道都弄得很整齊。這也是騎腳踏車的一大好處，隨時可以在車道與人行道之間切換，不用卡在一個地方。捷運站的路口就在前方不遠處。

「對了，曉萍小姐。下周四月四日我們有一場小遊行，妳要來嗎？」她說完以後，有點擔心地補充：「但妳現在是神龍殺手了，還讓妳發傳單⋯⋯」

「那條龍不是我殺的。」我趕緊說。「這次又要抗議什麼？」

「不是的。這次是慶典遊行，慶祝台灣貓節。」

「……可惜，我下禮拜要回老家掃墓。」

「沒關係，親愛的，下次再找妳。」

「一定。」

我們來到捷運站前，木天蓼夫人跳下車籃，朝我揮揮尾巴，小跑步往地下入口去了。看著她走下捷運站的電扶梯（一邊懷疑貓咪要怎麼上捷運），我調轉車頭，凌空橫越馬路，又翻過兩棟矮房，終於來到語蝶家的巷口。

我按下門鈴，語蝶過了很久才開門。她沒有穿道士袍，而是一套寬鬆的粉紅色兔子睡衣。我驚訝地愣在原地，這是我第一次見到她穿其他衣服，原來她有其他衣服。我仔細打量她，她的頭髮沒什麼整理，臉上有明顯的黑眼圈，睡衣也稍顯凌亂。她打了個大哈欠。

「妳好，曉萍。」

「妳熬夜打電動？」

「才不是呢！」她激動地否認，然後嘆了一口氣。「我明天有一份稿件要交，是平台的編輯來邀稿的。我本來以為我寫得完，我真的寫得完的，只是……」

「妳熬夜打電動？」

「……對啦。」

「這是桃園的花生糖，妳媽叫我給妳的。」

「咦？」她表情複雜地接過我遞出的禮盒。「謝謝……但是她幹麼不自己拿給我啊？」

「最近小說成績怎麼樣？」

「有進步耶，多虧妳幫我宣傳。」她側著頭，想了想說。「雖然點閱還是很糟糕，但有幾個粉絲好熱情喔，在一些小圈子也有一點討論度。真是不可思議，也許從那天以來，真的有什麼變了。」

「那是妳寫得好。」

「妳的論文，最後怎麼樣了？」

「沒有人看……不過教授很欣賞，最近可能還要去研討會報告。」

「希望我們都能有好結果。」

「一定可以的。」我向她保證。

就像有一天，吸血鬼可以不怕陽光，貓咪可以上街遊行。台北的規則總是越來越寬容，只要我們仍在努力生活著。

有一天，我們一定也能以自己的樣子，融入這座城市吧。

語蝶也笑了：「我想是的。」

我們一起沉默了一會兒，然後語蝶說。「啊……對喔，妳是來拿莉莉安的東西嗎？……我都這麼忙了，她真是很會選時間耶。」她回頭從玄關牆邊拿出一個紅色塑膠袋，裏頭有……線香跟冥紙。

「……這是幹麼？」

「我也不知道。」她看了看牆上的時鐘。「我很想邀請妳進來喝一杯茶，真的。可是明天就快要到了……」

「趕稿加油。」我把塑膠袋丟進車籃中。

「下次再見。」她朝我揮揮手，關上了家門。

我騎上腳踏車，打開手機，按下開始行程的按鈕。一陣風吹來，帶著恬淡的花香，風中還夾雜著飛舞的櫻花瓣。櫻花瓣在我身邊繞了幾圈，往前飛去，又在原地打轉，像是在等我。

我低頭看了看UrbanEats的應用程式，但是它好像不知道路。

我收起手機，跟著櫻花瓣走。櫻花旋轉著往前，穿過熱鬧的夜市、在平靜的水面上滑行、倒反著貼在橋底前進。我們飛上高空，遠處的山坡橙光閃耀，那大概就是亦晨學姊的演唱會。最後，我們降落在一座小山前，春風直接鑽進了山壁裡。我愣了一下，才發現那裡有一個狹小的山洞，山洞隱隱透著光。我硬著頭皮騎進去，兩側山壁幾乎要碰到手把。我小心地騎了一會兒，山洞的頂部打開，變成一線天式的峽谷。峽谷越來越寬敞，最後變成一條大道。一棵棵櫻花樹在經過時盛開，更多櫻花瓣加入風中。腳下的路面從碎石子路，換成泥土路，接著是青青草地，然後眼前豁然開朗。

我闖進一處空地，眨眨眼睛，我認出這是兩個月前語蝶帶我來過，莉莉安建造的小墓園。莉莉安就站在墓園中央，在月光下，櫻花瓣從後方吹拂而過，讓她黑色的頭髮隨風翻動。她壓著一邊頭髮，回頭看我，露出微笑。

她現在是用學姊的樣子，我對她這副樣子真的很沒轍。我回頭張望，一時卻找不到來時的路。她說：「曉萍曉萍！東西都帶來了嗎？」

「妳好浮誇。」我停好腳踏車。「妳是怎麼操作我的UrbanEats App？」

「那台手機是我給妳的，記得嗎。」

「妳在我的手機裡裝了駭客程式？」

「我只是稍微威脅過它。」她一臉無辜地說。「又沒怎樣。」

我提起裝著銀紙的大塑膠袋，墓園中央已經準備了一個小方桌，桌上有蠟燭跟一碗充當香爐的白米。

「現在來掃墓嗎？」

「下禮拜清明節……可是妳說妳那天要回老家。」

「妳想要我一起掃嗎？」

她看了看我，又看看供桌。「只是請妳幫忙送東西而已。」她的聲音有點小。「妳不是外送員嗎？」

我把麻油雞從鏡子中拿出來，小心地放在供桌上。如果是祭拜祖先的話，也許還會有發糕或龜粿，可是莉莉安這場大概不適合。

「我可以一起嗎？」

「嗯。」

我們把銀紙跟線香拿出來。其實，我們都搞不太清楚流程。莉莉安已經一百年沒拜拜了，而我平常掃墓都是阿嬤包辦一切，我們只能憑著記憶依樣畫葫蘆。莉莉安已經整理過墓園了，雜草堆在一旁的樹下。我們點燃線香，拜了拜，插在白米上。等香燒到最後三分之一，才用硬幣擲筊，捧起銀紙，再次拜了拜。

我們在供桌旁清出空地燒紙錢。兩個人都沒說話，只是一張一張地，摺著銀紙，丟進火焰中。紙張摩擦的聲音平靜地響起，火舌在微風中隨意跳動。一聲小小的爆響，火星與灰燼在夜色中上升，然後消失無蹤。

「隔了一百年。」莉莉安忽然說。「這是我第一次回到這個地方。」

「那妳一定有很多草要拔。」

「真的！一個人拔這些草，連吸血鬼都要吃不消了。」

「下次早點叫我啊。」

「嗯。」她燒完最後一張銀紙。「謝謝妳。」

我們收拾供桌上的東西，放回我的鏡子裡，莉莉安收起小桌，藏在附近一間隱密的倉庫。倉庫深處還有另一道門，她帶著我穿過倉庫，身體不知何時變回了嬌小的樣子，連衣服都換好了。她站在門前，四下張望，又低頭拉襯袖子，最後終於探出手，卻停在半途，沒有碰到門把。那扇門後面，就是正常的台北了。

「我再整理一下東西好了。妳要不要先走？」莉莉安說著，轉回倉庫。可是倉庫實在太亂了，還積滿了灰塵，再怎麼整理也無濟於事，何況大部分的東西，她大概也用不到吧。

我忽然覺得有些可惜，卻不知道是對什麼。我張口想說話，但看著她的表情，又反而安心了。如果她能放棄些什麼，日子一定可以過得更好吧。但因為她不能，我們才會這樣一起走著。

「說起來……」我問她：「妳為什麼不讓我用妳的中文名字叫妳？」

那是聖誕節時，我在訂單上第一次看到的名字，可是她不讓我那樣叫她。她沉默了一會兒：「那是媽媽給我的名字。」她垂下眼，避開我的視線：「我讓她蒙羞了。」

我叫了她的名字。我滿喜歡這個名字的。「妳今天想喝我的血嗎？」

她像是聽到什麼不可思議的話，迅速抬起頭：「咦？我前天才喝過喔。」

「所以是不要？」

「我要喝，我每天都要喝！」她想了想，又露出擔心的樣子。「不過妳幹麼自己提這個，一定不是什麼好事。」

「嗯啊，我要告訴妳我漲價了。」

「六千還不夠嗎？那已經是我一個月的薪水了喔。」

「今天不夠。」

我帶著她往門邊走去，伸手握住門把，回頭說：
「妳得請我喝咖啡才行。」
她眨眨眼睛。「咖啡？」
「我要星巴克的，今天一天隨便我點。」
「喔。」她想了想，看看我，再看看門。然後她輕輕地笑了。「喔，妳真是獅子大開口。」
「我只是精打細算。」
我為她轉開門把，五顏六色的霓虹燈隨之滿溢，填滿了森林中的小倉庫。

目標：研究所學費（200,000 NTD）

2020年3月28日			
	收入（NTD）	支出（NTD）	累計（NTD）
存款			83,625
固定支出		200	83,425
YouBike租用費		40	83,385
柯夢波丹		280	83,105
			合計：　83,105　NTD

後記

找工作好累啊。

這是寫這本小說最初的動機。

大家好，我是木几。這是我出版的第三本書，但是距離上一本已經過了三年，風格也完全不同，大概跟新人沒兩樣了。感謝每個願意購買並且讀到這裡的讀者，希望你們能夠喜歡。

發想這本書的時候，正是我對未來最感迷茫的階段。大學花了六年讀了三個學系，畢業後卻發現什麼也做不了。把履歷投到人力銀行，只收到保險業務跟櫃檯的面試邀請，而且因為不會講話也都沒拿到二面的機會。最後還是去補習班惡補半年的程式設計，才成為與所學毫不相關的工程師。好不容易找到工作，卻也沒有餘力寫小說了，才會一本書寫了三年還寫不完。什麼都想要的結果，就是什麼都不上不下，繞了遠路還是一無所獲。

每當我深感挫折時，總會想到哲學系課堂上，教授曾說過一句富有智慧的話：讀書不是為了賺錢，但如果真的找不到工作，想想隔壁人類系，心情就會好多了。這個建議讓我撐過了無數痛苦的夜晚，但是當我跟人類系朋友分享這個小技巧時，他卻回答：真巧，我們教授上一堂課才安慰我們說，不管人類系出路多糟糕，底下總是墊著一個哲學系，而且社會學只是不會做田調的人類學。我聽得很不是滋味，於是決心寫一本人類系畢業找不到工作的故事。

這當然是玩笑話。

總而言之，某方面來說，曉萍的煩惱也是我的煩惱，當曉萍與自己和解，我也多少能得到一點安慰吧。當然，她是比我好許多的人，本來就值得好結局。但是相同的煩惱，也不會只有我們有。將它寫出來，除了自我滿足，也希望其他人能有共鳴，這是寫小說的意義。

在台灣寫小說，還是娛樂小說，還是最不入流的輕小說，總不像個能抬頭挺胸說自己想投入一輩子的事業。搆不到藝術的邊，也沒有多少商品價值，不上不下的創作品。輕小說，難道不就是寫給國高中生看、不注重技巧、封面決定銷量的娛樂小說嗎？大概許多人都有這種印象，某方面而言……也不完全是錯的吧。

不過我是這樣想的：也許就是有些比較膚淺、幼稚、無病呻吟的煩惱，最適合用輕小說的方式表達也說不定。也許我想寫的就是這樣的故事。也不知道有沒有成功，所以我還加了貓，很多貓，這樣至少還有個大家都喜歡的東西。希望大家能喜歡。對於願意閱讀這樣一本書的讀者，除了感謝，也說不出其他了。於是接下來是慣例的那個。

謝謝編輯呂先生，接受我這麼多任性的想法，原本說這本書預計只有十萬字，結果寫完變成二十萬字還拖稿了一年，沒想到竟然還能順利出版。謝謝繪師天之火老師畫出這麼可愛的封面，原本只畫了曉萍，我還硬要加上莉莉安，反覆修改真的很感謝也很抱歉。謝謝台大奇幻藝術研究社與錯字王國以及其他幫我看過小說、給予批評與建議的創作者們，雖然寫作終究是一個人的事，但知道身邊有其他人也在這個坑裡苦苦掙扎而且找不到希望，就覺得安心多了。謝謝媽媽就算完全不懂輕小說，還是願意支持並且看完了這篇故事。最後竟然好像還滿喜歡的，這大概是我第一本能讓媽媽喜歡的小說。

不知道在未來，我們有沒有可能如曉萍所想，成為一個對無用之人寬容的社會。但在那一天到來之前，我會繼續寫下去的。再次感謝你的閱讀，如果還有機會，下次再見吧。

浮文字

裏台北外送

作者／木几
執行長／陳君平
協理／洪琇菁
執行編輯／呂尚燁
宣傳／楊國治
封面插畫／天之火
榮譽發行人／黃鎮隆
國際版權／黃令歡、梁名儀
美術主編／陳又荻

出版／城邦文化事業股份有限公司　尖端出版
台北市中山區民生東路二段一四一號十樓
電話：（〇二）二五〇〇七六〇〇　傳真：（〇二）二五〇〇二六八三
E-mail：7novels@mail2.spp.com.tw

發行／英屬蓋曼群島商家庭傳媒股份有限公司城邦分公司　尖端出版
台北市中山區民生東路二段一四一號十樓
電話：（〇二）二五〇〇—七六〇〇（代表號）
傳真：（〇二）二五〇〇—一九七九

中部以北經銷／楨彥有限公司
電話：（〇二）八九一九—三三六九
傳真：（〇二）八九一四—五五二四

雲嘉經銷／智豐圖書股份有限公司　嘉義公司
電話：（〇五）二三三—三八五二
傳真：（〇五）二三三—三八六三

南部經銷／智豐圖書股份有限公司　高雄公司
電話：（〇七）三七三—〇〇七九
傳真：（〇七）三七三—〇〇八七

一代匯集／香港九龍旺角塘尾道六十四號龍駒企業大廈十樓B&D室
電話：（八五二）二七八三—八一〇二
傳真：（八五二）二七八二—一五二九

馬新經銷／城邦（馬新）出版集團　Cite(M)Sdn.Bhd.
E-mail：Cite@cite com my

法律顧問／王子文律師　元禾法律事務所
台北市羅斯福路三段三十七號十五樓

二〇二三年一月一版一刷

■中文版■

郵購注意事項：
1. 填妥劃撥單資料：帳號：50003021戶名：英屬蓋曼群島商家庭傳媒(股)公司城邦分公司。2. 通信欄內註明訂購書名與冊數。3. 劃撥金額低於500元，請加附掛號郵資50元。如劃撥日起 10～14日，仍未收到書時，請洽劃撥組。劃撥專線TEL：(03) 312-4212 ・ FAX：(03) 322-4621。E-mail：marketing@spp.com.tw

國家圖書館出版品預行編目資料

裏台北外送 / 木几 著 ;
--初版. --臺北市：尖端出版, 2023.01
面 ; 公分.--(浮文字)
譯自:
ISBN 978-626-356-038-3(平裝)

861.57　　111020060